처음의 아해들

처음의 아해들

김종광 소설

문학동네

이 책을, 여전히 농사짓고 소 키우는 아버지, 어머니께 바칩니다.

차례

세족식 _009

당장, 나가버려! _045

처음의 아해들 _079

옷은 어디에? _113

내시경 _143

시골사람 중국여행 _175

면민바둑대회 _207

우라질 양귀비 _245

빵집이 사라졌네 _281

해설 이선우(문학평론가)
절망의 강바닥에서 퍼올린, 이 싱싱한 낙관들 _315

세족식

"야, 좋은 생각이 났다. 내가 너 발 닦아줄게." "미쳤어요?"
"아니, 연습하려고 그래. 내일 너희들 발 닦아줘야 되잖아.
사실 내가 너에게 해준 게 없잖아. 마음고생만 시키고. 발이라도 한번 닦아줄게."
"발은 무슨, 공부나 잘 가르쳐주지."

나이깨나 먹은 남자의 왼손이, 갓 스물쯤 뵈는 여자의 오른발을 붙잡고 있었다. 목 짧은 남자는 하얀 와이셔츠에 분홍색 줄무늬 넥타이를 맸다. 남자는 안경을 썼고 두 눈을 치켜떴다. 남자의 묘한 시선은 여자의 발이 아니라, 정확히 여자의 가슴께에 꽂혀 있었다. 행사용 의자에 앉은 여자는 약간 고개를 숙여 남자의 훤한 이마께를 내려다보고 있었는데, 활짝 웃는—하지만 좋아서인 듯도 하고 간지러워서인 듯도 하고 쑥스러워서인 듯도 하고 종잡을 수 없는—얼굴이었다. 여자의 하얀 티셔츠는 목덜미께가 헐렁했다. 얇은 옷이다. 속이 훤히 비칠 것도 같았다. 여자의 등허리가 고개를 따라 좀 구부러졌기 때문인지, 검은 바지 차림의 넓적다리에 두 팔과 손을 단정히 올려놓았기 때문인지, 아니면 원래 그런 건지, 여자의 가슴은 빈약해 뵈는 정도가 아니라, 윤곽이 전혀 없었다. 여자의 통통한 오른쪽 종아리가 보였고, 남자의 왼쪽 구두가 밟고 있는 마룻바닥도 보였다.

그런데 남자의 두 손과 여자의 두 발은 은색 스테인리스 세숫대야 물에 잠겨 있었다. 남자의 오른손과 여자의 왼발은 거의 보이지 않았다. 그러나 남자의 두꺼운 왼손이, 여자 오른발의 복사뼈께를 붙잡고 있는 것은 아주 잘 보였다. 아니, 붙잡고 있는 게 아니라, 어루만지고 있는 것 같았다.

이게 대체 뭔 사진이지?

다행히도 신문에는 매우 친절한 사진 설명이 달려 있었다. '세족식' 모습이고, '사제 간의 섬김과 사랑의 중요성을 일깨우고, 치열한 경쟁 사회를 살아가는 제자들이 용기를 잃지 않고 꿈을 이루길 바라는 스승의 마음을 전하기 위해 마련된 스승의 손길'이라는 것이었다. 또 남자는 서울 소재의 나름대로 유명한 4년제 대학교 총장이었고, 여자는 그 학교 2학년 학생이었다.

강쇠는 한참을 웃어댔다. 웃음을 뚝 그치더니 씨불댔다. "등록금 올려놓고, 생쇼하고 자빠졌네! 발이 아니라 등록금을 세족해야지, 이게 무슨 개푸닥거리야!" 그러고는 신문을 잡아 쥐더니 찢어발기기 시작했다.

강쇠는 왜 이러는 걸까? 그 '스승의 손길' 사진이 나오기 전에 '어느 대학교 총학생회 간부들이 대학 당국의 일방적인 등록금 인상에 항의하며 등록금 인상 철회와 학생과의 협상을 요구하는 릴레이 단식 데모를 한 달째 계속하고는 있다'는 기사를 읽었기 때문만은 아니었다.

　강쇠가 대학교를 떠나 고향에서 학원 강사 노릇을 시작한 지 어느덧 육 개월째였다. 작년 9월에 끝내 등록금을 내지 못하고 휴학계를 냈으며, 금년에 꼭 복학을 하려고 했지만 등록금이 부쩍 오르는 바람에 결국 포기하고 말았다. 그가 적을 두고 있는 대학교와, 총장이 여학생 발을 닦아준 대학교는 물론 달랐다. 하지만 강쇠는 모든 대학교는 자기가 적을 두고 있는 대학교와 마찬가지로 등록금을 왕창 인상했다고 믿었다. 등록금을 진탕 올려놓고, 틀림없이 전액 장학금 받았을 여학생들 몇 명 불러다 발이나 닦아주다니, 이 무슨 눈 가리고 아웅하는 짓인가?

　세족식 사진을 강쇠만 본 게 아니었다. 강쇠가 재직 중인 빛나라학원 원장 혈녀도 보았다. 혈녀가 그 학원의 강사들이 모두 모이는 오후 5시에 쩌르렁댔던 것이다. "인터넷으로 그 사진을 봤는데, 보는 순간 필이 딱 꽂히더라고요. 왜 그걸 생각하지 못했을까? 내가 무슨 이벤트를 좀 했으면 했어요. 우리 가르치는 선생들의 각오도 다지고, 배우러 오는 학생들에게도 어필할 수 있는 색다른 거. 우리 학원도 세족식을 합시다!"

　강쇠의 귀에는 '우리 학원도 세족식을 합시다!'가 마치 '우리 학원도 생쇼를 합시다!'라는 소리로 들렸다. 껄껄 웃으려고 얼굴 가죽을 일그러뜨리며 입을 크게 벌렸는데, 두연 오늘의 학원 분위기가 웃을 분위기가 아니라는 사실이 새삼스럽게 깨달아졌다.

강쇠는 벌린 입을 얼른 다물고, 얼굴 가죽을 다시금 팽팽히 펴고, 혀까지 도달했던 웃음을 꾹꾹 밀어서 삼켰다.

3월 6일에 전국적으로 실시된 중1 진단평가 결과가 나온 것이 어제였다. 빛나라학원 중1 수강생들의 성적은 형편없었다. 혈녀 원장과 그녀의 조카가 가르치는 영어 점수만 다른 학원들과 어깨를 견줄 만했고, 나머지 과목은 수강생들이 다른 학원으로 옮기겠다고 나대도 할 말이 없을 정도로 나빴다. 그 진단평가는 학교만 서열 세운 게 아니라, 입시 학원들까지 서열 세운 것이었다.

어제 원장은 장장 두 시간 동안, 강사들을 족쳤다. '대체 뭘, 어떻게 가르쳤냐? 그따위로 할 거면 다 나가라!'는 게 요지였다. 강쇠는 유독 이런 소리까지 들었다. "만날 헛소리나 해대니까 성적이 나와? 이마에 피도 안 마른 애들이 뭘 알아? 봇도랑도 모르는 애들한테 대운하가 어쩌고저쩌고, 대통령이 강 파든 말든 그딴 걸 왜 애들한테 떠드냐고? 헛소리하지 말고 국어를 가르치란 말이에요, 국어를! 한 번만 더 헛소리하는 거 들리면 내가 그냥 그 입을 바느질해버릴 겁니다. 제발, 싸구려 노빠티 내지 말란 말이에요." 강쇠는 언젠가 노무현 전 대통령을 지지했었다고 말한 바 있는데, 노무현 전 대통령을 끔찍이 싫어하는 혈녀는 그때부터 강쇠가 제 마음엔 안 드는 얘기를 하면 '싸구려 노빠티 낸다'는 해괴한 타박을 일삼았다.

강쇠가 입이 열 개라도 할 말이 없어야 마땅하겠지만, 그래도 변명을 해보자면, 시험문제가 너무 쉬웠다. 십 년 만에 부활한 중1 진단평가, 문제가 어떻게 나올지는 낸 사람이나 알까, 아무도 몰랐다. 하지만 전국 시험인데 설마 평이하게 내랴 싶었다. 또 앞질러 가르치기는 학원 존립의 필수 요건이었다. 문제가 중1 수준에서 나올 것이라고 보고, 지난 겨울방학 동안, 중학교 진학을 앞둔 애들에게, 중1 상반기 과정을 고3 입시생 가르치는 심정으로, 딴은 죽어라고 가르쳤다.

그런데 강쇠의 판단으로는, '공부 못하는 초등 6학년 수준'의 문제가 나왔다. 즉 방학 동안에 가르쳐준 것에서는 하나도 안 나왔다. 그러니까 애들 국어 성적 나쁜 것은 내 책임이 아니다. 초등학교 선생들이나, 초등학생 때 가르친 학원 강사들이 책임져야 할 문제지. 그러나 그러한 변명을 어찌 입 밖으로 낼 수 있으랴. 강쇠는 '죽을죄를 지었나이다, 어서 죽여주십시오!' 하는 표정으로, 혈녀 원장의 분노를 견뎌낼 수밖에 없었다.

어제의 분노가 무색하게, 오늘 혈녀 원장은 명랑해 보였다. 뭐, 밤에 즐거운 일 했거니 여겼는데, 그게 아니고 세족식 아이디어 때문이었나보다. 다른 강사들에게는 세족식 얘기가 어떻게 들렸을까? 다들 전혀 생각지도 못했던 말을 들은 터라 당황한 것 같기는 한데, 선뜻 반응하는 강사는 없다.

꼭 무슨 말을 하는 것만이 반응은 아니다. 원장은 "나는 선생님들 눈빛만 보고도 알 수 있어요, 어젯밤 뭔 일 있었는지!" 자랑스레 말하고는 했다. 원장은 자기만 그런 놀라운 관상력을 가진 줄 알지만, 그 정도 어설픈 관상력은 누구나 초등학교 때 득도하는 것이다. 중고등학교, 대학교까지 거치고 사회생활도 한두 해 해본 젊은이들의 관상력은 원장 못지않다. 아니, 원장보다 나을 수도 있다.

원장의 관상력은 사반세기 가까운 '왕비 노릇'에 무뎌졌겠지만, 사회 초년병들의 관상력은 '88이태백' 시대를 사느라 날카롭게 단련되어 있었다. 강사들은 자기의 어떤 표정과 어떤 말도 어떤 의미를 나타내는지 명백하게 드러난다는 것을 너무나도 잘 알고 있었다. 원장이 농담을 하는 건지, 진담을 하는 건지, 분위기 파악이 확실히 안 된 상황에서, 선뜻 제 속뜻을 비칠 이유가 없었다. 무표정과 말 없음이 최고의 임기응변인 것이다.

결국 강쇠만 제 속마음을 노출한 셈이 되고 말았다. 원장뿐만 아니라 다른 강사들도 강쇠가 입을 벌렸다가 다무는, 딴은 번개처럼 빨랐던 동작을, 보았던 것이다. 강쇠는 자기에게 일제히 쏠린 눈초리를 차라리 안 보려고, 시선을 바닥에 깔았다. 그러나 혈녀는 아주 잘 걸렸다는 듯이, 정답이면 딸을 주고 못 오답이면 목을 베겠다는 무시무시한 임금님처럼 난해한 질문을 했다.

"강쇠 선생, 베리 굿 아이디어 아닌가요?" 강쇠는 졸면서 불경 들은 사람처럼 딴전을 부렸다. "뭐, 뭐 말입니까?" "강쇠 선생, 내 말 안 듣고 있었어요? 세족식 말이에요, 세족식!" "아, 예, 뭐, 하면 좋겠지요." "그렇지, 좋지? 뭐, 사사건건 딴지 거는 강쇠 선생이 좋다고 했으니까 다른 선생님은 다 오케이겠지요?" 강쇠는 자기도 모르게 오른손을 번쩍 들었다. "하지만 원장님!" 혈녀는 피식 웃었다. 그러면 그렇지, 네가 왜 안 따지나 했어, 하는 투였다. "왜요? 좋다면서?" "좋기는 하겠지만, 그러나 좀 생각해볼 만한 문제라고 봅니다." "강쇠 선생, 또 싸구려 노빠티를 내겠다는 겁니까? 좋아요, 민주주의니까, 들어봅시다." "뭘 말입니까?" "뭐는 뭐야? 생각해볼 만한 문제라며. 그 문제가 뭐냐니까?" "지금부터 생각해봐야지요." "뭘 또 생각하고 그래, 지금 당장 말해!"

강쇠는 초등3 때부터 중3 때까지 칠 년 동안, 빛나라학원을 다녔다. 혈녀 원장은 강사들에게 '사랑의 매'를 엄금했다. 자기한테 신고―고자질―만 하라고 했다. 접수하면 강사를 대신해서 자기가 패겠다는 것이었다. 혈녀는 인정사정없이 때렸고, 혈녀에게 당시 가장 많이 얻어터진 것이 강쇠였다. 강쇠는 어떤 수강생보다도 심하게 떠들었고, 자주 수업을 빼먹었고, 임용고시에 떨어져 어쩔 수 없이 학원 강사 노릇을 하게 된 젊은이들에게 짓궂은 장난질을 쳐댔다. 초등 때는 강사들이 있는지 없는지도 모를 만큼 조용하고 어중간한 아이였는데, 중등 때는 하루도 맞지 않으면 안 될 만큼 요란한 청소년이었다.
수강생 하나가 아쉬운 혈녀가 제발 나오지 말라고 애걸복달할 정도였다. 다른 학원에도 가보았다. 하지만 다른 학원에서는 채 한 달이 못 돼 쫓겨났고, 나중에는 소문이 나서 아예 받아주는 학원이 없었다. 소문난 문제아를 받으면 기존의 수강생들이 다른 학원으로 옮겨가는 일이 흔했던 것이다. 얌전했던 초등 시절을 담보 삼아, 울며 빌며 떼써서 다시금 다닐 수 있었던 학원이 빛나라였다. 혈녀는 공치사하고는 했다. "네 머리가 아까워서 버리지 않는 거다!" 성적은 썩 좋았던 것이다. 학교에서나 학원에서나 그렇게 공부 않고 그렇게 떠들어대기만 했는데도, 반에서 십 등 안에는 항상 들었다.

그리고 호구시 소재 스물여섯 개 입시 학원의 목표인 호구고에 당당히 합격했다. 호구시에는 열세 개의 중학교가 있었고, 매년 남녀 총합 천삼백여 명의 졸업생을 배출했다. 또 호구시에는 여섯 개의 고등학교가 있었지만, 인문계 고등학교는 두 개뿐이었다. 호구고와 호구여고, 두 인문계 고교가 매년 선발하는 신입생은 각각 삼백 명 정도였다. 그러니까 호구시의 남자 중학생은 대략 육백오십 명 중 삼백 명 안에 들어야 호구고에 입학할 수 있었다. 강쇠는 그 두어 명 중 한 명꼴에 들었던 것이다.

고등학교 때는 학원에 다니지 않아도 되었다. 호구고가 자정까지 놓아주지 않았기 때문이다. 기본적으로 오후 10시까지 야간자율학습이었고, 오후 10시부터 자정까지는 심야자율학습이었다. 굳이 학원에 가고 싶으면 10시 이후에 갈 수 있었는데, 대부분의 학부모와 학생은 호구고의 이십 년 전통을 신뢰했다. 호구고의 이십 년 전통이란 학교에서의 자율학습만으로도 일 년에 서울대 한 명, 연고대 합쳐서 다섯 명은―다른 하류 대학들이야 숫자를 세기가 벅찰 정도로 많고—합격시켰다는 것이다. 게다가 호구고는 학생들을 거의 이십사 시간 붙잡아놓을 만큼 완벽한 시설을 갖추고 있었다. 찜질방과 겨룰 만한 샤워실과 휴게실, 그리고 시내에 사는 학생들을 제외하고 나머지 전교생을 재울 만한 기숙사가 있었다. 호구고의 전통과 편의 시설을 신뢰하지 않는 학부모들은, 학원을 신뢰하지 않는 대신 개인 과외를 신뢰했다. 호구여고도 사정은 마찬가지였다.

따라서 호구시에서는 고등학생 대상 입시 학원이 존립할 수 없었다. 자율학습만으로는 부족하다고 생각하지만 개인 과외까지 받을 형편은 못 되는 소수의 학생들만 한 학원에 여남은 명 꼴로 다닐 뿐이었다. 그러므로 호구시에 존재하는 모든 입시 학원은, 호구고와 호구여고 두 학교에 얼마나 많이 합격시키느냐에 모든 것을 건, 고교 입시 전문 학원들이라 할 수 있었다.

강쇠가 대학에 가서 전국 각지에서 올라온 벗들에게 들으니, 호구시의 입시 사정은 특수한 게 아니었다. 대도시는 평준화 덕에 수준 차이가 적은 고등학교가 수두룩하며, 학부모와 학생이 그런 고등학교를 신뢰하지 않는 탓에, 학원에 다니는 고교생이 상당했다. 그러나 농어촌 지역으로 분류되는 시골은 호구시와 대개 비슷한 상황이었다. 인문계 고등학교가 한두 개밖에 없고, 당연히 그 고장 중학생들은 그 고등학교 하나를 두고 치열한 경쟁을 하고, 그러니 중학생 대상의 입시 학원이 창궐하고, 고등학교 들어가면 그 고등학교가 하루 종일 가둬놓고……

강쇠가 서울 소재는 아니고 수도권에 소재하는 대학교에 합격했을 때, 아버지는 혈녀 원장에게도 감사 인사를 드리라고 했다. "네가 고등학교 때는 공부만 열심히 한 것도 있다만, 혈녀 선생이 칠 년 동안 기초를 확실히 잡아줬으니께 공부가 제대로 됐을 것 아니냐? 그려, 안 그려?" 강쇠는 '안 그려요!' 못 들은 척하고 싶었지만, 아버지를 워낙 무서워하는지라 싸구려 케이크 하나를 사들고 찾아갔다. 삼 년 만에 보는 혈녀는 별로 안 반갑게 맞아주었는데, 합격한 대학교 이름을 댔더니 돌연 반갑게 대해주었다. 수도권 소재 대학교만 되어도, 시골에서는 대단한 칭찬을 받는 것이었다.

더욱이 강쇠가 합격한 대학교는 서울에 1캠퍼스가 있고 수원시 근처에 2캠퍼스가 있었다. 1캠퍼스가 뭐고 2캠퍼스가 뭔지 잘 모르는 사람들은 다 서울에 있는 그 대학인 줄 알았다. 혈녀가 지나치게 띄워주는 폼이, 혈녀도 강쇠가 합격한 대학교가 서울에 있는 1캠퍼스인 줄 아는 모양이었다. 강쇠는 1캠퍼스가 아니고 수원 시내에서도 한 이십 분은 떨어진, 이 호구시만큼이나 변두리 냄새가 푹푹 풍기는 시골 2캠퍼스라고 밝히고 싶은 유혹을 꾹 참아내야만 했다. 풍선을 타고 너무 높이 날아서, 스스로 펑 터뜨리고 추락할 용기가 없었다. 혈녀는 어깨를 꾹 잡아주면서 이런 말도 했다. "강쇠, 방학 때 내려오면 그냥 놀지 말고 선생님 좀 도와줘. 우리 학원에서 아르바이트를 하란 말이야. 그 대학교 갈 실력이면 뭐는 못 가르치겠어."

칠 년이 지났고, 어깨를 꾹 잡아줄 때만 해도 강쇠 눈에 아름답게만 보였던 서른여덟 살 혈녀는, 마흔다섯 살이 돼 있었고, 더이상 아름다워 보이지 않았다. 혈녀는 강쇠를 첫눈에 기억하지 못했다. "선생님한테 맞다가 기절해서 병원 실려간 적도 있는데…… 그리고 제가 하도 여자애들한테 집적거리니까 네가 뭐 변강쇠라도 되느냐고, 강쇠라는 별명을 지어주셨잖아요." "아, 변강쇠! 그래, 너구나. 졸업은 했니?" "졸업 아직 못 했고요, 이것 보고 왔어요." 강쇠는 생활정보지를 내밀었다. 생활정보지 구인란에 '빛나라학원 국어 강사 급구, 급여는 상담 후 결정'이라고 적혀 있었다.

혈녀는 별 까탈 없이 강쇠를 국어 강사로 채용했다. 강의 첫날 회식을 열어주고는 다른 강사들에게 이런 소개를 했다. "내가 때려서 사람 만든 애야. 그 개차반 코흘리개가 내 새끼선생이 될 줄이야!" 그런 과거 때문인지, 혈녀는 다른 강사들에게는 어떤 경우에도 존칭어를 사용했지만, 강쇠에게만은 반말을 무시로 섞었다. 강쇠도 혈녀의 거침없는 낮춤말이 싫지가 않았다. 혈녀가 그 옛날의 젊은 아줌마처럼 생각되어서.

"왜 말을 못 해? 어서 말을 해보라니까!" 혈녀 원장이 윽박지르듯 했다. 강쇠는 화들짝 놀라서 일단 입을 열었다. "예, 그러니까 세족식은, 눈 가리고 아웅한다는 의심을 받을 수가 있습니다." "무슨 눈을 가려? 왜 아웅을 해? 우리가 고양이야?" "그러니까 제 말은 형식적인 퍼포먼스 같은 행사보다는, 표는 안 나더라도 내용이 있는 방안이 더 낫다는 겁니다. 이를테면 학원비를 좀 깎아준다든가……" "뭘 깎아? 우리 학원비가 제일 싸. 호구시에서 가장 싸다고! 이렇게 싼 학원 놔두고 비싸게 받으면서 가르치지도 못하는 학원에 보내다니, 정말 어떻게들 되신 거 아니야? 정말 이해가 안 가. 자, 또 뭐? 또 무슨 문제가 있느냐고?" "예, 그러니까……" "그놈의 그러니까 소리는 좀 빼놓고 말할 수 없어?" "예, 톡 까놓고 말씀드려서 굳이 발을 닦아줄 필요가 있느냐는 거지요." "그러니까 그냥 하기 싫다는 거잖아? 별 특별한 이유도 없고? 그래, 안 그래?"

정말이지 생각이 안 났다. 그 사진을 볼 때만 해도, 아까 혈녀가 세족식을 하자는 말을 처음 냈을 때만 해도, 세족식을 하지 말아야 할 이유가 수천 가지쯤 될 것 같았는데, 막상 생각해보니 하나도 안 떠오르는 것이었다.

혈녀 원장과 강쇠의 대화를 무슨 부조리극 보듯 하고 있던 강사들 중에 하나가 불쑥 입을 열었다. 사회 강사 예수녀가, 원장이 아니라 강쇠에게 질문을 한 것이었다. "국어 선생님은 세족례가 어디에서 유래했는지 아세요?" 스물여섯 살인 그녀의 억양은 강쇠의 귀에 주기도문 외우는 소리처럼 들리고는 했다. 그래서 종교를 물어본 적이 있는데, 아니나다를까 기독교였다. "모르는데요?" "모르셔서 그렇게 부정적으로 보시는 거예요. 세족례는……" "잠깐요, 세족식 얘기하는데 왜 갑자기 세족례……"

"원래 세족식이 아니고 세족례였어요. 요한복음 십삼 장 일 절에서 십오 절에 있습니다. 하나님 아버지께서는 십자가로 가시기 전날 밤, 최후의 만찬을 집행하기 전에 열두 제자의 발을 씻겨주셨습니다. 하나님 아버지께서 몸소 제자들의 발을 씻김으로써 '섬기는 자세'를 보여주셨습니다. 뜻을 헤아리지 못하는 열두 제자에게 '너희도 내가 한 것처럼 행하라'고 말씀하셨습니다. 하나님 아버지가 행하셨던 세족례의 의미는 섬김과 낮아짐에 있습니다. 다른 이의 발을 씻긴다는 것은 동서양을 막론하고 노예나 천한 자가 높은 이들에게 행하던 일입니다. 그러니 영광의 왕이신 하나님 아버지께서 제자들에게 세족식을 행하셨다는 것은 너무나 가슴 떨리고 감동적인 일이었습니다. 예수님께서는 친히 수건을 두르시고 사랑의 마음으로 제자들 앞에 앉으셨습니다. 영광의 왕이 겸손의 왕이 되셨습니다. 제자들은 예수님께서 더러운 발을 만져주시며 먼지를 털어내고 씻겨주셨던 감격을 잊지 못했을 것입니다. 무언가 알 수 없는 뜨거움이 가슴 깊은 곳에서 꿈틀대었을 것입니다. 예수님께서 제자들을 사랑하고 계심을 느낄 수 있었기 때문입니다. 사실 제가 지금까지 한 말은 제가 지어낸 말이 아니고 최일도 선생님의 '행복편지'를 보고 너무도 좋은 말인지라 외우고 다닌 것입니다. 너무 좋지 않습니까? 원장 선생님, 우리 꼭 세족례 해요. 하나님의 영광과 겸손을 실천해요."

강쇠를 보고 말하던 예수녀는, 시나브로 원장을 포함한 모든 강사에게 골고루 시선을 던져가며 외웠다. 목사님이 신도들에게 설교라도 하는 듯했다. 예수녀가 처음 말할 때는 대단한 동지라도 만난 듯 기뻐하던 혈녀도 좀 지루해하는 얼굴이었다. 혈녀도 기독교도였는데 일요일에 세 자녀를 끌고 간신히 교회 나가는 것으로 신앙생활을 다하는 미국식 신자였다.

예수녀의 말이 끝나자, 혈녀는 대단한 감동을 받아 주체를 못하겠다는 표정으로 얼른 바꾸고 말했다. "다들 들었지요? 세족례는 이렇게 좋은 거예요. 사회 선생님이 아주 잘 말해줬어요. 강쇠, 알아들었지? 이제 딴지 없기다." 강쇠는 고개를 끄덕대며 패배를 시인했다. 어차피 다시 입대했다 각오하고 시작한 학원 강사 생활, 그만둘 때까지 박으라면 박고 까라면 까야지 어쩌겠어.

그러나 강쇠 말고 딴지꾼이 또 있었다. 스물다섯 살 과학 강사 독서광이 예수녀를 거의 노려보다시피 하면서 불쑥 물은 것이었다. "사회 선생님, 마틴 루터, 아십니까?" 예수녀는 하도 난데없는 질문이어서 그런지 아니면 독서광의 목소리가 몹시 매서워서인지 소스라치게 놀라면서 대답했다. "마틴 루터? 그분, 알지요." "마틴 루터를 그분이라 하시니, 신교 루터파 소속 교회를 다니시는가보군요. 그거 아십니까? 그 모든 신교 종파의 창시자나 마찬가지인 마틴 루터가 가톨릭교회의 세족식을 배척했다는 거요." "배척? 왜요?" "위선이라는 거지요. 교황을 비롯해서 국왕, 귀족 등 권력층이 민중의 환심을 사기 위한 수단으로 세족식을 했다는 거지요. 국어 선생님 말이 맞습니다. 눈 가리고 아웅한 거지요."

독서광은 무식쟁이들을 깨우쳐주어서 쾌감을 느낀다는 투로 좌중을 휘둘러보았다. 강쇠에게는 '형님, 잘했지요!'라는 뜻을 담은 윙크까지 보내왔다. 강쇠도 살짝 눈웃음을 쳐주었다. '그래, 너 아주 잘했다.' 예수녀는 독서광이 한 말을 제대로 해석하지를 못해서 그런지 뭘 생각하는 표정으로 가만히 있었고, 다른 강사들은 계속 불구경하듯 하고 있었다. 혈녀도 뭔가 좀 생각하더니, 독서광에게 따지듯 물었다.

"그래서 과학 선생님은 하자는 겁니까, 말자는 겁니까?" "하지 말자는 겁니다." 독서광은 군대 제대한 지 석 달밖에 안 되는 젊은이답게 즉각 뚝 부러지는 목소리로 대답했다. 혈녀 원장도 단호했다. "합니다. 우리는 교황도, 국왕도, 귀족도 아니에요. 그저 선생일 뿐입니다. 우리에게는 위선이 없어요. 교회가 아닌 곳에서 많은 분들이 세족식을 하고 있어요. 대학 교수님들, 병원 의사님들, 군부대 장병들, 고등학교 선생들, 그분들께 무슨 위선이 있다는 겁니까?"

"위선이 있을 수 있습니다." 우와, 저 싸가지 없는 자식, 멋지다. 계속 대들어라. 강쇠는 독서광을 응원했다. 술 마실 때마다 자신에게 저따위로 대들어서 아주 기분 나빴는데, 원장한테 술도 안 마시고 대드는 걸 보니 매우 흡족했다.

"우리 학원 강사에게 무슨 위선이 있단 말입니까? 그냥 단순하게 생각합시다. 좀더 열심히 가르치겠다고 각오하는 차원으로, 앞으로 더 성심껏 학생들을 섬기겠다는 맹세로, 발 한번 닦아줍시다. 우리 학원 수강생이 많기를 합니까? 백오십 명도 안 돼요. 선생이 아홉 명이니까 열몇 명씩만 닦아주면 되는 거잖아요? 애들 발 한번 닦아주자는데, 젊은 사람들이 왜 이렇게 말이 많아요? 과학 선생님, 벌써 강쇠 선생한테 감염된 거예요? 그딴지 바이러스 말입니다. 싸구려 노빠티, 하나로 충분한데 둘이 돼버렸군요…… 예수녀, 아니, 사회 선생님께서 수고를 좀 해주세요. 우리가 절차를 잘 모르니까 사회 선생님이 하라는 대로 다 하겠어요. 오늘 회의 끝."

강쇠가 '개차반 코흘리개'이던 때, 혈녀 원장은 수업 시간에 곧잘 자기 얘기를 했다. 하지만 이야기를 구성하는 에피소드가 몇 개 안 되었다. 생전 처음 하는 얘기처럼 시치미 뚝 떼고 새삼스럽게 말했을 뿐이었다. 사적인 이야기에 흥미 없는 애들은 어땠는지 몰라도, 강쇠는 매번 귀담아 들었고, 그러다보니 나중에는 외울 지경이 되었다. 오랜 세월이 지나 혈녀의 '새끼선생'이 되어 겪으니, 혈녀는 강사들에게도 곧잘 자기 얘기를 했다. 세월이 흐른 만큼 추가된 에피소드가 있기는 했으나, 대체로 옛날에 했던 그 얘기였다. 혈녀의 육성을 최대한 살려, 혈녀의 인생을 단순하게 정리해보자면 이렇다.

뚱뚱온달(원장 혈녀가 자기 남편을 지칭하는 말) 사장이 고시 공부하고 있을 땐데, 공부는 무슨, 당구장에서 살았지. 지금도 그런 사람들이 서울 노량진 고시촌에 가면 양어장 고기처럼 많다지? 지금은 당구장이 아니라 인터넷 게임방에서 죽치나? 암튼 뚱뚱온달이 잘생기기를 했어, 특별한 재주가 있어? 하지만 참 착한 사람이었어! 그때 내가 이래저래 무척 힘들 때였어. 두 달간 입원했었는데, 온달이 하루도 안 빠뜨리고 꽃을 들고 온 거야. 꽃집 차릴 뻔했지. 내가 출판사 다니고 있을 땐데, 그래서 내가 소설도 좀 아는 거라니까요! 그때 참 소설 많이 읽었어! 책 내달라고 보내오는 원고들 중에 참 엉터리도 많았다고! 퇴원해서 나갔더니 내 자리가 없어졌데. 그때처럼 비참하기는 첨이었어. 당시 기준으로 내가 높은 학벌에 커리어우먼이었는데 말이야. 거, 모모모 알지? 그 유명한 소프라노 말이야. 내가 걔보다 노래를 더 잘했어. 그 모모걸스 합창단 말이야, 걔는 후보고, 내가 주축 멤버였다고. 그때 좋았지. 그 모모모랑 애들이랑 한 달 유럽을 돌면서 노래를 불렀어. 내가 어렸을 때 그렇게 잘나갔다니까. 그런데 삼류 출판사에서도 잘리고, 비참 안 할 수가 없었지.

홧김에 살림을 차렸지. 남편 온달은 계속 고시에 떨어지고, 나는 애가 덜컥 들어섰어. 온달이 제 고향으로 내려가자더군. 어쩔 수 있나. 애는 낳고봐야지. 내려와서 놀랬어. 시아버지가 엄청나게 부자더라고. 호구시내 백분의 일이 시아버지 땅이라는 소리를 들었지 뭐야. 온달은 그때까지 그런 얘기를 한 번도 안 했었거든. 찢어지게 가난한 집 열번째 아들처럼 궁상맞게 굴었다니까. 만약 온달이 자기 집 사는 얘기를 손톱만큼이라도 했었다면 난 온달과 동거하는 일이 없었을 거라고. 돈 보고 사내 후린 여자가 되잖아?

그런데 시아버지가 온달을 못 믿는지 온달에게 돈도 안 주고 일도 안 주었어. 시아버지는 온달이 계속 공부하기를 원했지. 내가 보기엔 뚱뚱온달은 공부 체질이 아니야, 사업가 체질이지. 그 고장 출신 중에 워낙 수재여서 시아버지나 유지들이나 기대가 지나쳤을 뿐이지. 나는 애 낳고 아무 일 없이 사는데 참 미치겠더군. 시아버지가 참새 모이 주듯 하는 돈으로 먹고살려니 밥벌레 같기도 하고. 나는 시아버지께 말씀드렸어. 오 년 안에 갚을 테니 돈 좀 빌려달라고. 시아버지가 빤히 쳐다보더니 '뭘 하겠냐'가 아니라, '얼마면 되겠냐'고 물으시더군. '난 천만 원이면 됩니다' 그랬지. '천만 원 가지고 뭘 할 수 있겠냐, 일억을 주마' 하시더군. 난 한사코, '아닙니다, 천만 원이면 충분합니다' 그랬지.

천만 원으로 허름한 건물을 하나 얻어서 보습 학원을 열었어. 아직 불법일 때였어. 왜 전두환이 그 살인마놈이 자기 죄를 눈 가리고 아웅하려고 학원, 과외 시장을 하루아침에 불법으로 만들었잖아. 왜 그랬냐고? 아하, 강쇠는 엄마 뱃속에 들어 있지도 않을 때라 잘 모르겠구나. 70년대 말 그때가, 지금보다 열 배는 더 사교육 열풍이 극심했어. 그땐 평준화 이런 거 없었잖니? 모든 고등학교가 다 시험 봐서 들어가는 거였다고. 중학교도 시험 봐서 들어갈 때니 사교육이 얼마나 극심했겠니. 그때에 비하면 지금은 하나도 심한 거 아니다. 뭐, 다 대도시 일이었겠다만.

그러나 사교육을 누가 막아? 몇 년 지나지 않아서 불법적으로 다들 학원 차리고 과외했지. 나도 그랬다는 거야. 이 시골구석에서는 내가 차린 학원이 최초였지. 가난뱅이 부모들이 학원 같은 데 애들을 보내겠냐는 때였지. 하지만 학구열이 정말 무서운 거야. 처음부터 미어터지게 들어오더라고! 전세 생활 딱 오 년 하고 지금의 보란 듯한 오층짜리 건물(일층에서 삼층은 강의실, 사층은 공부실, 오층은 살림집)을 세울 정도였으니, 거의 갈퀴로 돈을 긁었다고 해도 과언이 아니겠지. 순전히 내가 벌어서 세운 건물이란 말이야.

학원 다시 합법화 이십여 년, 우리 고장에도 학원이 백삼십 개가 넘잖아? 그중에 입시 학원이 스물여섯 개고, 신고 과외 불법 과외 선생도 엄청 많고! 그 원장들, 과외 교사들 중에 내 밑에 있다 나간 분들이 오십 명은 돼. 그분들은 내가 섭섭하게 했다고 뒤통수 때리는 말들을 하고 다니는 모양인데, 정말 배은망덕한 사람들이야! 내가 얼마나 뒷배를 보아줬는데 말이야. 내가 그래서 치사하고 더럽고 아니꼬워서 학원연합회도 나간 지 오래됐어.

사실 내가 학원으로 성공할 수 있었던 것은 남보다 먼저 출발해서이기도 했겠지만 경쟁력이 뛰어났기 때문이었어. 내 학벌이면 시골에서는 대단하잖아? 뚱뚱온달 사장님 학벌도 만만치 않잖아? 온달이 영어를 맡고 내가 수학을 맡으니까 영어, 수학은 우릴 당할 자가 없었지. 우리가 학원을 잘하는 걸 보시더니, 시아버지가 온달을 인정했어. 나를 인정해야지 왜 남편을 인정했나 몰라. 온달에게 부동산 관리를 맡기신 거지. 그래서 온달 선생은 강의 손 뗐고, 대신 내 조카를 데려온 거야. 개도 얼른 독립시켜주어야 할 텐데. 온달도 역시 머리가 있는 분이더라고. 고시 공부나 할 때는 저게 뭐하는 사람인가 했는데, 관리하는 걸 보니까 보통 머리가 아니야. 이제 시아버지는 완전히 뒷전으로 물러나 있어.

난 정말 열심히 살았어. 내가 애가 셋이잖아? 좀 많지? 내가 둘째, 셋째는 강의하다 낳은 사람이야. 애가 쏟아지기 직전까지 강의를 했다는 얘기지. 셋째 낳을 때는 119까지 왔었어. 진통이 오는데도 강의를 빠질 수가 없어서, 막 하고 있는데 나오지 뭐야. 그대로 교단에 넘어졌지. 아이들이 119를 부르고 난리가 났어. 그때 교단에 흘린 핏자국이 아직도 남아 있을걸? 그래서 내 별명이 혈녀야. 철녀라는 별명도 있지만.

자, 봐, 그럼 내가 지금 학원을 계속 운영하고 있는 게 돈 때문이겠어? 이제 돈은 벌 만큼 벌었어. 나는 다만, 우리 학원이 계속해서 우리 고장의 상징 같은 것으로 남기를 바라. 우리 호구시에 전통을 내세울 만한 학원 하나쯤은 있어야 되는 것 아니겠어?

세족식 계획안

1. 개요

   인원: 빛나라학원 수강생 143명, 강사 9명

   장소: 빛나라학원 4층 공부실

   일시: 3월 27일(목), 초등생 3~4시, 중학생 6~7시, 고등학생 9~10시

   준비사항: 전기포트 3개, 큰 물통 2개, 대야 9개, 바가지 2개, 수건 143장

2. 세팅 배치도(생략)

3. 세족식 진행 순서 및 방법

   —원장님이 세족식을 거행하는 참뜻을 밝히시는 말씀을 5분 정도 하십니다. 혹시 기자들의 질문이 있으면 간단히 답변해주십니다. 말씀과 답변이 끝나면 바로 세족에 들어갑니다.

   —첫번째 차례 학생들 아홉 명이 의자에 앉으면, 선생님들은 대야에 물을 알맞게 받으셔서, 각자 정해진 자리에 착석합니다. 그냥 맨바닥으로 하기는 선생 체면이란 게 있으니 방석을 깔아놓겠습니다. 여선생님은 남학생의 발을, 남선생님은 여학생의 발을 닦아주도록 순서를 정하겠습니다. 동성끼리 닦아주면 경건하지 못하고 장난 분위기가 될 수 있기 때문입니다.

   —선생님께서는 대야를 자신의 뒤쪽에 두고, 학생 앞에 두 무릎을 꿇고 가까이 다가가 앉습니다. 반드시 두 무릎을 꿇어야 합니다. 선생님께서는 수건을 자신의 무릎 위에 펴놓습니다.

   —학생의 두 손을 맞잡고, 눈빛을 마주치며, 간단한 사랑과 섬김의 인사를 나눕니다. 사랑과 섬김의 인사말: "우리 빛나라학원 선생님들은

○○(이)를 정말로 사랑하고 섬긴단다. 앞으로도 최선을 다해 가르칠 테니, 성심껏 배워다오."

─학생의 바짓단을 세 겹 접어올립니다. 그리고 양말을 서서히 벗깁니다. 전날 학생들에게 세족식 행사를 알리고 가급적 바지를 입고 오도록 해야 합니다. 그러나 분명 치마를 입고 오는 학생들이 있을 것입니다. 특히 호구여중 학생들은 거리가 멀어서 집에 못 들르기 때문에 교복 치마 차림으로 올 가능성이 높습니다. 치마 입은 학생들은 그냥 양말만 벗깁니다. 집에서 아주 짧은 치마나 반바지로 갈아입고 오는 여학생이 있을 수 있습니다. 남선생님들, 시선을 잘못 두어 치마 속을 보시면 안 됩니다. 봐봐야 별것도 없습니다만, 혹시 잘못해서 보더라도 못 본 척 하는 센스를 발휘해야 합니다. 양말을 안 신고 온 학생들도 있을 것입니다. 그 경우엔 양말 벗기는 시늉을 합니다.

─먼저 자신의 손에 물을 묻힙니다. 학생의 발에 찬찬히 물을 적십니다. 갑자기 푹 적시면 발이 놀랄 수도 있기 때문이지요. 발은 제2의 심장이니까 조심해야 합니다. 발 냄새가 심한 학생이 있을 수 있습니다. 아무리 심해도 선생님들은 꾹 참으셔야 합니다. 냄새 맡은 티를 내면, 학생은 수치심을 느낄 수도 있기 때문입니다.

─발을 대야에 반쯤 담그고, 깨끗이 닦아줍니다. 하지만 조금 닦았는데도 때가 많이 나오는 학생이 있을 수 있습니다. 물이 새까매지면 역시 학생이 수치심을 느낄 수 있으므로, 때가 많이 나올 것 같은 학생의 발은 깨끗이 안 닦아도 됩니다. 그리고 또 남선생님들은 특히 조심해야 합니다. 손아귀 힘이 억세서 여학생의 발을 아프게 할 수도 있기 때문입

니다. 그렇다고 너무 살살 만져도 안 됩니다. 여학생의 성감대를 자극할 수도 있기 때문입니다.
— 다 씻겼으면 수건 위로 학생의 발을 조심스레 옮기고 물기를 지그시 눌러서 닦아줍니다. 이때도 힘센 남선생님들은 여학생의 발을 조심조심 다뤄야 합니다.
— 물기를 완전히 제거한 뒤에 양말을 발끝부터 정성스럽게 신겨줍니다. 맨발 학생의 경우엔 신겨주는 시늉을 합니다.
— 걷어올린 바짓단을 내려 펴줍니다. 치마 입은 학생은 내려주는 시늉을 합니다.
— 대야는 뒤로 치우고, 수건은 정성스럽게 접어서 사랑과 섬김의 증표로 학생에게 선물합니다. 선물 인사말 : "이 수건을 볼 때마다 너의 발을 씻겨준 선생님을 떠올리고, 공부 열심히 해야겠다는 생각을 가져주면 참 고맙겠다."
— 학생을 일으켜세우고, 따뜻하게 안아줍니다. 이때 남선생님들은, 혹시 사춘기 여학생들이 성적 수치심을 가질 수도 있으므로, 절대 음흉한 생각을 가지시면 안 됩니다.
— 한 학생이 끝나면 조용히 손을 들어주세요. 그러면 도우미분들께서 세숫대야의 물을 갈아주실 것입니다.

4. 역할 분담

    인사말 준비: 원장 혈녀

    진행 총괄 점검: 예수녀

    홍보 및 기자 섭외: 강쇠

세족식 담당: 혈녀(영어), 강쇠(국어), 예수녀(사회), 독서광(과학), 혈녀 조카(영어), 무관심(수학), 짱웃겨(수학), 꾸부정(국어), 원어민(영어회화), 백설공주(초등)

물갈이 도우미 및 사진·동영상 촬영: 호구교회 학생회

계획안 작성자 예수녀는 아주 자랑스러운 얼굴이었다. 계획안을 읽어본 여덟 명의 '선생님'들은 어떤 표정인가? 독서광은 아주 미치고 팔짝 뛰겠다는 얼굴이었다. 광대뼈에 분노가 이글거리고 있었다. 원어민은 만족스러운 모양이었다. "원더풀, 굿, 나이스!"라는 강쇠도 알 만한 영어로 감탄했다. 꾸부정은 허리를 꾸부정하게 숙이고 얼굴을 거의 바닥에 들이대고 있어서 표정을 살필 수 없었다. 무관심은 늘 그렇듯이 관심 없는 낯빛이었다. 짱웃겨는 싱글벙글 웃고 있었다. 그러나 어떤 의미의 웃음인지는 파악하기 어려웠다. 혈녀조카는 한숨을 푹 내쉬고 있었다. 별로 마음에 안 드는 모양이었다. 백설공주는 계획안으로 연신 부채질을 하고 있었다. 더운 모양이었다.

원장 혈녀는? 계획안을 탁 소리나게 테이블에 내려놓으며, 매우 흡족한 듯 추었다. "사회 선생님이 정말 애를 많이 썼군요. 아주 좋아요, 아주 좋아. 난 그저 발만 닦아줄 생각을 했지, 발 닦는 데도 이런 훌륭한 과정이 있다는 걸 몰랐네요. 그런데 수건이 백마흔세 장씩이나 꼭 필요한 거예요?" "제가 적어놓았다시피 학생들에게 수건 선물을 하면 참 좋아할 거예요. 사실 수건만큼 오래오래 쓰는 선물도 없잖아요. 아까워하지 마시고……" "아까워하다니, 나는 그냥 물어본 거예요. 그런데 도우미들은, 그냥 도우미인 겁니까?" "제가 다니는 교회 학생부 애들인데요, 제가 우리 학원 세족식 얘기를 했더니 도와달라고 하기도 전에 돕겠다고 나섰어요. 참 착한 애들이지요." "그렇군요, 참 착한 애들이에요. 그래도 참고서 한 권 값은 챙겨줘야 되겠지요? 자본주의 시대에." "어머, 안 그러셔도 돼요. 원장님. 정말 그 애들은 아무것도 바라는 게 없어요. 그냥 순수하게 돕고 싶은 마음뿐이에요."

이때 평소 말이 너무나도 없는, 그래서 있는지 없는지 모를 때가 더 많은 꾸부정이 불쑥 말했다. "여선생님이 남학생 닦아주는 건 모르겠지만, 남선생이 여학생 닦아주는 건 별로 안 좋은 것 같습니다." 꾸부정이 한 말치고는 너무나도 길었다. 원장이 물었다. "왜요?" 꾸부정은 좀 망설이더니 대답했다. "여중생은 모르겠습니다만, 여고생은 여자나 마찬가지예요. 여고생 발을 닦아주라니 공개적으로 성추행이라도 하란 말입니까?" "꾸부정 선생님은, 고삐리가 여자로 보인단 말입니까?" "원장님, 너무하십니다." "뭐가요?" "제 나이 서른입니다. 웬만하면 다 여자로 보입니다. 저는 남학생만 닦겠습니다!" 하고는 밖으로 나가버렸다. 원장이 꾸부정한 등이 보이지 않자 혀를 끌끌 찼다. "아니, 어떻게 제자를 여자로 생각한다는 거야? 정신이 어떻게 된 거 아냐?"

강쇠는 문득 원장이 꿩 아니면 붕어라고 생각했다. 건망증이 극히 심한 동물들. 한 달 전인가, 일부 스포츠 지도자 스승들이 선수들을 낮에는 패고 밤에는 성추행해서 떠들썩했을 때, 원장이 그 스승들에게 퍼부은 욕설이 천 바가지는 될 거였다. 그때 강쇠는 애꿎게도 (학원 강사 주제에) '스승의 대표'가 되어, 원장에게 '제자가 여자로 보일 수도 있으니, 스승으로서 심신을 항상 단정하고 맑게 유지하기 위한 방법'이라고 요약할 수 있는 성교육을, 단단히 받아야만 했다.

그런데 꾸부정 선생은 중학생은 여자로 안 보이나? 나는 중3 애들도 여자로 보일 때가 많은데. 아, 내가 죽일 놈이지. 그래도 보기만 하고 음흉한 생각은 안 한다고. 그 미친 연쇄살인범 놈은 대체 어떻게 된 뇌를 가진 거야? 초등생을 여자로 본 것도 비정상인데 못된 짓까지 하고 죽이기까지 해? 그런 놈들까지 법으로 보호해야 하는 걸까. 그런 것들은 사형시켜야만 되는 거 아닐까? 그래야 그런 극악무도한 범죄가 조금이라도 덜 일어나지 않을까? 강쇠가 사형폐지론자와 인권론자들이 들으면 길길이 뛸 생각을 하는 동안, 나머지 강사들은 진심인지 위선인지는 모르겠지만 예수녀의 계획안을 칭찬하는 말을 한마디씩 했다.

그러나 아직 반항자가 한 명 남아 있었다. 독서광이 벌떡 일어서더니, 잠바 주머니에서 하얀 봉투를 꺼냈다. 원장 앞에 내려놓은 그 봉투엔 '사직서'라고 적혀 있었다. "저 그만두겠습니다. 이따위 쇼, 다시는 못 하겠습니다. 저 군대에서 신병 때 발 닦기 당해봤고 고참 돼서 신병 발 닦아봤는데 구역질이 나서 미치는 줄 알았습니다. 안녕히 계십시오!"하고는 휙 나가버리는 것이었다. 원장이 "어디 가? 얼른 안 돌아와요?" 빽 소리질렀으나, 독서광은 돌아오지 않았다. 강쇠는 독서광의 용기 혹은 치기가 몹시 부러웠다.

그런데 '홍보 및 기자 섭외'에 왜 '강쇠' 이름이 들어가 있는가? 기자들을 부르기로 한 것은 예수녀의 생각이 아니고 원장의 생각이었다. 원장이 가르친 제자 중에 〈호구신문〉 기자가 있었다. 우연히 만났을 때 원장이 별 뜻 없이, 세족식을 하기로 했다고 하자, 그 기자가 먼저 반색을 했다. 그런 좋은 행사를 소리소문 없이 치르려 했느냐고. 그런 일은 널리 알려서 타의 모범으로 세워야 한다, 우리 신문이 그렇게나 찾던 좋은 기삿거리다, 뭐 이런 식으로 추켜세우고는 취재하러 틀림없이 갈 것이고, 면꽉 차게 기사를 쓸 테니 반드시 꼭 하시라고 신신당부했다. 원장은 "야, 그럼 다른 신문도 부를까? 너네만 좋은 기사 쓰면 다른 신문이 섭섭해할 거 아냐?" 했고, 기자는 "그러시면 안 되죠, 제자가 모처럼 특종 하나 잡았는데" 도리질을 했다.
그랬는데 그 기자가 다음날 전화로 다시 부탁했다. "원장님, 아무래도 다른 신문사에도 알리는 게 좋을 것 같아요. 다른 신문사 기자들이 다 제 선배인데, 이거 혼자 꿀꺽했다가 제 명에 못 죽을 것 같아요. 안 오면 다행이고, 와도 뭐, 괜찮지요. 기사를 선배들보다 잘 쓰면 되니까!" 원장은 만만한 강쇠에게 보도자료를 만들어 각 신문사에 배포하고, 기자들에게 일일이 전화를 걸어 와주십사 청하라는 명령을 내렸다. 원장도 이렇게 된 이상 판을 최대한 크게 벌여보자고 마음먹게 된 것이다.

예수녀의 계획안대로 진행하기로 결정되었다. 원장은 강쇠에게 수업에 들어가지 말고, 홍보 및 섭외를 처리하라고 했다. 금요일이니, 지금 안 하면 목요일까지 기사가 나겠느냐는 거였다. 강쇠는 뭘 어떻게 해야 하는지 암담해서, 원장의 제자이자 자신의 고등학교 선배이기도 한 〈호구신문〉 기자에게 전화를 걸었다. "선배님 때문에, 제가 보도자료라는 걸 만들어야 해요. 그거 어떻게 만드는 거예요?" "뭘, 보도자료씩이나 만들어." "내 말이." "야, 근데 혈녀 진짜 웃긴다. 뭐 그런 생각을 다 했냐? 개나 소나 다 한다지만 학원에서도 세족식이라, 이거 너무 웃기지 않냐?" "선배, 무슨 말을 하는 거예요? 원장님한테는 그런 좋은 행사를 하시냐고 칭송했다면서?" "그럼 면전에서 비웃냐?" "뭐야, 그럼 취재를 안 한다는 거예요?" "취재를 왜 안 해, 인마. 그런 '좋은 생각'이 기사가 되는 거야." 도대체 뭔 말인지 알아들을 수가 없었다. 어쨌거나 선배는 강쇠에게 선처를 베풀었다. 보도자료 만드는 법과, 각 언론사 취재기자 직통 번호와 이메일을 가르쳐주었고, 또 전화부터 돌리고 보도자료를 만들라는(그게 시간상 빠를 테니까) 지침까지 내려주었다.

이 조그만 고장에 신문이 네 개나 되었다. 나머지 세 신문 〈호구뉴스〉, 〈호구내일신문〉, 〈호구시민신문〉에 차례로 전화를 걸었다. 두 신문사는, 뭐 그딴 걸 하겠다고 전화질을 했냐는 투로 성의 없이 받았고, 한 신문사는 반색은 안 했지만 관심을 표하며 꼭 취재를 오겠다고 약속을 했다. 호구유선방송국은 시간 되면 가보겠다고 했고, 호구시청 홍보실은 퇴근했는지 전화를 안 받았다. 충청권 신문 네 곳에서 파견한 호구지역 주재기자들에게도 전화를 걸었다. 다들 시큰둥했다.

예수녀의 계획안을 거의 그대로 넣어서 보도자료를 만들고, 각 언론사에 이메일 발송하는 것을 끝으로, 일을 마감했을 때는 10시가 넘어 있었다. 독서광에게서 전화가 왔다. "형님, 저 죽을 것 같아요. 빨리 와서 위로해주세요. 안 그러면 확 뒈져버릴 거라고요." 어지간히 처마신 듯했다.

퇴근하려는데, 원장이 고생했다고 치하를 해주었다. "으휴, 그래도 강쇠가 최고야. 내가 우리 강쇠 때문에 산다. 네놈이 싸구려 노빠티 내며 대들기는 잘해도, 결국 다 내가 시키는 대로 하잖아." "선생님, 저 너무 슬퍼요. 저도 독서광처럼 사표 내고 싶었다고요. 저도 처음에 막 반대했는데, 이게 뭐예요, 앞장서 반대했던 놈이, 선봉대처럼 보도자료를 쓰고." "어휴, 화났어, 우리 이쁜 강쇠, 그게 인생이야, 인마." "선생님, 독서광 사표 수리 안 하실 거죠?" "할 거야." "세족식 대들었다고요? 그런 거 가지고 자르면……" "그러지 않아도 자를 참이었어." "왜요?" "못 가르쳐서. 어린 게 책 읽은 티만 내지, 제대로 뭘 가르쳐야 말이지. 이번에 중간고사 봐봐라, 과학 점수 개판일 거다." "못 가르쳐서라면, 저부터 잘라야지요." "인마, 내가 네가 이뻐서 오냐오냐 하는 줄 알아? 네가 그럭저럭 가르쳐서 봐주는 거야."

독서광은 이미 많이 취해 있었다. "오, 비겁한 국어 선생님, 오셨구만, 오셨어. 원장 치마폭으로 아예 기어들어가지 그래. 보도자료가 써지든가? 네가 무슨 원숭이냐? 마오쩌둥 홍위병이냐? 왜 그렇게 자존심이 없냐? 너 같은 놈들 때문에 공교육이 망하는 거야. 좆같은 학원 강사 새끼들, 발을 닦아줘? 자기 좆이나 닦아라. 형님, 실망이야, 대실망! 형, 그런 사람 아닌 줄 알았어. 씹새끼들, 내 발 닦아주고, 그다음날부터 얼마나 갈구던지. 나도 그랬어. 나도 발 한번 닦아주고 좆나게 갈궜어. 시발, 왜들 발을 닦고 그래. 아, 등록금은 왜 이렇게 비싼 거야……" 독서광도 등록금을 마련하지 못해 학원계에 첫발을 내디뎠던 것이다.

"인마, 그래도 넌 행복한 거야. 마음대로 사표 쓸 수 있잖아. 하지만 그 대학 교수, 고등학교 교사들을 생각해봐라. 목구멍이 포도청이라고, 일자리 때문에 반항 한번 못 해보고 발 닦았을 거 아니냐? ……야, 그런데 발 닦아주는 게 꼭 나쁜 걸까? 혹시 우리가 삐딱해서, 항상 삐딱하게 보는 눈을 가져서, 삐딱하게 보는 것 아닐까. 위선도 선은 선이잖아?" 술 취한 놈에게 고차원적인 질문을 던진 게 어리석은 짓이었다. 독서광은 술상을 들어엎었고, 소주병으로 강쇠의 머리통을 때렸다. "개새끼, 위선자!"라며, 소주병이 깨졌고, 강쇠는 한 줄기 붉은 피를 흘린 뒤

기절했다.

빛나라학원 세족식, 전날이었다. 자정 무렵에 고3인 꽃금이가 강쇠를 찾아왔다. "오늘에야 소식 들었어요. 선생님 머리 깨진 거. 놀라서 달려온 거예요. 미친 거 아니에요, 그 머리로 계속 출근하셨다면서요?" "야, 괜찮아. 아무렇지도 않아. 좀 꿰맸을 뿐이야. 누워 있으면 누가 월급 주냐?" 강쇠는 꽃금이를 쫓아버리고 싶었다. 그러나 꽃금이가 풍기는 냄새를 이겨내지 못하고 자취방에 들이고 말았다. 작년 가을에 강쇠는 꽃금이에게 국어를 가르쳤다. 어느 날 꽃금이가 선생님을 사랑한다고 말했다. 툭 하면 찾아와서 괴롭게 했다. 강쇠가 꽃금이를 끝내 막아내고야 말았던 것은 원장 혈녀의 반지빠른 감시와 '성교육' 덕분이었다. 비 거세게 내리던 어느 밤에는 도저히 참지 못하고 선을 넘을 뻔했는데, 원장의 전화가 살렸다. "강쇠, 뚱뚱온달 선생님이랑 소주 한잔하고 있는데, 술 생각 없어?" 강쇠는 전화를 끊고, 알몸의 꽃금이를 남겨둔 채 빗속으로 달아났던 것이다. 그날 이후, 꽃금이는 마음의 정리를 한 것 같았다. 그랬는데 몇 달 만에, 이 깊은 밤에 다시 찾아온 것이다.

"야, 좋은 생각이 났다. 내가 너 발 닦아줄게." "미쳤어요?" "아니, 연습하려고 그래. 내일 너희들 발 닦아줘야 되잖아. 사실 내가 너에게 해준 게 없잖아. 마음고생만 시키고. 발이라도 한번 닦아줄게." "발은 무슨, 공부나 잘 가르쳐주지." 강쇠는 갈색

플라스틱 대야에 물을 찰랑찰랑 받아왔다. 꽃금이를 철제 의자에 앉혔다. 꽃금이 앞에 두 무릎을 꿇고 두 손을 올려 내밀었다. 꽃금이가 웃으면서 강쇠의 두 손을 맞잡았다. 강쇠는 가슴이 벌렁벌렁 뛰었다. 최대한 건조하게 뇌었다. "꽃금아, 꼭 좋은 대학에 가야 한다. 일 년 잠깐이야. 좋은 대학에 가야 그후 인생이 편해. 알았지?" 꽃금이는 발개진 얼굴로 대답했다. "꼰대 소리, 지겨워." 양말을 정성스럽게 벗겨야 하는데, 꽃금이는 하필이면 팬티 스타킹을 신고 있었다. 이런 젠장, 예수녀의 계획안에는 스타킹 신었을 때는 어떻게 해야 하는지 안 나와 있었다!

강쇠가 난감해서 어쩔 줄 몰라하자, 꽃금이 벌떡 일어서더니 교복 치맛자락을 들어올렸다. 여고생의 눈부신 속살이 강쇠를 아찔하게 만들었다. 꽃금이는 두 손을 제 사타구니께로 가져가더니, 스타킹을 무릎까지 벗어내렸다. 그러고는 다시 의자에 앉았다. 강쇠는 꽃금이 무릎에 걸쳐진 스타킹을 돌돌 말아내려 벗겼다. 꽃금이의 발 냄새가 심했다. 아침 7시에 집을 나서 자정까지 시달린 발, 어찌 냄새가 심하지 않을까. 그러나 강쇠는 내색하지 않았다.

꽃금이의 두 발을 들어 대야에 집어넣었다. 물방울이 퉁겨 사방으로 나가 떨어졌다. 아뿔싸, 우선 손으로 적셔주라고 했는데! 꽃금이의 오른발에 비누칠을 했다. 참, 계획안에 비누칠하라는 얘기는 없었는데. 꽃금이의 비누 묻은 발을 박박 문질러댔다. 발을 대야에 담그니 물이 새까매졌다. 정말 더러웠다. 사진

속의 대학교 총장은 시선을 학생의 가슴께에 두고 있었지만, 강쇠는 꽃금이의 발에만 주고 있었다. 꽃금이의 뜨거운 콧김이 이마 위에서 속삭였다. "내 발 너무 더럽지요?" "비누가 더럽지 네 발이 왜 더럽냐?" 강쇠는 꽃금이의 두 발을 빼내 수건에 올려놓고, 물을 바꾸러 나갔다. 계획안에는 '헹궈주라'는 말이 없었지만 깨끗한 새 물을 받아 잘 헹궈줄 생각이었다. "뭐, 닦아줄 만하네. 그래, 까짓것, 닦아주는 거야." 강쇠는 불끈 솟아오른 아랫도리를 내려다보며 중얼댔다. 녹초 고3 학생 발에서 나온 땟물을 휙 버렸다.

당장, 나가버려!

안동근은 교수가 들어온 이후로는
한 번도 입을 열지 않은 몇 안 되는 학생 중의 하나였다.
그는 떠들어대는 다른 학생들도 싫었지만,
침묵과 훈계로 학생들과 승강이를 하는 교수도 싫었다.
불법 투견장 사장 아들답게, 개와 개가 싸우고 인간들은 돈을 쥐고
발광적으로 소리쳐대는 광경이 자꾸만 떠올랐다.

수용 규모 이백삼십 석의 2012호 강의실 앞문이 열렸다. 1교시는 9시 30분에 시작되는데, 십오 분 전이었다. 우르르 몰려들어간 한 떼의 학생들은 창가의 교수용 테이블을 향해 여러 개의 무질서한 줄을 만들었다. 뒷문으로 들어온 학생들도 개선장군처럼 강의실 한가운데 길게 난 계단을 쿵쿵 밟아 내려가서는 아무 줄에나 끼어들려고 했다. 과제를 테이블 위에 올려놓기 위해서였다.

평면 모니터 옆에, A4지가 쌓여갔다. 맨 뒷자리에 앉은 김효리(20세)는 그 풍경을 보고, 학생들이 모니터에게 뭘 상납하는 것 같다고 생각했다. 모니터가 학생들을 상대로 무슨 장사를 하는 것처럼도 보였다. 김효리는 과제를 해오지 않았다. 어젯밤 과제를 할 계획이었지만 새벽까지 섹스에 시달리느라 까맣게 잊고 말았다.

교수 정명박(58세)은 흔히 오리엔테이션이라고 불리는 첫 주차 강의 때 말했다. "문학 공부는 단지 감상하는 것으로 별 효과가 없습니다. 문학적 행위를 병행해야만 해요. 그러므로 여러분께서는 매주 작문 과제를 내야 합니다. 주제는 매주 정해줄 거예요. 과제를 꼬박꼬박 다 제출한 학생만 에이플러스를 받을 수 있어요!" 학생들은 경악의 반응을 보였다. 교수는 개의치 않고 "기본은 원고지 이십 매이고, 분량이 많을수록 점수를 많이 줄 거예요!"라고 했다.

대부분의 학생들은 불만을 쑥덕대느라고 바쁜데, 홍진이(20세)는 손을 번쩍 들어올리고 질문했다. "교수님, 원고지로 내란 말입니까?" "원고지 말고, 에이포지로 내세요." 아직도 원고지를 애용하는 교수들이 없는 것은 아니었지만, 교수 정명박은 원고지 시대는 끝났다고 믿었다. 실제로 지금 원고지가 쓰이는 데가 백일장과 논술 시험밖에 더 있나?

삼수를 하고 들어온 장호동(23세)이 냅다 소리쳤다. "에이포지 스무 장을 쓰라고요? 너무 많습니다." 교수는 장호동의 백두급 씨름 선수를 연상케 하는 거대한 몸집을 바라보며 웃었다. "귀를 자셨나? 내가 언제 에이포지 스무 장 쓰라고 했어요? 원고지 스무 장을 쓰라고 했지요." 그런데 아직도 무슨 말인지 모르는 학생들이 있는 듯했다. 여기저기서 "뭔 소리래?" "원고지야, 에이포지야?" "쌍, 어떻게 하라는 거야!" 등과 같은 두런거

림이 들려왔다.

쌍? 미치겠군. 저 싸가지 없는 것. 교수는 한숨을 내쉬었다. "학생들, 문서 정보 확인하는 거 몰라?" 모르겠다는 표정들이 많았다. 하기는 저것들이 중고등학교 때 뭘 써본 것들이어야 알지. 써도 순 원고지에다가나 썼을 테니. 이래서 논술, 논술 해봐야 아무 도움되는 게 없다니까. 아주 기본적인 것도 모르잖아. "여러분, 한글프로그램에 문서 분량 알아서 계산해주는 기능이 있어요." 이제는 알아들었다는 표정들이 되어야 마땅할 텐데, 아직도 모르겠다고 웅성대는 학생이 여럿이었다.

이거, 한글프로그램이 뭔지도 모르는 거 아닐까? 그럴 수도 있겠다. 한글프로그램을 써본 적이 없다면 당연히 모를 수밖에 없는 것 아닌가? 피시방에도 한글 안 깔린 컴퓨터가 많다잖아. 교수는 답답해서 딱 부러지게 가르쳐줬다. "에이포지 서너 장이 이백 자 원고지 스무 장이에요. 글자 포인트 십일로 해서 에이포지 서너 장을 써오란 말이에요." 이래도 못 알아들으면 너희들은 정말 대학생이라고 할 수 없다!

그런데 글자 포인트가 뭐냐고 질문하는 학생이 있었다. 또 한글2007로 쓰냐, 한글2004로 써도 되느냐, 훈민정음으로 쓰면 안 되느냐, 교수님 블로그 있으면 그 블로그에다가 올리면 안 되겠느냐 같은 질문도 있었다. 교수는 과제 한 번 내다가 초등학생에게나 해야 할 것 같은 말을 너무 많이 한 나머지, 차라리 원고지에 써오라고 소리지르고 싶은 심정이었다. 교수는 속으로 막

말을 했다. 올해는 순 돌대가리들만 들어왔구나. 컴퓨터가 발전할수록 애들 머리는 무한도전 깡통이 돼가는 건가! 물어볼 걸 물어봐야지. 아, 느자구 없는 것들.

학생들의 관점에서 말하자면, 일부 정말 아무것도 몰라서 물어본 학생들 때문에, 나머지 알 거 다 아는 학생들까지 도매금으로 돌대가리 혹은 깡통이 돼버린 것이다.

교수의 친절한 설명에도 불구하고 이 주차 때 과제 제출률은 형편없었다. '내 인생 최고의 시 한 편'이 주제였는데 겨우 마흔여덟 명이 냈다. 조교에게 채점을 맡겼는데, 제출자 중 열세 명은 남의 걸 보고 베낀 게 틀림없다는 거였다. 삼 주차 때의 주제는 '내 인생 최대의 소설적 사건'이었는데 더욱 줄어 서른세 명이 과제를 해왔다. 역시 열아홉 명은 명백한 표절이라는 보고가 있었다. 출석부에 등록된 학생 숫자가 이백다섯 명이라는 것을 감안하면, 경악할 만큼 낮은 제출률이었다. 반대로 표절률은 까무러칠 정도로 높았다. 정말이지 표절이 심하긴 심해. 하지만 표절한 놈들은 무조건 최하 점수를 주면 되는 것 아니겠어. 세 번 이상 표절하면 에프를 주고 말이야. 정명박은 표절보다 더 나쁜 것이 아예 과제를 안 낸 놈들이라고 생각했다. 표절이란 아무튼 성의라도 보인 것이니까.

'문학과 인생'을 수강하는 학생들은 대부분 새내기였다. 그들은 고등학교 때까지 집, 학교, 학원, 독서실 등만 오가며 공부만

하는 기계처럼 살았다는 피해 의식이 상당했다. 때문에 대학에 대한 기대가 컸다. 무엇보다도 대학은 자유와 해방이 있을 것이라고 믿었다. 그런데 대학교 첫 강의 시간부터 과중한 과제를 부여받자, 왠지 '이건 아니잖아? 일주일에 원고지 이십 매라니, 언제 자유를 누리고 해방을 구가하란 말이야?' 같은 생각을 하며 불쾌해했다. 하지만 그래도 첫 시간이라 불쾌한 정도에 그쳤는데, 그후 금요일까지 다른 과목 강의 오리엔테이션에서도 과중한 과제를 부과받자 돌아버릴 지경이었다.

인문학부의 새내기를 예로 들자면 그들이 모든 수강 과목의 과제를 충실히 하고자 마음먹었다면, 일주일 동안 작문 한 편과 리포트 세 편을 써야 했고, 책도 두 권이나 읽어야 했다. 거기에다가 '교양영어회화'와 '컴퓨터 생활'은 매주 시험을 본다고 했으므로, 매주 시험 공부에 시달려야 했다. 이러고서야 대학이 자유와 해방이 있는 데라고 말할 수 있는가? 고등학교보다 더하잖아? 고등학교에서는 숙제는 별로 안 내줬다고. 까짓 것, 에이플러스 맞을 일 있어. 에프 학점만 안 맞으면 되지. 설마 그깟 과제 몇 번 안 낸다고 에프씩이나 주겠느냔 말이지. 일단 두어 달은 실컷 놀자. 과제는 중간고사 끝나고부터 열심히 내지. 이런 식으로 생각한 새내기들이 많았고, 때문에 대개의 새내기들은 과제를 무시했다.

그래서 삼 주차 강의 때 교수 정명박은 선언했다. "여러분이 내 말을 아주 우습게 아는구만. 다음 시간부터 과제 안 낼 사람은 아예 들어오지를 마. 왜냐하면 다음 시간부터 과제 안 낸 학생은 무조건 에프를 줄 테니까. 이놈들아, 최소한 성의는 보여야지, 스무 장은 못 쓰더라도 다만 열 장은 써야지. 자, 다음 주 주제는 '내 인생 최고의 순간'이에요. 아, 참 그리고 표절하는 학생들 엄청 많은데, 그것도 무조건 에프야. 인터넷에서 긁어오든, 친구 거 베끼든, 내 눈은 못 속여요. 못 써도 좋으니까 자기 글을 써오란 말이에요." 정확히 말하면 조교의 눈은 못 속인다고 해야 할 터였다. 정명박 또한, 조교를 막 부려먹는 교수들이 으레 그렇듯이 조교에게 미안한 마음이 없지는 않았지만, 가끔 아르바이트 거리를 알아봐주면서 계속 막 부려먹고 있었다.

역시 학점 위협은 효과적이었던 모양이다. 지금, 사 주차 강의 시간에는 들어오는 학생들마다 예외 없이 과제를 테이블에 올려놓고 있는 것이다. A4지 달랑 한 장짜리는 다만 에프 학점을 맞지 않기 위해서 성의라도 보이자는 것일 테고, 십여 장짜리는 이왕 쓰는 것 에이플러스를 맞아보겠다는 욕심을 가진 학생의 것, 서너 장짜리는 시키는 만큼만 한다는 생각을 가진 학생의 것일 텐데, 대부분 서너 장짜리를 내고 있었다. 물론 김효리처럼 과제를 안 해온, 아직도 '설마 과제 한 번 안 낸다고 정말로 에프를 주겠어?'라고 생각하는 학생도 몇은 있었다.

9시 25분, 백여 명의 빛나는 청춘, 대학생들이 강의실을 듬성듬성 채우고 있었고, 열린 앞문과 뒷문으로 학생들이 쏙쏙 들어오고 있었다. 새로 들어온 학생들도 예외 없이 과제물을 칼처럼 빼어들고 테이블을 향해 달려갔다.

 스무 살 동갑 새내기인 홍정은, 박정은, 구소리, 김지아, 고연아 등은 주말 예능 프로그램을 화제로 삼아 입씨름을 벌이고 있었다. 지난 주말 〈무한도전〉, 〈라인업〉, 〈1박 2일〉 중에 어느 게 가장 재미있었느냐를 가리던 논쟁은, 전반적인 품평으로 이어졌다. "그래도 늘 신선하려고 노력하는 모습이 아름답지 않냐!" "그 나물에 그 밥으로 다 지루하다. 다 지긋지긋해!" "나두 그려, 재미가 겁나게 없어!" "리얼버라이어티가 아니라 미친버라이어티라니까." "표절의 파노라마지, 뭐." "표절 정도가 아니라 완전 베낀 거지!" "원조라고 주장하는 것도 사실은 일본 거 다 베낀 거라며?" "우리나라 예능 프로그램치고 일본 거 안 베낀 게 어딨어?" "브라운관 위에 표절 아닌 게 어딨냐, 거시기들아!" "년들아, 그럼 보지를 말어. 왜 보구들 지랄이야." "그거라도 안 보면 남친도 없는 우리가 주말 저녁에 뭘 하란 말이야?" 다음엔 메뚜기라는 별명을 가진 연예인과, 과거 프로 씨름 천하장사 타이틀을 여러 번 땄던 연예인을 놓고 누가 더 훌륭한가를 따지기 시작했다.

 농구 동아리 소속인 박장훈(21세)과 조허재(21세)는 농구 얘기를 하고 있었다. "어제 봤냐? 걔 나왔더라." "아주 기어다니더라. 하기는 뭐가 아쉽겠어. 운 좋게 아시안 게임 금메달 따서 군대도 안 가겠다, 가만히 앉아 있어도 억대 연봉 주겠다, 신선이지, 뭐. 하도 팬들이 욕하니까 억지로 나온 건 알겠는데, 나왔으면 일단 성실히 뛰어야지. 그러고도 프로냐?" "뭐, 걔만 그러냐. 스타라는 새끼들이 다 그렇지. 거, 프리미어 리그 뛰어보겠다고 왔다 갔다 하는 애 봐. 하여간 운동 좀 해서 어린 나이에 돈 번 놈들, 인간성 제대로 된 게 없다니까?" "공부를 했어야 인간성이 있지. 만날 운동이나 하는 애들이 머리에 든 게 뭐 있겠어." "맞아, 우리처럼 문학 교양도 쌓고 그래야 하는데 말이야." "그런데 지난주에 우리 뭐 배웠냐?" "시 배웠잖아, 새꺄. 김춘수의 「꽃」 배웠잖아. 하기는 개한테 영어 읽기지." "그거, 고등학교 때도 배운 거 아냐?" "음, 너 기억력 되게 좋다. 재수 없거든!"

연예와 스포츠를 화제로 삼아 떠들어대는 학생들은 그밖에도 많았다. 한국 국가대표 야구팀이 올림픽 최종예선전에서 삼 등 안에 들어 올림픽에 나갈 수 있을 것이냐 말 것이냐를 분석하고 있는 학생들, 올해도 텔레비전 사극의 위세는 드높은데 그 사극들에서 다루고 있는 바와 실제의 역사적 사실이 부합하는가, 아니면 말도 안 되는 뻥튀기인가를 놓고 티격태격하는 학생들, 새로 시작한 미니시리즈들에 대해 촌평하는 학생들, '소녀시대'와 '원더걸스' 이 두 십대 댄스 그룹을 두고 어느 쪽이 더 오래갈 건가를 놓고 설전을 벌이는 학생들, 최근 완전히 뜬 모 연예인의 얼굴을 두고 과연 몇 퍼센트나 성형을 했을까를 연구하는 학생들, 프로 축구를 살리면서 국가대표 축구팀도 살리는 방안을 모색하는 학생들, 과거 전 국민적으로 떠받들어졌던 천재 축구

선수를 예로 들어 한국의 빙상과 수영 기적을 일으킨 두 청소년이 국민적인 성원에도 불구하고 안 망가지고 계속 잘할 수 있을까 걱정하는 학생들……

하여간 잘나가는 '연예, 스포츠 스타'들은 아침부터 아름다운 청년들에게 잔혹하게 씹히고 있었다.

정치적인 얘기를 하는 학생들도 있었다. 바야흐로 새 정권의 봄이었다. 또한 국회의원 선거가 한 달 앞으로 다가왔다. 정치권은 밤낮 없이 충격적인, 개그적인, 구태의연한, 아이러니한, 불가해한 뉴스를 국민에게 제공하고 있었으니, 뉴스만 한 번 쳐다봤어도 말 안주로 삼을 만한 소재는 얼마든지 있었다.

다음과 같이 욕설과 사투리가 뒤범벅된, 딱히 화두 없는 대화를 나누는 학생들도 있었다. "저 새끼 눈알 굴리는 거 봐라? 저 새끼 눈에는 우리들이 다 발가벗은 거로 보일 거야." "미친년, 너나 눈알 굴리지 말어. 하여간 남자새끼만 보면 환장을 해갖고!" "시팔, 하나 잘 골라야 될 거 아냐? 이 시팔놈의 똥통대 나와서 뭘 하겠어, 시집이라도 잘 가야지. 돈 많은 놈 하나 확 물어갖고 인생을 개조할 거란 말이야." "쌍년이 꿈 하나는 기똥차게 커유, 그 상판에 깍두기 라인으로다 시집이나 가면 다행이겄다." "시팔년이 아침부터 재수 더럽게 말해요. 그리고 충청도 사투리 좀 쓰지 말라니까!" "쌍년, 사투리 갖고 지랄 좀 떨지 말라니께, 또 지랄허네. 이십 년 밴 사투리가 애새끼처럼 뚝 떨어

겨?" "시팔년, 사투리로 밥 말아먹어라." "미친년들아, 작작 떠들어라. 근데 난 경상도 전라도 사투리도 재수 없더라." "쌍년들, 난 서울 것들 말을 들으면 오바이트가 나온다. 웩웩!"

그녀들은 스물한 살 동갑내기로서 이윤정은 서울 강북, 박도연은 경기도 김포 출신이었다. 유근애는 충청남도 서해안 출신이었는데, 유조선 기름 때문에 난리가 났던 바로 그 고장이었다. 셋은 1학년 신입생 환영회 때부터 단짝이 되었으며 2학년이 돼서도 돈독한 우정을 유지하고 있었다. 셋은 고등학교 때부터 욕쟁이 날라리로 유명했다는 공통점이 있었다.

호구대학교가 '수도권에 소재한다'고 자부하기는 하지만 정확히 말하자면 경기도와 충청남도의 접경에 위치했고, 언어적으로 보면 완전히 충청도 땅이라 할 만했다. 하지만 수도권 대학이 대개 그러하듯 서울과 경기도 출신 재학생들이 태반이고, 충청도 출신 숫자는 영호남 출신 통계를 조금 웃도는 정도였다(지방 출신의 부모들은 누가 자제분이 어디서 학교에 다니냐고 물으면 자랑스럽게, '수도권'도 아니고 꼭 '서울'이라고 대답했다). 그래도 충청도 출신 재학생들이 학사촌 상인들과 합세하여 캠퍼스를 충청도 사투리의 천국으로 만드는 데는 별 지장이 없었다.

그 세 여학생 때문에 이런 말을 나누게 된 두 남학생도 있었다. "저거 그 꼴통년들 아냐?" "맞어, 맞어! 그 미친 보지들이다." 지난주의 일이었다. 강의 끝나고 교수가 나가자마자 그녀들 셋이 뛰쳐나오더니, 자기들이 무슨 댄스 오디션에 나가려고 하는데 좀 봐달라면서, 유치원 꼬마부터 경로당 할머니까지 몸을 흔들어대게 만들었다는 '텔미댄스'를 추었다. 강의실은 열광의 아수라장이 되었다.

우재석(22세)과 오경규(22세)는 셋의 즉석 공연을, 누구보다도 큰 박수를 친 것도 모자라 환호성까지 질러가면서 즐겨 감상한 주제에, 일주일 지나서 '꼴통년'이며 '미친 보지'라고 매도하고 있는 것이다. 둘은 이어서 이런 대화를 나누었다. "대통령께서 강을 진짜 팔 모양이신데, 그럼 일자리는 늘어나겠지?" "야, 새꺄, 대학 나와서 지우 강 파려고?" "그럼 누가 파?" "기계랑 동남아 사람들이 파겠지. 조선족도 있고 북한 동포도 있고, 강 팔 사람 없어서 강 못 파겠어? 저, 뭣이냐, 작년에 거 냉동 창고 불 났을 때 보니까 우즈베키스탄인가 하는 나라 사람들도 잔뜩 와 있더구만. 참, 멀리서도 왔지?" "냉동 창고에서도 불나는 판인데, 강 파다가 별일 없을까?" "여럿 다칠 겨. 물러, 지지율 사십팔 퍼센트라는디 워쩌겠어, 막 가는 거지." "그럼 우리 일자리는 어디서 늘어난다는 거야?"

각종 공무원 시험 정보를 교환하는 늙은 대학생들도 있었다.

입학한 날부터 계속된 신입생 환영회를 빙자한 술자리에 녹초가 된 나머지 이번 주부터는 절대로 술을 안 마시겠다고 각오하는 풋풋한 학생들도 있었다. 정말이지 술 약한 새내기들에게는 마의 삼 주였다. 과연 술 처먹다 죽는 애들이 나올 만했다. 3월 첫째 주에는 서울에서 한 명, 둘째 주에는 경상도에서 한 명이 죽었다. 한 명은 술을 처음 마셔보는 새내기인데 소주와 막걸리 섞은 것에 간과 심장이 몹시 놀란 모양이었고, 한 명은 대취한 상태에서 선배한테 싸가지 없다고 머리통을 한 대 맞았고 분함을 참지 못해 자동차 드라이브를 하다가 강물로 날아갔다고 한다.

일요일에 단체로 미팅을 나갔던 안동근(20세), 조수종(20세), 김재훈(21세)은 '밥 먹고 바로 헤어졌는데 밥값 아까워 죽겠다' '노래방까지 갔고 다음 약속을 잡았다' '나도 원하고 걔도 원해서 모텔로 직행, 세 번 했다'로 정리할 수 있는 얘기를 했다. 역시 단체 미팅을 나갔던 양달래(20세), 진나비(21세), 이하나(21세), 김두리(20세)는 '재수 없게 생겨서 차만 마시고 나왔다' '아버지가 부잔 것 같더라, 잘해볼 생각이다' '어찌나 집적대던지 아주 혼났다' '잘생기고 마음씨도 좋은 것 같은데 커피 값에도 부들부들 떨더라. 그런 거지랑 어떻게 사귀나. 다시 안 만날 작정이다' 등으로 요약할 수 있는 말을 했다.

또 몇 명의 새내기들은 두세 시간 동안 지하철, 버스, 기차 등을 타고 오느라 녹초가 돼서 통학의 고통을 하소연했고, 또 몇 명의 새내기는 자가용 통학도 쉽지만은 않다고 투정인지 자랑인지 모를 소리를 하고 있었다. 또 몇 명의 학생들은 기숙사 생활과 학사촌 원룸 생활도 만만치 않다며 여러 가지 고충을 토로했다.

십여 명의 학생은 휴대폰을 붙잡고 악을 쓰고 있었다. 저쪽의 말은 잘 들리지 않고, 자기가 하는 말을 제대로 전달하기 위해서는 악을 쓰는 수밖에 없었다. 그중 대여섯 명은 남친, 여친과 통화 중이었다. 그들은 주말에도 내내 붙어다녔음에도 불구하고 몇 시간 못 봤다고 애타는 얼굴이었다. 그중에서 가장 애타게 전화하는 몇몇은 개강 첫 주에 연애를 시작한 축들이었다. 몇 명은 부모님에게 안부 전화를 하고 있었는데, 주말 내내 못 한 전화를 왜 지금 하고 있는 것인지 그들 스스로도 잘 몰랐다.

그리고 곳곳에서 휴대폰 벨 소리가 울렸다. 개성적이고 다양한 벨 소리들은 불협화음의 극치를 이루고 있었다.

9시 35분, 그렇게 백이십여 명의 대학생은 있는 힘껏 떠들어대고 있었다.

빵과 과자를 먹으면서, 우유나 커피를 마시면서 떠드는 학생들도 많았다. 그래서 빵이나 과자 부스러기가 미사일처럼 날아다녔고, 하얗고 까맣고 갈색을 띤 물방울들이 폭탄처럼 떨어졌다.

팔십여 명의 학생들은 떠들지 않고 있었다. 이십여 명은 굉장한 소음 속에서도 책상에 고개를 묻고 잠들어 있었다. 다들 1교시부터 잠들 이유가 충분했다. 새벽 늦게까지, 심한 경우에는 아침 해가 뜰 때까지 뭔가를 했던 것이다. 몇몇은 인터넷을 했고, 몇몇은 술을 마셨고, 몇은 고스톱을 쳤고, 몇은 알바를 했고, 그중에는 지하 룸살롱이랑 붙은 호텔방에서 몸을 세 번 판 여학생도 있었고, 몇은 책을 읽었고, 누구는 소설을 써보겠다고 끙끙댔고, 누구는 연인과 알몸을 나누었고, 몇은 섹스 없이 아옹다옹했고, 몇 연인을 만들기 위해 껄떡댔고, 몇은 DVD 혹은 불법 다운받은 영화를 보았고, 누구는 자기가 뭘 하는 건지 정확히 모르면서 뭔가를 계속했다.

의당 밤잠의 양과 상관없이 강의실에만 들어오면 자동적으로 잠이 드는 타고난 체질도 있었다. 이들 대부분은 출석 부를 때만 귀신같이 잠시 깨어있다가 내내 잠들어 있을 터였다. 교수 정명박은 첫 강의 날 말했다. "아직도 이백 명씩 듣는 강의가 있다는 건 우리 학교의 수치야, 수치. 하지만 어쩌겠어요. 내가 부탁하는 건 딱 하나. 떠들지 말아달라는 거예요. 차라리 자. 자는 건 내가 뭐라고 않겠어요." 교수가 그런 말을 하지 않았어도 잘 수밖에 없는 학생들이었다.

이십여 명은 휴대폰을 붙잡고 있었다. 문자를 받고 날리고, 고스톱을 치고, DMB를 보고, 음악을 듣고, 아주 분주했다. 십여 명은 활자를 보고 있었다. 학교 신문 혹은 스포츠 신문을 보거나, 영어 공부를 하거나, 소설책을 읽거나. 열댓 명의 학생은 다른 강의 과제를 하고 있었다. 양지미(20세)는 노트북을 펴놓고 무선 인터넷을 하고 있었다.

그리고 몇몇 학생은 무슨 깊은 사색에라도 잠겨 있는 것인지, 아니면 아무 생각도 안 하고 그냥 멍청히 있는 건지 모르겠지만, 앞만 쳐다보고 있었다.

복학생 차홍만(24세)은 관음을 하고 있었다. 여학생 하나하나를 눈으로 벗겨서 눈으로 먹어치우고 있었다. 강의실에 여학생이 압도적으로 많았다. 어버이 세대가 아들만 낳으려고 죽을 똥을 쌌고, 그 결실로 현 청년 세대는 순 사내새끼들이고 계집년은 드문 심각한 성비 불균형이라던데, 이 학교는 사회적 통념과는 정반대였다. 이공계라고 말할 수 있는 단과대학은 두 개에 불과하고, 나머지는 인문 예술계이기 때문일까? 그래도 복학하기 전에는 이토록 여학생들이 많지 않았는데, 이 년 사이에 캠퍼스는 더욱 여성화된 것이었다. 어쨌거나 구질구질한 복학생 처지에는 고마운 풍경이었다.

　일기를 쓰는 학생도 하나 있었다. 간밤에 무리한 섹스를 했던, 혹은 당했던 김효리는 어제 저녁부터 오늘 새벽까지 있었던 일을 냉혹하게 기록해나가고 있었다. ……사장은 한동안 능글거리더니 노골적으로 말했다. "나랑 자자. 나랑 자면 병원비 그냥 내준 걸로 할게." "몸을 팔라는 건가요?" "백만 원이야, 백만 원! 잘 생각해봐! 나름 비싸게 쳐준 거라고!" 기실 나는 각오하고 있었다. 요새 세상에 어떤 미친놈이 천애고아한테 그냥 돈을 빌려준단 말인가? 십만 원도 아니고 백만 원을. 사장은 정력에 좋다는 건 다 먹어왔다는 무차별 섭생 이력도 모자라 비아그라까지 삼키고 와서는, 밤새 나를 괴롭혔다. 사장은 아침 햇살을 받으며 지껄였다. "돈이 아깝지가 않다. 역시 처녀가 좋기는 좋아. 내가 몇 번이나 쌌는지 아니? 다섯 번이나 쌌다. 이거, 완전히 회춘했어." 나는 아랫도리가 몹시 아팠고 다 탄 구공탄이 된 듯했다. 우리 집에서는 아직도 연탄을 땐다……

    열린 앞문에서 거대한 소음이 뿜어져나오고 있었다. 교수 정명박은 귀를 틀어막고 싶었다. 그는 원래 소리에 약한 사람이었다. 설거지 소리 세탁기 소리에 치를 떨고, 데스크톱 컴퓨터 팬 돌아가는 소리를 증오했다. 대학생들은 왜 저렇게 떠드는 것일까? 고등학생들이 학원에서 공부하느라 학교를 잠자는 곳으로 만들어버렸듯이, 대학생들은 도서관에서 취업 공부하느라 강의실을 떠드는 곳으로 만들어버린 것인가? 새내기들이 대부분인지라, 아직도 여기가 고등학교인 줄 아는 건가?
    학생들이 떠들어대는 소리에 무신경해질 때도 되었건만, 정명박은 여전히 머리통이 산산이 파쇄당하는 것 같은 느낌이 들고는 했다. 특히 월요일 첫 강의 때가 가장 견디기 힘들었다. 새로운 주의 첫 강의만큼은 조용히 시작되어야 하는 것 아닌가? 그는 9시 36분, 우거지상을 하고 거대한 소음 속으로 걸어들어갔다.
    교수가 교단에 올랐건만 학생들은 주둥아리를 닥치지 않았다. 교수는 괴로운 얼굴로 이백여 명의 학생들을 멍하니 바라보았다. 교수는 아무 말도 하지 않았다. 오십여 명의 학생들은 교수가 들어왔거나 말거나 그들이 하던 얘기를 계속했다. 평소 같았으면 교수는 들어오는 즉시 칠판을 두드리며 "조용, 조용!"이라고 소리쳐 학생들을 조용히 시켰을 테지만, 오늘은 왠지 아무 말도 하고 싶지 않았다. 하지만 참으로 견디기 힘든 소음이었다. 파리로 변해 믹서에 들어가 있는 것 같았다. 팬티가 되어 세탁기 안에서 돌고 있는 것 같았다. 소리가 무수한 화살 같았다. 그 화살을 다 맞고 밤송이가 된 것 같았다. 그러나 교수는 있는 힘을 다해 참았다. "조용, 조용!"이라고 외치고 싶었으나, 참았다. 이 시끄러운 놈들아, 누가 이기나 해보자.

교수가 무려 십 분여 동안이나 한마디도 하지 않았다는 것을 인식한 학생들 몇이 아직도 떠들고 있는 삼십여 명의 학생들을 향해 매서운 눈길을 날렸다. 장호동은 "조용히 합시다, 교수님 화난 것 안 보여?"라고 크게 외치기까지 했다. 엄장한 그의 목소리는 온 강의실에 메아리쳤으나 학생들의 입을 모두 닫게 하기에는 역부족이었다. 십여 명은 입을 다물었으나 나머지 이십여 명은 계속 떠들어댔다. 마치 교수가 조용히 하라고 하기 전에는 조용히 할 수 없다는 각오를 한 학생들 같았다.

그만하면 매우 조용해진 편인데도, 교수는 침묵을 유지했다. 단 한 명의 학생도 입을 열지 않을 때까지 버티겠다는 의지가 보였다. 오 분여가 더 흐르는 동안 열댓 명의 학생이 시나브로 목소리를 낮추다가 결국 입을 다물었다.

그러나 대여섯 명은 목소리를 한껏 낮추기는 했으나 끈질기게 말을 계속했다. 그들은 다른 학생들이 말을 그쳤는데도 자기는 계속 말을 하고 있다는 걸 인식한 순간, 이해하기 어려운 일이지만, 승부욕이 발생했다. 교수가 조용히 하라거나 그만 떠들라고 먼저 말하면 자기들이 이기는 것이고, 자기들이 먼저 침묵하면 교수가 이기는 것이다.

대결은 오 분여나 계속되었다. 한 명, 한 명 패배를 선언하듯 입을 다물었고, 마침내 최후의 저항자 양달래도 입을 닫고 말았다. 교수의 침묵이 승리한 것이다!

"내가 들어온 뒤로부터만 따져도, 강의실이 완벽하게 고요해지는 데 무려 이십 분이 걸리는군." 소리에 난자를 당하는 것 같으면서도, 무려 이십 분이나 아무 소리 않고 버텨낸 교수는 시계를 보면서 미소를 지었다. 승리의 미소는 아니었다. 공자는 '괴력난신(怪力亂神)'이라는 말을 남겼다. 인간의 이성으로 판단할 수 없는 해괴한 일이 있다는 것인데, 교수는 괴력난신의 일을 당할 때면 그런 애매한 미소를 짓는 버릇이 있었다. 그는 교수가 들어왔는데도 이십 분간이나 계속 떠드는 제자들의 심리를 이성적으로 판단할 수 없었다.

그런데 교수의 미소가 웃으라는 신호라도 되었다는 듯이, 약 절반의 학생들이 일제히 웃음을 터뜨렸다. 이십 분이 걸려 완성된 고요가 단번에 박살나버린 것이다. 교수는 기가 막혔다. 기가 막힐 때도 교수는 미소를 짓는 버릇이 있었다. 교수의 연이은 미소가 계속 웃으라는 신호라도 되었다는 듯이 학생들은 계속 웃었고, 이때 삼십여 명의 학생은 떠들기까지 했다. "교수님, 아무 말도 안 해서 진짜 무서웠어요!" 같은 말은 교수가 들으라는 소리일 테고, "쇼를 하시네!" "오늘 저 인간 왜 저러냐? 아침부터 개폼 잡고!" "뭐, 잘못 먹었나보지" "가지가지 한다" 등과 같은 말은 교수가 들으라고 하는 소리가 아닐 테지만, 그런 소리까지도 교수의 귀에는 잘 들렸다. 교수는 뇌혈관이 터지는 줄 알았다.

교수는 피를 뿜어내듯 외쳤다. "조용, 조용!" 세상 모르고 잠들어 있던 학생들의 절반을 깨울 정도로 크고 날카로운, 돼지 멱따는 소리 같았다. 대부분의 학생들이 좀 놀랐다. 앞쪽에 앉아 있던 여학생 스무 명은 놀란 정도가 아니라 소름이 끼칠 정도로 오싹했다. 효과는 놀라웠다. 순식간에 강의실이 고요해졌다. 이십 분간의 침묵으로 겨우 이룩했던 고요는, 기실 '조용'을 두 번 외친 것으로도 이룩할 수 있었던 아주 쉬운 것이었다.

교수는 교탁을 주먹으로 꽝꽝 내리치며 소리소리 질렀다. "떠들라고 왔어? 떠들러 왔느냐고? 이 미련퉁이들아. 그러니까 지방대생인 거야. 인서울 대학 다니는 놈들은 한 자라도 더 배우겠다고 눈에 쌍불을 켜고 있는데, 네놈들은 대체 뭐냔 말이야? 주둥이만 살아서, 대체 뭐하자는 거야? 공부할 생각은 않고 떠들기만 하니까, 이태백이 되는 거야. 지방대 나온 놈들 시대 정치 경제 탓하면서 백수짓 하는 걸 자랑으로 아는데, 근본적으로 네놈들이 공부를 안 하니까 취직을 못 하는 거잖아!"

박정은은 맨 앞줄에 앉아 있었는데 교수의 침방울이 대포알 같았다. 교수의 말이 비수 같아서 몸이 얼어붙었는지라 피하지 못하고 다만 눈을 감았는데, 침방울 대포알이 얼굴에 수없이 명중하는 것을 처절히 느낄 수 있었다. 속으로 소리질렀다. '아이, 드러워! 아침에 뭘 처먹였기에 침 냄새가 이리 드럽냐. 하여간 늙은탱이들은 밥맛이야!' 그래도 화장하지 않고 나온 것은 얼마나 다행인가.

우재석은 휴대폰이 진동하는 바람에 깜짝 놀랐다. 습관적으로 휴대폰을 들어 문자를 확인하니 이렇게 쓰여 있었다. "임신 맞아! 너, 됐졌어! 당장 나와." 우재석은 저도 모르게 헉, 소리를 내뱉었다. 지금 임신했다고 문자를 보낸 여학생에게 정자를 배출하던 그 순간에 지르던 바로 그 헉, 소리였다. 교수의 대갈이 끝나서 다시금 고요했던지라 우재석의 헉, 소리는 너무나도 큰 반향을 일으켰다. 학생들의 시선이 일제히 우재석에게 쏠렸던 것이다.

이번엔 저 구석에서 "쫙쫙 벗겨주세요, 쪽쪽 빨아주세요, 싹싹 핥아주세요, 살살 먹어주세요, 맛있는 섹시바!"라는 노랫소리가 경박하게 울려퍼졌다. 요새 인기가 높은 시엠송 벨 소리였다. 진나비는 깜짝 놀라 일어서서는 가방을 뒤지기 시작했다. 가방에 없었다. 교수가 보다 못해 버럭 소리를 질렀다. "자네 손에 들고 있는 건 뭐야?" 진나비는 자기 손을 보더니 또 놀라서 휴대폰을 떨어뜨리고 말았다. 휴대폰은 바닥에 떨어져서도 계속 소리를 내었다. 진나비는 그 휴대폰을 잡겠다고 책상 밑으로 기어들어가서, 머리를 쿵쿵 찧어대었다.

웃음을 간신히 참고 있던 이윤정이 자명고를 찢은 낙랑공주처럼, 결국 웃음보를 찢고 말았다. 그녀는 원래 웃음을 잘 못 참았다. 그러자 삼십여 명의 학생들을 제외하고는, 일제히 미친 듯이 웃어대기 시작했다. 심지어는 교수도 웃었다. 이번엔 진짜 웃겨서 웃은 것이었다.

가장 먼저 웃음을 그친 교수는 다시 냉혹한 표정을 짓고는 칠판을 쾅쾅 두드리면서 "조용, 조용!" 외쳤다. 평소 강의 때 수없이 되풀이하던 바로 그 동작이었다. 웃음 뒤끝이어서 그런지 아까처럼 돼지 멱따는 소리는 나오지 않았지만, 그래도 혼신의 힘을 다한 외침이었다.

대개의 학생들은 더 웃고 싶은데, 하는 아쉬움 가득한 얼굴로 애써 진지한 척하려고 했다. 몇몇 학생은 웃음을 참느라 인상을 잔뜩 쓰고 있었다. 가장 견디기 어려운 표정을 짓고 있는 것은 가장 먼저 웃었던 이윤정이었다. 그녀는 한 손으로는 배꼽을 누르고 한 손으로 입을 틀어막고 너무 고통스러운 나머지 거의 울고 있었다. 웃음을 참으면 울음이 나온다는 걸 증명하고자 하는 것 같았다.

교수는 정말이지 화가 났다. 틈만 나면 웃어대려고 하는 깡통대가리 대뼈리들! 여중생들이나 낙엽 굴러가는 소리에도 웃는 거지, 대학생씩이나 되는 것들이 휴대폰 벨 소리 따위에, 휴대폰 찾아 부산 떠는 것 따위에, 왜 웃는단 말인가? 그리고 정말로 화가 나는 것은 자신도 잠시나마 웃었다는 것이었다. 교수는 자신에게 화라도 내듯, 소리질렀다. "앞으로 또 휴대폰 울리는 학생은 무조건 에프야, 에프!" 그러자 열일곱 명의 학생이 휴대폰을 진동으로 전환했다.

그런데 이때 조햇살의 휴대폰이 진동했다. 가까운 거리여서 교수의 귀에 진동 소리가 아주 잘 들렸다. 교수는 조햇살을 노려보며 크게 외쳤다. "진동도 에프야, 에프!" 그러자 완벽하게 잠든 학생 다섯 명을 제외하고, 이백여 명이 일제히 휴대폰의 전원을 끄는 장관이 펼쳐졌다. 교수는 오십여 명의 학생이 휴대폰을 끄면서, 소근대는 소리를 들었다. 의미 파악이 안 되는 소리만 들었지만 틀림없이 불평불만을 담은 욕지거리일 테다. 교수는 눈물 한 방울이 찍 나올 정도로 분했다.

교수는 분노를 담아 대통령에 출마한 사람처럼 말했다. "여러분, 나도 대학 교육이 잘못되어 있다는 걸 잘 알아요……" 학생들은 교수의 분노를 감지했고, 게다가 교수의 말이 뜻밖의 반성 조여서 당황하기도 한 터라 일순 조용했다. "……내 저번에도 말했지만, 이렇게 수백 명이 한꺼번에 듣는 강의가 아직도 있다는 것부터가 말이 안 돼요. 입이 이백 개예요, 이백 개. 어떻게 조용할 수 있겠어요? 비싼 수업료 받아서 아직도 돼지우리 같은 곳에 여러분을 떼로 몰아넣고 가르치는 거, 아주 잘못되었다는 거 우리 교수들도 잘 알아요. 하지만 아직까지는, 어쩔 수 없는 상황이잖아요? 대학이 땅 팔아서 장사하는 것도 아니고 말이지요, 하지만 점차로 나아지겠지요. 몇 년 전만 해도 이 강의가 삼백 명도 넘게 듣던 강의예요. 그런데 몇 년 새에 이백 명으로 줄었잖아요……"

아, 이 녀석들을 사 주째 만나는데, 이토록 진지하게 경청하는 모습은 처음 보는군. 내 말이 그럴싸했나? 교수는 잠시 전의 분노를 싹 잊고 매우 흡족했다. 그렇다면 분위기 계속 이어가야지. "……그러니까. 우리는 현재에 충실해야 해요. 이백 명이 한꺼번에 공부해야 해요. 그러면 어떻게 해야겠어요? 다만 이 시간만이라도 자기보다는 남을 배려해야 합니다. 나 하나 조용히 하면, 나 하나 휴대폰 끄면 전체가 다 조용하다, 이런 마인드가 있어야 해요. 남을 배려하는 마음, 이타주의, 그것이 바로 기본적인 인간 윤리예요. 플라톤이니 칸트니 백날 떠들어봐야 사실은 다 소용없어요. 그건 다 탁상공론의 윤리예요. 우리가 진정 배워야 할 것은 실천윤리인 것이에요. 그래서 내가 플라톤, 칸트, 공맹, 노자 이런 사람들 옛날에 썰 푼 얘기는 지난주까지 해치운 것이에요. 그럼 실천윤리가 무엇이냐, 그걸 오늘부터 공부해보겠다는 것이에요. 실천윤리, 어렵게 생각할 거 없고 간단히 말해서 현대의 일상생활에 맞는 윤리를 인식하고 그에 맞게 행동하자는 것이지요. 그러기 위해서는 우선 현대를 알아야겠지요. 그래서 내가 텍스트로 택한 책이……"

교수는 말을 잠깐 멈췄다. 어디서부터 말을 잘못한 것일까? 지금은 '문학과 인생' 시간인데, 오후 강의인 '인간과 윤리' 과목에서 해야 할 얘기를 하고 있었다는 걸 깨달은 것이다. 아, 나이가 드니 이런 일이 잦았다. 젠장, 하필이면 이런 때에. 하지만 깡통 대뻐리들이 뭘 알겠어. 어서 말을 돌려야지. 교수는 급히 말을 이었다.

"······텍스트로 정한 책이 따로 없는 거예요. 여러분 지난주에 김춘수, 김수영, 신동엽, 고은, 안도현 시 한 편씩 감상하고 외워 봤잖아요? 자, 오늘은 연암 박지원 선생의 글을 함께 읽어봅시다. 내가 인터넷에 올린 거 다 출력해왔지요? 우선 '글은 뜻을 나타내면 그만이다' 부터 볼까요?" 교수는 구렁이 담 넘어가듯이, 오늘 목표로 했던 강의에 들어갔다. 강의실 한쪽 벽 위에 붙은, '90년 영어학과 졸업생 일동'이라는 글자가 박힌 둥그런 시계가 10시 12분을 가리키고 있을 때였다.

교수는 그때까지 못 한 강의를 한꺼번에 다 해내겠다는 듯 열광적으로 떠들었다. 숙덕대는 학생들이 없는 것은 아니었지만, 대부분의 학생들이, 그래도 왔으니 공부를 조금은 하고 가야지 하는 생각으로 열심히 들었다. 그러나 교수의 열강이 십여 분을 경과하자 숙덕대던 학생들의 목소리는 꽤 커져 있었고, 많은 학생들은 잠을 청하고 있었다. 평소의 시간과 같았다면 교수는 학생들의 떠드는 소리가 들릴 때마다 "거기, 조용히!"라거나 "떠들지 마세요!" 같은 말을 했을 것이다. 한 시간에 오십 번도 더 하는 바로 그 말!

하지만 오늘은 그 말이 하기 싫었다. "조용, 조용!" 하고 돼지 먹따는 소리를 질렀던 것이 겸연쩍기도 했고, 도대체 왜 자식뻘의 어린것들한테 조용히 해달라고 사정사정해야 하는 건지 오늘따라 의문이었다. 교수는 아까 이십 분 동안 침묵했던 것과 같은 심정으로, 계속해서 연암 박지원의 글과 인생에 대해서만 떠들었을 뿐 조용히 해달라는 말을 하지 않았다.

대개의 학생들은 그러한 교수의 심리를 알아주려 하지 않았다. 교수가 조용히 해달라는 말을 전혀 하지 않자, 조용히 하고 있던 학생들과 잠을 청했다가 잠이 안 온다고 깨어난 학생들마저 합세하여, 떠들어대기 시작했다. 장호동이 교수를 대신하기라도 하겠다는 듯 "좀 조용히 합시다. 수업 시간이잖아!"라고 빽 소리를 질렀지만 아무도 개의치 않았다.

다시 십여 분이 경과해서 10시 30분이 되었을 때는, 완전히 백화점 한복판 같아졌다. 학생들의 소음이 교수의 강의 소리를 파묻어버렸고, 교수가 괴력난신 때의 미소를 지으며 입을 다문 지도 꽤 되었다. 교수는 다시금 견고한 침묵 중이었다. 아까처럼 교수의 눈치를 살펴서 스스로 조용히 하는 학생들이 드물었다. 학생들이 그토록 대놓고 떠든 것은 그럴 만한 시간이 되었기 때문일 테다.

화장실 다녀올 시간, 담배 한 대 빨 시간, 커피 한잔할 시간, 바로 그 쉬는 시간이 아닌가? 그러니까 학생들은 교수에게, 왜 오늘은 쉬는 시간을 안 주는 거예요, 빨리 쉬는 시간을 주세요, 라고 데모하고 있는 것이나 마찬가지였다. 이것을 모를 리 없는 교수는 악착같이 그 말을 하지 않았다. 오줌이 너무 급했던 진나비가 참지 못하고, "교수님, 쉬는 시간 안 주세요?"라고 외쳤다. 많은 학생들이 순간적으로 진나비를 째려보았다. 그들은 텔레파시가 통하기라도 하는 것처럼 일치단결하고 있었던 것이다. 우리는 교수랑 싸우고 있다, 우리가 먼저 쉬는 시간을 달라고 말하면 우리가 지는 것이고, 교수가 먼저 쉬라고 말하면 우리가 이기는 것이다. 그런데 진나비 한 명 때문에 패배하고 말았다!

교수로서는 놓치기 아까운 기회였다. "그래, 쉬자!"라고 말하면 침묵을 고수한 대가는 충분히 얻었다 할 수 있을 테다. 그런데 교수는 갈 데까지 가보고 싶었다. 교수는 아무 말도 하지 않았다. 몇 명의 학생들이 "저도 급해요!" 같은 말로 쉬는 시간을 독촉했지만 교수는 버텼다. 소음의 화살을 온몸에 맞으며 견뎠다. 이 강의실에 고요가 찾아오기 전에는 내 입은 절대 열리지 않을 것이고, 절대 쉬는 시간도 없다! 급하다는 학생들은, 정말로 급해 뵈는데도 강의실을 나가지는 않았다. 저런 것을 보면 또 한없이 숙맥들이다. 교수의 허락 없이는 생리 현상도 참아내고야 말겠다는 저 순진무구한 표정들. 그런데 왜 그놈의 주둥아리들만큼은 말을 안 듣느냔 말이다!

10시 50분, 쉬는 시간을 못 얻어 생리 현상을 해결하지 못한, 담배를 빨지 못한, 음료를 못 마신 학생들의 입술은 성난 악귀들처럼 날뛰었다. 교수는 제정신이 아니었다. 혼돈의 바닷속을 헤매는 것 같았다. 그러면서도 절대로 입을 열지 않겠다는 각오를 다지고 다졌다. 하지만 이 대결을 언제까지 계속해야 한단 말인가? 왜 이러한 유치한 침묵을 시작했단 말인가? 저 아들 딸 같은 놈들에게 이 무슨 치졸한 심리란 말인가.

  교수는 자신의 오십팔 년 인생이 부끄러웠다. 노골적으로 관음한 적은 있지만 어떤 놈들처럼 제자를 성폭행하기는커녕 성추행하지도 않았다. 조교를 막 부려먹기는 했지만, 명절 때 제자들이 사들고오는 와인을 받기는 했지만, 석박사 논문 심사나 교수 임용 때 대학원생이나 후보자들이 바치는 이러저러한 것들을 사양하지는 못했지만, 교수의 권력을 내세워 제자들을 등쳐먹지는 않았다. 최선을 다했다고는 할 수 없겠지만 그래도 욕은 먹지 않는 교육자로 살아왔다고 자부했다. 그런데, 왜 이 꼴을 당하고 있어야 하난 말이다! 교수는 펑펑 울고 싶었다.

  교수의 마음이 학생들에게 전해진 것일까? 기적이 찾아왔다. 한둘씩 입을 다물더니, 삽시간에 고요해진 것이다. 어떻게 이런 일이? 교수는 놀라서 학생들을 휘둥그레 바라보았다.

  대개의 학생들은 자기들이 뭔가 커다란 잘못을 하고 있다고 생각했다. 교수의 무거운 침묵이 바위 같던 그들의 마음을 움직였던 것이다. 그들은 자신들이 계속 떠들면 교수가 혀를 깨물고 자살이라도 하는 게 아닐까 두려워졌던 것이다. 교수는 뜻밖의 고요에 할 말을 찾지 못해 계속 침묵했다. 잠들어 있는 다섯 명의 학생들을 제외하고는 모두가 교수의 입술만 바라보고 있었다. 교수가 도대체 무슨 말을 할까?

그 완벽한 고요가 오 분여간 지속되었다. 어떻게 보면 이제는 누가 먼저 말하냐의 싸움처럼 돼버렸다. 교수가 먼저 말하면 교수가 지는 것이고, 학생들 중에 누구 하나라도 무슨 말을 내면 학생들이 지는 것이다. 교수도, 학생들도 고요가 지겨워졌을 때, 그러나 말을 하지 못하고 있을 때, 뒷문이 벌컥 열렸다.

한 키 작은 여학생이 눈물범벅이 돼서는 서 있었다. 교수와 학생들의 시선이 일제히 그 여학생에게 모아졌다. 그리고 남학생 한 명이 자기도 모르게 벌떡 일어섰다. 여학생은 그 남학생 우재석을 향해 뚜벅뚜벅 걸어가더니, 오른쪽 뺨을 정확히 다섯 번 갈겼다. 우재석은 아무 말도 못 하고 맞기만 했다. 여학생은 "네가 날 창녀로 만들었어!"라는 말을 남겨놓고, 획 돌아서 나가버렸다. 교수와 대부분의 학생들은 우재석이 그 여학생을 쫓아나갈 거라고 생각했지만, 우재석은 털썩 앉아버렸다. 그것을 신호로 학생들이 다시 떠들기 시작했다. 물론 화두는 그 여학생과 우재석의 일을 추리하는 것이었는데, 당사자가 듣거나 말거나 마구 떽떽댔다.

"조용, 조용!"

교수는 피를 토하듯 버럭 소리를 질렀다. 강의실이 일순 고요해졌다. 교수는 한꺼번에 연료를 다 소진하고 간신히 기어가는 자동차처럼 말했다. "조용하니까 좋잖아. 여러분, 도대체 왜 그렇게들 떠드는 건가, 강의 시간에? 난 도무지 이해할 수가 없어요. 지금부터 떠드는 사람은 무조건 에프야. 정말로 에프야! 오늘은 쉬는 시간이 없이 그냥 갑시다. 대학생이 겨우 두 시간도 못 참나? 오늘 연암 선생 글을 세 편 하려고 했는데, 한 편도 제대로 못 했어요. 자, 지금부터라도 열심히 해봅시다. 연암 선생은 시도 몇 편 남기셨는데, 글쓰기 지침서나 마찬가지인 시가 있어요. 자, 프린트 해온 것 중에「좌소산인에게」를 봅시다! 벌써 또 누가 떠들려고 하는 건가? 정말로 에프란 말이야. 앞으로 또 떠들 사람은 지금 당장 나가버려! 그게 한갓지고 속 편하겠어. 또 떠들 사람 없지? 믿어보겠어요."

이때 한 학생이 일어섰다. 하필이면 그 학생이 앉은 곳은 강의실의 중앙이었다. 모든 학생들의 눈초리가 그 안동근에게 집중되었다. 안동근은 가방에다가 프린트물을 쑤셔넣더니 교수를 쳐다보지도 않고, 뒷문을 향해 뚜벅뚜벅 걸어갔다. 교수와 모든 학생들은 엄숙한 고요 속에서 빠져나가는 미꾸라지 한 마리를 보고 있었던 것이다.

안동근은 교수가 들어온 이후로는 한 번도 입을 열지 않은 몇 안 되는 학생 중의 하나였다. 그는 떠들어대는 다른 학생들도 싫었지만, 침묵과 훈계로 학생들과 승강이를 하는 교수도 싫었다. 불법 투견장 사장 아들답게, 개와 개가 싸우고 인간들은 돈을 쥐고 발광적으로 소리쳐대는 광경이 자꾸만 떠올랐다. 그는 한참 전부터 강의실 밖으로 나가고 싶었다. 하지만 그래서는 안 될 것 같아 꾹 참고 있었는데 "당장 나가버려!"라는 말을 듣는 순간, 무슨 생각을 해서 그렇게 한 게 아니라, 조건반사적으로 일어서고 만 것이었다. 일어선 이상, 나갈 수밖에 없다고 생각했다. 그래서 나가고 있는 것이었다.

교수는 또다시 기괴한 미소를 지었다. 뭐, 저런 개 같은 자식이 다 있나. 여자한테 따귀를 다섯 대나 맞은 놈도 안 나가고 버티고 있는데, 저놈은 뭐야? 교수는 머릿속의 혈관들이 다 터져 불꽃놀이라도 벌이는 것 같은 느낌이었다.

그 미꾸라지 같은 놈이 사라졌다. 그걸로 끝난 것으로 알았다. 교수가 이 상황에 대해서 어떻게 말을 해야 할지 몰라 하고 있는데, 갑자기 다섯 명의 학생이 또 일어났다. 그들이 가방을 다 챙겼을 때 또 이십여 명이 일어섰다. 먼저 일어선 다섯 명의 학생이 뒷문을 빠져나갔을 때는 백 명도 넘는 학생들이 일어서서 움직이고 있었다. 뒷문 뿐만 아니라 앞문으로도 거리낌 없이 빠져나갔다. 학생들의 입도 덩달아 춤추고 있었다.

"아, 시발 좆같아서, 수업 안 듣고 만다!" "에프 줘라, 줘!" "수업을 하겠다는 거야, 말겠다는 거야!" "학점이 문제냐, 꼰대 소리 지겨워!" "학생의 자존심이라는 게 있지!" "근데 무슨 일이야? 강의 그만한대?" "재수 없어!" "쌍년들, 같이 가!" "너도 가라고?" "다들 가잖아?" "근데 왜 나가?" "교수새끼가 생지랄 했잖아?" "뭐, 뭐라고 했는데?" "몰라, 아주 재수 없는 소리 했어!" "우리도 나가자!" "뭐야, 데모야?" "성 비하 발언이라도 했어?" "우리, 군중심리 하는 거 아냐?" "다음주 작문 숙제 주제가 뭐야?" "출석 불렀냐?" "왜들 다 용감해진 거야?" "데모다, 혁명이다!" "교수님, 안녕히 계세요!" "다들 미쳤나봐!" "등록금 아깝잖아!"

먼지가 가라앉고 소음이 사라지자, 삼십여 명의 학생만 단란하게 남아 있었다(그중 다섯 명의 학생은 쿨쿨 잠들어 있었다). 그래도 칠분의 일 이나 남아 있었던 것이다! 교수는 정신이 거의 나간 상태였음에도 불구하고, 삼십 명, 딱 저 정도만 되어도 강의할 맛 날 텐데, 라고 생각했다. 모니터와, 학생들이 제출한 과제물 '내 인생 최고의 사건'이 키 재기를 하고 있는 테이블까지, 교수는 간신히 갔다.

교수는 딱딱한 의자에 환갑이 내일모레인 몸뚱이를 털썩 부렸다. 교수는 마지막까지 남아 있던 힘 톨을 모두 긁어모아 입을 열었다. "자네들은 왜 안 나가고 있나? 모두 당장 나가버려!" 아노미에 빠져 있던 학생들이 뭐에 놀란 토끼들처럼 우르르 튀어나갔다.

교수 정명박의 눈에서 괴력난신의 물이 흘러내렸다. 교수는 마흔 살 때 끊었던 담배 생각이 간절하게 났다. 쉰두 살 때부터 끊은 술을 억병으로 마시고 싶었다. 교수는 눈에 뵈는 게 없어 모르고 있었지만 아직 안 나간 학생들이 있었다. 아직도 잠들어 있는 다섯 명의 학생과 한 명의 아랫도리가 아픈 학생.

김효리는 무슨 생각을 해서 남아 있었다기보다는 움직일 힘조차 없이 아팠기 때문에 꼼짝 못하고 있었다. 밤새 저 교수 같은 중늙은이에게 시달린 몸이 그예 탈이 난 모양이었다. 그런데 어째서 저 교수가 일곱 살 때 죽은 아빠 같아 보이는 걸까? 김효리는 펼쳐진 일기장에다가, 싸구려 만년필을 간신히 움직여 세 어절씩이나 휘갈겼다.

'교수는 오늘 강간당했다!'

처음의 아해들

찾고 싶었던 노래를 찾았다. 부르려면 이런 노래를 불러야지.
나처럼 가방끈 짧은 새끼도 아는 노래.
좆도 없는 놈에게 희망을 주는 노래. 애아빠가 튼 노래는 〈촛불잔치〉였다.
모두가 미쳐 날뛰며 〈촛불잔치〉를 합창했다.

술집 '그때 그 시절'의 두 벽과 천장은 옛날 신문지로 도배되어 있었다. 대부분 90년대 신문이었지만, 눈을 까뒤집고 찾으면 80년대 후반 신문과 2000년대 신문도 보였다. 보습 학원 '과학나라' 원장 의꼴통은 이 술집에 올 때마다, 자신이 87년에 코팅을 해서 붙여놓았던 신문 한쪽이 아직도 잘 있나 살펴보는 버릇이 있었다. 반년 만에 와보는데, 아직도 무사했다.

신문지 흑백사진 속에서, 스무 명 남짓한 고삐리들이 촛불을 밝혀들고 있었다. 경찰서 앞이었고, 6월이었다. 벌써 이십여 년 전 일이다. 그래, 우리는 이십여 년 전에 촛불집회를 했었지. 〈촛불잔치〉라는 대중가요가 대히트를 치던 그 시절에. 노래 가사 바꿔 부르기가 유행하던 시절이기도 했다. 많은 벗들이 '촛불잔치를 벌여보자'는 구절을 구태여 '좆불잔치를 뻘여보지'로 바꿔 부르곤 했다. 왜 그러는지 아무도 설명하지 못하면서 짐짓 더

처음의 아해들 81

그렇게 목구멍을 달궜다.

　이십여 년 전, 의꼴통은 일주일에 한 번꼴로 이 술집에서 삼겹살을 안주 삼아 소주를 마셨다. 그는 당시 호구시 고삐리들이 모르면 간첩 소리를 듣던 문예동아리 '호구맥'의 일원이었다. 호구맥 고삐리들은 한 시간 거리의 지방대학에 다니는 대학생 선배들에게 배웠다. 시쳇말로 '빨갱이 책'이라고 부르던 서적을. 이를테면 『죽음을 넘어 시대의 어둠을 넘어』나 『어느 청년 노동자의 삶과 죽음』 같은 책을. 선배들은 '의식화 교육'만 한 게 아니라, 술 담배도 가르쳐주었다. 의꼴통은 '의식화된 꼴통'의 약칭이었다. 호구맥 회원들은 다 의꼴통이라고 불렸다.

　서울 사는 의꼴통 중 하나가 며칠 전에 전화로 지껄였다. "우린 자부심을 가져도 돼. 우리가 치켜들었던 그 소박한 촛불이 밀알이 되었던 거야. 이십여 년 만에 저토록 장대하고 광활한 촛불로 태어난 것이지. 난 벌써 열흘째 광화문에서 살고 있다. 그러지 말고 너도 한번 올라와라! 혁명의 순간에 동참해야지. 다른 날은 몰라도 10일에는 꼭 올라와야 돼! 그날 결판난다. 우리 혁명의 순간을 함께 누리자!" 서울 사는 의꼴통은 그 옛날에도 언제나 낙관적이었다. 시골 사는 의꼴통은 서울 사는 의꼴통이 이십여 년이 무색하게 하나도 변하지 않았다고 생각했다. 변하지 않은 것이 존경스러운 동시에 한심했다.

　시골 사는 의꼴통도 촛불을 들고는 있었지만, 지금의 정국을 낙관적으로 생각하지 않았다. 너무나도 열심히 일한다는 대통령 일당에게 속고 있는 것인지도 몰랐다. 온 국민이 광우병 공포에 혈안이 돼 있는 동안, 자기들 소망대로 마음껏 팔아먹고 있는 것은 아닌지. 아닌 말로 삼십 개월과 이십구 개월이 무슨 차이가 있는가? 중요한 것은 미국 쇠고기가 분명히 들어온다는 것이고 축산 농가는 파탄날 것이라는 거다. 제대로 하자면 '미국 쇠고기 수입 결사 반대'를 기치로 내걸어야 한다. 그는 촛불을 들고 있을 때, 대통령 일당이 던진 미끼에 걸려 좌우 분간 못 하고 휩쓸리고 있는 게 아닐까 씁쓸해하고는 했다.

"의꼴통!" 하며 들어선 것은 초등학교 교사 예수쟁이였다. 이 술집은 숯불 화덕을 장착한 둥그런 양철 탁자 여섯 개가 전부였다. 의꼴통이 앉은 한 자리만 빼고 나머지 탁자는 비어 있었다. 예수쟁이는 이 술집이 마음에 들지 않았다. 세상이 앞으로 달려가는데 자꾸만 뒤로 달려가는 듯한 퇴행의 소굴 같았다. 이 만남의 주최자 소식통이 "변함없이 '그때 그 시절'이지!"라고 했을 때, 예수쟁이는 씨불댔다. "그 거지 깽깽이 같은 집 아직도 안 없어졌어? 질기다, 질겨. 돈을 못 벌었으면 망하든가, 돈을 벌었으면 좋은 데로 이사를 가든가, 아직도 그 생선 썩는 데서 죽치는 이유가 뭔 겨?" 술집 옆이 수산물 경매장이었다. 수산물 경매는 아침에 두어 시간밖에 소요되지 않았지만, 냄새는 종일 갔다. 술집 유리문 밖 골목길은 사시사철 비린내가 진동했다.

"어라리요, 이 할아버지 아직도 붙어 있슈." 예수쟁이가 신문지 안에 스님처럼 빡빡 깎고 가부좌를 틀고 있는 책 광고 사진을 보며 기막혀했다. 처음 봤을 때 당연히 스님인 줄 알았는데, 소식통은 "문단에서는 유명하지만 대중은 잘 모르는 소설가"라고 했다. 그 소설가가 마치 너희들이 술 얼마나 처마시나 보자, 지켜보는 듯해서 아주 꺼림칙했던 기억이 났다. "촛불집회도 아직 붙어 있어. 그 소설가 발가락 밑에." 의꼴통이 되새겨주자, 예수쟁이는 흑백 사진을 자세히 들여다본 뒤에 비웃었다. "유치한 짓이었지." "유치했다고?" "아, 실수! 넌 아직도 대단하게 생각되겠구나. 요즘 신나겠는걸. 다시 87년이라도 된 기분이겠어. 왜들 잠자코 있는 겨? 한번 안 해? 너희들 무슨 일만 나면 하잖아?"

맞다, 무슨 일만 나면 했다. 의꼴통은 '호구시 민주 지킴이(약칭 호민지)' 소속 회원이었다. 호민지는 오래전, 노무현 전 대통령이 돌풍의 대선 주자로 떠오를 무렵에 조직되었다. 많은 이들이 가입했다 탈퇴했다. 의꼴통은 창단 회원으로서 아직까지 회비를 꼬박꼬박 내며 모임에도 웬만하면 빠지지 않는 골수 호민지 중의 한 사람이었다. 호민지는 미순이 효순이가 미군 탱크에 살해되었을 때도, 노무현 전 대통령이 의회의 탄핵을 당했을 때도, 한국 군대를 이라크에 파병한다고 했을 때도, 이 보수적인 지방 소도시에서 외로운, 무의미했을지도 모르는 촛불을 치켜들었다.

예수쟁이가 몰라서 그렇지, 이번에도 이미 한 달 전부터 촛불을 치켜들었다. 미국산 쇠고기 협상 결과가 발표되고 바로였다. 단 하루가 아니라 아주 여러 날을 치켜들었다. 주말이면 어김없이 신시가지에 모여 촛불을 들었다. 비록 평균 백여 개도 안 되는 촛불이었지만, 이 보수적인 시골 도시의 양심을 대변하기엔 충분하다고 자부했다. 그런데 이 시골 도시에서 초등학생을 가르쳐 먹고사는 기독교도 귀에도 소문이 안 들어갈 정도로 미미한 행위였단 말인가? 서울에서 '혁명' 운운하며 고향 친구들은 손가락만 빨고 있는 줄 아는 놈이나, 자기 사는 고장에서 뭔 일이 일어나고 있는지도 모르는 놈이나, 못마땅했다. "예수쟁이, 넌 아직도 그 버릇 못 버렸구나. 듣는 사람 기분 나쁘게 뒤대는 개버릇." "개버릇? 그래, 개버릇이다. 세 살 버릇 여든까지 간다는데 마흔밖에 안 됐거든. 기분 나빠도 참아라."
"네가 무슨 마흔이야, 해튼 새끼들이 재수 없게 꼭 나이를 올려서 말해요. 서른여덟이면 서른여덟인 거지 왜 마흔이야?" 보험쟁이 배둘레햄이었다. 동창들이 나이 들어가며 아무리 살찌고 배가 나와도 배둘레햄을 따라잡지는 못했다. 그 육중한 몸뚱이에서 나오는 목소리는 여성의 것처럼 고운 데가 있었다. 배둘레햄은 자기를 여자인 줄 알고 만났다가 자신의 기막힌 화술에 녹아 보험에 든 중늙은이가 수두룩하다고 지절대곤 했다. "얼마나 많으냐면 내가 따먹은 여자보다도 많아!"라고 시룽대기도 했다. "오랜만에 보는 친구들, 보험 옮기거나 새로 들 생각 없나? 좋은 보험 또 나왔는데." 교사 예수쟁이는 반응하지 않았고, 학원장 의꼴통이 내뱉었다. "보험 깨서 강사 월급 주고 있다, 새끼야."

이어서 이 술자리의 주최자 소식통이 당도했다. 소식통은 공동으로 자동차 대리점을 운영하고 있었다. "출석률, 매우 안 좋군. 반도 안 왔잖아! 선생님 모시는 자린데 이렇게들 시간을 안 지켜서야." "야 새끼야, 다른 데서 만나면 안 돼?" "경차 좆나게 잘 팔린다면서?" "너 새끼 개평도 안 주고 튈 수가 있나?"

어제 배둘레햄을 통해 보험 세 개를 들고 소식통을 통해 고급 중형차를 구매한 시의회 의원의 부친상이 있었다. 둘은 문상 가서 노름 안 하면 정신이 불안해지는 이들 몇과 얼려 동이 터올 때까지 포커를 쳤다. 소식통은 모처럼 크게 땄고 배둘레햄에게 대리운전비도 안 주고 줄행랑을 놓았다.

소식통은 헤벌쭉 웃으며 눙쳤다. "아, 친구들, 일단 술을 시키지." "선생님도 안 오셨는데?" 초등학교 선생인 예수쟁이가 말하는 것이 꼭 초등학교 어린이 같다고, 의꼴통은 생각했다. 그래서 미친놈처럼 막 웃었다. 소식통이 "아줌마, 동태 같은 놈 여러 마리하고, 돼지 껍데기 겁나게 맵게요!" 하고는, 케케묵은 벗들에게 동의를 구했다. "선생님께서 우리가 참 지겨웠나보다. 뜨신다니 말이야."

김치와 깍두기만 놓고 소주 한 병을 비웠을 때 택시 운전하는 애아빠가, 시뻘건 돼지 껍데기가 탁자에 놓이고 얼마 뒤 농사꾼 펠레가, 자리 확실하게 차지하고 마시자고 탁자 한 개를 끌어다 붙였을 때 관광버스 운전하는 딴따라가 각각 들어왔다. 펠레가 요새 누가 소주만 마시냐며 맥주를 주문해서는 '소맥'이란 걸

제조해 한 잔 쭉 들이켰을 때, 시청 공무원 시인이 들어왔다. 소식통이 시계를 쳐다보고는 퉁겨주었다. "애새끼들 다 모이는 데 어떻게 삼십 분이 걸리냐? 내가 이럴 줄 알고 선생님께는 약속 시간을 늦춰드렸지. 선생님은 정확하신 분이니까, 봐라, 딱 들어오시잖아." 모두들 엉거주춤 일어서며 막 들어오는 장년 사내를 쳐다보았다.

내일모레가 지천명인 사내 하나와, 내일모레가 불혹인 사내 여덟이 취해가고 있었다.
영문승은 하늘의 뜻을 알기는커녕 자기 반 고삐리들의 마음도 알지 못하고 있었다. 알면 알수록 모를 것이 요새 고삐리들이었다. 영문승은 '영원한 문제 스승'의 약칭이다. 그가 이십여 년 전에 처음 담임 맡았던 고삐리들이 지어준 별명이었다. 학생 중에는 문제아가 있고 선생 중에는 문제 스승이 있는데 그 대표적인 경우라는 것이었다. 그의 별명은 구전되었다. 요새 고삐리들도 그를 영문승이라고 불렀다. 그에게 왜 영문승이라는 별명이 붙었는지 모르면서, 아니 알고 싶어하지도 않으면서 그 스님 냄새 나는 별명을 무시로 사용했다.
여덟 명의 사내 또한 미혹되지 않는 경지를 운운하기에는 너무나도 미혹된 나날을 보내고 있었다. 무엇보다도 그들은 아직 부자가 아니었다. 무엇보다도 돈의 미혹으로부터 자유로울 수가 없었다. 대통령 일당을 씹어대기도 입 아프고, 촛불시위에 대한 감상적인 평가도 진력이 나고, 미국 쇠고기 문제 해결을 위한 난상 토론도 지겨워지자, 여덟 명의 제자는 존경까지는 아니더라도, 학창 시절에 생각나는 선생이 있다면 그 한 사람이라고 할 만한 스승 앞에서도, 거리낌 없이 돈 벌어먹고 사는 얘기들을 해댔다. 영문승이 거연히 뇌까린 말마따나 "다들 밥은 먹고는 사는구나!"였다.

하기는 요새 세상에 누가 밥도 못 먹고 산단 말인가? 하지만 '밥도 못 먹고 산다'가 단순히 밥을 못 먹고 말고를 넘어서 지독한 빈곤을 은유하는 것이라면, 애아빠는 "나는 밥도 못 먹고 산다!"고 고함이라도 칠 만한 자격이 있었다.

열여덟 살 때 얻은 별명 애아빠는, 별명이라기보다는 당시의 현실을 명쾌하게 정리한 호칭이라 할 수 있었다. 실제로 열여덟 살 때 애아빠가 됐던 것이다. 고등학교를 자퇴하고 공장에 다녔다. 동갑이었던 애엄마는 아이를 하나 더 낳고 도망가버렸다. 두 아이를 어머니에게 맡기고 애엄마를 찾아 전국을 떠돌았다. 방위 근무를 하면서 정신을 차렸다. 농공단지를 착실히 다니며 돈을 모았지만, 자식 키워주는 어머니에게는 한 푼의 생활비도 내놓지 않았다. 서른 살 때 농공단지 한 업체에서 경리를 보던, 상업고를 갓 졸업한 여자를 덮쳤다. 동거를 시작했다. 그녀도 아이를 둘 낳고는 도망가버렸다. 또 애엄마를 찾아 전국을 떠돌았지만, 혹시 그 전 애엄마라도 찾을 수 있을까 싶었지만, 둘 다 찾을 수 없었다. 아이 둘을 어느 정도 키워놓고 한숨 돌리던 어머니는, 새로 어린것 둘을 키우다가, 북망산으로 떠나갔다. 아버지도 논 한 뙈기 첨부 없이 농협 빚 삼천만 원만 유산으로 물려주고 어머니를 쫓아갔다.

서른여덟 살 애아빠가 가진 것은 자식 넷뿐. 가장 큰 아이가 벌써 스무 살이었다. 작년인가, 배둘레햄이 "넌 부자다. 옛말이 그르지 않아. 자식이 재산이라니까. 첫째, 둘째가 벌써 돈 벌 나이 되었다며? 효도받을 일만 남았네. 아직 장가도 못 간 새끼들 생각해봐. 난 애가 열 살인데도 까마득한데, 걔들은 답이 안 나온다. 네가 가장 부자여! 그런 의미에서 교육보험 하나 들어라!" 씨부렁대는 것을 참지 못하고, 녀석의 거시기를 구둣발로 차버린 적이 있었다.

어느 날 스무 살 딸년이 중중댔다. "아빠, 왜 안 도망가? 나 같으면 확 뒈져버리거나 도망가버리겠어. 난 다 컸지만, 쟤들은 어떻게 키울 거야? 내가 몸 팔아서 키우는 게 차라리 빠르겠어. 나 정도면 텐 프로 가능하지 않겠어?" 딸년을 때려눕혀놓고 응급실에 실려갈 만큼 짓밟았다. 개 같은 년, 난 도망가지 않는다, 도망가지 않아! 애아빠는 이를 악물고 택시 운전을 했다. 그러나 지독한 불경기였고, 운전 말고는 달리 가망 있는 일거리가 뵈질 않았다.

애아빠는 '밥은 먹고사는' 벗들의 돈 버는 얘기에 속이 뒤집혔다. 영문승이 "너 무슨 안 좋은 일 있냐? 너무 마신다!" 말렸지만, 계속 들이부었다. 뒤집혀진 속이 해롱대며 둥둥 떴다. 만

약 영문승이 없었다면 애아빠는 탁자를 열 번은 엎었을 것이다. 아무나 작신 팼을 테다. 찢어지게 가난한 자를 코앞에 놓고, 돈 자랑하는 것들은 친구가 아니라 개새끼들이다. 다 죽여버리고 싶었다. 그런 그가 단지 그 옛날의 스승을 모신 자리라는 이유만으로 자제력을 발휘한 것은, 벗들이 몰라주어서 그렇지, 경이적인 일이었다. 애아빠는 9시도 못 돼, 저쪽 빈 탁자에 옮겨져 부서진 마네킹처럼 잠들었다.

그런데 벗들은 돈 '잘' 버는 얘기를 하고 있었던 게 아니다. 돈 벌기가 되우 힘들다는 얘기를 하고 있었다. 돈을 정말이지 너무나도 못 버는 애아빠인지라, 그 억하심정의 블랙홀 같은 귓구멍에, 벗들의 돈 '못' 번다는 얘기조차도, 돈을 '잘' 번다는 얘기로 들렸을 뿐이다.

자동차 대리점 하는 소식통은 언론에서 경차 잘 팔린다고 하도 떠들어대서 우리가 뭐 떼돈 버는 줄 아는 모양인데, 경차는 팔아봐야 돈 안 된다고 앓는 소리를 했다. 정리하자면 입에 겨우 풀칠이나 한다나.

배둘레햄은 요새 누가 보험을 새로 드냐, 너희들도 안 드는데, 잘 붓던 거 깨겠다는 사람들 찾아다니며, 참아보시라고 사정사정 말품 파는 게 요새 일이라고 징징댔다.

공무원인 시인은 너희들은 자꾸 철밥통이라고 부러워하는데 우리 월급 정말 얼마 안 되고, 뜯기는 게 대체 얼마나 되는 줄 아느냐, 거기다 철밥통은 옛말이지 잘리지 않으려고 아주 파리처럼 산다는 말을 하면서도 웃는 얼굴이었다. 그는 덧붙였다.
"뭐, 이게 내 인생이다 하고 즐겁게 살고는 있지만……"

예수쟁이는 요새 선생으로, 그것도 초등학교 선생으로, 그것도 여자 선생이 아닌 남자 선생으로 산다는 게 얼마나 치욕적이고 처절한 건지 모를 거라고, 얼마 안 되는 월급에 목숨 걸고, 간 쓸개 다 빼주고 바보 등신 천치처럼 사는 게 바로 초등 남교사의 삶이라고 게거품을 물었다.

보습 학원 원장 의꼴통은 수강생들이 무슨 '혹성 대탈출'이라도 하는 것처럼 일제히 영어 전문 학원이나 영어 전문 개인강사로 옮겨가고 있어 환장할 지경이라고 했다. 그의 학원은 일반 보습 학원과 달리 '과학'만 했다. 과학을 특화해서 그 나물에 그 밥 같은 보습 학원계에서 고속 성장을 할 수 있었다. 시작할 때 아는 사람들 아들 딸 열 명 데리고 시작했는데 사 년 만에 수강생 이백여 명에 강사 열을 둘 정도로 키웠으니 놀라운 성공이라 할 만했다. 그런데 그놈의 영어 열풍에 작살이 났다. 특화된 과학에 돈을 썼던 젊은 부자들이, 그 돈을 영어 회화에 쓰기로 마음먹은 것이다. 영어 못 하면 초등학교도 못 다닐 것처럼 해대니, 돈 많은 부모가 그 아까운 시간을 어찌 과학에 할애하랴.

관광버스 기사 딴따라는 완전 암흑기라고 했다. 그는 고삐리 시절에 드럼을 쳤다. 그가 결성한 패거리는 '대가리 빈 딴따라것들'이라 불리며 연습만 죽도록 하고 공연 한 번 못 해본 채 해체 수순을 밟았다. 하지만 그는 으레 이런 식으로 뻥치고는 했다. "학창 시절 인기 초절정 그룹사운드 '질풍노도'의 짱 드러머로서 한마디하자면……" 딴따라는 3월에 칠 년 동안 운전했던 버스를, 자신의 삼십대가 고스란히 배어 있다고 해도 좋을 그 애증덩어리를 팔아버렸다. 업그레이드 인생을 보증하는 것만 같은, 휘황찬란하게 빛나는 새 버스를 뽑았다. 떠들썩한 고사를 지냈고, 봄 경기는 좋았다.

　자랑 같지만 서비스가 좋은 기사로 소문이 자자하게 나 있다. 어렸을 적에 용돈 한 번 안 주는 일가친척이 왜 이렇게 많으냐고 불퉁대기도 했었는데, 시작할 때 큰 뒷배가 돼주었다. 일가친척들 경사, 관광 전담해서 알뜰히 모셨다. 일가친척 잔치 가려고 버스 탔던 이들이 그 기사 누구였냐며 찾았고, 입소문이 퍼져 두 해 만에 호구시에서 서비스 으뜸인 기사 축에 들게 되었다. 이 좁은 고장에서 그런 소문이 나면 봄가을은 몸뚱이가 세 개라도 모자랄 각오를 해야 한다. 올봄에도 너무 바빠서 아내랑 거시기 한 번을 못했다.

　그런데 비수기 정도가 아니라 암흑기라고 할 만한 상황이 닥쳤다. 암흑기에 한 줄기 빛 같은 결혼 소식이 있었다. 사십 명이 넘는 사촌 중에 한 분이 딸을 시집 보낸다는 거였다. 의당 연락이 왔는데, 사촌형이 기겁을 했다. "뭐여? 왜 그르케 비싸? 저번에 거시기 차남 때보다 스무 장이 더 비싼디? 너 나를 사기 처먹을라고 그러냐? 사기 처먹을 사람이 그르케 읎어?" "아따, 형님. 말을 뭐 그렇게 섭하게 한대유. 뉴스도 안 봐유? 기름 값이 얼마나 올랐는듀. 형님이니께 스무 장만 더 받겠다는 건디." "너 그르케 안 봤는디, 많이 변했다. 새 차 뽑더니 마음씨도 새로 바꼈나 보다. 딴 디서 알아볼라니께 신경 꺼라니." 세 시간 전의 통화 내용이다. 딴따라는 원래 한 잔도 못 하던 맥주를 벌써 석 잔이나 마시고도 속에 불이 덜 꺼져 있었다.

유일하게 앓는 소리를 않는 사내가 있었다. 농사짓는 펠레였다. 그는 보름 전에, 아무리 앓는 소리를 하고 싶어도 차마 할 수 없을 만큼 벼락부자가 되었다. 벗들은 그의 처지가 완전히 탈바꿈되었다는 것을 아직 알지 못했다. 앓는 소리가 아니라 돈 자랑이라면 열 시간도 할 수 있을 테다. 그러나 이 시국에 누가 돈 자랑을 할 수 있겠는가. 그는 돈 자랑하고 싶어서 입이 근지러웠다. 하지만 차 팔아 보험 팔아 입에 풀칠이나 한다는, 지독히 가난하다는, 직장에 앉아 있기가 두렵다는, 중세보다 심한 암흑기에 처했다는 불쌍한 벗들의 기분을 고려해서 꾹 참았다.

그는 열 살 때부터 펠레 소리를 들을 만큼 남다른 공 차기 실력을 보였고, 고1 때까지만 해도 장래가 촉망되는 스트라이커였다. 하루는 출석 체크하듯 축구부 선배들에게 별 이유도 없이 엉덩이가 너덜해지도록 맞았다. 그걸, 감독 오입시켜주려고 들렀던 아버지가 보았다. 아버지는 감독을 사창가에 데려가는 대신, 폭행해서 병원에 집어넣었다. 아버지는 도끼로 나무를 쪼개듯 야단했다. "오늘부로 축구 때려치워라. 그렇게 맞으면서 할 이유가 없다." 그는 정말 펠레처럼 되고 싶었다. 그는 가출까지 해가면서 축구를 계속하겠다고 우겼다. 한 달 만에 귀가한 그는 축구를 안 시켜주면 또 가출하겠다고 들이댔다. 아버지는 도끼 등으로 아들의 무릎을 깨버렸다. 그는 축구를 그만둘 수밖에 없었고 대학도 군대도 갈 수 없었다.

그는 아버지에게 복수하듯 무위도식하며 주정뱅이 백수로 살았다. 근 십오 년을. 아버지는 십 년 전에 박토 천오백 마지기를 물려주고 세상을 등졌다. 펠레는 전부 소작을 주고 관리도 엉망으로 했다. 한 달에 한 마지기씩 팔아서 먹고살았다. 오십 마지기 팔아서 베트남에 가 사온 여자가 그를 약간이나마 정신차리게 했다. 남의 논농사 대신 짓겠다는 사람 찾기가 유괴범 잡기보다 어려운 시절이 되었다. 그는 할 수 없이 직접 농사를 짓기 시작했는데, 모 사다가 겨우 꽂고, 농약 한번 안 치고는, 남들 벨 때 벼보다 많은 풀을 수확하는 수준이었다. 이러구러 다 팔아먹고 오백 마지기나 남아 있나 하는 판에, 기적이 일어난 것이다. 서해안 개발 사업 여파가 호구시 전역에 골고루 미친 것은 아니었는데, 작정한 듯 그의 땅에는 최대한도로 미쳤다. 그는 하루아침에 수십억대 부자가 되었다.

영문승이 화장실 간 사이에, 배둘레햄이 휴대폰을 받았다. "예, 모든 종류의 생활을 책임지는 청년…… 야, 씹새끼야, 빨리 신분을 밝히지, 입 아프게 인사 노가리 다 깠잖아…… 안 돼, 새끼야. 오늘은 선생님이랑 이별하는 날이야. 인마, 너두 그러지 말고 이리 와…… 병신, 나는 뭐 선생님하고 친했간! 제자니께 온 거지…… 끊어, 새끼야. 오든지 말든지!" 배둘레햄이 휴대폰을 덮고는 모두에게 까바쳤다. "다퍼줘 새긴디 뻥발이 하재. 새끼, 며칠 전에 한 백만 원 폈거든. 민주새끼가 다 땄지. 나는 겨우 구만 원 땄어." 예수쟁이가 빈정댔다. "새끼들, 도박단이구만. 동창들끼리 모여서 만날 노름이나 하고 자빠졌으니 이 나라가 이 모양인 겨."

다퍼줘가 나타난 것은 소주병이 스물한 개, 맥주병이 여섯 개 세워졌을 때였다. 그도 어디서 잔뜩 들이켜고 온 듯했다. "아, 다퍼줘구나? 너 농협 직원이라며?" "선생님, 저를 기억하세요?" "아 그럼, 너희들은 나의 첫 제잔데 몇 년이나 됐다고. 고작 십 년 두 번 됐는데, 내가 너희들 얼굴, 별명도 기억 못 하겠냐?" "선생님, 전 학교 다닐 때 만날 말썽만 피웠잖아요. 맨 화투패 돌리다가 학생주임한테 걸려갖고 선생님 열 받게 만들고, 야자도 만날 빠지고, 국어 시간에도 잠만 자고, 죄송해요."

"재미없다, 너 사는 얘기나 좀 해봐라." "전 만날 노름하면서 살아요. 아, 죄송해요. 선생님이 옛날 제 손모가지를 분질러주셨으면 노름 못 했을 텐데, 노름 중독에서 헤어날 수가 없어요. 부끄럽고 죄송해요." "미안해서 어쩌냐?" "헤이, 농담이에요!" "이젠 노름하지 마! 돈 모아서 결혼도 하고 그래야지. 직장도 탄탄한데 뭐가 문제야?" "인생이 겁나게 심심해요. 노름을 안 하고 있으면 견딜 수가 없어요. 사실 저도 여자가 생기면 달라질 것 같은데 여자들이 저를 싫어해요. 아무리 껄떡대도 넘어오는 년이 없어요." "여자가 싫어한다고만 하지 말고, 네가 먼저 변해야지."

한동안 말을 끊고 잠잠하던 다퍼줘가 또 재깔댔다. "선생님은 유일하신 분입니다." "뭐가?" "제가 십이 년이나 학교를 다녔지만 좋게 기억나는 선생은 선생님밖에 없어요. 선생님이 뭐 가르쳐준 것도 없잖아요? 맨 쓸데없는 소리나 하시고. 전교조 하신다고 맨 말썽이나 부리시고…… 하지만 그 쓸데없는 소리들이 저한테 매우 중요했던 것 같아요. 전요, 선생님이 해준 얘기 기억하는 거 많아요. 이십 년이 지났지만 못 잊는 얘기들이 아주 많다고요. 하나만 얘기해보자면, 선생님 군대 시절에 취사병이셨댔죠? 장홧발로 막 밟고 가래침 팍팍 뱉어가면서 김치를 담궜다고 그러셨잖아요? 어, 이런 지저분한 얘기를 하려고 한 게 아닌데, 죄송해요, 제가 취했어요. 실은 애들이 선생님 만난다는 얘기를 듣고 저도 꼭 뵙고 싶었거든요. 그런데 제가 직장은 있지만 노름꾼이어서 선생님 뵙기가 부끄럽더라고요. 그리고 제가 학교 졸업하고 나서는 선생님을 뵌 적이 없어서 어떻게 뵈어야 할지도 모르겠고, 하지만 결정적으로 선생님을 꼭 뵙고 싶었거든요. 왜냐하면 존경하니깐요. 선생님은, 제가 어려울 때마다 등불처럼 떠오르는 분이라니깐요. 맨정신에는 못 뵐 것 같아서, 소주 두 병 마시고 왔는데, 막 어지럽네요. 선생님, 용서하세요." 영문승은 강주정하는 제자의 등을 툭툭 쳐주었다. "그래, 모든 걸 용서하마."

 다퍼쥐가 고개를 바짝 세우더니 또 희롱댔다. "그런데 선생님, 제가 선생님을 존경하게 된 게 언제부터인 줄 아세요?" "모르지." "제가요, 술이 덜 깨서 등교를 하고 있었거든요. 지각이었죠. 그런데 역시 지각하는 선생님과 딱 마주쳤던 겁니다. 근데 선생님이 뭐랬는 줄 아세요?" "뭐랬는데?" " '너도 술이 덜 깼냐? 우리 해장하고 들어갈까?' 하시고는 슈퍼에 가서 맥주 두 캔을 사서 하나는 선생님이 드시고 하나는 저한테 주셨어요. 선생님이 하자고 해서 건배도 했어요. 정말 비교육적인 순간이었는데, 전 그때부터 선생님이 막 존경스러워졌던 거라고요." "너, 다른 선생님이랑 착각한 거 아니냐? 나는 그런 적이 없는 것 같은데." "아니라니까요, 선생님이시라니까요. 존경한다니까요, 왜 아니라고 그러시는 거예요."

 영문승은 자기보다 열 살이 적은 사내들을 하나하나 뜯어보았다. 스물일곱 살 때 열일곱 살인 이 녀석들을 만났다. 처음 선생이 되어, 처음 이 시골 도시에 와서, 처음 담임을 맡은 녀석들이다. 이후로 이 고장에서 수천 명을 가르쳤고 오백여 명을 담임 맡았지만, 이들만큼 기억에 남는 녀석들이 없다. '처음의 아해들'이기 때문일 테다.
 처음 교단에 서서 청소년들을 내려다 보았을 때, 돌연 자신의 지금 아이와 같은 나이에 죽은 구시대 시인의 「오감도」가 떠올랐다. 「오감도」 시 제1호. 제1의 아해로부터 제13의 아해까지 무섭다고 그리오, 하는. 영문승은 '막다른 골목길'에서 제1의 아해서부터 제50의 아해까지 무서운 아해들에게 포위당한 듯한 현기증이 났다.

처음의 아해들은 전교조 세대라고도 불린다. 전교조가 꾸려질 때 고등학교를 다녔기 때문이다. 그는 전교조를 만드는 데 딴엔 앞장을 서느라 자신이 담임 맡은 반 아이들을 세세히 챙겨주지 못했다.

처음의 아해들 대부분이 대학에 못 갔다. 갔어도 소위 말하는 명문 대학에 간 경우는 드물었다. 십여 년을 두고 해마다 대여섯 번은 술자리를 가져온, 오랜 친구와도 같은 소식통 녀석이 술김에 나탈거린 적이 있었다.

"일 학년 때 우리 반이었던 애들이 대학 진학률이 형편없었던 것은 진실이지요. 선생님은 공부하라는 말도 잘 안 하고, 자율학습 빠져도 한 번 패지도 않았잖아요. 공부라는 게, 스스로 잘 안 되는 거잖아요. 뭘 모르는 일 학년 때 말이죠, 선생이란 사람들이 대학 못 가면 바보 된다, 죽어라 세뇌를 시키고 말로 안 되면 패서라도 자세를 잡아주는 게 큰 도움이 되는 거예요. 그렇게 해서라도 자세를 잡아주니까, 이삼 학년 때 공부가 되는 거란 말이죠. 근데 우리는 선생님 덕분에 자세가 안 잡혀갖고, 공부가 돼지게 안 되더라고요. 뭐, 선생님 탓이 아니지요. 공부는 자기가 하는 거지, 누가 알려줘서 하는 게 아닌데 누굴 원망하겠어요. 하지만 그런 아쉬움은 들어요. 선생님 같은 참교육 담임을 안 만나고 개백정같이 잡아주는 담임을 만났으면, 제가 똥통 2년제가 아니라 적어도 지방 삼류대라도 4년제는 갈 수 있지 않았을까."

 소식통처럼 술김에 원망하는 녀석이 한둘이 아닐 테다. 영문승은 여전히 아이들에게 공부를 강요하지 않았다. 요즘 아이들에게는 그럴 필요가 없었다. 아이들은 공부하는 자세를 스스로 갖춰서 들어왔다. 학원이 중학교 내내 엄한 스승 역할을 해주었을 테다. 당대의 아이들은 자기들이 대학에, 그것도 일류 대학에 가야만 하는 이유를 너무나도 잘 알고 있었다. 당대의 아이들은 모든 걸 잘 알았다. 그들에게는 인터넷이라는 훌륭한 선생도 계시다. 처음의 아해들에게는 곧잘 국어 교과서의 썩은 글 대신 사회와 통일과 민주 등에 대해서 떠들었다. 하지만 요즘의 아이들에게는 수업만 했다. 요즘 아이들은 너무 많이 알고 있어서, 뭘 들으려고 하지 않았다. 미국 쇠고기 졸속 협상 문제와 촛불시위 얘기를 수업 시간에 꺼냈다가 한 아이에게 퉁바리 먹은 기억이 나서 얼굴이 새삼스레 화끈했다.

 그 아이는 부르댔다. "다 알거든요. 저희들이 촛불시위에 무관심하다고 양심의 가책 건드리시는 거라면, 관두세요. 다 자기 자유지요. 우리는 시골놈들입니다. 개들처럼 그렇게 단순할 수가 없는 애들이라는 거 잘 아시잖습니까? 우리도 미국 쇠고기 안 먹고 최상급 한우 먹는 삶을 누리고 싶습니다. 그러기 위해

선 눈귀 딱 감고 닫고 죽어라고 공부해야지요. 결정적으로 그런다고 광우병 쇠고기가 안 들어오겠어요? 왜 그런 대통령을 뽑아 놓고 난리들이지요? 불과 반년 전에 그런 바보 같은 선거를 했습니다. 불과 두 달 전에는 그런 광우병 같은 자들을 과반수로 뽑아줬고요. 저희도 답답하단 말입니다. 수업이나 하시죠."

아이들은 소통 자체를 거부했다. 어쩌면 그도 소통을 원하지 않는지도 몰랐다. 그는 예전처럼 아이들에게 먼저 다가서지 않았다. 그는 아직도 전교조 열성 회원이었고, 참교육을 이념으로 삼고 있었지만, 회의에 사로잡힐 때가 부쩍 늘었다.

다퍼줘 녀석은 결혼식장에서도 본 적이 없다. 고등학교 졸업 후 처음 본다. 하지만 나머지 녀석들은 때때로 만나왔다.

예수쟁이 녀석은 같은 전교조여서 한동안 정기적으로 만나는 사이였다. 예수쟁이는 호구시 전교조의 막내였다. 신세대 선생들은 아무 데도 가입하고 싶어하지 않았다. 그들은 무소속이고 싶어했다. 예수쟁이도 무소속이 되고 싶어하는 눈치를 보이더니, 작년 대선 때 탈퇴 신청서를 자랑스럽게 냈다.

배둘레햄 녀석은 화재보험을 든 뒤부터 곧잘 만났다. 영문승은 호구시에서 함께 전교조를 출범시키고, 해직도 함께 당했으며, 해직 생활 삼 년도 함께한 다섯 명의 동료 교사와, 함께 복직하고 이 년 되던 해에 공동 소유의 빌라를 지었다. 지하에는 아담한 공동 공간을 꾸렸다. 그곳에 불이 났다. 사후약방문으로 보험을 들려고 수소문을 했는데 나타난 것이 배둘레햄이었다.

　시인 녀석은 결혼식에서 항상 만났다. 처음의 아해들은 터를 잡은 곳이 어디든 결혼식은 대개 고향에서 올렸다. 제자가 청첩장을 보내거나 전화 연락을 하면 영문승은 기꺼이 결혼식에 부조하러 갔다. 전화로 결혼을 알리는 녀석들 중에는 주례사를 청하는 경우도 있었다. 그는 한사코 사양했다. 어떤 제자의 결혼식에는 친구 하객이 열 명도 안 되는가 하면, 어떤 제자의 결혼식에는 친구 하객이 백 명도 넘어 사진을 두어 번에 걸쳐 찍기도 했다. 이태 전 시인 녀석의 결혼 때가 그랬다.

　녀석이 공무원인지라 공무원 동료들이 대거 오기도 했지만 친구 경조사를 유난히 챙긴 덕인지 다양한 부류의 친구들이 까마귀 떼처럼 모여 있었다. 처음의 아해들도 스무 명 넘게 모였다. 자연스럽게 반창회가 이루어졌고, 그는 끼면 안 되는 자리에 낀 것 같아 어색했지만 세 시간도 넘게 장성한 제자들과 술을 마셨다. 겨우 한두 마디씩 말을 나눠보았을 뿐이지만, 다들 어디선가 확실한 일을 가지고 나름대로 열심히, 그러니까 동창 결혼식에 얼굴을 비칠 만큼은, 살고들 있는 듯했다. 그리고 처음의 아해들이 자신을 '좋은 선생'으로 기억하고 있는 것 같아 은근히 기분이 좋았다.

　농사꾼보다는 농촌한량 혹은 농촌건달이라는 말이 더 어울리는 펠레 녀석은 해직 시절에 술친구였다. 영문승은 해직 시절이 교사 때보다 더 바빴다. 각종 문서 작성에 심혈을 기울였고, 셀

수 없이 빈번한 회의와 집회 준비에 혼신의 힘을 다했다. 하지만 지치는 날도 많았고 술이 아니면 견딜 수 없는 밤도 많았다. 영문승의 해직 시절, 처음의 아해들은 대개 타지에 있었다. 대학생이 되었든 못 되었든 모두가 수도권과 대도시로 떠났다. 거의 유일하게 남아서 제 말처럼 "고향 지킴이" 노릇을 한 게 펠레 녀석이었다.

펠레 녀석은 툭하면 전화를 해왔다. "오늘 밤에는 술 생각 없으시대유?" 한두 번 녀석과 마셔보니 참 편했다. 전교조 동료 교사들과 마실 때는 각을 잡고 마셔야 했는데, 녀석과는 그러지 않아도 되었다. 녀석이 거의 듣기만 하니 바위에게 떠들듯 해도 된다는 게 좋았다. 그는 하고 싶지만 할 수 없었던 말들을 녀석에게 막 했다. 녀석은 "조금만 더 참으슈, 곧 복직하시겠쥬!" 위로해주고는 했다. 처음의 아해들 중 대학생이 못 되었던 녀석들이 군복무 때문에 대거 귀향했다. 녀석들이 방위를 거의 마쳐갈 무렵 그는 해직 시대를 마감하게 되었다. 펠레 녀석이 울면서 읊조렸다. "인제 저랑 못 놀아주시겠네유. 지는 이제 누구랑 술 마신대유."

아이엠에프 때 대학에 갔던 녀석들, 못 갔던 녀석들, 구분 없이 대거 귀향했다. 아니, 낙향했다. 그때는 처음의 아해들과 발길에 돌 채듯이 마주쳤다. 21세기 즈음하여 대부분의 녀석들이 수도권과 대도시로 재상경했다. 하지만 이러저러한 사정으로 눌러앉은 녀석들도 있었다. 의꼴통, 애아빠, 딴따라 녀석이 그런 경우였다. 의꼴통 녀석과는 호민지를 함께하면서 자주 보는 사이가 되었다. 요즘은 주말마다 함께 촛불을 들고 있다. 딴따라 녀석은 결혼식장에서 한두 번 보고 길거리에서 우연히 마주치기는 했어도 술 한잔 나눠본 적은 없다. 애아빠 녀석과도 술을 나눠본 적은 없는데, 우연히 녀석이 운전하는 택시를 탄 이후, 택시를 이용하게 될 경우 우선 녀석에게 전화를 걸어보는 단골 고객이 되었다.

"얘들아!" 아직도 잠들어 있는 애아빠를 제외한 여덟 명의 사내가 벌건 얼굴로 왕년의 스승에게 눈길을 돌렸다. "맞아, 저희가 깜빡했네요. 자, 집중해라, 집중. 선생님의 이별사가 계시겠다." 소식통이 손뼉을 치며 호들갑을 떨었다. 영문승은 피식 웃었다. "이별사는 무슨. 근데 고향에 남아 있는 것 너희들뿐이냐? 또 누가 누가 있지?"

배둘레햄이 얼른 대답했다. "그런 건 차 파는 소식통보다 보험 파는 제가 더 잘 알지요. 꽤 많아요. 섬 살면서 어부 하는 물개도 있고, 산 밑에서 염소 키우는 책벌레도 있고, 동사무소 공무원 하는 싸움닭도 있고, 노래 장사 하는 민주도 있고, 주먹 장사 하는 조폭도 있고, 저수지 관리인 하는 단무지도 있고……"

"왜들 그렇게 많이 사냐. 이 촌구석에서…… 고향이니까?" "저희들도 모르죠!" 우렁차게 대답한 건 의꼴통이었다. "고향 그런 게 어디 있습니까? 그냥 살다보니 여기 살고 있는 것뿐이지요." 덧붙인 건 딴따라였다. 그리고 잠시 조용했다.

영문승이 다따가 뇌었다. "내가 이십 년간이나 너희들의 고향을 지켜줬다. 고마워해라." 모두 멍했다. 펠레가 물었다. "그거 웃으라고 한 얘기세요?" "맞아, 웃으라고 한 얘기야. 그런데 아무도 안 웃네. 내가 너무 심각했나." 스승이 웃었건만 제자들은 아무도 웃지 않았다. 아무래도 웃긴 얘기 같지가 않았다.

영문승이 웃음을 그치고 되새겼다. "난 아직도 기억한다. 너희들이 나를 위해 촛불을 들고 있던 밤을 말이야. 난 경찰서 유치장에 있었지만, 너희들이 켜든 촛불을 볼 수 있었어. 요새 촛불을 들고 있노라면, 항상 너희들 생각이 나." 심각한 것을 못 견디겠다는 듯 배둘레햄이 질렀다. "초 장수들만 신났지요. 떼돈 벌 겁니다."

시청 공무원인 시인은 스승의 팔짱을 끼고 걸었다. 비가 부슬부슬 내리고 있었다. 고작 10시가 넘었건만 인적이 드물었다. 신시가지 쪽은 그래도 좀 휘황할 텐데, 기차역과 터미널마저 이전해버리자 완벽하게 상권을 잃은 구시가지는, 면 단위로 가는 마지막 버스들이 떠나가기 무섭게 까매지고 고요해졌다. 이 비도 서울의 촛불잔치를 멈추게 하지는 못하겠지?

그는 고교 시절에 단 한 편의 시를 썼다. 영문승이 시 한 편씩을 써오라고 했는데, 그때 다른 벗들과 마찬가지로 마지못해 쓴 시였다. 영문승은 그의 시를 최고작으로 뽑고 벗들 앞에서 낭송하게 했다. 그때부터 그는 시인으로 불렸다. 하지만 그 이후 서른다섯이 될 때까지 단 한 편의 시도 쓴 바 없었다.

시인은 삼수를 했지만 가고 싶은 대학에 합격하지 못했다. 사수 때 울컥하는 심정에 공무원 시험을 보았는데 덜컥 붙었다. 그때부터 군 복무 이십육 개월을 제외하고는 죽 공무원으로 살았다. 생존의 유일한 목표 같았던 결혼을 하고 이태 뒤, 시인은 알 수 없는 회의에 빠져 무기력한 나날을 보냈다. 그러다가 어느 결혼식에서 영문승과 마주 앉아 갈비탕을 먹었는데, 돌연 자기가 썼던 그 한 편의 시가 떠올랐다.

그날부터 시인은 시를 썼다. 날마다 한 편씩 썼다. 일기처럼 썼다. 호구문학회에 가입도 했다. 문학회 합평회에서 좋은 소리는 한 번도 못 들어봤다. 그러나 정식으로 시인이 될 수 있었다. 어떤 시 전문 잡지에 투고를 했는데 당선이 되었다는 것이다. 로또에 당첨이라도 된 듯한 기분에 젖어 서울의 출판사로 달려가보았더니, 상금은 당연히 없고, 당선작이 게재된 잡지를 오백 부 사야만 된다고 했다. 시인은 그렇게 했고 정식 시인이 되었다. 문학회에서 '프로 시인'이라며 갑족대는 이가 "그런 게 바로 사기 등단"이라며 "한심하고 불쌍한 공무원"이라고 떠들고 다녔다. 시인은 다시는 그 문학회에 나가지 않았다.

작년 가을에 시청 식당에서 출판기념회를 열었다. 자비출판이었으나, 들어간 돈의 세 배를 벌었다. 그동안 인연을 쌓아온 공무원들과 지방 유지들이 축하금 담긴 봉투를 갖고 왔기 때문이다. 영문승도 봉투를 들고 왔었다. 시장과 도의원이 축사를 해주었고, 호구시 내 개의 신문에 내문짝만큼 기사가 났다. 돈도 안 되고 숨막히는 공무원 생활, 시는 시인에게 활력소이며 생의 이유가 되었다.

시인은 귀가하여 시를 쓸 요량으로 홀짝거리는 수준으로 술을 마셨다. 이십여 년 세월에도 변하지 않은 스승과 제자들의 정을 주제로 멋진 시를 빚을 작심이었다. 그는 시인이 된 뒤부터 안 좋은 것도, 복잡한 것도, 슬픈 것도, 짜증나는 것도, 그 무엇이든 긍정적으로 볼 수 있는 매우 다정다감하며 서정적인 촉수를 갖게 되었다. 행복한 인생이었다.

제자들이 옛날의 스승을 강제로 끌고 들어간 곳은 단란주점이었다. 카운터에 앉아 있던 2미터 넘는 사내가 소스라쳐 일어서더니 고개를 푹 숙였다. 영문승이 술이 확 깨는 목소리로 물었다. "민주 아니냐?" 민주는 영문승의 수업 때 이름이 자주 언급되던 학생이었다.

영문승의 교과서 이외의 얘기에는 으레 나오는 단어들이 있었다. 민주, 평화, 통일, 공존, 정의, 진실, 사필귀정······ 영문승의 입에서 '민주'라는 말이 나오면 졸고 있던 녀석들은 화들짝 깨어나, 제일 뒷자리에 앉은 민주를 쳐다보고는 했다. 그러면 민주는 두 손을 내두르곤 했다. "나, 아녀!" 사실 영문승의 말은 단조롭고 낮은 톤이어서 듣기에 지루하고 졸릴 때가 많았다. 교과서 이외의 얘기가 하도 신기하고 놀라워서 쫑긋 귀를 세우고 들다가도 시간이 조금만 지나면 저도 모르게 졸아버리는 녀석들이 다수였다. 영문승은 조는 아이들을 깨우기 위해서 일부러 '민주'를 호명하기도 했다.

"선생님, 제가 이런 걸로 먹고살고 있습니다." 민주가 나쁜 일을 하다가 들킨 아이처럼 민망해하며, 영문승을 VIP룸으로 안내했다. "술장사가 뭐 어때서. 직업에 귀천이 어딨어! 힘내." 영문승이 민주의 등을 퍽퍽 두드렸다. 양주 두 병과 맥주 한 박스가 들어오고, 각종 컵이 들어오고, 아가씨들 세 명이 들어왔다. 영문승은 당황했다.

"얘들아, 아가씨는 좀 그렇지 않냐? 내가 교육자인데." "에이, 선생님. 교육자는 남자 아닌가요?" "그게 아니라 선생끼리라면 모르겠지만, 이거 참, 그래도 제자들하고……" "민주가 선생님 오셨다고 지 가게에서 제일 영계들로만 들여보낸 것 같은데 그냥 참으시지요?" 배둘레햄은 스승이 아가씨들을 나가라고 할까봐, 안달을 했다. "아가씨들 미성년자 아니지?" 배둘레햄이 아가씨들 대신 대답했다. "선생님, 그거 하나는 확실합니다. 민주가요, 미성년자는 절대로 안 씁니다. 선생님 덕분에 민주가 얼마나 위대한 이름인지 절실하게 깨달은 앤데, 설마 그런 비민주적인 일을 하겠습니까?" "혹시 이 고장에 있는 학교를 나온 건 아니고?" "아유, 선생님은 정말 물정을 모르셔요. 자기 고향에서 단란주점일 하는 애들이 어딨어요?" "그래도, 좀 그렇다……"

새로 온 녀석이 있었다. "선생님이 여기 계시다는 소리를 듣고 술이라도 한산 따라드리려고 왔습니다." 녀석은 조폭처럼 허리를 구십 도로 꺾어 인사를 올렸다. 녀석은 실제로 조폭이었다. 고교 때부터 조폭이었는데, 그 길로 계속 걸어왔다. "너 위험하지 않아? 이렇게 돌아다녀도 돼?" "인제는 좀 괜찮습니다." "그래도 몸 조심해라. 소나기는 피해가야지. 이번 기회에 정리하는 게 어떠냐? 내가 너만 생각하면 참 불안하다." "예, 걱정해주셔서 감사합니다. 하지만 딸린 입이 많아서……"

대통령이 바뀌기 전 이 고장에 난리가 한번 났었다. 자정 무렵에 특별한 마크를 달지는 않았으나 범상치 않게 생긴 버스 다섯 대가 이 고장에 들어왔다. 버스에서 내린 조폭처럼 생긴 사나이들은 불과 세 시간 만에 이 고장 조폭들 오십여 명을 붙잡아다 시립체육관 강당에 집어던졌다. 해 뜰 때까지 마구잡이로 매타작을 한 다음 버스에 싣고 올라가버렸다.

소문은 이랬다. 한때 이 고장 조폭계 제1의 위치였던 사람이 감옥에서 나온 지 얼마 안 되어 살해당하는 사건이 있었다. 그가 살해당한 장소는 이 고장에서 가장 좋은 모텔의 가장 좋은 방이었다. 경찰의 조사는 미온적이었고 지지부진해서 진실이 밝혀지지 않았다. 그러자 살해된 건달의 아내가 권력 상층부에, 진실을 꼭 밝혀달라는 편지를 보름에 한 통씩 육 개월 동안 계속 보냈다. 마침내 감읍한 권력 상층부가 특별한 공무원들을 보내 이 고장 조폭들을 한방에 결판냈다는 것이다. 그때 제자 조폭은 운수 좋게도 붙잡히지 않았지만 계속 숨어 살고 있었다.

아가씨들은 이 품 저 품을 마구 옮겨다녔다. 셋이서 열 명을 감당하기가 벅찬 듯도 했다. 영문승만큼은 부처님 가운데토막처럼 아가씨들에게 손끝 하나 대지 않았다. 아가씨들도 선생은 남자 혹은 손님으로 생각되지 않는지 접근하려들지 않았다. 그리고 민주가 십 분마다 들어와서 뭐 부족한 거 없으시냐고 여쭀다.

각기 애창곡이 있기 마련이다. 자신이 부대껴온 인생과 사랑과 열정과 회한을 함축하는 것 같은 노래. 그런 노래들은 대부분 낡았다. 갓 스물 넘은 아가씨들이 신나는 표정으로 몸 바쳐 놀아는 주어도, 퍽이나 각다분한 심경을 숨기기 어려울 정도로 시대착오적이다. 그러나 살아온 날보다 살아갈 날이 훨씬 많이 남은 아가씨들은 모르리라. 그 노래들의 위대함을. 그 노래들은 살아남은 노래들이다. 이 사내들의 가슴에. 그러나 각각 두어 번씩 한풀이하듯 애창곡을 뽑아내자, 슬슬 지루해졌다.

다소 뜬금없는 멜로디가 울려퍼지기 시작했다. 〈님을 위한 행진곡〉이었다. 전대협 출신인 의꼴통과 소식통과 예수쟁이가 어깨를 걸고 그 노래를 소리쳐 불렀다. 영문승이 합세했다. 이 고장의 각종 농민 집회에 빠짐없이 참석해온 펠레도 동참했다. 데모를 한 번도 해본 적이 없는 공무원도, 관광버스 기사도, 조폭도, 민주도 어깨를 걸었다.

택시기사는 선생을 포함해서 저 개새끼들 뒤통수를 맥주병으로 때려주고 싶다는 생각을 하며 한 아가씨의 치마 밑을 긁어댔다. 배둘레햄은 한 이기씨에게 보험 상품을 설명하고 있었나. 합창은 계속되었다. 〈아침 이슬〉, 〈솔아 솔아 푸른 솔아〉, 〈농민가〉 〈바위처럼〉…… 애아빠에게 아랫도리를 괴롭힘당하던 아가씨가 획 나가버렸다.

애아빠는 저런 가방끈 긴 새끼들과 공돌이, 농사꾼이나 부르는 노래가 노래방 책에 있었단 말이지, 생각하며 노래방 책을 뒤적댔다. 이십여 년 전에 경찰서 앞에서도 노래를 불렀었던가? "우리 선생님을 돌려주세요!"라고 쓰인 종이 팻말을 들고 있던 것만 기억나고, 그 외는 까마득했다.

찾고 싶었던 노래를 찾았다. 부르려면 이런 노래를 불러야지. 나처럼 가방끈 짧은 새끼도 아는 노래. 좆도 없는 놈에게 희망을 주는 노래. 애아빠가 호출한 노래는 〈촛불잔치〉였다. 모두가 미쳐 날뛰며 〈촛불잔치〉를 합창했다. 보험 상품을 설명하던 배둘레햄이 설명받던 아가씨를 촛불처럼 높이 들고 VIP룸을 빙빙 돌았다.

그런데 영문승을 제외하고 모두가 '촛불'을 '좆불'이라고 발음했다. '벌여보자'를 '뺄여보지'라고 했다. 자기들이 왜 그러는지 아무도 몰랐다. 벗들은 신이 나서 그 노래를 다섯 번이나 되풀이해 불렀고, 뭔가 눈치 챈 영문승도 감염된 듯 "좆불잔치를 뺄여보지, 좆불잔치야!"라고 악을 썼다.

영문승이 마이크를 잡더니 소리질렀다. "너희들, 삼차 가야 돼. 한 놈도 도망가지 마. 도망가면 내 제자가 아니야. 약속해라, 약속을 해! 우리는 끝까지 함께 가는 거야." 제자들이 장난스럽게 웃으며 빽 소리를 질렀다. "약속합니다! 끝까지 함께 가겠습니다!" 영문승이 그 옛날의 전교조 투사처럼 절규했다. "그래, 우리는 끝까지 함께 가는 거야, 끝까지!"

옷은 어디에?

그런데 그 백화점 같은 광활세탁소가 그 이백만 원짜리 양복을 잃어버렸다.
아담세탁소 주인은 광활의 어떤 직원이,
아니면 여럿이 작당을 해서 양복을 **빼돌린** 것이라고 추리했다.
그리고 어찌되었든 광활에서 양복이 없어졌으니,
광활 직원들이 양복을 찾아주거나,
양복 값 이백만 원을 물어줘야 한다고 주장했다.

판돈은 오래간만에 서울에 갈 일이 생겼다. 그런데 세탁소에 옷 찾으러 갔던 쾌순이 빈손으로 돌아왔다. 판돈에게는 늦겨울에서 초여름까지, 늦여름에서 초겨울까지 유니폼처럼 입는 면바지 두 벌이 있었다. 쾌순은 그걸 일주일 전에 세탁 맡겼다.

판돈은 납득할 수 없어 쾌순이 세탁소 주인이라도 된다는 듯 을렀다. "아직도 세탁을 안 했단 말이야? 장사를 하겠다는 거야, 말겠다는 거야?"

"나도 그래서 그게 말이 되냐고, 세탁 장사하는 집에서, 아직도 안 빨았다는 게 말이 되냐고, 막 따졌지. 그랬더니 이실직고를 하대. 우리 옷이 다른 데 가 있대."

쾌순이 아담세탁소 주인 여자에게서 듣고 온 이실직고를 재구성하면 이랬다.

누군가 이백만 원짜리 양복을 아담세탁소에 맡겼다.

그거 싸구려잖아, 라고 말할 사람도 있겠지만, 판돈은 무척 놀랐다. 그래서 쾌순의 말을 끊고 "이십만 원 아냐?" 물었다. 쾌순은 "나도 잘못 들은 게 아닌가 해서 다시 물어보았지. 그런데 이백만 원 맞대"라고 대답했다. 판돈은 "이 동네에 그렇게 비싼 옷을 입고 다니는 사람이 살았나!" 찬탄하듯 중얼거렸다.

아담세탁소는 영세해서 고급 옷 세탁을 직접 할 만한 설비를 갖추고 있지 못했다. 때문에 그런 고급 옷들은 저 멀리 광활세탁소에 위탁했다. 당연히 그 이백만 원짜리 양복도 광활세탁소로 이동했다.

판돈은, 세탁소라는 간판을 자랑스럽게 매단 이상, 설비가 떨어지고 기술이 딸려서 시간이 오래 걸릴 수는 있겠지만, 한 세탁소에서 모든 세탁 과정이 처리, 완료되는 줄 알았다. 세탁소에서 세탁소한테 위탁한다는 얘기는 처음 들어보았다. 쾌순 역시 그 얘기를 처음 들어봐서 그게 말이 되냐고 따졌단다. 아담세탁소 주인은 당당했다. "백화점에 가면 사기만 하나? 뭐든지 다 할 수 있잖아. 허나 구멍가게에서는 사는 것밖에 못 해. 살 것도 거의 없지만. 그거나 똑같아요. 우리 세탁소는 구멍가게고, 광활세탁소는 백화점이라고."

그런데 그 백화점 같은 광활세탁소가 그 이백만 원짜리 양복을 잃어버렸다. 아담세탁소 주인은 광활의 어떤 직원이, 아니면 여럿이 작당을 해서 양복을 빼돌린 것이라고 추리했다. 그리고 어찌되었든 광활에서 양복이 없어졌으니, 광활 직원들이 양복을 찾아주거나, 양복 값 이백만 원을 물어줘야 한다고 주장했다.

판돈은 얘기가 추리적 요소까지 들어 있어 흥미롭기는 했지만 다음과 같은 궁금증을 갖지 않을 수 없었고, 궁금증을 참을 수도 없어서 또 쾌순의 말을 끊고 말았다. "그런데 그 얘기하고 내 바지가 무슨 상관이냐고?" "자기, 오늘따라 나랑 궁합이 착착 맞네. 나도 그게 궁금해서 주인네의 말을 끊고 물어보았는데, 주인네는 끝까지 들어보래. 짜증나게 자꾸 말 끊지 말고."

그 도시에는 몇 군데의 상업 중심지가 있는데, 그중에서도 최근 쾌속 발전하고 있는 신흥 상업 중심지의 노른자위에 위치한 광활세탁소 사장은, 구멍가게 같은 변두리 세탁소 주인과는 의견이 달랐다.

'우리는 분명히 세탁해서 당신네 세탁소로 배달해주었다. 받고서 왜 안 받았다고 떼를 쓰느냐? 아닌 말로 우리 같은 대형 세탁소가 미쳤다고 구멍가게 세탁소 빨래를 도둑질하겠는가? 이백만 원짜리 양복이 구멍가게 세탁소에서는 일 년에 한 번 구경할까 말까 한 비싼 것일지 몰라도, 우리 대형 세탁소에는 천만 원 넘는 옷도 한 달에 수십 벌씩 세탁한다. 구멍가게 세탁소 따위가 자기들이 분실해놓은 것도 모자라, 우리 대형 세탁소에 덤터기를 씌우려 하다니, 거래 끝이다. 당장 밀린 세탁 대금 삼백만 원을 내놓아라.'

물론 아담세탁소 주인은 코웃음을 치며 세탁 대금 삼백만 원을 지급하지 않았다. 이에 맞서 광활세탁소 직원들은 대낮에 아담세탁소를 습격, 세탁소에 길러 있던 옷 수십 벌을 싹 선어가 버렸다. 그 옷을 맡긴 동네 사람들은 조금도 개의치 않고! 돈이 입금되면, 곧바로 돌려주겠다며. 그러니까 그 옷들은 볼모로 끌려간 거였다.

광활세탁소가 가져간 옷 중에, 불행히도 쾌순이 맡긴 옷도 포함되어 있었던 거다. "자기 바지만 있는 게 아냐. 내 코트도 있어. 내가 처녀 적부터 애지중지한 코트라고!" 쾌순이 아직도 어처구니없다는 듯이 덧붙였다.

"그래서 그냥 왔단 말이야?" "그럼 어떻게 해?" "어떻게 하다니, 나 지금 나가야 한단 말이야." "청바지 입고 가." "이 청바지 집에서나 입지, 밖에는 못 입고 나간다니까. 허리가 안 맞아서 단추도 못 꿰는 거 알잖아?" "나더러 어떻게 하라고? 지금 가서 바지 하나 사올까?" "우리가 바지 살 돈이 어딨어?" "내 말이! 그래도 꼭 나가야겠다면 사올게. 모처럼 술 드시러 나가는데 못 가서야 되겠어?"

"지금 돈 못 번다고 빈정대는 거야?" "왜 또 엉뚱한 소리야?" "당신 말하는 본새가 그렇잖아. 내가 돈 안 벌고 싶어서 안 벌어? 일거리가 안 들어오는데 어떻게 해?" "누가 뭐라고 했냐고? 바지 사온다니까!" "뭘로 바지를 사? 돈 있어?" "돈이 어딨어. 카드 긁어 산 지가 몇 개월째인데." "그러니까 뭘로 사냐고?"

"카드 또 긁어야지. 걱정하지 마. 아직 연체 안 된 카드 있어.

다행이야, 카드 많아서. 당신 게 두 개고, 내 게 세 갠데, 아직도 하나는 쓸 수 있다고." "야, 내가 일 안 해? 내가 놀아? 열심히 하잖아? 하지만 일거리가 안 들어오는 걸 어떻게 해?" "뭘 했다는 거야. 만날 인터넷 바둑이나 두면서. 그리고 내가 언제 일거리가 안 들어오는 것 갖고 뭐라고 했어? 왜 성질이야? 갈 거야, 안 갈 거야? 굳이 가야겠다면 바지 사온다니까?"

"늦었어. 사는 건 산다 쳐, 언제 줄여?" "그러기에 누가 작으래? 바지도 맨 줄여야 입을 수 있고. 그리고 왜 자기 바지를 만날 내가 사야 하지? 그것도 애를 업고서. 사다주면 고이 입기나 하나? 못마땅하다고 한 번 입고 안 입잖아. 늘 입는 거만 입잖아? 그러면서 밖에 나가서는 마누라가 옷도 안 사준다고 그러지?" "왜 또 신경질이야!"

"몰라, 이젠 당신이 사고 당신이 줄여 입어. 애 들쳐업고 옷 고르러 다니는 게 얼마나 힘든 줄 알아? 이젠 안 해!" "야, 너 자꾸 지랄할래?" "지랄? 애 듣는 데서 그런 말 하지 말랬지." "애가 알아들어?" "알아들을 건 다 알아들어." 태어난 지 만 십사 개월이 된 아기가 울음을 터뜨렸다. 아빠 엄마의 말 대거리가 잠을 깨운 모양이었다.

"몰라, 빨리 찾아와. 네가 맡겼으니까 네가 찾아와. 그 일이 일어난 게 대체 언제야? 빨랑빨랑 찾아왔으면 이런 일이 안 생겼잖아." "애 데리고 병원 다니느라 정신없었잖아. 당신은 발이 없어? 세탁소가 멀어? 엎어지면 코 닿을 덴데 당신이 좀 가지."

"맡긴 줄 몰랐잖아." "몰라? 내가 맡긴다고 분명히 말했는데." "못 들었어!" "몰라, 갈 거면 빨리 가고, 안 갈 거면 방으로 들어가. 들어가 바둑 두라고." "가고 싶어도 갈 수가 없잖아. 바지가 없잖아." "골덴 바지 입고 가. 아직 쌀쌀해." "완전 봄이야. 쪽팔리게 그걸 어떻게 입고 가." "어쩌란 말이야, 나더러?" "안 가, 안 가면 될 것 아냐!"

판돈이 보기엔 2월의 마지막 날은 너무 좋았다. 쾌순의 말과는 달리 쌀쌀한 것 같지도 않았다. 이 좋은 날에 겨울 태가 적나라한 골덴 바지를 입고 공짜 술자리에 갈 수는 없다고 생각했다.

공짜 술자리는 많았고, 공짜 술자리를 만들려면 얼마든지 만들 수도 있었지만—판돈은 자신이 술을 사달라면 언제든지 사줄 사람들이 다수 있다고 착각하며 살았다—모든 공짜 술자리가 만만한 것은 아니었다. 판돈이 만만하게 여기고 부담 없이 다녀올 수 있는 공짜 술자리는 시상식 뒤풀이 혹은 출판사 송년회였다. 지난 12월에 골덴 바지를 입고, 얼마나 많은 뒤풀이, 송년회 자리에서 공짜 술을 들이켰던가. 1월에는 시상식이 없었고—전혀 없지는 않았지만 수상자가 일면식도 없는 사람이었고 시상식을 주최하는 출판사 사람들과도 안면이 없었다—뻔뻔하게 갈 만한 신년회도 없었다. 봄의 도래를 알리듯 시상식 건수 하나 생긴 건데, 면바지를 자랑스럽게 입고 가서 등단한 지 이십 년 만에 문학상 하나 받은 선배 소설가를 축하해주고 굶주린 술배를 무한정 채울 셈이었는데, 결국 포기하고 만 것이다.

판돈이 바지 때문에 품었던 뭔가 엄청나게 손해 본 것 같은 느낌—꼭 축하해주어야 할 선배 작가였는데 못 갔기 때문이라고 자괴했지만 진실은 공짜 술을 못 마셔서일 텐데—은 일주일이 흐르자 깨끗이 사그라들었지만, 문제의 바지는 한 달이 가도록 귀환할 기미도 뵈지 않았다.

쾌순은 옷 찾으러 갈 때마다 미치기 직전의 상태가 되어 돌아왔다. 아담세탁소 주인에게는 일관된 레퍼토리가 있다고 했다. "우리도 손님들 옷을 찾기 위해 최대한 노력하고 있다오. 며칠만 더 기다려줘요! 정말 불쌍한 건 바로 나라니까. 손님들이 번갈아가며 옷 찾아내라고 쪼아대서 돌아버릴 지경이야. 영업 상태를 봐요. 소문이 나서 세탁 맡기러 오는 손님이 없잖아. 철 안 맞는 비유지만, 한마디로 말해서 파리만 날아다니고 있어. 이번 달에 월세도 못 내게 생겼어요. 월세가 문제가 아니라 입에 풀칠이나 할 수 있을지 모르겠다고. 새댁, 제발 나를 긍휼히 여겨요! 정 옷이 급하면 광활에 직접 찾아가봐요. 내가 가면 안 줘도 옷 주인이 가면 주지 않겠나!"

쾌순이 따지고 화를 내도, 심지어 막말을 해대도 주인은 전혀 미안하지 않은 얼굴로—주인이 미안한 얼굴을 한 건 첫날뿐이랬다—자기가 하고픈 말을 당당히 할 뿐이라는 거였다.

쾌순은 아담 주인의 의견에 따라, 광활세탁소에도 가보았다. 아담 주인은 광활의 약도만 그려주고 말려고 했다. "우리가 맞고소를 해놓은 상태라 경찰서에 왔다 갔다 하고, 그러고 있는 사이인데 내가 어떻게 거기를 함께 가요?" "아주머니, 정말 너무하시네요? 옷을 못 찾아주겠으면 함께 가주기는 해야 할 것 아녜요." 쾌순은 주인을 억지로 끌고 가다시피 했다.

하지만 아담 주인은 근처에서 죽어도 들어가려고 하지 않았다. 할 수 없이 쾌순 홀로 광활세탁소에 들어갔다. 동남아시아인 두엇이 옷을 주무르고 있었다. 광활의 직급 있어 뵈는 한국인은 아담세탁소에서 옷 수십 벌을 가져온 적이 없다고 말했다. "여보세요, 아줌마. 우리가 미쳤다고 그런 짓을 합니까? 그런 구멍가게 옷을 가져다 뭐에 쓰려고요? 볼모요? 우리는 치사하게 일 안 해요. 못 믿겠으면 찾아보세요."

직원이 가리킨 웬만한 마트만한 매장은 다양하고 다종한 수천 가지 옷들이 촘촘히 걸려 있고 널려 있고 구겨져 있었다. 쾌순은 멍한 눈으로 물었다. "어디요? 어디쯤이라고는 해줘야 되는 거 아닌가요?" "글쎄, 그건 우리도 모르죠. 우리는 분명 안 가져왔는데, 어디쯤에 있는지 어떻게 알겠어요?"

쾌순은 오기가 나서 옷을 찾아보겠다고 천천히 걸으며 옷들을 일별했지만, 해수욕장에서 바늘 찾기나 다름없었다. 그런데 직원들이 쾌순을 더러운 고양이 보듯 하고 있었다. 쾌순은 그들의 눈초리에 깜짝 놀라 얼어붙듯 했다. "왜 그런 눈들로 쳐다보는 거예요?" 직원들은 대답은 하지 않고, 계속해서 멸시의 눈빛을 내뿜을 뿐이었다.

하릴없이 광활세탁소에서 나온 쾌순은 아담 주인에게 대뜸 쏘아붙였다. "아줌마, 나 갖고 놀아요? 저 사람들은 안 가져갔다잖아요?" 아담 주인은 펄펄 뛰었다. "뭐, 안 가져갔다고? 저런 주리를 틀 놈들. 생거짓말 하고 있네. 문제는 나하고 해결해야지, 왜 애매한 사람들 옷을 가지고 저 지랄들이랴. 젊은 아줌마, 저 놈들이 저렇게 치사하고 더러운 놈들이라니까."

"아줌마, 혹시 아줌마가 우리 옷 숨겨놓고 있는 거 아니에요?" "뭐요? 젊은 아줌마가 생사람을 잡네. 내가 뭐 미쳤다고 그걸 숨겨? 내가 왜 이리 시달리면서 옷을 숨겨. 내가 입고 있는 걸 찢어서 당장 그 옷으로 만들어주고 싶은 심정이라고!" "아, 그러면 우리 옷은 대체 어디 있단 말이에요? 아담에도 없고 광활에도 없고!" "저놈들이 있는데 없다고 하는 거라니까."

화를 내기도 지친 쾌순은 울먹이며 사정했다. "아주머니, 제발 이러지 마세요. 내가 무슨 죄예요? 그러지 말고 그냥 옷값 주시면 되잖아요? 제가 맡긴 옷 다 해서 이십만 원밖에 안 해요. 오래 입었으니까 제가 십만 원만 받을게요. 남편 면바지는 싸구려라 제가 별말 않겠지만요, 그 코트는 제가 너무 애지중지하는 거라서, 십 년 전에 산 건데 그때 돈으로도 십오만 원이나 했다고요. 꼭 찾고 싶지만 정말 어떻게 할 수가 없네요. 이제 제발 끝내주시라고요."

그러나 아담 주인은 단호했다. "내가 왜 옷값을 물어줘? 옷은 저놈들이 가지고 있는데. 조금만 참아요. 금방 옷을 찾을 수 있을 거야. 난 젊은 아줌마가 하도 매달리기에 엄청 비싼 옷 맡긴 줄 알았는데 별로 비싸지도 않구만. 그럼 마음 넓게 먹고 좀 기다려줘도 되겠구만, 왜 이렇게 집요한 거래. 요새 젊은 사람들 옷 많잖아? 젊은 아줌마네는 옷이 그거밖에 없어?" "그거밖에 없어요." "불쌍한 사람들이구만. 하지만 내가 더 불쌍해. 내가 십만 원이 어딨어? 우리 딸애 등록금을 아직도 못 내고 있어. 걔가 학교도 안 가고 있다고. 쪽팔려서 못 가겠대."

판돈은 방관자 같았다. 아니, 불쏘시개 같은 좀생이였다. 열 받을 대로 열 받아서 돌아온 쾌순을, 더욱더 열 받게 하기 일쑤였다. 특히 쾌순이 광활세탁소에 다녀온 날은 분위기 파악을 전혀 못 하고, "중뿔나게 나다니면 뭐해, 그깟 옷 하나를 못 찾아오고!"라는 말까지 했다. 그 말에 쾌순은 며칠 잘 참고 있던 화통을 터뜨렸다.

"패는 놈보다 위로하는 놈이 더 재수 없다드니, 그 짝이네. 속이 뒤집혀서 온 사람 다독거리지는 못할망정, 뭐라고? 당신은 대체 뭐하는 사람이냐? 다른 남자 같았으면 가만 있지 않았을 거야. 가서 주인 멱살을 잡아 끌어 패대기라도 쳤을 거라고! 마누라가 자지리 당하고 오는데 어찌 이리 점잖을 수가 있어? 네가 남자야?" 소리쳐대면서 물건들을 막 집어던지는 거였다. 아기가 울어대는데도 아랑곳하지 않았다. 이러다가 애 경기 들릴 것 같았다. 판돈은 우는 아기를 꼭 끌어안고 폭풍우가 가라앉기를 기다렸다.

쾌순은 다만, 광활세탁소 직원과 아담 주인에게 당한 울분을 만만한 남편에게 풀어버린 것인지도 모른다. 하지만 쾌순에게 호되게 혼이 난 판돈은 신경을 좀 쓰는 척하지 않을 수 없었다.

그간에 데면데면하게 군 것은 맞지만, 전혀 신경을 안 쓴 건 아니었다. 판돈도 남편 된 자로서 자신이 이 문제를 주도적으로 해결해야 하지 않을까 하는 생각이 없지는 않았다. 하지만 자신이 도대체 어떻게 하는 게 주도적인 것인지 알 수 없었을 뿐이다. 그런데 쾌순이 그 주도적인 해결 방법을 가르쳐주었다. 가서 주인네의 멱살이라도 붙잡고 패대기를 쳐야 하는 것이다!

쾌순이 아기를 빼앗아 안고, "아가, 엄마가 미안해. 엄마가 잘못했어. 엄마가 또 소리 질렀어. 미안해, 미안해!" 염불 외는 것을 보면서, 판돈은 반바지를 벗고 트레이닝복으로 갈아입었다. 판돈은 운동화를 신었다.

"어디 가? 산책 가?" "아니, 옷 찾으러." "가긴 어딜 가? 자기가 가서 뭘 어쩌려고. 자기 따위가 닳고 닳은 아줌마를 당해낼 수 있을 것 같아?" "패대기라도 치려고 그러지. 당신을 이토록 상처 받게 한 년을 그냥 놔둘 수 있어?" "빈정거리지 마. 방에 들어가." "이거, 왜 이래! 방금 전에는 아무것도 안 하고 그냥 있냐며?"

"당신이 가서 무슨 일이 해결돼? 이건 여자들의 일이야." 사실 갈 태세를 갖추기는 했지만, 속으로는 쾌순이 붙잡아주기를 비랬던 판돈은 못 이기는 적 신발을 벗고 말았다. 그러나 뽑았던 칼을 그냥 넣을 수는 없고, 전화나 걸어보기로 했다.

쾌순은 전화번호도 안 가르쳐주려고 했다. 오기가 발동한 판돈이 114에 전화를 거는 등 부산을 떨고서야 휴대폰 전화번호를 가르쳐주었다.

"아담세탁소 주인아주머니 되시죠? 저는 그 바지 두 벌하고 코트 하나 맡긴 젊은 아줌마 남편 되는데요. 너무하신 거 아닌가요?" "내가 미안하다고 몇 번을 말했어요, 아줌마한테. 조금만 기다려줘요." "조금만 기다려요? 벌써 두 달이 다 돼가요, 옷 맡긴 지." "정말 말할 힘도 없어요, 내가. 젊은 아줌마한테 사정 얘기 들었을 거 아니오?" "들었으니까 전화한 거 아닙니까? 옷을 못 찾아주겠으면 옷값을 변상하란 말입니다." "글쎄, 못 한다니까."

"아주머니, 진짜 이러시면 안 되는 거지요. 이거 완전 배 째라, 아니십니까?" "맞아요, 배 째라예요. 와서 배를 째든지 짜든지 하세요." "아주머니, 미안하지도 않으십니까? 말을 그런 식으로 성의 없이 하시게." "미안하다고 몇 번을 말해야 되는 거예요? 그리고 아닌 말로 젊은 사람들이 거 옷 몇 벌 가지고 사람을 이렇게 닦아세우는 거 아녜요." "예? 지금 뭐라시는 겁니까? 아닌 말로 거 양복바지도 아니잖수? 비싼 옷도 아니고?" "양복 아닌 옷은 옷이 아닙니까? 싸구려 옷은 옷이 아닙니까?" "누가 옷이 아니랬나. 일단 다른 옷을 입고 다니란 말이에요."

"이 아줌마가 진짜!" "배 째라니까!" "아줌마, 정말 세상을 그 따위로 살 겁니까?" "그따위? 흥, 내가 참, 옷 몇 벌 때문에 별 소리를 다 들어먹는구만." "이 아줌마 완전 적반하장이네." "내가 쉰이유. 말은 가려서 해요."

판돈은 쌍욕이 나올 지경이었으나, 쌍욕만은 하면 안 될 것 같아 간신히 참아냈다. "아줌마, 나도 살 만큼 살았거든. 옷값 변상하세요. 아니면 고소하겠습니다." "하든지 말든지. 거 젊은 사람들이 옷 하나 가지고 쪼잔하기는." "이, 시발……" 드디어 참고 참았던 욕이 나오고 말았다. 주인은 "시발? 그래, 나 시발년이다!" 하고는 전화를 끊어버렸다.

판돈이 다시 통화 버튼을 누르는데, 쾌순이 말렸다. "됐어. 그만해. 그런다고 뭐가 해결돼." "정말, 이년 나쁜 년이네. 완전 배 찔러라네. 내 당장 가서 세탁소 부수고 말겠어." 판돈은 세탁소로 진격할 태세를 했다. 겨우 백 미터 떨어진 세탁소였다. 달리면 십오 초 안에 갈 수 있는 곳.

"가봐야 소용없어. 주인은 세탁소에 있지도 않아. 딸내미 혼자 지키고 있을 뿐야. 주인아줌마는 돈 받으러 다니느라 바쁘대. 자기도 받을 돈이 있다는 거야. 뭐, 도리 없겠지. 우리 같은 사람이 한둘이겠어? 우리는 그래도 양반이지. 우리보다 성질 센 사람들이 여러 번 가게를 뒤집어놓은 모양이더라고. 아줌마가 가게에 붙어 있을 수가 없겠지. 세탁소 들어가면 그 딸내미도 가게를 부수든지 엎든지 마음대로 하세요, 하는 표정으로 있어."

쾌순은 아까의 광분하던 성질은 어떻게 됐는지 자애롭게 말했다. "그럼 아까는 왜 나더러 쫓아가서 멱살도 못 잡냐고 그랬어? 주인년도 없는데, 그 딸내미 멱살을 붙잡으러 가랬던 거야?" "당신이 옷 못 찾아왔다고 빈정대니까 홧김에 그랬지. 이제 좀 풀리네."

"왜 갑자기 풀려?" "당신이 주인아줌마한테 막말을 해대는 걸 보니까 왠지 속이 풀려. 그래, 내게는 남편이 있구나, 하는 생각이 들었어." 막말을 했다고? 판돈은 사실 부끄러웠다. 제대로 욕 한 번 못 해보고 아담 주인의 '배 째라!'는 소리만 들은 것 같아서 말이다. 말싸움에서 져도 크게 진 기분이었다. 그런데 쾌순은 '막말'을 했다는 것이다.

"그게 뭔 말이야?" "주인아줌마 상대할 때, 난 남편도 없는 여자 같았단 말이야. 이런 문제에 나서줄 남편도 없이 혼자 사는 여자." "그게 말이 돼?" "암튼 전화해줘서 고마워. 하지만 이제 하지 마. 그렇게 욕하다 정말 무슨 일 나면 어쩌려고 그래? 여자들 일은 여자들이 풀어야지."

판돈은 쾌순의 논리와 이해가 납득이 안 되었지만, 어쨌든 전화 한 방으로, 실추되었던 남편으로서의 위신이 상당 부분 회복된 모양이었다. 또 그 전화 덕분에 밤에 좋은 일도 있었다. 근석 달 만에 합체를 했던 것이다.

판돈은 쾌순이 도망가지 않고 애를 돌보며 밥 챙겨주는 것에 그저 감사할 수밖에 없는 처지여서, 제가 먼저 성질을 부리거나 삐치거나 기분이 안 좋거나 할 수가 없었으니—그런 걸 알면서도 빈정대거나 짜증을 내서 쾌순의 화를 돋우고는 했던 것이다—쾌순이 원하기만 한다면, 그게 불행한 쾌순을 위로할 방법이라면, 하루에 골백번이라도 정자를 발산할 준비가 돼 있었다.

그러나 쾌순은, 남편이라는 작자가 시상식, 출판사 송년회 핑계를 대고—작가로 살려면 최소한 그런 자리에는 얼굴을 비춰야 된다나—툭하면 술 처먹고 늦게 들어오고, 심지어는 택시비가 없어서 해 뜰 때까지 기다린 거라며 아침나절에 뻔뻔히 귀가하기도 해서, 어쩌다가 판돈 같은 놈한테 엮여, 이렇게 힘들게 살게 되었는지 생각할수록 기가 막히고, 말도 안 되는 조건에서 애를 낳을 수 없다는 생각에 지우려다가, 그러면 천벌을 받을 것 같아 낳기는 낳았는데, 남편이란 작자는 애를 낳고도 달라진 게 없이, 아니 더더욱 돈을 못 벌어오는 주제에 공짜 술이나 마시러 다니고 있으니, 애를 일 년여 겨우 키웠건만 벌써 십 년은 키운 것 같고, 앞으로 키워야 할 세월이 지옥도를 펼쳐놓고 거길 두 눈 뜨고 걸어야 할 일처럼 아득한 상황에서, 남편이란 작자와 합체를 할 마음이 터럭만큼도 일지 않았다.

그 노여움이 1월 내내 갔고, 노여움이 풀릴 만하자 남편이란 작자의 고향에 명절 쇠러 가서 오 일이나 묵다가 오는 바람에 명절 후유증에 시달려야 했고, 명절 후유증에서 벗어날 만하자 애가 앓았고, 애가 나을 만하자 여러 카드 회사에서 여러 통의 전화가 번갈아 와서 돈을 갚으라고 지랄을 했고, 도무지 안 되겠다, 나라도 벌어야 한다는 생각에 결사전의 각오로 생활정보지를 뒤져 어느 학습지 회사에 출근을 했지만, 하루 만에 그만두어야 했고, 그로 인해 열패감에 시달려야 했는데, 그 와중에 옷 사건에도 시달려야 했고, 그런 아내에게 항상 감사하고 무슨 짓이라도 해서 위로하려들어야 마땅할 남편이란 작자는 옷 못 찾아온다고 빈정대기나 했으니, 석 달 가까이 남편의 그 못난 것을 받아들일 정서가 일지 않았던 것이다.

판돈은 정말 오래간만에 쾌순과 다정을 나누어서 그런지, 며칠 동안 대뇌피질을 괴롭히던 콩트 한 편을 일필휘지로—삼십 분 만에—써내기까지 했다. 쾌순과의 합궁만큼이나 간만에 받은 원고 청탁이었는데, 내용도 '봄을 맞는 마음을 재미있는 콩트로 표현해달라는 것'이어서 그다지 어려울 것도 없다 싶었건만, 그걸 못 쓰고 괴로워하고 있었던 거다. 판돈이 단박에 써낸 콩트의 제목은 '쾌순의 첫 출근'이었다.

사람 그림자는 보이지 않고 식은 다리미만 덩그러니 놓여 있었다. 배달 갔나? 쾌순은 두리번거리며 외쳤다. "계세요? 옷 찾으러 왔어요." '수거 중' 혹은 '잠시 외출 중'이라는 메모가 보이는 것도 아니다. 하기는 출타했다면 문이 잠겨 있었을 것이다.

"안 계세요?"

그제야 무슨 인기척이 있었다. 딸린 방이 있는지 한귀퉁이가 불쑥 열렸다. 세탁소 여주인 대신 스물한두 살쯤 먹은 아가씨가 초췌한 표정으로 기어나오다시피 했다. 세탁소 주인이 자랑하던 그 대학생 딸인 모양이었다.

지난가을 어느 날, 세탁소 주인은 평소 보아온 쾌순을 갑갑하게 여겼었는지 큰마음 먹고 진리를 가르쳐주겠다는 투로 말했다. "늦지 않았어요. 뭐든지 배우세요. 세상일이란 어떻게 될지 모르거든요. 여자도 자기 생계를 책임질 수 있는 능력을 길러야 해요. 난 여자들이 애 있다는 핑계로 집에서 마냥 죽치고 있는 게 참 한심해."

또 어느 날인가는 다림질하면서 자신의 과거를 늘어놓기도 했다. "결혼 생활은 내 의지대로만 유지되는 게 아니에요. 내가 아무리 잘하려 해도 상대방이, 혹은 상황이 그걸 허락지 않을 때가 있어요!"로 시작한 이야기는 "내 나이, 몇 살로 보여요? 나, 이래 봬도 지천명이에요. 내 딸이 대학생인걸. 그런데 사람들이 그렇게 안 봐요. 자기 일을 가진 사람은 늙지 않아요. 자기 스스로 생계를 책임질 수 있는 능력을 가진 사람은 인생을 즐겁게 살 수 있어요!"로 끝났다.

요약하자면 딸이 세 살배기일 때 이혼을 했다는 것, 아이를 업고 양재 기술을 배웠다는 것, 산전수전 공중전을 다 겪은 끝에 비록 온전히 자기 가게라고 할 수는 없지만 이만한 세탁소를 운영하고 있다는 것, 딸은 무럭무럭 잘 커 대학생이 되었다는 것이다. 말하자면 인생 성공기였는데, 쾌순이 전혀 감

농하지 않았다면 거짓말일 테다.

또 하루는 세탁소 여주인이 "책 좀 읽어요?" 물었다. 쾌순이 별로 안 읽는다고 대답하자, 책을 왜 읽어야 하는가라는 주제로 한바탕 장광설을 펼쳤다. 쾌순은 세탁소 주인의 오지랖 넓은 가르침이 귀찮고 싫었지만, 다른 세탁소가 하 멀어 어쩔 수 없이 더러 가르침을 받고는 했던 것이다.

쾌순이 "1301-9번지 303호"라고 말하자, 아가씨는 옷걸이를 죽 훑어보더니 걱정스러운 얼굴로 장부 공책을 뒤적였다. "언제 맡기셨지요?" "31일에 맡겼어요. 어제 찾으러 오라고 했는데, 내가 바빠서."

쾌순은 2월 중순 대단한 결심을 했다. 십팔 개월 된 아이에게 놀이방 적응 훈련을 시키는 한편, 직장을 구하러 다녔다. 옛 직장 동료들의 도움에 힘입어 내일이 첫 출근이었다. 이천 몇 년 3월 5일, 쾌순의 인생은 새로이 출발하게 되는 것이다.

아가씨가 공책을 덮었다. 고개를 뒤로하더니 이번엔 칠판을 샅샅이 살폈다. 칠판엔 번지수와 상의 몇 개, 하의 몇 개라는 식으로 빼곡히 적혀 있었다. 아가씨는 고개를 푹 숙이더니 죽을죄라도 지었다는 투로 말했다. "옷을 잃어버렸는데 배상을 못 하겠대요."

(중략)

"그럼 나는 어떡해? 내일 당장, 출근해야 하는데?" 쾌순은 어이가 없어 벌어진 입을 다물 수가 없었다. 아담세탁소와 광활세탁소의 분쟁이 해결되어야 옷을 찾을 수 있다는 것인데, 당장 내일 아침 출근이다. 처녀 적에 샀던 옷 중에 출근용으로 고르고 고른 옷이었다. 대안이 될 만한 다른 옷이 없었다. 부랴부랴 시내로 나가 새 옷을 사? 그러기에 너무 억울하고 돈도 없다.

만약 세탁소 주인이 눈앞에 있었다면 즉시 옷을 찾아오든가, 아니면 옷값을 내놓든가 어떻게든 해내라고 악을 썼을 것이다. 그러나 눈앞에 있는 것은 주인이 자랑해 마지않았던 딸내미. "그래, 엄마는 어디 갔어요? 어디 숨은 거예요?" "광활세탁소에 쫓아가셨지요. 어떻게든 손님들 옷을 찾아오신다고 했어요, 이따가 다시 한번 와주세요."

"이것 봐요, 아가씨. 지금 벌써 일곱 시가 넘었어요. 이따가가 언젠데?" 아가씨 눈에서 물 한 줄기가 쪼르륵 흘러나오더니 예쁜 볼에 삐뚜름한 선을 그렸다. 하기는 아가씨를 붙잡고 소리쳐본들 무슨 소용이 있단 말인가. 아가씨에게서 주인의 휴대폰 번호를 얻어냈지만 줄곧 통화중이었다.

첫 출근한 쾌순을 보고, 사무실 사람들이 말했다. "벌써 봄이 왔나요? 너무 화사하시다." "쾌순씨는 애 낳고도 청춘이구만." 쾌순은 해맑게 웃으면서 소리쳤다. "칙칙한 사무실 분위기 제가 앞장서 바꾸겠습니다. 지켜봐주십시오."

콩트는, 구체적인 시간과 아기의 나이와 옷 실종 경위를 변조

하기는 했지만, 실제로 있었던 일들의 재구성이었다. 쾌순이 세탁소 주인에게 인생 교육을 받고 온 날은 기분이 더욱 안 좋았다. 그러지 않아도 늘, 애 때문에 돈 버는 일을 못하면서 돈도 못 버는 남편만 바라보고 있는 자신에게 무척 화나 있던 쾌순은, 세탁소 주인의 말은 틀린 데가 없었지만 쓴 말은 쓰게 들린다고, 몰라서 못 하는 게 아닌데, 왜 못 하느냐, 이렇게, 이렇게 하면 되지 않느냐는 친절한 지도 편달을 받자 고맙기는커녕 상처에 소금 뿌려진 것처럼 아팠던 것이다.

실제로 쾌순은 딱 하루 출근을 했었는데, 결국 다른 코트는 없고 잠바때기를 걸치고 갈 수도 없어서 겉옷 없이 대략 입고 나갔다. 꽃샘추위가 유난하던 때였다. 학습지 회사 사람들이 진짜로 한 말은 "벌써 봄이 왔나요?" 뿐이었고, 추운 날 대중없이 입고 나온 젊은 아줌마를 은근히 비아냥댄 것이거나 안쓰러워하는 말이었거나 무안해할까봐 눙치는 말이었거나 했을 테다. 꼭 옷차림 때문만은 아니겠지만, 퇴근 이후 엄습한 지독한 감기 몸살로 인해 새로이 출발한 출근 인생은 단 하루로 끝나고 말았다.

진짜로 옷 때문에 열 받을 사람은 쾌순이었던 것이다. 판돈은 겨우 공짜 술 마시러 가는데 입고 가야 할 옷이 없었던 것이지만, 쾌순은 오 년 만의 출근길에 입고 나갈 옷이 없었던 것이다. 쾌순은 수치스러웠을 테다. 감기 몸살이 아니라 그 수치 때문에 첫날 바로 그만둔 것인지도 모른다.

아무튼 판돈은 그렇게 쾌순의 상처가 될 수 있는 일을, 근 석 달 만의 다정한 정사에 힘입어, 봄맞이용 콩트로 재구성했던 것이다. 그것도 모자라 판돈은 그 글을 쾌순에게 보여주었고, 쾌순은 읽고 나서 "보내, 한 푼이라도 벌어야지. 어쩌겠어!"라고 말했다.

 기어코 옷을 못 찾은 지 석 달이 넘었다. 아담세탁소는 이제 문을 열지도 않았다. 아담 주인은 전화를 착실히 받기는 했지만, 듣기에 가슴이 뻥 뚫릴 말은 결코 해주지 않았고, 늘 하는 말 "배 째라"에, 새로이 추가된 말 "어이구, 젊은 사람들이 참 독하네, 독해! 끈질기게도 전화를 해!"를 들려줄 뿐이었다.
 불러도 대답 없는 메아리와도 같은 전화하기에 지친 판돈과 쾌순은 그저 엄포용으로 생각했던 고소를 진지하게 생각하게 되었다. 옷이 문제가 아니었다. 석 달여 동안이나 그들을 자괴감 속에서 허우적거리게 만든 아담세탁소 주인에 대한 적개심 때문이었다.
 그러지 않아도 카드 회사 사람들한테 전화로 졸리느라 참담한 판인데, 그 싸구려 낡은 옷에 연연하며 그토록 부산을 떨어야 했다는 것이, 그러고도 끝내 옷을 못 찾고 상처만 받아야 했다는 것이, 참을 수 없이 분했다.
 물론 분노의 정도는 쾌순이 더했다. 판돈은 전화질 몇 번 한 것이지만, 쾌순은 세탁소 주인과 여남은 번이나 언성을 높이고도, 인생을 반세기나 산 사람의 말발을 당해내지 못해, '얻은 것은 수지요, 잃은 것은 자존심'이라고 생각했다. 특히 광활세탁소에 찾아갔을 때 그 세탁소의 직원들에게 받은 눈초리는 인생 최대의 멸시였다고 치를 떨었다.

하지만 판돈과 쾌순은, 법의 잣대로 모든 것을 해결한다는 어느 나라 국민을 쉽사리 흉내 내지 못했다. 생각만 하고 주저주저했다. 법 절차에 대해서 아는 게 거의 없기 때문이겠지만, 법에 호소하는 길은 굉장히 번거롭고, 발품, 말품, 신경품을 있는 대로 팔아야 한다는 고정관념을 떨칠 수가 없었다.

가족들의 의견도 고소에 절대 반대였다. 쾌순이 시어머니에게 하소연하자, 시어머니는 전화기 저편에서 펄쩍펄쩍 뛰었다. "안 된다, 안 돼. 생각도 말아라. 내가 촌구석에 살았어도 많이 봤다. 고소를 하든, 고소를 당하든, 고소에 얽인 사람들 평생 불편하게 산다. 그까짓 옷 잊어버려라, 잊어버려. 내가 사줄게. 그냥 잊어버리고 마음 편히 살아라. 마음만 편하면 되는 겨, 마음만!"

판돈의 남동생도 말렸다. 남동생은 검찰직 공무원 시험을 해마다 준비했기 때문에 그나마 법을 좀 안다고 할 수 있었다. 남동생은 한참 말했는데, 정리하면 이랬다.

"왜 고소를 하려고 하는가? 세탁소 주인을 괴롭히기 위해서? 들어보니 아담세탁소 주인은 광활세탁소 쪽과 민사 형사 양쪽으로 맞고소 상태에 들어갔으니 이미 경찰서, 법정을 상시로 들락거리고 있을 텐데 그래서 경찰서, 법정이 제 집 안방 같을 텐데 고소 한 건 더 들어왔다고 해서, 무슨 대수로운 일일 수 있겠는가? 즉 고소를 하면 오히려 괴로운 것은 형과 형수님일 테다. 세상이 예전 같지 않아서 고소 절차가 간소해졌다고는 하는데, 이게 막상 실제로 하자면 상당히 번거롭고 귀찮은 일이라 시간 뺏기고 마음 뺏기고 괴로울 수밖에 없다. 그러니 세탁소 주인을 괴롭히기 위해서라면 안 하는 게 좋겠다.

옷값을 변상받기 위해서? 재판에 이긴다 해도 일 년 후에나 받을 수 있을 것이고, 못 받을 가능성이 더 많다. 법원에서 옷값을 변상하라고 명령해도 세탁소 주인이 배 째라는 식으로 돈 안 내면 그만인 거다. 법을 집행하는 사람들? 옷값이 천만 원이나 된다면 모르겠다. 그 사람들이 얼마나 바쁜데 합계 이십만 원도 안 되는 옷에 신경 쓸 수 있겠는가?

세탁소 주인을 감옥에 보낼 수 없냐고? 시나리오 쓰시나? 터무니없고 택도 없는 소리. 그깟 걸로 감옥에 간다면 대한민국 사람 절반은 감옥에 있을 것이다. 그래도 혹시 세탁소 주인의 과실이 형사법적으로 인정된다 치더라도 벌금 몇만 원일 것이다. 중요한 것은 그렇게 하는 데 들어가는 세월과 비용을 더하면, 형수님에게 잘 어울리는 고급 코트 열 벌을 사고 남을 테다."

판돈은 생각만 해도 골치가 아픈 '고소'를 잊어버렸다. 하지만 쾌순은 고소에 대한 미련을 쉽사리 버리지 못하고, 알아나본다고, 파출소에 갔다. 고소에 대해서 알아보려면 정확히 어디로 가야 하는지 몰랐지만, 그래도 파출소에 가면 고소 방법을 가르쳐주든지, 아니면 고소하는 방법을 가르쳐주는 곳이라도 가르쳐주겠거니 했던 거다. 파출소가 가깝기도 했다. 아담세탁소에서 백 미터 거리에 있었다.

파출소에서 다녀온 쾌순은 말했다. "우리, 그만 잊고 살자. 그까짓 옷 세 벌 때문에 너무 힘들잖아." "잘 생각했어." "경찰이 뭐라고, 뭐라고 가르쳐주는데 뭔 말인지 알아들을 수가 있어야지. 엄청 복잡하겠던데. 절차 간소해진 거 맞아? 그리고 경찰한테, 광활세탁소 직원에게 받았던 멸시를 또 받는 것 같았어."

"무슨 멸시?" "남들은 재활용 통에다 버릴 싸구려 낡은 옷 때문에, 젊디젊은 것이 난리 핀다 이거지." "자격지심이야." "누가 뭐래. 그리고 세탁소 아줌마가 불쌍하기도 하고. 경찰이 그러는데, 진짜로 고소한 사람들이 몇 된대. 비싼 옷 맡긴 사람들. 그래서 세탁소 아줌마가 조서 여러 번 쓰고 그런 모양인데, 사정이 내가 알고 있던 것보다 더 딱한 것 같아. 빚도 많고, 못 받은 돈도 많고." "암튼 고소 안 했다는 거지?" "응. 나처럼 고소할 수 없냐고 물으러 왔다가 질려서 돌아간 사람들도 꽤 된대. 싸구려 옷 맡긴 사람들." "그래, 잘했어." "경찰 말도 일리는 있어. 한동네 사람끼리 이 무슨 난리냔 말이지."

그런데 쾌순마저도 옷을 잊어버리기로 마음먹은 날, 아담세탁소 주인에게서 전화가 왔다. 아담 주인이 먼저 전화를 해온 것은 처음이었다. 쾌순이 파출소 갔던 이야기를 들었나? 그래서 젊은 사람들이 너무한다고 따지려는 건가. 고소를 한 것도 아닌데 왜 따져? 아니, 그 여자가 무슨 자격으로 따져? 이런 생각을,

판돈은 쾌순의 전화 받는 얼굴을 보며 했다.

쾌순이 문득 미소를 지었다. 쾌순이 전화를 끊자, 판돈은 다그치듯 물었다. "뭐래? 왜 웃어?" "돈이 곧 생긴대. 옷값을 변상해 주겠대. 십만 원이면 되냐던데." 판돈도 미소를 지었다. 그런데 미소를 짓다니! 아내의 코트 값 원가에도 못 미치는 돈인데. "더 달라고 하지 그랬어?" "받는 게 어디야."

"그래도 우리가 괴로워한 보람이 있네. 우리가 괴로워 안 했으면 십만 원도 못 받았을 거야." 판돈의 웃는 말에, 쾌순의 표정이 일그러졌다. "그걸 지금 말이라고 해? 십만 원에 우리가 받은 상처가 아물 것 같아?" "아니, 난 당신이 미소 짓기에, 이제 마음이 풀렸는가 했는데." "내가 언제 웃었어? 난 웃지 않았어. 어떻게 웃음이 나올 수 있어?"

일주일 뒤, 쾌순은 옷을 찾으러 갔다. 세탁소 주인에게서 또 전화가 왔는데 돈을 입금했다는 말이 아니라, 옷을 찾았다는 말을 했다. 광활세탁소에서 옷을 내주었다는 거다.

그 이백만 원짜리 양복의 향방은 여전히 오리무중이었다. 그런데 실은 그 양복이 백화점에서 이십만 원 주고 산 것이라는 사실이 밝혀졌단다. 양복을 맡긴 이는 백화점 대세일 기간에, 점원이 분명하게 "정가는 이백만 원"이라고 말한 것을, 이십만 원에 샀으므로 어쨌든 이백만 원짜리 아니냐고 말하고 있단다. 그에 대해 경찰은 이렇게 말했단다. "당신 말대로 하자면 당신이 이십만 원 주고 산 양복은 난돈 오만 원에도 살 수 있는 옷이라는 거네? 당신 말을 어떻게 믿어?"

여하간 아담세탁소 주인과 광활세탁소는 이백만 원일 수도 있고 이십만 원일 수도 있고 오만 원일 수도 있는 그 양복과, 그 양복을 맡긴 이를 무시하기로 합의하고, 화해한 모양이었다. 아담 주인은 조속한 시일 내에 밀린 세탁 대금을 갚기로 하고, 광활은 볼모로 잡아놓고 있던 옷을 내주기로 한 것이다.

그렇다면 양복을 맡긴 이는? 그거까지는 알 수 없었고, 아담의 주인은 이렇게 말했다. "그깟 이십만 원짜리 양복을 가지고 거짓말을 해서 대체 얼마나 많은 사람들을 골탕 먹인 거야? 그런 놈은 콩밥을 먹여야 해."

이상을 쾌순에게 전해 들은 판돈은 엉뚱한 생각을 했다. 그 사람의 이십만 원짜리 양복이 아담에서든, 광활에서든, 배달 과정에서든 사라진 것은 분명한 사실이고, 따라서 그 사람은 이십만 원이나 하는 양복을 날린 것이 아닌가? 왜 크나큰 손해 본 사람이 오히려 콩밥 먹어야 한다는 소리를 들어야 한단 말인가? 이십만 원짜리 옷은 옷이 아니란 말인가? 그 사람의 관점에서는 이백만 원짜리 양복이란 말이 거짓말도 아니잖은가?

어쨌든 판돈의 바지와 쾌순의 코트는 광활세탁소에 있었던 것이다. 옷을 찾아온 쾌순은 광활세탁소 직원들한테 당한 멸시에 대해서 사과받기 위해서, 찾아가 그때 왜 그랬냐고 따질까를 잠시 고민했지만, 관두기로 했다.

직원들은 쾌순이 찾아갔던 일을 기억하지 못할 테고, 기억한 대도 멸시한 적이 없다고 할 테다. 어쩌면 끝까지 자기들은 아담세탁소에서 옷을 가져온 적이 없다고 잡아뗄지도 모른다. 아담세탁소 주인이 아마도 자기네 가게에 숨겨놓았을 것이라고 우길 것이다. 그 말을 아담 주인에게 전하면, 아담 주인은 내가 그럴 사람으로 보이냐며, 더러운 사기꾼 놈들이라며 광활세탁소를 향해 욕지거리를 해댈 것이다.

싸구려 낡은 옷 때문에, 또다시 그런 일을 겪을 수는 없었다.

내시경

인간의 창자 속은 다 이럴 텐데도,
아들의 눈에는 아버지의 창자 속이 아주 특별한 공간 같았네.
아버지의 창자는 오래 묵어 시뻘건 녹물이 흘러다니는 갱도 같았네.
아들은 갱도에 들어가본 적이 없는데도
그런 어설픈 비유가 떠올랐네.

아들은 택시에서 허겁지겁 내렸지. 드넓은 접수처는 붐비고 있었어. 접객 의자는 가로 스무 열 이상, 세로 스무 열 이상, 사백 석은 훨씬 넘어 보였네. 빈자리를 찾을 수 없었네. 오전부터 병원 찾는 사람들이 이다지도 많았네. 접수 창구의 유니폼 아가씨들, 고갯짓 손짓 눈짓 입술짓이 분주했네. 대형 접수 현황판의 검고 붉은 글씨들이 고기처럼 펄떡였네.

아버지는 보이지 않았지. 진료객들의 얼굴을 빠른 속도로 일별해보았지만, 아버지의 얼굴은 없었어. 사람이 너무 많아서 잘못 본 건 아니냐고? 그럴 수도 있을 거야, 그럴 수도 있어. 하지만 다시 보아도 아버지는 없었네. 아버지가 금방이라도 나타나 "왔냐!" 맞아줄 것 같았지만, 아버지의 목소리는 들리지 않았네.

충남 서해안으로 전화를 걸었지. 이제 그만 끊자 마음먹는데, 어머니가 받았어. "새벽참이 나가셨는디 못 만난 겨?" 아버지는 시내버스를 타고 삼십 분 걸려 기차역에 도착했을 테고, 7시 기차를 탔을 것이네. 9시경에 천안역에 내렸을 테고, 다시 택시를 타고 사십 분 정도 걸려 이 병원에 당도했을 것이네. 지루하고 먼 길이었을 것이네. "그러게요. 안 보이시네요." "벌써 하러 가신 거 아니냐?" "벌써요?" "벌써는 뭔 벌써냐? 벌써 열 시가 넘었는디." 10시 12분이었네.

아들은 수원으로 전화를 걸었지. 네 살짜리 아이가 받았어. "아빠, 아빠, 아빠, 아빠······" "그래, 아빠야, 엄마 좀 바꿔봐." "아빠, 아빠, 아빠······" 아들은 전화를 끊고 아내의 휴대폰 번호를 눌렀네. "안 보이셔. 열 시가 맞는 거야?" "열 시 맞아. 아가씨한테 그렇게 들었어." "그런데 왜 안 보이셔." "하고 계신가 보지." "어디서?" "내시경과겠지." "그렇겠지?" "자기, 술 덜 깼어? 얼른 끊고 가봐. 애 때문에 정신이 없단 말이야." "참, 왜 놀이방에 안 보냈어?" "감기 기운이 심해졌어." "거, 왜 내가 외박만 하면 애가 아프냐?" "우리도 갈까?" "됐어. 애 아프다면서."

이십 미터를 걸어간 다음 엘리베이터를 탔지. 사층에서 내려 삼십 미터를 걸어갔어. 내시경과의 작은 문패들이 보였네. 내시경 접수 창구 안쪽에 서류 파일이 쌓여 있었네. 맨 위에 아버지의 이름이 적혀 있었네. 반가웠네. 아버지를 만나기라도 한 듯이. 의사와 간호사들이 두런대는 소리가 들렸네. 아들은 말했네. "저기요, 여기 좀 보세요." 반응이 없었네. 아들은 목소리를 높였네. "여기 좀 보시라니깐요!"

위는 의사용인 듯한 흰 가운을 입고 아래는 간호사용인 듯한 파란 바지를 입은, 그래서 의사인지 간호사인지 헷갈리는 사십대 초반 얼굴이 나타났지. "댁이 아침부터 기차 화통을 삶아 드셨어요?" 그녀는 그쪽이야말로 정말이지 기차 화통을 삶아 먹은 것 같은 새된 목소리로 물었어. "언제 손님이 문의하러 올지 모르는데, 접수 창구에 딱 앉아 계셔야 하는 거 아니에요?" 아들은 되물었네. 기차화통녀가 자기 이마를 때리면서 중얼거린 다음 물었네. "참아, 참아, 친절, 친절 또 친절! 그래, 용건이 어떻게 되시나요?"

아들이 뭐라고 말하려는 순간, 누가 어깨를 잡아당겼지. 아들은 뒤로 휘청거리며 밀려났어. 아들을 끌어내고 접수 창구 유리문에 얼굴을 들이댄 것은 칠순 노인이었네. "나, 내시경 할라구 왔는디, 빨리 해주쇼잉." "예약하셨어요?" "예약이 뭐시랴?" "먼저 예약을 하셔야 돼요." "선착순 아닌가베. 내가 일등으로 왔으니께 얼른얼른 해주랑게." "예약한 순서대로 한다니까요." "안 되여. 나부텀 해줘. 내가 저어기 서산서 왔는디 새벽밥 먹고 출발을 했구만. 택시, 버스, 기차, 여기 올라구 안 탄 게 없어." "할아버지, 다른 분들도 다 그렇게 오시거든요. 할아버지만 그런 게 아니에요."

"이 아가씨인가 아줌마인가 귓구멍 답답한 거 보게. 나가 나이가 칠순여." "여기 오시는 분들은 다 할아버지처럼 나이가 많으세요. 젊었을 때 한 번도 안 하시다가 다 늙어서 하시러 온 거죠." "다 늙다니! 이 처자가 지금 노인네한테 시비 거는 거여? 인생은 칠십부터라는 말도 못 들어봤어? 나는 아직 창창한 젊은 이라고." "그렇지요, 할아버지는 아주 젊으시잖아요! 그러니까 나이 갖고 특혜를 바라서는 안 되시지요." "처자가 무슨 말을 하는 거랴." "제 말은 예약을 하시라는 거지요."

노인과 기차화통녀의 대화는 지지부진 계속되었지. 아들은 환상 속에서 노인과 기차화통녀의 머리를 박치기시켰어. 그러나 현실 속에서는 가만히 있을 수밖에 없었네. 기차화통녀는 결국, 노인에게 예약을 하고 와야 함을 납득시킨 모양이었네.

"그럼 할 수 없구만. 내일 두 시에 오겄어. 그때도 딴말하면 처자를 보쌈해다가 내 마흔네 살 먹은 총각아들한테 줄 텨." "할아버지, 그 총각 아들분 꼭 데리고 오세요. 저 처녀거든요. 결혼하고 싶어 미치겠어요. 그런데 아드님 직업이 어떻게 되신대요?" "촌에서 농사밖에 더 짓겄나. 소가 백 마리, 돼지가 오백 마리, 과수원도 두 개 있고……" "다 있고 여자만 없군요?" "으흐, 그려, 처자가 족집게네." "하여간 꼭 보호자가 필요하니까 꼭 같이 오시구요, 다시 한번 말씀드리는데 오늘 저녁부터 아무것도 먹지 마셔야 해요. 이 세척액만 드셔야 해요! 뭐라도 드셨으면 돌려보낼 거예요. 아셨죠?" "굶어 죽으라는 겨?" "식민지 보릿고개 다 거치신 분이 그런 말씀을 하세요? 요새 누가 굶어 죽는다고."

드디어 노인이 접수 창구에서 얼굴을 떼어냈지. 아들은 문득 기차화통녀가 존경스러웠어. 아이를 다루는 어머니와도 같았네. 노인네는 애라더니. 기차화통녀가 다시 사라지려고 하네. 아들은 달아나는 절대선을 잡아채듯 물었네. "잠깐만요, 저, 김모모씨는 지금 내시경 중인가요?" "김모모씨요?" 기차화통녀는 서류 파일을 뒤적대었네. "저 맨 위에 있는 분……" "빨리 말씀하시지. 자, 보자, 김모모씨는 두 시예요, 두 시. 두 시에 오세요." 기차화통녀는 또 달아나버리려고 했네. "잠깐만요, 잠깐만, 그럼 저희 아버지는 어디에 계실까요?" "그걸 나한테 물으면 어떻게 합니까?" 아들은 할 말을 잊었네.

아들은 복도를 뚜벅뚜벅 걸으면서 충남 공주로 전화를 했지. "야, 아버지가 안 보여." "오빠가 갔어? 바쁘다며?" "접수 창구에도 없고 내시경과에도 안 계셔." "그래도 오빠가 자유직업이라 좋긴 하네." "너 아버지한테 무슨 말 들은 거 없어?" "영상의학과도 가봤어?" "거긴 왜?" "엑스레이부터 찍는다고 하셨거든." "알았다. 신혼은 재미있냐?" 서른 살짜리 여동생은 결혼한 지 한 달이 돼가고 있었네. 여동생이 애교 투로 말했네. "결혼 왜 했나 싶어. 날 처녀로 돌려줘!" "음, 들어가라."

아들은 일층 영상의학과로 갔지. 영상의학과 여러 방 앞 의자마다 남녀노소가 빽빽이 앉아 있었어. 아들은 어느 방으로 가볼까 눈동자를 뒤룩뒤룩 굴렸네. 엑스레이 촬영실로 갔네. 문을 두드릴까 말까 하고 있는데 문이 벌컥 열렸네. 간호사가 누군가의 이름을 호명했네.

아들은 얼른 물었지. "잠깐만요, 저 김모모씨는……" "벌써 찍고 가셨어요." "어, 저희 아버지 이름을 아시네요?" "이름이 좀 특이하셔서요. 농담이고요, 우리 간호사들을 뭘로 보는 거예요? 방금 전에 호명하고 찍은 분 성함도 못 기억할까봐요? 우리가 뭐 닭대가리인 줄 아세요?"

 아들은 어쩔 수 없이 드넓은 접수처 로비로 돌아왔지. 의자를 꽉꽉 채우고 있던 장삼이사들은 거대한 공룡 같은 병원의 곳곳으로 흩어져갔는지, 한 백여 명만 남아 있었어. 아들은 번쩍 튀는 불빛을 보듯 했네. 맨 뒷열, 맨 오른쪽 의자에 앉아 있는 아버지를.

 "아버지!" 아버지는 화들짝 놀라 주위를 둘러보았지. 아들의 얼굴을 발견하고 슬그머니 미소를 지었어. 그 미소는 재빠르게 굳었네. "왔냐? 오지 말라니께 왜 왔어?" 아버지의 못마땅한 체하는 어투에, 반가운 티가 묻어 있었네. 반가운 티가 묻어 있다고 느낀 건 아들의 착각이었는지도 몰랐네. "그냥 왔어요. 그런데 내시경은 두 시라면서요?" "그려, 두 시지. 인제 열 시 사십이 분이니께 세 시간 십팔 분 남았구만." 아버지는 손목시계를 보며 산수 공부하는 어린아이처럼 정확하게 말했네. "앉어라." "예." 우두커니 서 있던 아들은 아버지와 세 칸 떨어진 의자에 앉았네. 아버지와 아들 사이의 의자 중 하나에는 옷 가게 이름이 박힌 종이 가방이 놓여 있었네. 종이 가방 아래 귀퉁이는 너덜너덜해서 금방이라도 구멍이 날 것 같았네. 종이 가방 안에는 흰 물통이 들어 있었네. 아까 기차화통녀가 칠순 노인에게 주었던 세척액 통과 똑같았네.

"안 바쁘냐?" "예, 안 바빠요." 아들은 소설가였지. 아들은 '바쁘다'는 말을 가장 하기 힘들어했어. 아버지가 아닌 그 누가 물어도, '바쁘다'는 말은 왠지 목에 걸린 가시처럼 넘어오질 않았네. 안 바빠서였다네. 무명의 소설가, 바쁠 일이 없었네. "술 마셨냐?" "예, 좀 마셨어요." 아들은 죄지은 얼굴로 뒤통수를 긁적였네.

좀 마신 게 아니라 밤새도록 마셨지. 어젯밤, 아들은 어느 대학교에 갔었어. 자신이 스물에서 스물두 살 때까지, 군대 다녀와서 다시 스물넷에서 스물여섯 살 때까지 다녔던 학교였네. 학교는 무한경쟁의 시대를 맞아 그런대로 버텨내며 확장을 계속해나가고 있었지만, 무한경쟁의 시대에 도무지 안 어울리는 문예창작학과는 없어질 위기에 놓였다네. 아들이 다녔던 학과였네.

'작가 선배들과 재학생 후배들의 대화'였지. 작가 선배는 열명이 왔는데, 아들도 그중의 하나였어. 아들도 한 번 발언했다네. 아들은 이렇게 말했지. "중요한 것은 여러분에게 달려 있다는 것이다. 이 학과가 계속 존재하든, 없어지든, 새로운 모습으로 바뀌든, 여러분의 선택, 여러분의 노력에 달려 있다는 것이다. 난 사실 내가 나온 학과를 명품 바바리처럼 사랑한다. 하지만 여러분에게 학과를 꼭 지켜내달라고 강요할 수는 없는 일이라고 생각한다. 하지만 여러분 때에 학과가 없어진다면 여러분은 평생 여러분 때에 학과가 없어졌다는 사실을 꼬리표처럼 달고 다녀야 할 것이다. 나는 후배님들께 부탁하고 싶다. 우리 모두의 학과를 지켜달라고!"

아들은 그 자리에 참석한 것이 우러나온 마음에서가 아니었듯이, 그 말도 마음에서 우러나온 말이 아니었지. 그런 말이라도 해야 선배다울 것 같고, 나아가 작가가 되는 데 성공한 선배다운 최소한의 때깔일 것 같았기 때문에, 쥐어짜내듯 한 말이었어. 실은 '학과가 없어지든 말든'이라고 생각했네. 학과가 없어지더라도 자신이 학과에 다녔던 시절은, 그러니까 자신만의 학과는 영원히 남아 있을 것이기 때문에 아쉬운 게 없었네. 아니, 뭐가 뭔지 알 수가 없었다네. 아들은 자신만의 문제를 생각하는 데도 지쳐 있었다네. 전체를 생각하기에는 너무 이기적이었다네.

재학생 후배들은 진지했지. 그들은 회의를 새벽까지 했어. 작가 선배들은 옆 강의실에서 후배들을 기다리며 소주를 마셨다네. 후배들이 갹출해서 사온 소주와 맥주와 페트병 음료수와 두부 김치와 과자와 떡볶이가 넓은 강의실 책상 위에서 식어갔네. 작가 선배들끼리도 의견 충돌이 있었네. 아들은 되지도 않는 논리를 펴며 혼자 답답해했네. 새벽 2시경에야 회의를 그친 후배들과 아침이 밝아오도록 마셨네. 아들은 병원이 있는 이 도시로 오는 버스에서 구겨진 짐짝처럼 잠들었었네. 후배들에게

다만 삼만 원이라도 찬조금을 주고 왔어야 했는데 하는 후회가 악몽처럼 맺혔다네.

"아버지 시장하셔서 어떻게 하세요?" 아들은 걱정돼서 해본 말이었으나, 어쩌면 아버지 염장을 지르는 질문이었는지도 몰랐지. 아버지는 오늘의 내시경 때문에, 어제저녁, 오늘 아침을 걸렀어. 점심도 못 먹을 테고. 아버지는 아들의 진의를 알아챘는지 말했네. "너, 밥 안 먹었지. 밥 먹고 와라." "아버지는 계속 굶으셨는데, 저 혼자 어떻게 먹어요?" "그럼 굶냐? 먹을 수 있는 사람이라도 먹어야지. 어서 싸게 댕겨와." "그래도……" "아, 얼른 다녀오라니까. 바쁘면 밥 먹고 그냥 가든가…… 나 혼자 있어도 되는디 뭐러 왔냔 말이여. 저번이는 수술이라 보호자가 꼭 필요했지만서도, 이번이는 그냥 검사니께 보호자가 없어도 된디야." "밥 먹고 올게요."

아버지가 수술을 받은 것은 육 개월 전이었지. 의사가 모니터로 아버지의 큰 창자 속을 보여주었네. 아버지의 대장 속은 검붉었네. 종유석 같은 붉은 결정이 의사가 가리키는 순서대로 나타났네. 모두 일곱 개였네. 의사가 말했네. "이것들을 떼어낼 겁니다. 잘 기억해두세요. 있다가 없어진 걸 확인해주셔야 됩니다."

수술하는 데 일차로 한 시간 사십 분이 걸렸지. 아들은 복도에서 하릴없이 서성댔어. 들고 갔던 책을 읽어보았지만 햇살에 활자들이 바닷고기처럼 뛰었네. 물고기들이 머릿속을 헤집어 멀미를 했네.

간간이 아버지의 비명이 들려왔지. 수술실 가까이 귀를 대면 아버지의 비명은 더욱 참혹하게 들려왔어. 간호사가 아버지를 야단치는 소리도 들렸네. "할아버지, 엄살 좀 그만하세요. 뭐가 아프다고 그러세요. 마취도 다 했는데." 아버지의 대답이 비명에 섞여 들려왔네. "나 할아버지 아녀. 인저 예순다섯이라고. 글구 마취한 거 맞어? 왜 이르케 아프냐고오!"

수술실로 들어갔지. 의사가 다시 아버지의 대장 속을 보여주었어. 아버지의 대장 속을 십자가를 닮은 호스 끝이 마구 헤집었네. "일곱 개 다 떼어냈는데, 자, 없지요? 그런데…… 핏줄 밑에 숨은 두 개를 더 찾아냈어요. 여기 보세요, 이것들…… 하나는 떼어냈는데, 나머지 하나가 문제예요. 핏줄을 피해서 들어가야 하는데, 이거 까딱 잘못하면 핏줄 터지게 생겼잖아요? 터지면 큰 문제지요. 그래도 떼어내어야겠지요?" 아들은 당황했네. 의사가 다시 말했네. "겁먹을 건 없고요, 혹시 몰라서 동의를 구하는 겁니다."

아버지가 뭐라고, 뭐라고 하는 것 같은데 그 말을 알아들을 수가 없었지. 두 시간 가까이 시달린 탓에 아버지는 파김치 같았어. 아들은 "하세요, 하는 김에 해야지요!" 해버렸네. 아들은 다시 복도로 나와서 떨었네. 잘못되면, 잘못되면! 아버지의 비명소리가 다시금 높아졌네.

원래 내시경 수술을 하면 이틀쯤 입원을 하는 게 보통이랬지. 하지만 아버지는 나흘을 입원실에 있어야 했어. 그 사십 분이나 걸려서 마지막에 떼어낸, 핏줄 밑에 숨어 있던 놈 때문이었네. 그예 핏줄을 건드릴 수밖에 없었고, 핏줄이 터졌고, 그 핏줄을 꿰맸는데, 그 꿰맨 자리가 다시 터질 수도 있으므로, 그 꿰맨 자리가 확실히 아문 것으로 판명될 때까지 병원에 있으라는 거였네.

입원실은 2인 1실이었지. 아버지는 4인실이나 8인실을 알아 오라고 계속 성화를 해댔어. 병원 측은 8인실은 있지만 4인실은 없다고 했네. 아들은 "아버지, 지금은 2인실밖에 없대요. 어쩔 수 없이 계셔야겠어요!" 해버렸네. 아버지가 신음처럼 내뱉었네. "야, 돈 겁나게 나오겄다 야."

문병 온 손자는 할아버지에게 인사도 하지 않고 찌푸리고 있더니 울기 시작했지. 며느리가 손자를 데리고 나갔어. 손자는 병원 복도를 놀이공원 잔디밭 달리듯 뛰어다녔네. 며느리는 손자를 살살 달래서 다시금 할아버지의 입원실에 들어섰지만, 손자는 또 울어버렸네. 할아버지는 말했네. "야, 정신 사납다. 얼른 데리고 가라."

며느리와 손자가 가고 대신 작은아들이 왔지. 두 아들과 아버지는 텔레비전을 멍하니 보았어. 프로야구 중계였네. 어린 시절에 아버지는 밤나무로 야구방망이를, 짚 새끼를 둥글게 말아 공을, 못쓰게 된 비료 포대로 글러브를 만들어주었었네. 두 아들이 한편이 되고, 아버지와 딸이 한편이 되어 한 게임 하다가 딸의 이마가 깨진 적도 있었지. 여동생의 이마에 흉터가 아직 남아 있다네.

야구가 끝나고 아버지가 말했지. "너희들 가라. 바쁠 텐디, 그만들 가보란 말이여." "의사가 혹시 모른다고 꼭 같이 있으라고 했어요." "모르긴 뭘 몰러. 여기가 병원인디 뭐가 걱정이여? 빨리들 가."

새벽에 아버지의 핏줄이 터졌던 모양이지. 다음날 10시경에 다시 병원에 간 아들은 간호사에게 된통 혼났어. "대체 무슨 자식들이 그 모양이냔 말이죠. 제 아버지가 아파가지고 밤새 끙끙거렸는데 아무도 없고 말이야." 아버지가 아들의 역성을 들어줬네. "별일도 아닌 걸 가지고 딱딱거리기는. 그러니께 시집을 못 가는 것이여." "에이, 아저씨는 툭하면 남 시집 못 간 염장을 지르고 그래요."

다음날은 며느리가(손자는 처가에 맡기고), 다다음날은 작은 아들이 병실을 지켰지. 그 일이 아버지에게는 충격이었나봐. 집으로 내려간 아버지는 술을 딱 끊어버렸어. 며칠이나 가려나 했다네. 그러나 아버지의 각오는 강대했다네. 한 달이 가고, 두 달, 석 달이 가도 흔들리지 않았네.

아버지는 하루에 막걸리 다섯 병 정도를 마시는 사람이었지. 일어나서 두 잔, 소 사료 주고 두 잔, 소똥 치우고 두 잔, 논으로 출근하기 전에 두 잔, 새참으로 두 잔, 점심때 두 잔, 오후 일 나가기 전에 두 잔, 오후 새참으로 두 잔, 오후 일 끝마치고 두 잔, 저녁 먹을 때 두 잔, 잠들기 전에 두 잔, 자다가 소피보러 나와서 두 잔…… 그런 사람이 하루에 단 한 잔도 안 마신 거였어.

보는 사람마다 말했지. "사람이 갑자기 변하면 무슨 일 나요. 한두 잔씩은 하쇼." 그러나 아버지는 끄떡 안 했어. 나이 많은 조카들이 "인제 재미없어서 작은아버지 댁에 못 들르겠슈"라며 발길이 뜸해졌어도, 아버지는 술잔을 붙잡지 않았네. 아버지는 어머니에게 말했다네. "병원에 있어보니께 자식들 왔다 갔다 하고 차마 못 견딜 일이더구만. 내 다시는 입원을 안 할 겨."

아버지는 다섯 달 만에 소주 두 잔을 입에 대었지. 딸이 결혼하는 날이었어. 3월이었지만 눈보라가 몰아쳤네. 아버지가 딸의 결혼식 내내 벌벌 떤 것은 추위 때문만은 아니었을 것이네. 피로연장에서도 술 한 잔 안 마신 아버지는 집에 돌아와서 사촌 조카들에게 둘러싸여 두 잔을 비웠다네. 그리고 다시는 술을 마시지 않았네.

아들은 아버지를 드넓은 접수처 로비에 남겨두고, 식당으로 향했지. 간밤 술에 전 아들은 시원한 해장국이 먹고 싶었어. 병원 밑에서 가장 가까운 한식집으로 들어가 해장국을 시켰네. 한 수저 뜰 때마다 굶고 있는 아버지의 얼굴이 떠올랐네.

오 년 전쯤, 그러니까 아버지가 예순 살 되던 해였었지. 그해 봄 아버지는 허깨비 같았어. 밥을 거의 안 먹었고, 식사를 술로 대신했네. 원래도 술을 많이 마셨지만 그래도 밥은 먹었었는데. 어머니가 밥 좀 먹으라고 빌어도 아버지는 저세상 사람처럼 맥없는 미소만 지을 뿐이었네. 그러면서도 아버지는 소똥을 치우고 오토바이로 논을 오갔으며, 경운기를 끌고 다니며 논밭을 '로타리'를 쳤다네. 오토바이와 경운기가 아버지를 끌고 다니는 듯했네. 아버지는 이승과 저승을 왔다리 갔다리 하는 사람 같았네. 여름이 돼서야 아버지는 이승 쪽으로 돌아온 듯했는데, 이미 오십대 때의 모습이 아니었네. 정말 노인네가 된 것 같았어.

그해부터 아버지는 봄만 되면 그랬지. 봄병을 앓는 이처럼.

아버지의 내시경 수술은 아버지에게 술만 끊게 한 게 아니라, 그 봄병까지 사라지게 해주었지. 역시 술이 문제였던가봐. 술을 끊은 아버지는 술 고픔 대신 허기를 느끼기 시작했어. 하루 세 끼니 공깃밥을 다 비워냈고, 쌀튀밥, 콩강정, 누룽지, 개떡 같은 주전부리를 종일토록 먹어댔네. 무슨 일 할 때마다 막걸리 두 잔을 기본으로 했던 걸 주전부리로 대신한 거였네. 어머니는 기뻐했네. "내가 느이 아버지 먹을 거 만들어대느라 허리가 빠진다만 그리도 얼마나 좋으냐. 혈색도 좋으시고 살도 붙으시고 인자 막 사람 같지 않냐. 그러고 보면 수술이 다 나쁜 것은 아닌가비다."

아들은 접수처 로비로 돌아왔지. 아버지가 보이지 않았어. 화장실에서 나오는 아버지가 보이네. 아버지가 자리에 앉으며 말했네. 세척수 들은 하얀 통을 들어 보이며, "먹은 것도 없는디 계속 오줌이 나온다야. 이것 땜에 그려. 밥은 잘 먹은 거?" "예." "담배도 피워야지?" "예, 피웠어요." 아들은 민망한 얼굴로 대답했네. "거, 웬만하면 끊어라, 끊어. 내가 술 끊으면 너 담배 끊는다고 안 했었냐?" "끊어야지요."

 아들이 아버지에게 담배 피우는 것을 처음으로 들킨 것은 스무 살 때였지. 여름방학 때였는데, 아들은 가족들이 밥 먹는 바깥채 거실에서 담배를 뻑뻑 피웠어. 축사 시찰 나가다가 술 한 잔하러 들어왔던 아버지, 노려보다가 말했네. "못된 송아지 엉덩이에 뿔 난다더니."

 아버지는 담배를 피운 적이 없었지. 젊은 시절에 어땠는지 몰라도, 아들은 아버지가 담배 피우는 것을 본 적이 없었어. 시골 동네는 울력이 많았네. 울력에는 으레 담배 몇 갑이 품삯 조로 따르는데, 아버지는 그걸 다른 사람에게 양보했네. 하지만 꼭 한 갑씩은 챙겼다네. 그래서 진열장 한 칸에는 담뱃갑들이 역사의 파노라마처럼 펼쳐져 있네. 새마을, 봄, 태양, 화랑, 환희, 거북선, 청자, 백자, 샘, 한라산, 라일락, 장미, 한산도, 아리랑, 88, 디스, 마일드 세븐……

 아들은 고향 집에 며칠 머무를 때에 담배가 떨어지면, 아버지의 수집품에 손을 댔지. 많게는 수십 년, 적어도 수년은 낡은 담배들은 곰팡이투성이였어. 곰팡이 가득 핀 담배는 아들의 입에서 질 나쁜 화약처럼 펑펑 터졌네. 언제부턴가 아버지는 울력에서 받아온 담배를 아들에게 던져주었네. "그걸 왜 못 끊냐!" "작작 피워라!" 같은 말을 후렴구처럼 붙이면서.

 아버지의 수집품은 또 있었지. 술이었어. 벽 한 면을 차지하고 있는 술병 진열대에는, 삼십 년 묵은 과일주에서부터, 자식들과 조카들이 때때로 선물로 가져온 해외 술까지, 이백 병 정도가 폼 잡고 서 있었네. 아버지는 그 술들에 절대로 손을 안 댔지. 짓궂은 조카들이 아무리 졸라도 병뚜껑을 따지 않았네. 병 구경은 꼭 시켜주면서도.

아버지와 아들은 접수처 위의 대형 현황판이 바뀌어가는 것을 멍하니 바라보았지. 아들은 문득 물었어. "아버지, 탄광 다니신 게 정확히 몇 살 때부터세요?" 아버지는 아들의 질문이 매우 느닷없었던 모양이네. 하지만 아버지는 대답했네. "아마 제대로 다닌 건 서른 살 때부터였을 거다. 너 낳고부터지." "그전부터 다녔다고 하지 않으셨어요?" "그전에는 대충 다닌 거지. 갱도에 안 들어가고도 하는 일이 있어. 석탄 싣고 드나드는 트럭을 헤아리는 일이지." "어, 그런 일도 하셨어요? 그 일은 편했겠네요?" "그런 게 무슨 일이여. 그냥 돈 안 되는 데모도지. 펜대 굴리면서 돈 벌어먹고 살라면 무슨 자격증인가를 땄어야 했는데, 내가 공부할 수가 있었간."

아버지는 네 살에 할머니를, 열 살에 할아버지를 잃었지. 조부모는 여섯 명의 아들과 네 명의 딸을 낳았어. 아버지가 막내둥이였다네. 스물다섯 살 연장인 큰아버지가 아버지를 키웠네. 아버지는 학교에서 돌아오면 산에서 나무를 했고, 논에서 김을 맸고, 소 꼴을 베었네. 못자리 철, 모내기 철, 농약 철, 벼 타작 철, 초가지붕갈이 철엔, 한 일주일씩 학교를 빼먹었네. 나이 많은 형들과 제 집 일을 했고, 품앗이로 다른 집 일을 나갔네.

그래도 큰아버지는 아버지를 중학교에 보내주었지. 중학교는 빨리 걸으면 두 시간, 천천히 걸으면 세 시간도 넘게 걸리는 곳에 있었어. 새벽별을 보고 집을 나갔는데, 집에 돌아오면 석양이 천천히 지고 있었네. 그 석양이 까맣게 사라졌다가 두둥실 달로 떠오를 때까지, 아버지는 일해야 했네. 아버지는 당연히 고등학교에 갈 수 없었네. 50년대였네. 중학교까지 보냈으면 많이 가르쳤다는 소리를 들을 때였네. 설령 큰아버지가 학비를 댈 마음이 있었더라도 아버지는 고등학교에 갈 수 없었을 것이네. 진학 공부 할 시간이 눈곱만큼도 없었으니까 말이네.

어머니는 아버지처럼 고아가 된 것도 아니고, 가난한 집에서 태어난 것도 아니었지만, 국민학교밖에 나오지 못했지. 외할아버지는 그 고장에서 이름난 십장이었어. 웬만한 공사판에는 항상 외할아버지가 있었네. 돈을 잘 벌었다네. 하지만 쓰기도 잘했다네. 특히 여자에게 많이 썼다네. 외할머니는 독수공방할 때가 많았고, 외할아버지는 따로 얻은 집에서 젊은 여자들을 갈아치웠네. 외할머니는 시앗들을 찾아가서 머리끄덩이를 붙잡기는커녕, 시앗들에게 쫓겨날까봐 벌벌 떨었네. 외할아버지는 국민학교를 졸업한 어머니를 중학교에 보내기는 고사하고 제 첩들의 식모로 썼다네. "계집년이 국민학교 나왔으면 되었지, 뭘 더 어째? 계집년 대가리가 배우면 집안이 망해여"라는 거였지. 어머니는 외할아버지의 젊은 여인들 서답을 빨면서, 중학교 가는 동갑 애들을 한없이 바라보곤 했다네.

"아버지, 처음부터 어머니를 좋아하신 거죠. 스물아홉 되셔서 갑자기 반하신 건 아니었을 것 같은데요. 일찌감치 좋아하셨죠?" "똥 쌀 놈, 그냥 어쩌다보니께 그렇게 된 거지…… 좋아하기는 무슨." 아버지는 아들놈이 왜 생전 안 하던—다정한 체 뭐라고 대답하기 쑥스러운 것을 물어보는—짓을 하는지 알 수가 없는 모양이었네. 난감한지 쩔쩔매었네.

아버지가 외가에 드나든 것은 중학교 졸업하고부터였지. 아버지와 외삼촌은 국민학교, 중학교 동창이었어. 외삼촌도 고등학교에 가지 못했어. 외할아버지가 학비를 약속하지 않았지만 외삼촌은 피 터지게 공부를 했네. 합격했지만 장학금을 받지는 못했네. 혹시나 했지만 외할아버지는 등록금을 대주지 않았네. 외할아버지는 외삼촌을 공사판에 데리고 다녔네. 외삼촌은 대들고 반항하다가 도시로 떠나버렸네. 외삼촌이 떠나기 전에 대신 불러다 외할아버지에게 붙여준 게 아버지였네. 아버지는 데모도가 되어 십장 외할아버지를 늘 따라다녔네. 십장네 집에서 밥 먹는 날도 많았지. 밥을 차려주던 소녀가 어머니였어.

아버지가 스물아홉이 되던 해, 아버지는 외할아버지에게 말했지. "따님을 제게 주십슈. 굶기지는 않겠습니다." "허라, 요 불상놈 좀 보소. 네가 한 십 년 나 따라다닌 게 내 딸을 노린 게였구만. 그러라, 데려가라. 밥하고 빨래는 잘할 것이다." 그때 어머니는 스물둘, 여동생처럼 도시로 달아나 가발 공장에 다닐 꿈을 꾸고 있을 때였어.

그러니까 아버지는 총각 시절을 마감하는 것과 동시에 땅속 깊이 들어간 거였지. 광부가 된 거였어. 땅속의 두더지가 된 거였네. 고장의 젊은이들이 대개 그랬지. 십대 땐, 이십대 땐 저곳만은 들어가지 말아야지 버티던 젊은이들도 서른 즈음에는, 결혼할 즈음엔 결국 두더지가 되었네. 귀향한 외삼촌도 결국은 결혼과 함께 두더지가 되었네. 사실 그 땅굴처럼 확실한 직장이 또 어디 있었겠나. 보릿고개 시대에. 새마을운동 시대에.

아버지가 두더지로 보낸 세월은 꼭 이십 년이었지. 고향에는 우리나라에서 최초로 지어진 석탄박물관이 있었어. 석탄 합리화 방안에 의한 싹쓸이 폐광이 신속했던 만큼, 과거를 기념하는 데에도 발이 빨랐다고나 할까. 어느 친척의 결혼식에 다녀오는 길에 석탄박물관에 들른 적이 있다네. 아버지가 두더지 생활을 마감한 지 십 년째가 되는 해였네.

아버지는 박물관 구석구석을 울가망한 눈으로 껴안고, 소나무 껍질 같은 손으로 어루만졌지. 특히 지하에 탄 깨는 광부들을 재현해놓은 데에서는, 한참 동안 발길을 떼지 못했네. 아버지는 구구하게 설명했네. 저 모형 광부들이 지금 무슨 작업을 하고 있는 것인지. 아들은 알아들을 수가 없었네. 아버지가 경험한 과거는 아들의 현대적인 감성이 받아들이기엔 너무 멀었네.

아들은 묻고 또 물었지. 이제까지 아버지에게 물어보지 못한 것을 한꺼번에 다 물어보겠다는 듯. 어머니의 증언, 아버지가 흘린 말, 일가친척 어른들이 무심코 했던 말, 아버지의 일기장에서 본 바 등을 구슬 꿰맞추듯 한 아버지의 인생이 과연 추측대로인지 확인이라도 하겠다는 것인지, 아들은 줄기차게 물어대었어.

아버지는 왜 그런 걸 묻느냐고 따지지 않고 친절히 대답해주었지. 하지만 아버지의 답변은 대체로 불명확하고 두루뭉술했어. 아버지는 자신의 오래된 과거가 낯선 모양이었네.

아들이 물어댄 데에는 여러 가지 이유가 있었을 테고, 아버지가 성실히 대답한 데에도 여러 가지 이유가 있었을 테지. 그들이 아버지와 아들로 맺어진 지 삼십오 년 동안 한 번도 안 했던 짓거리인데 말이야. 심지어 종일 얼굴 맞대고 있을 때도 하지 않은 대화인데 말이야. 아들이 스물여덟 살 때 백수가 되어 아버지의 집에 들어앉은 적이 있었네. 어머니가 시내 제과점으로 출퇴근한 관계로 부자는 점심을 늘 같이 먹었고, 들판에서 둘이 일할 때가 많았는데, 서로 한마디도 안 한 거였네.

그런데 지금, 부자지간은 지난 삼십오 년 동안 나눈 대화보다 더 많은 대화를 나누고 있단 말이지. 시간을 흘려보내기 위함이었어. 반년 전에 아버지가 입원했을 때에도 부자는 종일을 같이 있었지만 거의 말을 하지 않았네. 하지만 오늘은, 아들은 침묵이 너무 겨워서 아버지에게 자꾸만 물어대었고, 아버지도 침묵이 너무 겨워서 중언부언 말대답을 하고 있었다네.

정말이지 시간은 잘 흘러갔지. 아버지는 화장실에 여섯 번을 다녀왔어. 아들은 담배 피우러 여섯 번을 다녀왔네. 아버지가 화장실에 가면 아들은 얼른 달려가서 담배를 피운 거였네.

"아직도 삼십 분이 남아 있는데요?" "여기에서 기다리나 거기에서 기다리나 매일반 아니냐?" 아버지와 아들은 이동했지. 내시경과 팻말이 붙은 텅 빈 복도, 긴 나무 의자에 아버지와 아들은 약간의 거리를 두고 나란히 앉았어. 약간의 거리, 사람 두셋 정도 끼어 앉을 수 있는 공간, 그 약간의 거리는 언제부터 아버지와 아들이 자연스럽게 유지하는 거리가 되었을까?

침묵을 견디지 못하고 아들은 또 물었지. "아버지, 우리 동네에서는 그 검찰총장 하셨던 분이 제일 성공한 분이겠지요?" 역시 답답했던 듯, 아버지는 즉각 대답했어. "그렇지, 조그만 동네에서 엄청 출세한 것이지." "그분이랑 아버지랑 동창인가요?" "이놈아, 내가 한참 많지. 그 사람이 나보다 네 살인가 다섯 살인가 어린다. 그 사람이 절에 다니면서 공부하던 게 생각난다. 내가 지게에다 볏가마니를 짊어지고 논둑길을 갈 때, 그 사람은 지게에다 두꺼운 책을 쌓아서는 산길로 올라갔지."

"그분 말고 또 성공한 사람 없을까요?" "있겠냐. 강아지 발바닥만한 동네에서. 니, 한 사람이 또 있는 것 같다. 나보다 두어 살 어린 사람인디, 저기 서울 무슨 대학교 총장까지 지낸 학자지. 그 사람 이름 대면 교수들은 다 안다더라. 그 사람하고, 검찰총장 하던 사람하고 단짝이었지. 나랑은 종자가 다른 애들이었어. 그러고 보니께 둘 다 총장까지는 해먹었구만."

아버지보다 어린 사람들이 그렇게 공부할 때 아버지는 뭐하셨어요? 아들은 깜짝 놀랐지. 물론 입 밖으로 나온 말은 아니었지

내시경 165

만 속으로라도 그런 말을 했다는 게 부끄러웠어. 어떻게 그런 내공 없는 말을 할 수 있단 말이야. 조금만 내공이 있는 젊은이라면 그런 말은 절대로 할 수가 없을 거네.

검찰총장이 되고 대학교 총장이 된 그분들에게는 최소한 아버지가 있었네. 그러나 아버지에게는 아버지도 없고 어머니도 없었네. 일만 시켰을지라도 버리지 않고 거두어준 나이 많은 형이 있었던 것만도 행운이었네. 아버지는 기회가 없었던 사람이네. 기회를 가져보지 못한 사람에게, 왜 이렇게밖에 못 되었느냐고 따지는 것은 폭력일 것이네.

언젠가 아버지는 말했지. "내가 죽을 똥 싸가면서 너희들 공부시킨 이유는 딱 하나, 너희들만은 흙 파먹고 살게 하고 싶지 않아서야! 펜대 굴리면서 살라는 말이여." 지탄받을 자는 아들이었네. 아버지는 말 그대로 죽을 똥 싸서 가능한 모든 기회를 아들에게 열어주었네. 그러나 아들은 검찰도 못 되고 교수도 못 되었네. 아버지의 소원대로 흙과는 무관한, 펜대 굴리는—정확히 말하면 자판을 두드리는—인생을 살고는 있지만, 아버지도 세상이 변했다는 것을 안다네.

흙 파먹는 삶과 펜대 굴리는 삶으로 이분할 수 있었던 세상은 오래전에 종말을 고했다는 것을. 흙을 파먹든, 펜대를 굴리든 아무것도 하지 않고 부동산 시세 널뛰기로 치부하든, 그 무엇을 하든 성공한 인생이냐, 실패한 인생이냐를 필두로 한, 그 모든 것의 가치가 돈의 소유량으로 결정되는 세상이 도래한 지 오래임을. 그러니까 아버지는 벌써 오래전 아이엠에프 시절에, 직장을 잃고 낙향한 아들에게 이런 말을 할 수 있었을 것이네. "네가 무슨 잘못이 있겠냐? 시대가 그런걸."

이 시대에 인간으로 산다는 것, 그것의 성공과 실패가 진정 부자가 되고 못 되고—돈을 많이 갖고 못 갖고—에 의해 결정되는 것이라면, 이들 부자는 말 그대로 실패한 인생들일 것인데, 아들은 아버지의 근대적인 실패를 납득하는 체하면서도 자꾸만 곡해하려들지만, 아버지는 아들의 현대적인 실패를 대번에 납득했던 것이네. 아무런 오해를 동반하지 않고서. 그것이 연륜에서 우러나오는 선험적 판단이었을까?

아들이 자괴감에 빠져 있는 사이에, 아버지는 또 화장실에 다녀러 갔지. 아버지는 전립선에도 문제가 있는 모양이야. 문제가 없다면 그게 이상한 연세지.

아들은 오래전에 아버지의 일기를 훔쳐본 적이 있었지. 실은 일기만은 아니었어. 아마도 아버지가 서른 즈음에 쓴 듯한데 광부 월급, 곡물과 채소를 팔아 번 돈 등의 상세한 내역으로부터, 자질구레한 공산품의 세세한 구매 값까지 적어놓은 가계부이기도 했네. 당시 유행하던 대중가요의 가사와 (아버지가 쓴 게 틀림없는)시들이 적혀 있기도 했네.

그리고 그 일기 글들이 흩어져 있었네. 일기들은 다만 낙서 나부랭이 같은 것도 있었고, 괜찮은 수필 같은 것도 있었고, 소설을 흉내 낸 것도 있었네. 아들은 아버지의 일기가 또 있을까

해서 넓지도 않은 집을 다 헤집어보았지만 더이상은 찾을 수가 없었네. 아들은 아버지의 한 권뿐인 일기를 보고 시큰했네. 아버지에게도 젊은 시절이 있었네.

아버지가 돌아왔지. 또다시 침묵이 고였어. 아들은 또 문득 물었네. "우리 동네에 큰 부자는 없었나요?" "무슨 부자가 날 수 있겠냐. 땅이 있어 뭐가 있어. 느이 사촌형이 가장 큰 부자겠다. 마을 생긴 이래로. 땅 백 마지기에 소 오백 마리니께. 허지만 도시 사람에 대면 그게 부자겠냐? 아닌 말로 부자가 왜 시골에 있겠어."

기차화통을 삶아 먹은 것 같은 목소리가 들려왔지. "모모 아저씨 오셨어요?" "벌써부터 와 있었구만." "들어오세요." 아버지는 잠바를 벗어 아들에게 주었어. 기어이 구멍이 난 종이가 방도 버리라고 아들에게 주고, 흰 물통만 들고 내시경과 안으로 들어갔네.

아들은 혼자 남았지. 아버지를 닮은 늙은 인생들이 하나둘씩 나타나 의자를 채웠어. 저들의 창자는 아버지의 창자처럼 낡고 헐었을 것이네. 종유석이 자라고 있을 것이네.

간호사가 복도에 괴물처럼 서 있던 커다란 텔레비전을 켰지. 간호사가 녀석의 존재를 일깨우기 전에는 그놈이 있는 줄도 몰랐어. 텔레비전은 이 병원이 얼마나 훌륭한지를 떠들었어. 아들은 유선방송이나 케이블방송을 나오게 해보려고 노력했네. 하지만 텔레비전은 오로지 병원 자랑만 했네. 아들이 텔레비전을 꺼버리자 늙은 대기자들과 그들의 젊은 보호자들이 잠시 대화를 멈추었네.

기차화통녀가 아버지의 보호자를 찾았지. 아들이 들어가니, 의사가 아버지의 대장 속을 보여주었어. 반년 만에 다시 보는 아버지의 창자였네. 인간의 창자 속은 다 이럴 텐데도, 아들의 눈에는 아버지의 창자 속이 매우 특별한 공간 같았네. 아버지의 창자는 오래 묵어 시뻘건 녹물이 흘러다니는 갱도 같았네. 아들은 갱도에 들어가본 적이 없는데도 그런 어설픈 비유가 떠올랐네.

"자, 아무것도 없지요?" "예, 그렇군요." "그런데 여기 보세요, 여기, 여기요, 조그만한 것이 또 생겼네요." 아들은 의사가 말하는 것이 정확히 어떤 것인지 알 수 없었지만 고개를 끄덕이고 말했지. "그럼 떼어내야죠?" "칼 댈 만한 크기는 아니에요. 저러다 없어지면 더 좋고, 저 상태로 자라지 않아도 좋고……" "자라면요?" "그럼 수술해야죠."

아버지가 흐리터분한 얼굴로 병원 침대에서 일어났네. "아버지, 괜찮으세요?" "괜찮다, 괜찮아." 기차화통녀가 말했네. "식사는 마취 풀린 다음에 해야 되는 거 알지요?" "언제쯤 풀리는데요?" "한 사십 분? 넉넉하게 기다리세요."

아버지와 아들은 접수처로 내려갔지. 아들이 황급히 돈 내는 데로 달려갔어. 사만 원밖에 안 나왔네. 아버지가 힘겨운 목소리로 말했네. "네가 뭔 돈 있다구." 아버지는 아들이 돈 쓰게 해서 몹시 미안한 표정이었네. 아들은 아버지에게 용돈을 드린 적이 없었네. 오히려 아직도 받고 있었네. 아버지가 손자에게 과자 사 먹으라고 오만 원씩 찔러주는 돈 말이네.

이십대 때만 해도 아들은, 금방 부자가 돼서 아버지에게 한 달에 백만 원에 가까운 용돈을 드리고, 집을 지어드리고, 해외여행을 다달이 시켜드릴 수 있을 줄 알았지. 그러나 불과 십 년 세월에 알아버렸어. 절대로 그렇게 될 수 없다는 것을.

아들이 자신의 무능을 깨닫는 데 십 년은 충분한 세월이었지. 삼십대 중반이 된 아들은, 아버지가 여전히 소 스무 마리를 키우며 논 일곱 마지기 농사를 지으며 자립경제를 유지하고 있다는 것에 무한히 감사하며 산다네. 아들 자신이 연봉 이천만 원대의 자판 두드리기 삶을 유지할 수 있는 것은, 아버지의 건재 덕분이라는 걸 잘 알고 있었네. 자립경제인인 아버지는 그래서 가난한 아들이 돈 내는 것을 안타까워하는 것이야.

아버지와 아들은 다시금 드넓은 접수처 로비에 앉았지. 아들은 또 무엇을 물어보려다가 입을 닫았네. 침묵의 시간이 더디게 흘렀네. 아들은 몇 번이고 아버지에게 말을 걸어보려고 했지만 말할 기운이 다 떨어진 모양이네. 도무지 말이 나오지 않았네. 아버지도 말이 없었네. 아버지는 정말이지 말할 기운이 없었을 것이네. 굶주린 상태로 오래도록 말했고 방금 전 창자 속을 휘젓고 나온 상태였으니까.

삼십 분밖에 안 되었는데 아버지가 벌떡 일어섰지. "가자!"

"벌써 움직이시면 안 될 텐데요?" "가는 길에 깨졌지." 아버지는 아들이 붙잡을 틈도 주지 않고 걸어갔어. 아버지가 문득 휘청거리며 주저앉을 듯했네. 아들이 아버지의 허리를 붙잡았네. 아버지는 두 손을 내둘렀네. "괜찮아, 괜찮다니까." 아버지와 아들은 택시에 올라탔네.

"아버지, 식사하셔야지요?" "그래, 그래야지." 아버지와 아들은 광장의 어느 식당으로 들어갔어. "나는 내장탕 먹을란다." "매운 걸 먹어도 될까요?" "안 될 게 뭐 있어." "저도, 내장탕요." 아버지가 아들보다 먼저 종업원을 불렀네. "여기, 내장탕 둘 주쇼. 하나는 건더기 좀만 주쇼. 하나는 되게 많이 주고. 글고 소주 한 병 주슈." "아버지, 저 이젠 술 별로 안 먹어요. 한 병을 어떻게 마셔요." "너만 입이냐. 나도 마실 겨." "술을 드신다고요? 술 끊으셨잖아요?" "아무 이상 없대잖냐." "그래도 방금 내시경 하고 왔는데, 술을 드셔도 될까요……" "그 소리 좀 그만혀. 시끄러우니께."

아버지는 석 잔이나 마셨지. 밥이 나오기 전에 한 잔, 밥을 반쯤 먹었을 때 한 잔, 숟가락과 젓가락을 나란히 모아놓고 한 잔. 아들은 다섯 잔을 마셨어. 아들이 아버지보다 두 잔을 더 마신 것은 아버지가 한 잔이라도 덜 마시게 하기 위해서였네. 아버지는 소주를 남기는 사람이 아니었으니까. 아버지는 건더기가 많지도 않은 내장탕을 반밖에 못 먹었네. 아들은 건더기가 많은 내장탕을 밥 한 톨까지 말끔히 비웠네.

내시경 171

아버지와 아들은 술기운에 출렁거리며 길고도 경사진 천안역 계단을 올랐지. 아버지는 늙고 창자 속을 내보인 탓에 숨이 차고, 아들은 운동 부족으로 헉헉댔어. 계단을 다 올라 아버지가 말했네. "젊은 놈이 갤갤대기는. 그러니께 담배를 끊으라는 겨. 못 끊겄으면 줄이기라도 하든지."

아버지가 탈 하행선 기차는 사십 분 후에 있었지. 아버지는 기차표를 끊은 다음 화장실로 달려갔어. 아들은 제가 탈 기차를 찾아보았네. 상행선 기차는 십 분 뒤에 출발하는 게 있었네. 그 다음엔 오십 분 뒤에 있었네. 상행선 기차는 무척 많은 줄 알았는데 그것도 아닌 모양이야.

아버지가 돌아와서 물었지. "넌 몇 시 차냐?" 아들이 사실대로 말했어. "그럼 빨리 표 끊어서 가라." "아버지 가는 거 보고 갈게요." "얼른 가. 너도 바쁜 애잖아." "제가 뭘 바쁘겠어요." "애도 아프다면서. 빨리 가봐." "아니, 아버지 배웅을 해야죠. 한 삼십 분만 있으면 되는데." "아, 얼른 가라니께." 아버지가 버럭 화를 냈네. 아버지도 아들과의 길고 긴 대화와 침묵이 힘겨웠을 것이네. 그 대화와 침묵을 삼십여 분 연장해야 하는 게 부담스러웠을 것이네.

아들은 못 이기는 척 기차표를 끊었지. "조심해서 내려가세요" 하고는 도망치듯 대합실을 떠났어. 아버지에게서 달아나버리듯 말이야. 상행선 기차는 십 분이나 연착이었네. 아들은 기차를 기다리면서 반성했네. 아버지를 배웅해야 하는 게 맞는데, 그게 맞는데. 지금이라도 대합실로 돌아갈까? 하지만, 하지만 아버지와 오늘 종일 있었네. 망설이고 망설이는 아들을 향해, 아버지의 창자 같은 상행선 기차가 맹렬히 달려오고 있었네.

시골사람 중국여행

그런데, 거, 젊은 사람이 참 희한하고만.
우리 같은 늙은 촌닭들 친목 도모하고
개나 소나 다 하는 중국 유람한 얘기를 써서 뭘 할라고?
나도 왕년에는 소설 좀 읽었지.

살림꾼, 전업주부(남편—개인택시 운전), 삼 년째 총무

 우리 동창 계원들이 현재 총원 열일곱인데, 열 명은 48년생이고, 네 명은 47년생, 세 명은 49년생이야. 대개 쥐띠고, 돼지띠 소띠가 섞여 있어. 일곱 살에도 입학하고 아홉 살에도 입학하고 그랬거든. 성별로 보면 남자가 넷, 여자가 열셋이네.
 남자 둘, 개그맨하고 암기적은 버섯 재배를 해.
 남자 중에 유일하게 중학교 간 꽃미남은 야산을 통째로 밤 과수원을 해. 저번에 가봤더니 규모가 어마어마하데. 걔 부인이 유명한 속옷 회사 지방 지점을 사십 년이나 다녔어. 지금은 레이스 다는 책임자 자리까지 올랐으니 출세했지. 저번 연말 모임에 꽃미남 때문에 감격해버렸어. 부인이 챙겨줬다면서 내복 세트를 하나씩 나눠주데. 옛날이나 지금이나 명함판이 좋아야 참한 부

인을 얻는다니까. 그 부인이 우리가 보기에도 예쁘고 날씬한데, 남편 동창들한테도 속옷 인심 쓸 정도니 마음씨도 참 곱잖아?

하기는 우리가 마음씨 안 고와서 그런 인심 못 쓰는 건 아니지. 꽃미남 부인처럼 뭐라도 만드는 회사를 오래 다녀서 무슨 책임자 정도가 돼야 뭐를 나눠줘도 나눠줄 수가 있는 법이지.

왜 학교 다닐 때 보면 꼭 주먹대장 하는 애들이 하나씩은 있잖아? 우리한테도 주먹대장이라고 불리는 애가 있는데 지금도 당당한 체격이지. 키 크고 어깨 떡 벌어지고 돈 주고 헬스 한 것처럼 근육 빵빵하고! 얘가 어릴 때는 되우 짓궂더니 나이 들어서는 너무 점잖아. 은행도매상회를 해. 아내는 부동산을 하고.

여자들은 일단 과부 삼총사가 있지. 가물치는 고기 잡아다 팔고, 효부랑 자린고비는 지들 말로는 '기계화 영농인'이야. 보험 하는 애가 또 둘이네. 다뚱이랑 시인이랑은 보험을 워낙 일찍 시작해서 우리 고을 보험계의 양기둥이라 할 수 있지. 양계 하는 애도 둘이네. 치킨자매라고 부르는데, 양계, 당연히 남편이랑 함께 하지. 둘 다 알 낳는 닭이 만 마리가 넘어! 손이 워낙 많이 가서 혼자는 못 하지. 또 남편이랑 한우 키우고 농사짓는 기분이, 비닐하우스로 딸기 재배하는 멋쟁이가 있어. 공무원 하는 애도 하나 있고, 나랑 얌전이울보랑 귀부인이랑은 전업주부 혹은 애보기야.

우리가 국민학교 입학한 해가 1955년도인데, 내가 언제 수기 공모에 내 인생 얘기를 적어 보낼까 하고 '한국사연표'를 찾아

보니까 한미군사원조의정서가 조인되고, 연재만화 『고바우』가 시작되고, 제1호 성전환 수술이 있었고(놀랍지 않아? 우리나라 성전환 수술이 그때부터 시작됐다니!), 북한에서는 박헌영 사형 판결이 났고, 상대성이론 하면 생각나는 외국인이 사망했던 해야. 이승만 자유당 정권의 부정부패와 더불어 보릿고개 넘는 참담함으로 역사에 길이 남는 시절이었지.

어머나, 내가 왜 이렇게 감투적으로 말할까나. 내가 우리 푸른 벌면국민학교 33회 졸업 동창생 친목계 총무를 삼 년째 맡고 있는 거 말고도(이건 감투도 아니지), 호구시 호구동 주공아파트 3단지 부녀회장을 맡은 지가 한 오 년 돼서 그런가 말이 좀 딱딱해. 원래는 안 그런데, 감투 쓰면 별수 없다니까.

한 달에 한 번 한 사람씩 돌아가면서 사든지 차리든지, 밥 맛나게 먹은 것 말고도, 월 회비 이만 원을 차곡차곡 쌓아온 지 어언 십 년이 넘었어. 결혼이 가장 늦어 큰 애가 스무 살도 되지 않은 주먹대장을 제외하고는, 다들 자식 혼사를 치렀지. 계를 물을 때 제일의 취지가 혼수 비용 목돈 오십만 원을 차례로 가게 하자는 것이었는데, 소기의 목적을 달성하고도 상당한 돈이 여투어진 거지.

그간 남들 다 가는 단체 유람, 우리 33회도 올해는 꼭 가자는 다짐을 빠뜨린 해가 없었지만, 해가 다 가도록 될성부른 논의 한 번 못 하기를 거듭했어. 환갑이 내일모레로 임박해서야, 2007년 상반기에는 하늘이 두 쪽 나도 가고야 말자는 의지가 모아졌어.

하지만 국내냐 해외냐를 정하는 데 반년을 소요하고도 여행지조차 합의를 못 했고, 끝내는 억울한 사람도 나오게 마련인 다수결로 아퀴를 짓기로 했어.

중국이 일 등을 했지. 제주도도 못 가본 친구가 많았지만 제주도는 겨우 두 표 나왔어. 제주도보다 중국이 더 싸다는 거야. 중국은 물론이고 안 가본 데가 없는 부자딸 빼고는 다 해외가 처음이기에 앞서 비행기를 타보는 게 처음이었다니까. 얼마나 설렜겠나. 더구나 총무를 맡고 있는 나의 가슴이야 여행 가기 한 달 전부터 내다버린 강아지 같았지.

암기적, 아내와 함께 버섯 재배, 삼 년째 드라이버

버섯 재배 그거, 나는 쓸으나 마나 한 수수 빗자루고 우리 마누라가 다 하는 겨. 난 몸이 부실해서 거의 도움이 안 돼. 그리고 우리네는 워낙 소규모라 뭘 한다고 할 수 없고, 우리 중에서는 제일 웃겨서 개그맨이라고 불리는 애가 제대로 하지. 개그맨네 느타리버섯은 서울 대형 할인마트에서도 알아줘. 개그맨은 옛날 절대로 안 빠져. 자기는 평생 고기 구경 못 하다가 옛날이나 돼야 고깃국을 먹어본다는 겨. 있는 놈이 더 엄살이라니까. 내 얘기는, 뭐, 우리네 대한민국 건국기 출생들 어린 시절 젊은 시절 얘기야 사내건 계집이건 다들 비슷할 것이고, 얘기해봐야 젊은 사람들 오 분 들으면 하품 나오게 괴로울 테니, 각설하고 불굴의 암 극복 투병기만 얘기해볼까.

광산 그만두고 헤매다가 퇴직금 반을 날리니까 정신이 바짝 들더라고. 오서산 밑에 들어가서 버섯 재배를 시작했지. 몇 번 실패하고 노하우가 쌓여서, 오매불망하던 성공 시대를 달려볼 참이었거든. 그러나 내가 무슨 복이 있겠어, 죄 없이 죽은 그 용산 철거민처럼 마른하늘에 날벼락도 정도가 있지, 정기적으로 검사받는 폐는 그 찐득찐득한 탄 찌꺼기에도 불구하고 문제가 없지만 간이 이상하다는 겨. 정밀검사를 받았더니 덜컥 간암 말기라대. 치료 불가하니까 집에 가서 죽을 날을 기다리랴. 아닌 게 아니라 머리털 싹 빠지고 내장이 싹 녹아 없어지는 것 같은 게 겨우 쉰 살고 황천길이구나, 더럽게 허무해버리데.

그런데, 거, 젊은 사람이 참 희한하고만. 우리 같은 늙은 촌닭들 친목 도모하고 개나 소나 다 하는 중국 유람한 얘기를 써서 뭘 할라고? 나도 왕년에는 소설 좀 읽었지. 내가 박경리 선생 『토지』도 끝까지 다 읽은 사람이여. 그게 전부 스무 권이든가 서른 권이든가 기억도 잘 안 나네만 글자 다 읽는 데 한 일 년 걸렸어. 확실히 테레비가 더 재미있더만. 드라마로는 그렇게 재미나는데 소설은 왜 그리 힘들어? 참, 그분이 돌아가셨지, 작년이던가? 하여간 내가 알기로 소설이라는 것은 큰 사람들 얘기를 써야 되는 겨. 임금이든 영웅호걸이든 간신배든 역사에 길이 이름 석 자를 새긴 사람들, 독립운동한 사람들, 정치인들, 재벌들,

졸부일지언정 돈이라도 많이 번 사람들 말이야. 뭐, 조폭도 괜찮지, 아닌 말로 김두환이, 시라소니, 이정재 같은 깡패들이 얼마나 잘 팔렸어. 왕년의 베스트셀러 『인간시장』 같은 걸 생각해봐. 요새 젊은 사람들 좋아하는 영화도 죄 조폭 얘기잖아.

옛날 얘기가 싫어서 요새 얘기를 하려면 마구 불륜을 해야 되잖아? 요새 말로는 '막장'인가? 우리 같은 촌닭들한테는 불륜도 없어요. 우리가 뭐 성 도덕이 투철하거나 연애 감정이 메말라서 일편단심 민들레로 산 게 아니지. 먹고살기 바빠서 누가 러브호텔비 줘가며 하라고 해도 할 겨를이 없었을 뿐. 젊은 애들 좋아하는 판타지를 하든가. 내가 손자녀석이 들고 다니는 해리포터의 마법사라나 하는 걸 본 적이 있는데, 뭔 말인지는 모르겠지만 하여간 그렇게 황당무계해야 요새 사람들 정서에 맞는 그 소설이라는 게 되지 않겠나. 간단히 정리해서, 아직 창창하게 젊은 사람이, 하필이면 우리같이 말라비틀어진 개뼈다귀 인생을 소설로 쓰겠다는 건지 난 당최 영문을 모르겠네. 나의 의구심을 속 시원히 해소시켜주면, 계속 말해볼 수도 있지. 뭐, 사실 남는 게 시간이니께.

우리 계를 혼자서 만든 것이나 마찬가지인 똑똑이는 암 판정받고 석 달도 못 살고 죽었는데, 나는 기적적으로 암을 극복하고 이냥 살아서 돌아다니니께, '암기적'이지. 내가 평생 별명 하나 없이 살다가 그런 별명을 얻은 겨. 덕분에 우리 마누라가 여장부 되었어. 남편이 사시랑이 육신이면 그 여편네가 영웅호걸

되는 법이야. 요새 〈천추태후〉라는 사극을 하던데, 난 모든 여자가 다 천추태후가 될 수 있다고 봐. 내가 암은 나았지만 도무지 힘을 쓸 수가 없고, 우리 마누라가 원체 잘하니께, 난 집에서 빙충이야. 그래도 어떻게 좀 도움이 될까 해서 운전을 배웠지. 우리 집 천추태후 바쁠 때 운전이라도 한 번 해주면 얼마나 고마워하는데.

부자딸 혹은 귀부인, 전업주부(남편—정년 퇴임을 앞둔 공무원)

박완서 선생님 소설『그 남자네 집』읽고 얼마나 좋았는지 몰라. 그 소설 배경이 50년대 초야. 전쟁 끝나고 나서지. 그 소설 여주인공이 먹고살 만한 집으로 시집을 가서는 먹는 문제로 엄청 골치 아파하잖아. 못 먹어서가 아니라 너무 잘 먹는 집안이라서. 시어머니랑 남편이랑 거의 식도락가 수준이어서 덩달아 별것을 다 먹어대야 하는 자기 신세가 식충인 것 같다고 괴로워하는 대목이 있다고. 그 소설에 나오는 '그 남자네 집'처럼 보릿고개 시대에도 먹고사는 게 하나 걱정 없는 집이 어쩌다 있었다는 거야. 나도 바로 그런, 먹고 입고 사는 문제에 아무런 고민이 없는 집, 한마디로 엄청 부잣집 막내딸로 태어났어.

애들이랑 학교 다닐 때 얘기를 하면 아주 미치겠어. 애들은 초근목피로 간신히 견디면서, 학교 다닌 날보다 머슴 살고 농사

돕고 돈 벌러 다니고 뭐 이런 날들이 많았다는 소리를 무용담처럼 늘어놓으면서 자기들끼리 막 즐거워하는데, 공무원이랑 나랑 둘이는 무슨 죄인처럼 그 듣기 싫은 얘기를 듣는다니까. 못산 게 뭐 자랑이라고, 아주 짜증나. 공무원이랑 나랑 한탄도 많이 한다니까. 우리가 뭐가 모자라서 저 어릴 때 죽도록 못산 걸 평생 자랑인 양 떠벌리고 다니는 저 애들, 비위 맞춰가며 놀아주고 있냐는 거지.

공무원하고 단짝은 아냐. 나도 중학교에 못 갔거든. 다른 애들은 지지리 가난해서 중학교를 못 갔다지만, 난 시대 뒤떨어진 부모 만나 못 갔지. 부모님이 돈만 많지, 여자도 배워야 되는 세상이 왔다는 걸 몰랐지. 부잣집 애들도 중학교 간 애들보다 안 간 애들이 더 많아. 그때 우리 동창생들이 삼백 명은 됐는데 중학교 간 애가 쉰 명도 안 됐어. 남자애들 합쳐서 쉰 명이니까, 여자들은 한 열 명이나 갔다고. 우리 계원 애들만 놓고 봐도, 열일곱 중에 중학교 간 애가 남자 한 명 여자 한 명뿐이라고. 공무원이는 중학교뿐만 아니라 고등학교까지 가서 여성임에도 저냥 출세를 했는데, 부럽지만 어떻게 하겠어. 남들처럼 늘그막에 공부해보려고 했는데 아휴, 못 하겠더라고. 텔레비전에 나온 향학열 아줌마들처럼 나는 안 되더라고.

옛날은 하나도 중요하지가 않아. 우리가 모이면 늘 하는 게 뭐겠어. 자식 얘기지. 돈 많이 벌고 출세한 자식을 둔 부모가 제일 잘난 거야. 그래도 역시 부잣집이 좋아. 우리 아버지가 공부는 안 시켜줬어도 날 우리만큼 사는 부잣집으로 시집 보냈던 거잖아. 부잣집 아들에 공무원 신분, 그만하면 그 시절에 최고 남편감이었지. 그래서 애를 다섯이나 낳아가지고 다른 애들은 꿈도 못 꿔본 과외시켜가며 다 명문 대학을 보냈거든. 가난했던 애들 얘기를 들어보니까 애들은 시집도 가난한 집으로 가서 되게 가난하게 사느라고 자식들 학원 한 번을 못 보낸 애들이 태반이더라고. 대학 공부까지 시킨 애들이 손에 꼽을 정도야. 내 자식들이 타고난 머리가 좋은 것도 있지만, 우리가 부자여서 지원을 화려하게 해준 게 결정적이었다는 생각이 들기도 한다는 거야. 그래서 다들 목숨 걸고 부자 되려고 하는 거겠지.

지금도 내가 애들 중에서 제일 부자인데, 확실히 난 애들과 생각이 다르더라고. 난 이명박 대통령이 잘하는 거 같은데, 다른 애들은 밥 먹으러 온 건지 대통령 욕하러 온 건지 모를 정도야. 남자애들은 아주 씹어먹을라고 해. 심지어 나만큼 부자인 공무원도 대통령 욕을 해. 그래서 난 친목계에 나가서 혼자 왕따일 때가 많아. 애들 중에서 나만 타향에서 사는데, 세 시간이나 걸리는 고향을 달마다 찾는 정성도 몰라주고 따를 당하지만, 걔들 잘못이겠나, 내 잘못이지. 내가 공통 화제에 끼지를 못하니 어쩌겠어.

그래도 난 동무들이 좋아. 걔들만큼 마음 편한 애들이 없어. 애들은 아직도 그 순정이라는 게 살아 있는 것 같아. 촌년들이라 확실히 깨끗해. 참 착해! 그렇게 착하고도 험한 시절을 다들 잘 살아온 걸 보면 아주 기이해. 내가 착하다고 칭찬하면, 촌년들은 그게 욕으로 들리는가뵈. 눈알을 부라리면서 도시년이 또 지랄 염병한다고 부르르 떨어. 귀여운 내 친구들! 중국 여행도 너무 좋더라고. 이미 한 번 가봤었는데 뭐 대단한 중국이라고 중국이 좋았겠어, 애들이랑 학교 다닐 때 소풍 간 것처럼 돌아다닌 게 재미났다는 거지. 딱 하나, 아쉬운 게 있었다면 나랑 제일 친했던 똑똑이가 함께하지 못했다는 거지. 똑똑이는 하늘에서 잘살고 있겠지.

가물치, 내수면사업자(남편―29세에 사망)

　내수면사업자, 말은 겁나게 멋있지, 암것도 아녀, 저수지서 그물 쳐갖고 고기 잡는다는 겨. 그랴도 그거이 국가하고 시청한테 허가받은 사업증 갖고 하는 짓이여. 뭐라도 증 없이 할 수 있는 세상이 아니니께.
　고생 직사하게 했지. 내가 애들 중에 가장 팍팍하게 살았을 겨. 시집도 제일 먼저 갔어. 열여덟에 갔으니께. 요새도 어린 애들 중에 잘못 돼갖고 그 나이에 애 낳고 그러는 애들이 있지만, 그 당시에도 급하긴 급했지. 남편도 무지하게 급했어. 애새끼 다섯 몰아쳐서 까질러놓고는 후딱 가버리더라고. 어찌나 기가 막히던지. 증말로 워칙히 살았는지 회고가 불가능하네. 지금 이만큼 사니께 사는구나 허지. 하이구, 속속들이 되새겨보면 내가 산 사람으로 산 건지 허깨비로 산 건지 참 경이롭네.

남편 죽은 것도 서러운디, 남편이 남겨준 논밭도 저수지 만든다고 싹 수몰되어버리고, 환장하겠데. 그때가 박통 시절인데 보상금을 지금처럼 줬나. 지금도 제대로 안 줘서 철거민들이 저냥 처절한데, 그땐 그냥 막 뺏어갔지. 증말로 살기 싫어서 저수지에 퐁당 빠져 뒈질라고 했는데, 웬 팔뚝만한 가물치가 한두 마리도 아니고 한 열 마리가 물길을 잘못 탔나 얕은 데서 첨벙대고 있데. 뒈지더라도 실컷 먹어보고나 뒈지자고, 잡아서 애새끼들 배곯고 있는 집으로 가고 있는데 낚시하던 사람이 그걸 사겠다는겨. 그 순간 살길을 찾았지. 글케 가물치가 날 살렸고, 내가 가물치처럼 민물고기를 잡아먹고 사니께 가물치라고 불리게 된 겨.

처음엔 배가 있나 큰 그물이 있나, 낚시질로는 하세월이고, 가물치 지들이 알아서 잡혀주는 재수가 또 있나, 저수지 괴기는 언감생심이었지. 냇물이고 도랑이고 물 흐르는 데는 다 뒤지고 다녔어. 겨울 되면 삼동네 논바닥을 다 팠어. 미꾸라지 잡는다고. 괴기 잡는 것보다 고걸 팔겠다고 함지박에다 이고 시내까지 아랫도리 빠지도록 걸어가서 있는 소리 없는 소리 해가면서 파는 게 더 고달팠지. 나룻배 한 척 장만하던 날을 잊지 못해. 역시 바다든 저수지든 배로 잡아야 잡는 것 같다니까. 저수지 괴기들을 싹 긁었지. 저수지 괴기들은 대대로 나를 염라대왕으로 알 겨. 하이구, 그만하세. 나만 어렵게 살았나, 다들 어렵게 살았지.

애들이 참 똑바르게 커줬지. 뭘 가르쳤겠어? 애 다섯이 다 중졸이여. 그것도 시골이라 거의 의무교육 수준으로다 수업료가 싸가지고 가르쳤지. 그것도 비싸다고 애들 수업료 못 내가지고 종아리 맞고 온 게 한두 번이 아니지. 그랴도 애들이 엇나가지 않고 다들 잘 커서 제 밥벌이들 해. 아, 이 불경기에 제 밥벌이 하고 있으면 잘사는 거지. 요새는 내가 그물질 안 나가. 난 집으로 찾아오는 손님한테 팔기만 해. 장남이 내수면사업을 이어받아갖고 잘해. 애들이 효성이 지극해서 나는 슬슬 마을이나 다녀.

그게 참 맘이 아프지만 워쩌겠어? 못 배우고 가진 것 없는 놈한테는 딸 주겠다는 집이 없는디. 내가 요새 여자라도 미치지 않고서는 촌이 살면서 궂은일 하며 사는 남자한테 죽어도 시집 안 갈 겨. 그래서 일찌감치 외국에서 데려왔어. 소갈머리 없는 인사들은 사왔다고 수군거리던데, 아, 시발, 사왔다고 쳐. 큰며느리는 베트남이고 둘째는 중국이여. 조선족 아니고, 중국 장춘이서 까마득하게 들어가면 있는 우리나라 50년대처럼 못사는 데에서 살았다고 하는데, 잘 모르겠어. 우리 며느리들은 문제가 없이 잘살어. 저희들 딴에는 살기 신산할 테지만, 나한테는 표시 않고 잘들 지내. 우리 아들들이 잘해주는 거겠지. 그렇지 않으면 애 낳고 붙어 살아주겠나.

난 말야, 외국인 며느리 문제 해결 방법 간단하다고 봐. 그게 사오는 것일지라도 사오는 수밖에 없어, 우리나라 가시나들이 시집 죽어도 안 오겠다는데 워째, 우리 자식들은 궁합도 못 맞춰보고 세상 하직하라는 겨? 사와서 잘해주면 되는 겨. 잘사는 사람들도 있어. 우리 아들네들처럼. 걱정이라면, 다문화니 흑인 대통령이니 해가면서 인제는 혼혈아들 생각해주는 척하지만 우리나라 사람들이 차별이 좀 심한가, 손자 손녀들이 얼마나 마음을 다치면서 살아갈라나 하는 것이지.

중국 여행 참 좋았지. 글고 보니께, 우리 둘째며느리 고향 근처도 지나쳤을 겨. 내가 결혼 집 버스 타고 당일치기로 댕긴 거 빼고는 집 떠나 몇 밤 자며 유람하고 호텔에서 자본 것도 처음이었어. 하이구, 기가 막히네. 내가 중국을 워칙히 갔다왔을까. 다 좋았어, 다. 그런 구경을 언제 다시 하겠어. 하이구, 똑똑이가 생각나네. 그녀 아니었으면 내가 계에 들어가기나 했을간다. 똑똑이가 사는 것도 다르구 생각도 다르구 그런 애들을 모으고 있단 얘길 들었을 때 설마 나처럼 남편도 없이 비린내 풍겨가며 사는 것도 끼어줄라나 했거든. 근디 반가워해주고 꼬박꼬박 챙겨주고, 하이구, 똑똑이야, 너는 왜 그렇게 일찍 갔다냐. 중국도 못 가보고, 이런 좋은 세상을 왜 못 살아보고 먼저 갔다냐.

땅꺼져 혹은 얌전이울보, 전업주부(남편 ─ 인테리어가게 사장)

과묵해서라기보다는 말할 때 하도 작게 말해서, 그런 별명이 붙었어요. 땅 꺼질까봐 무서운 사람처럼 말한다는 거죠. 계 나가서도 나는 말을 거의 안 해요. 어쩌다가 내가 한마디하면, 동무들이 놀려요. "야, 땅 꺼진다!" 내가 좀 크죠. 우리 집도 꽤 가난했는데, 키는 옥수수처럼 자랐어요. 유전이지요. 우리 부모님이 다 컸어요. 생활력 있는 남편 만나서 별 고생 안 하고 살았어요. 외려 쉰 넘어서 고달프네요. 다른 동무들은 자식들 결혼이 늦어서 맘고생들 심했는데, 우리 자식들은 일찌거니 짝을 맺고 애들도 쑥쑥 잘 낳았어요. 쉰 살 때부터 손자 손녀 보는 게 직업이 됐죠. 요새 젊은 사람들은 다 맞벌이하잖아요. 맞벌이 안 하고는 살 수가 없죠.

어떻게 공짜로 봐줘요. 더 달라고는 못 해도 주는 건 받죠. 요새는 막내아들네 둘째딸을 봐주고 있는데 삼십 만 원 주데요. 첫째딸 봐줄 때는 팔십만 원이나 줬거든요. 이 년 사이에 오십만 원이 줄었어요. 그만큼 막내아들네 살림이 줄었다는 얘기 아니겠어요. 경제가 안 좋다지만 갑자기 그렇게 안 좋아질 수가 있나요. 아무래도 뭔 일이 있지 싶은데, 애들이 날 닮아서 입이 무거워요. 답답하게 말을 안 해줘요. 내 요량으로는 막내네도 편드라는 걸 해서 쫄딱 말아먹은 게 아닌가 싶은데.

중국 구경 가서도 헛갈리데요. 내가 좋은 동무들이랑 좋은 구경을 해서 좋은 건지, 어린것들 안 봐서 좋은 건지. 애 보는 거 정말 힘들어요. 4박 5일 참 편했죠. 밥도 안 하고, 애들도 안 보고. 차려주는 밥 먹어가면서 그런 호사가 없었죠. 하지만 구경

중에도 마음이 자주 아프데요. 장사하는 아이들 때문이죠. 꼭 우리 어릴 때 미군 트럭 나타나면 쫓아다니는 것처럼 가는 데마다 쫓아다니는데 참 징글맞게도 짠하데요. 중국은 올림픽씩이나 하면서 그런 애들은 왜 그냥 버려둘까요.

하기는 남의 나라 얘기할 때가 아니죠. 어제 티브이로 철거지역에서 아직 안 떠나고 사는 집 애들을 봤는데 펑펑 울었어요. 채널 돌렸더니 이번엔 필리핀에서 한국으로 시집 와갖고 고생하는 아줌씨들이 나오데요. 남편은 죽었나 도망갔나 보이질 않는데, 애들을 어떻게 할 수가 없어 필리핀 친정에 떨궈놓고 온다는 거예요. 그러고 보니 또 걱정되는 애들이 있네요. 그 나쁜 살인범이야 죽어 마땅하지만 그런 아빠를 둔 애들은 어찌 살아야 되나요. 아이, 내가 또 울고 있네. 맞아요, 얌전이울보라는 별명도 있어요. 얌전이울보가 내 어릴 적 이름이나 마찬가지였죠.

다뚱이, 생활설계사(남편—트럭운전)

자네 혹시 축의금이나 조의금 헤아려본 적 있나? 봉투 중에 가끔 만 원짜리 달랑 한 장 든 거 봤어? 내가 바로, 결혼식이나 상갓집에 만 원짜리 봉투 들고 다니는 그 사람이야. 그것도 큰돈일세. 일면식도 없는 사람한테 만 원이면 아주 큰돈이지. 내가 보니까 식장에서 공짜로 먹고 다니는 사람들도 천지야. 그 불쌍한 사람들에 비하면 우리는 양반이지. 요새 불쌍한 사람들이 부쩍 늘었어. 언제까지 이냥 어려울라나. 아이엠에프 때도 죽네 사네 했지만 금방 온 나라가 돈 못 써서 환장한 것처럼 펑펑해댔으니까, 곧 다시 호시절이 오겠지. 아니야, 내가 너무 낙관적인 것 같다. 삼십 년 다져온 고객들이 다 죽는소리를 해대는 판국에.

그러고 보니까 우리가 중국여행 갔던 2007년이 그래도 참 살 만한 시절이었네. 지금처럼 어려웠으면 도저히 못 갔을 거야. 다들 어렵다니까 겁먹어서라도 어디 가볼 엄두를 냈겠어. 아냐, 뭔가 이상해. 내 머리로는 도저히 이해가 안 가. 텔레비전만 틀면 살기 어렵다고 경제 망한 것처럼 겁나게 떠드는데, 해외 관광 다녀오는 사람은 더 늘었다대? 줄어야 맞는 거 아냐? 분명 우리 보험 날파리 잡는 걸로 봐서는 불경기가 맞는데, 해외로 놀러가는 사람들은 대체 뭐야? 저번에는 국회의원들도 골프 치러 솔선수범 나갔다 오고, 영 모르겠네.

살다 살다, 내가 공항에서 윷놀이를 다 해봤네. 우리가 2월 28일 아침에 출발했어. 그때 황사가 무진장했거든. 일주일 내내 온 세상이 누랬지. 이래갖고 갈 수 있을까 다들 맘 졸였지. 아니나 달러, 가보니 비행기에 타라는 얘기를 안 해. 대합실에서 그냥 죽쳤어. 외국인 구경도 잠깐이지 지겨워 죽겠대. 원래 출발 시간보다 한 세 시간은 늦어가지고 드디어 탔어. 그런데 이번엔 뜰 생각을 안 해. 두 시간인가 비행기에서 안전벨트 매고 있었다니까. 그러더니 도로 내리라는 거야. 또 대합실 가서 죽때렸어.

그놈의 황사 때문에 비행기들이 시동도 못 건 거야. 사람들이 열 받아가지고 대합실이 전쟁 난 것 같았어. 공항 직원들이 지우 담요 한 장씩 갖다주데. 담요 한 장 덮고 그냥 기다리는 거야.

풍류를 아는 우리 동창들이 그냥 기다릴 수가 없었지. 내가 다리 짧고 뚱뚱해서 다뚱이라고 불리기는 했지만 소싯적부터 노는 데는 선수였어. 학교 적에 백군이든 청군이든 응원단장은 내 거였어. 내가 운동화 윷놀이를 생각해낸 거야. 운동화 두 켤레 윷가락 삼아 던져댄 거지. 중국 가면 입맛 안 맞아 먹을 게 없다는 소리는 들어가지고, 고추장이다 멸치다 김이다 떡이다 잔뜩 싸가지고 온 애들이 있었는데, 고거 왁자하게 먹어가면서 신나게 놀았지. 처음에 한국 아줌마들 이러는 거 정말 부끄럽네 해가면서 빼던 남자애들도 나중엔 달라붙더라고. 잔치판이나 다름없었지.

효부, 농사(남편―45세에 사망)

효부는 무슨, 과부 몸뚱이로 농사지어가면서 늙은 시어머니 모시고 산다고 면사무소 사람들이 측은해하더니 추천을 해줘가지고설랑 내가 도지사가 주는 효부상을 한 번 어거지로 탔슈. 그때부터 다들 효부라고 불러쌌는데, 그 말 들을 때마다 얼굴이 아주 빨간해져유. 내가 우리 시엄씨 구박을 을메나 하고 사는듀.

밤을 꼴딱 샜는디도 비행기 뜬다는 소리가 읎었슈. 난리가 났슈. 승객들이 요새 거 무슨 노래에도 나오더만, 총 맞은 것처럼 돼갖고 법석을 떤 거쥬. 워칙히 가만 참고만 있겄슈. 화풀이라도 해야쥬. 우리네도 남정네들하고 총무하고 말발 드센 애들이 뭉쳐갖고 힘닿는 대로 여기저기 다니면서 울화통을 터뜨렸쥬. 우리 가이드로 따라온 여행사 사장 부인네도 거시기 터지도록 뛰고 휴대폰 뜨끈뜨끈하게 전화질을 해댔지만, 비행기가 죽어도 못 뜬다는데 워칙히 할뀨.

간신히 결론이 났는디, 하루 더 기다려서 아침 비행기를 타든가, 아니면 다음을 기약하래유. 환장하는 거쥬. 우리네가 여행 날짜 맞추느라고 살벌하게 갑론을박한 게 백 시간은 될뀨. 아이구, 나는 다시는 날짜 맞추기 못 허겄다. 그냥 하루 더 뭉개다가 기어이 요번 참에 비행기를 타고야 말자, 쪽이었슈. 근디 일단 집에 돌아갔다가 다음에 타자는 애들도 여럿이었슈. 약속해놓은 일들도 있구, 집에서 걱정하는 사람들 때문에 이틀씩이나 연장할 수 없다는 거쥬. 이도 저도 싫다는 애도 있구, 이도 저도 괜찮다는 애도 있구, 해튼 아무리 토론을 해도 답이 안 나와 일단 밥이나 먹기로 했슈. 가만 보니께 우덜이 제대로 된 밥 먹은 지가 꼬박 하루 전이잖아유.

식당 가서도 또 티격태격하느라고 밥이 코로 들어가는지 눈으로 들어가는지, 아휴, 우리처럼 의견 통일 어려운 애들이 십 년 넘게 계를 했다는 게 신통방통했다니께유. 우리가 을메나 시끄러웠으면, 식당 주인이 지발 나가서 떠들라고 통사정을 하대유. 간신히 이번이는 포기하고 다음을 기약하는 것으로 결정이 났 슈. 황사가 끔찍이 심해서 하루 더 기다린다고 비행기가 뜬다는 보장이 있겠느냐는 게 결정적이었쥬. 그럼 그다음을 언제로 할 거냐로 또 난장 말쌈이 붙었는디, 아휴, 내가 식당 주인이었으면 제발 나가달라고 말로만 안 했을규. 주둥이에다가 물수건이라도 하나씩 물려주었을 꺼.

우리 남편 쉰도 못 살고 갔슈. 아들 둘 딸 둘인데 애들 커가니께 땅파서는 답 안 나온다 싶었던가보쥬. 배를 타겠다고 하대유. 말렸지만 말린다구 될 일이 아니었구, 한 번 두 번 세 번까지 무사히 잘 다녀왔슈. 근디 참 어처구니없게, 휴가 나와서 밤에 잠자다가 그냥 안 일어나는규. 그 먼바다 나가서도 살아 돌아온 사람이 그게 뭐래유. 어이구, 자다 죽을라면 내 품안에서나 죽든가, 그 양반 숨 끊어질 때 내가 돼지 새끼 낳는 거 돕느라고 밖에 있었단 말유.

자린고비, 걔만큼은 못 되지만 내두 만만치 않은 농부로 살았슈. 도시로 갈 생각은 전혀 안 했슈. 도시가 너무 겁나더라구유. 태어난 동네서 옆 동네로 시집 갔으니께 고향을 떠나본 적이 읎었슈. 내처 농사를 지어왔으니께, 워칙히든 버텨보자 그랬슈. 버텨지더라구유. 동네 사람들이 많이 도와줬쥬. 내가 자랑이 있다면 어려울 때가 많았지만서두, 남편이 먼바다 나가서 번 돈으로 산 논은 절대루 안 팔았다는 거여유. 그게 어떤 땅인데 팔겠슈.

우리 계원 동창들 공통점이 있슈. 자식들이 다들 잘 컸슈. 속도 별로 안 썩이고 컸구, 가르쳐준 것도 없는디 제걱 밥벌이들을 찾았슈. 우리 애들도 다들 잘됐슈. 아들 하나는 농협 다니고, 하나는 고학으로 조경학과 나와서 조경업체서 일하는디 돈을 많이 번대유.

가물치하고 나도 기구하지만 가장 기구한 것은 역시나 자린고비유. 가물치 남편은 아싸리 일찍 가고 내 남편은 고연히 자다가 죽기라도 했지, 걔 남편은 목을 맸슈. 허리가 자꾸 아프다면서도 병원에 안 간다는 걸 갱신히 끌고 가보니께 디스크 초기였다는디, 요새는 병 축에도 못 드는디 옛날이라 돈 좀 들어갈 줄 알고 겁을 먹은 건지, 갑자기 인생이 심난해버린 건지 암튼 그냥 며칠 멍하니 있더니 일을 저질렀던규. 우리가 그 유명한 과부 삼총사유. 끼리끼리라고 중국 가서도 애들이 시샘하도록 우리 과부들끼리 거의 붙어다녔슈.

멋쟁이, 남편과 함께 시설 재배(주 품목—딸기)

얌전이울보가 장사하는 애들 얘기를 했어? 내가 더 하면 안 되나? 중국 다녀온 지가 벌써 만 이 년 되었잖아, 그런데도 그 어린것들이 자꾸 생각나. 키가 작아 그런지 유치원생으로도 안 돼 보이는 쪼그만 것들이 검은 비닐봉지에다 밤, 귤, 감 같은 거

담아서 "천 원, 이천 원!" 하면서 따라다녀. 가는 데마다. 불쌍해서 사주면, 어린것은 돈 받자마자 어디로 잽싸게 달려가. 거기 지 엄마가 서 있어. 엄마라는 것은 돈을 빼앗듯 챙겨. 그러고는 그 어린것한테 무거운 비닐봉지를 또 안겨줘. 어린것은 또 우리한테 달려오고. 가는 데마다 그런 어린것들이 넘쳐나니까 사주는 것도 한두 번이지 귀찮아서 구경이고 뭐고 정신이 하나도 없었어.

내가 그거 한두 번 사줬다가 동창 애들한테 혼났다니까. 중국 어린애들을 저렇게 장사꾼으로 만든 게 다 나처럼 인정 많은 한국 사람들 때문이래. 일리가 있어. 먹고살 만해진 한국 사람들이 중국을 좀 많이 댕겨왔어? 심지어 우리 같은 완전 시골 것들도 다녀왔잖아. 한국 사람들이 노랑이처럼 아껴 쓰다가도 어린것들이 뭐 들고만 있으면 불쌍하다고 막 사줬대. 금방 배우지, 중국 젊은 엄마들이 너도나도 어린것들을 장사로 내몰았대.

그 여편네들이 엄마라는 보장도 없대. 우리나라가 옛날에 여자들 인신매매해가지고 사창질 시키는 악덕 포주들이 많았잖아. 그것처럼 고아 된 어린애들을 모아가지고 그 애들 장사질시켜서 등골 뽑아 먹고사는 못된 인간들이래. 그게 정말이라면 천벌 받을 일이지만 그럴 수도 있어. 우리나라도 그랬잖아. 내가 학교 다닐 때, 보따리 옷장사 하는 엄마 따라서 서울에 가면 그렇게 구걸하고 짜잘한 거 팔러 다니는 애들이 되게 많았어. 우리나라가 어렵다 어렵다 해도, 어린것들 고생 안 시키고 다 유치원 보내는 거 보면 자랑스러워. 중국은 아직 후진국이 맞아. 어린것들이 그러고 있는데, 올림픽 하면 뭐해.

중국 사람들 옷 입는 것도 볼 만하대. 우리 같으면 줬다가 욕먹을 것 같은 가다마이를 입고 다녀. 한번은 우리들이 중국 사람들 옷 후진 걸 막 떠들고 있다가, 문득 보니까 우리 차에 중국 사람 하나가 타고 있는 것 같았어. 누군 누구야, 우리의 수전노 일꾼 자린고비지. 자린고비 입성이 중국 사람들하고 도진개진이잖아. 나야 멋쟁이라는 별명답게 비닐하우스 들어갈 때도 첨단 일복으로 차려입는 사람이니까, 얼마나 때깔나게 차려입고 중국에 갔겠어. 다른 애들도 남편 아내 자식들이 장만해준 때때옷 입고 멋 잔뜩 내고 왔을 거 아냐.

그런데 우리의 자린고비는, 걔가 곗날에도, 시장에서 5천 원이나 줬을까 한 싸구려 옷, 그것도 그냥 싸구려가 아니라 입고 허구한 날 논일하던 그 옷차림으로 그냥 나오는 앤데, 중국도 그 거지 옷차림으로 왔어. 그러니 중국 사람과 똑같아 뵈더라고! 자린고비 애가 가끔 썰렁한데, 우리가 저만 쳐다보니까, 갑자기 〈1박 2일〉 이수근 흉내를 내데. "뚱궈살람 첨 빠뿌렁! 느덜 뚱 젊었을 땡 따 저렇칸두루 꺼지 사촌 꼴이었당. 단꿍 어머님 마늘 먹떵 시절 끼억 뭇 허는 껏뜰!"

기분이, 남편과 함께 소 키우고 농사지음

난 이씨 성에, 이름자가 '기분'이야. 터 기(基) 자에 가루 분 (粉). 국민학교 시절, 동무들은 툭하면 "아, 이기분!" "기분이 좋아!" "기분아, 기분이 꿀꿀해!" 해댔지. 내 별명이 '눈물순이' '울탱이'였는데, 십중팔구는 이름 때문에 눈물 흘리고 엉엉 운 거였어. 딴은 이름에 자부심을 가지고 있었지. 무식한 것들, 이 한자도 모르는 무식한 것들, 근동에서 가장 많이 배운 우리 아빠가, 서울에서 전문대학 근처까지 다녔던 우리 아빠가 특별히 신경 써, 아마도 '꽃가루가 분분하게 흩날리는 아름다운 터 같은 사람이 되라'는 바람을 담아 작명해주신 것을, 자 자, 희 자, 경 자, 숙 자, 수 자, 식 자, 호 자…… 돌림밖에 안 되는 것들이 무시하고 지랄들이야, 하고 속으로는 당당했던 거지. 한데 꽃가루보다는 쌀가루에 가까운 가루 분 자였던 거야. 막연히 꽃가루 분 자로 알고 있다가 한참 실망했던 기억이 나. 하지만 다시 생각해도 역시 좋은 이름이었어. '쌀가루가 언제나 흩날리는 풍족한 터처럼 부유한 사람이 되라'는, 요새 말로 하면 '부자가 되라'는 거 아니겠어.

꿈보다 해몽이었지. 부르는 사람들이야 그런 거 생각하나. 기분이란 이름을 들으면 일단 웃음을 머금었고, 남의 이름 가지고 장난말 할 생각이나 했지. 그러나 돌이켜보면 국민학교 때가 이름이 가장 빛날 때였어. 그때는 이름을 무시로 불러주는 동무들이 있었지. 국졸로 학창 시절을 마감한 이후로는 이름 불러주는 사람이 없었어. 열여섯 살 때인가 어떤 시인의 「꽃」이라는 시를 읽고 펑펑 울었던 게 생각이 나. "내가 그의 이름을 불러주기 전에는 그는 다만 하나의 몸짓에 지나지 않았다"라는 시구는, '아무도 나의 이름을 불러주지 않으니 나는 다만 하나의 짐승에 지나지 않았다'처럼 느껴졌어. "나의 이 빛깔과 향기에 알맞은 누가 나의 이름을 불러다오"라는 시구에서는 철철 울었지. 제발 누가 단 한 번이라도 좋으니 나의 이름을 불러주었으면 하고 간절히 바랐지. 엄마, 아빠조차도 이름을 안 불러줬거든. "야!" "이년아!" "첫째야!" "처녀!" "십장네 딸내미야!"가 전부였지. 스물두 살에 결혼하고 나서도 마찬가지였어. "이봐!" "새댁!" "숙모!" "엄마!" "판돈이 엄마!" "라원리댁!"이 전부였지.

하지만 이름이 사라졌던 건 아니야. 난 노상 병원 출입을 하게 되었는데, 그 약 냄새 진동하는 곳에서 잠깐이나마 이름을 되찾고는 했지. 또 마흔 넘어서부터는 농협과 우체국에 계좌를 틀게 되면서 이름이 불리게 됐어. 병원 사람들과 농협, 우체국 사람들은 언제나 이름을 불러주데. 또 동무들하고 계를 하면서부터는 한 달에 한 번 내 이름에 광을 냈지.

한데 사람 마음이 참 이상하지. 전혀 이름이 안 불리던 시절엔 혼자만 무인도에 갇힌 것처럼 세상 사람들한테 섭섭하더니, 다시 이름이 불리게 되니까 그 옛날처럼 창피한 거야. 함께 대기하고 있던 이들은 '이기분'이라는 이름이 호명되면, 신기한 짐승을 본다는 투로 쳐다보았지. 어린 시절에 이름 때문에 받은 스트레스가 쌓여서 생긴 자격지심 때문일지도 모르지만 그렇게들 희한하게 보는 것 같았어.

해서 딴 이름을 가져본 적도 있어. 오서산 바위 신령 모시는 소교댁에게 이름 자를 받았지. 이미숙이라고. 그 이름을 쓰면 병이 확 나을 거라고 했어. 하지만 병은 확 낫지 않았고, 개명 이름도 본명과 그게 그거인 것 같아서 스스로도 잘 안 썼고, 무엇보다도 호적에 박힌 이름이 쉽게 바뀔 수가 없는 일이어서, 유야무야되었지. 뭐, 가난뱅이 농사꾼이, 그것도 사내도 아니고 계집이, 선거 때나 병원이나 돈 찾으러 갈 때나 필요한 이름, 이 기분이면 어떻고 저 기분이면 어떻겠어?

중국 나들이 4박 5일 동안 '이기분'이라는 내 이름, 원 없이 불려봤네. 귀부인 빼고는 다들 처음 하는 구경 아냐. 어디를 가도 보는 것마다 좋았을 것 아니야. 좋다는 표현을 달리할 수도 있을 텐데, 애들이 하나같이 "기분 좋다!"고 하는 거야. 그리고 내가 워낙 아픈 데가 많았고 특히 다리가 아픈데, 내가 과연 중국 관광을 감당할 수 있을까 두려웠어. 삼 일째까지는 괜찮았어. 그것도 다른 애들 높은 데 먼 데 갔다올 동안 차 안에서 홀로 쉬고 그래서 괜찮았던 거지만. 그런데 마지막 날은 조금도 걷지를 못했어. 그러니 동무들 열여섯이 돌아가면서 "기분아, 괜찮냐?"라고 해대니, 아주 내 이름이 반짝반짝 빛났다니까.

공무원, 시청 복지과장(남편—칠 년째 중풍에 시달리고 있음)

기분이가 고생이 많았죠. 구경도 별로 못 하고. 꼭 기분이 때문이 아니라 그 한방병원에 가는 것도 일정에 있었어요. 꽤 큰 병원이었어요. 종합병원만큼은 안 되지만 우리 고을에서 제일 큰 일반 병원하고 맞먹을 것 같았어요. 갔더니 우리 열일곱 명을 하나씩 떼어서는 방 하나씩에 들이밀대요. 만날 붙어다니다 갑자기 떨어지니까 그것도 무섭더군요.

들어가니까 여러 사람 있어. 맥 보는 의사, 간호사, 통역, 약장사. 그래도 그 의사들이 훌륭한가보데요. 북경에서 유명한 대학 병원에서 일하다가 정년 퇴직한 사람들이라니까. 그 의사들이 맥을 꼼꼼히 봐준 건 좋은데, 약장사 질기데요. 난 처음에 그 사람은 뭔가 했어. 통역 통해 들어보니 약장사야. 정식 직함이 무엇인지는 모르지만 지금 의사님이 어디가 허하고 어디가 부실하고 어디가 약하다고 했는데, 거기에는 이러저러한 약이 좋다고 질기게도 떠들어대니 안 물어봐도 약장사지.

내가 공무원 생활이 사십 년째입니다. 고등학교 졸업하고 바로 공무원 시험 합격해서 이날까지 얼마나 많은 인간들을 접했겠습니까? 난 안 넘어가지. 아무리 싸다고 해도 중국 한약을 왜 사. 신토불이일 뿐만 아니라, 내가 대한민국 공무원이고 인구 십삼만의 고을 복지를 책임지고 있는 사람인데, 한국 것 놔두고 중국 것을 차마 쓸 수가 있겠어요. 국산품 애용하자는 거지요.

하지만 약장사들 말발 겁나데. 마음 약한 애들은 약 안 사고는 그 병실에서 못 나가겠더군요.

내 예상이 정확했어요. 마음 약해 뵈는 애들은 다 한 꾸러미씩 샀더라고요. 기분이는 뭐 걷지도 못할 판이니 침까지 맞았어요. 침 값이 육만 원이라대요. 기분이는 그때까지 돈 한 푼 안 쓰고 있었는데, 갑자기 육만 원이나 날렸다고 울상이었습니다만, 그래도 침이 효과가 있긴 있데요. 꼼짝 못 하던 애가 그럭저럭 움직이더라고요. 세상이 참말로 장삿속이지요. 여행사도 중국 사람들도 다 먹고살자고 하는 짓인데, 뻔뻔하게도 약장사 일정을 잡아놓았다고 타박해서 뭐하겠어요. 그런가보다 해야죠. 뭐, 진맥은 잘 받았잖아요. 하여간 중국 병원까지 구경했고.

우리 고장에 사는 동창애들이 열일곱만 되겠어요. 우리 때 졸업생이 삼백 명인데, 아무리 다들 서울로 타향으로 떠났다지만 한 오십 명은 남아 있겠지요. 요새도 시청에서 동창들을 만나요. 길게는 오십 년 만에 만나고 짧게는 십 년 만에 만나고 그러는 거지요. 학교 다닐 때요, 나는 항상 이 등이었어요. 똑똑이라는 애 때문인데, 그 일 등만 하던 똑똑이를 사십 년 만에 봤지요. 똑똑이가 친목회를 만드는 중이라대요. 이제 우리가 쉰 살씩이나 먹었는데, 그리고 다들 먹고살 만해졌는데, 얼굴도 못 보면서 재미없이 늙어가느니 몇몇이라도 모여, 자주 얼굴 보면서 수다라도 떨면 보람차지 않겠느냐고 너스레를 떨데요. 그때 내가 한참 외로워할 때였어요.

우리 시골에서 48년생 중에 고등학교까지 나온 여자가 몇이나 있겠어요? 그 대단한 학벌로 으스대고 살았는데, 쉰 살 먹으니 그 학벌이라는 것도 아무런 의미가 없고, 공무원 사회라는 데도 살맛 안 나게 재미가 없고, 내가 흉허물 터놓을 친구 하나 없이 살아왔다는 허무함에 나우 괴로워하고 있었다고요. 그런데 못 배운 애들이 과연 나를 살갑게 받아줄는지, 나는 그 못 배운 애들과 살갑게 어울릴 수 있을지 저어되기는 하데요. 콤플렉스가 무서운 거예요. 내가 배웠다는 자부심을 훈장처럼 부여안고 절대 못 버리는 것처럼, 걔들은 못 배웠다는 콤플렉스를 치부처럼 못 버리는 거죠. 그래서 유유상종들 하는 것 아니겠어요? 고소영 강부자는 고소영 강부자들하고만 어울릴 수 있는 거고, 서민은 서민들끼리만 어울릴 수 있는 거지요. 중간에 낀 나처럼 애매한 공무원들이 문제죠.

처음엔 아무래도 거리감이 있었어요. 애들도 나를 멀리하는 것 같고, 똑똑이한테 "저런 훌륭한 애"까지 데리고 올 필요가 있느냐고 귀엣말로 따지는 애도 있고, 나 역시 애들한테 영 정이 안 가데요. 워낙 살아온 게 틀려서. 솔직히 내가 편하게 산 건 사실이잖아요. 애들은 너무 힘들게 살아왔고. 그런 차이가 말 한마디에 다 묻어나 있어 귀를 폭폭 찌르는 가시 같은 거예요. 오랫동안 애들이 나한테는 농담도 안 했어요. 자기들끼리는 재미나게 주고받으면서. 내가 속상해서 이제 안 나간다, 내가 왜 그런 지지리궁상들하고 어울려, 결심도 여러 번 했는데 차츰 중독

이 돼서 안 나가고는 못 배기겠데요.

　아무리 둘러봐도 날 반겨줄 데가 없고, 동무들밖에 없더라고요. 우리 남편이 중풍으로 쓰러지고부터는 정말 동무들이 힘이 되데요. 동무들이 한마디씩 해주는 말들이 어찌나 위안이 되던지. 워낙 별의별 불상사를 다 겪은 애들이 해주는 말이라 하나도 마음 안 상하고 격려가 되는 거예요. 시간이 약이었던 거죠.

여행사 기획실장(52세)

　남편이 사장, 내가 기획실장으로 이 고장에서 관광 여행사를 한 지도 이십 년인데, 거짓말 안 보태고, 내가 정말 그런 아줌마 아저씨들은 처음 봤어요. 어찌나 우정이 깊던지. 그 다리 아픈 아줌마하고 나중에 배 아픈 아줌마도 하나 계셨는데, 그 두 분은 자기들이 친구분들께 짐 된다고 한없이 미안해하고, 다른 분들은 자기들만 좋은 구경한다고 안타까워하고, 아주 아줌마 아저씨들이 수시로 눈물 드라마를 찍었습니다.

　그리고 또 하나, 또 그렇게 점잖은 분들도 처음 봤습니다. 남자분들이 음담패설을 전혀 못 하시데요. 농담을 해도 저는 하나도 안 웃기는 완전 썰렁 개그였습니다. 가장 심했던 음담이 고작 이거예요. 효부 아줌마 시어머니가 구순이 넘으셨고, 또 밤동산 하는 아저씨 아버님이 구순이 넘으셨대요. "두 분 시집 장가 보내드리자!"라는 게 최고 음담이었어요. 하고 보니까 음담 같지도 않네요. 재가 왜 이런 말을 하냐면, 입담 좋은 한국 아저씨 몇만 섞여 있어도, 중국 가면 아이고, 내가 죽어요. 이거 완전히 귀에다가 철갑 두르고 하는 일이랍니다. 하여간 그때 그 아저씨 아줌마들은 완전 바른생활 교과서에서 튀어나온 사람들 같았습니다. 시골 사람도 그런 시골 사람들이 없었습니다.

면민바둑대회

즉 푸른벌면의 주요 대국은 모두 이발관에서 이루어졌다.
내기도 만발했고, 그때까지 푸른벌면 최고수의 영예를 누리던 이가,
다른 이에게 그 영예를 넘겨주는 일대 사건도 이발관에서 일어났다.
항상 대국자가 있었고 구경꾼이 있었다.

이발사 이상원은, 아들이 겨우 열아홉 철부지 고3 학생인데 뭐가 좋아 잔치를 벌이겠느냐, 잔치 없이 회갑년을 넘길 때는 몰랐는데, 고희를 다섯 해 남겨놓고보니, 과연 고희 때까지 살 수 있을까 걱정이 되었다.

내내 건강하다더니만 불쑥 쓰러져 부고장을 날려오는 동무들 때문일까? 여기저기가 시원치 않다고 몸뚱이가 신호를 보내오 기는 해서, 각종 진단을 받을 때마다 별로 이상 없음 판정을 받 기는 했지만, 동무들 일이 남의 일 같지 않고 세상일은 정말 알 수 없다 싶은 거였다.

그는 정말이지 자신만을 위한 잔치를 한 번은 차리고 싶었다. 지금까지 딸 여섯 중 셋을 여의느라 잔치를 아니 주최해본 것은 아니지만, 그게 어디 자신의 잔치던가? 딸년들 잔치지. 하여 그 는 오 년이나 남은 고희 잔치를 기다리기보다는 자신만의 잔치를 차려보기로 작정을 했다.

　자신에게 있어 내놓고 잔치를 열 만한 명분을 찾자니, 길다면 긴 예순다섯 해 인생을 반추하지 않을 수 없었다. 가난한 농사꾼 부모 밑에 태어나, 제대로 먹은 기억이 없는 일제강점 말년기, 해방공간기, 육이오동란기를 보냈다. 이승만 정권기에 중학교를 다녔는데 각종 학교 증축 공사에 동원되느라 정작 공부한 기억은 없었다. 중학교 졸업하고서는 무엇을 했는지, 징집당할 때까지는 기억이 까맸다.

　군대에서 이발 기술을 배웠다. 배우려고 해서 배운 건 아니었다. 행정 착오로 인하여, 아무런 기술도 없이 이발병으로 배속된 거였다. 뭐 하나도 제대로 배우지도 않고, 군기 빠졌다고 끔찍스레 얻어터지기만 한 다음에 바로 실전에 투입되었다.

　첨부터 임무를 수행하는 데 큰 어려움은 없었다. 애초에 바리깡 쥐는 법만 배우면 될 일이었다. 바리깡을 동료 병사의 머리에다 대고 사정없이 밀면 그만이었다. 머릿살이 뜯겨나간 이등병이나 일등병은 속에서 천불이 일었을 것이다.

　그가 진짜 기술이라고 할 만한 기술을 배운 것은 일등병 시절부터였다. 상등병만 되어도 그 짧은 머리를 가지고 별 모양을 다 요구했으니, 제법 머리카락이 있는 하사관급과 장교급의 요구 사항은 이발병들을 돌아버리게 할 정도로 복잡하기 일쑤였다. 그들을 만족시킬 만한 능력을 갖기 위해서는 착실한 교육이 필요했다. 그는 근 일 년을 죽도록 맞으면서 그 기술들을 이수했다.

고생이 끝나고 행복이 시작되었다. 고참이 되어, 능수능란하게 군바리들의 머리통을 다루며, 그들이 음으로 양으로 안겨주는 용돈이나 이득을 챙기며, 새로 들어온 후임병을 갈구며, 이발이 적성이 맞았는지 더 나은 솜씨를 개발하기 위해 연구도 하면서, 이렇게 좋은 세상, 폼 나는 세월이 다 있는가, 여기서 평생 썩어도 좋겠다 싶을 만하니, 나가라고 했다.

고향으로 돌아온 그는 읍내 어느 이발소에 취직을 했다. 그러나 기술을 배울 것도 없는 이발사에게 한 석 달간 뒈지게 시달리다보니 그만두지 않을 수 없었다. 백수건달의 나날을 보내던 그는, 읍내 이발소에 손님으로 왔던 푸른벌면 사람 하나를 기억해냈다. 푸른벌면에서 가장 큰 정미소를 하는 윤씨는 그에게 말했었다.

"우리 푸른벌면에도 이발소가 하나 있어야 할 텐데, 세상천지에 이발소 하나 없는 면이 어디 있단 말이야. 부끄러운 일이야, 부끄러운 일! 자네는 푸른벌면 사람이잖은가? 자네는 기술도 괜찮은데, 왜 남의 밑에서 썩나? 푸른벌면에 이발소를 차리게. 평생 굶어 죽지는 않을 것이야. 고향 발전에 일익을 담당하는 것이기도 하고."

"그런 맘이야 굴뚝같지만 제가 무슨 돈이 있어야지유. 저는 알거지입니다. 저희 부모님도 입에 풀칠이나 겨우 하구."

"그래, 돈이 문제야, 돈! 하지만 뭐 그렇게 큰돈이 들지도 않을걸. 여기 작파하거든 나를 찾아오게. 내가 도와줄 테니."

그가 정말 윤씨를 찾아가자, 윤씨는 인상을 찡그렸다.
"내가 한 말이 있으니 책임을 지기는 져야 하겠는데, 음, 내가 술만 먹으면 호언장담을 잘해서 큰일이야. 요새 누가 사람을 함부로 도와주나. 나 먹기도 바쁜 세상에. 음, 하지만 새마을운동 시대라, 협동해야지. 음, 하지만 그냥 도와줄 수 있나, 내가 자네를 믿을 수가 없잖아? 가게를 차려주었는데, 자네가 한 두어 달 하다가 도망가버리면 어쩌란 말인가."
"저를 믿으세유."
"사람을 함부로 믿을 수 있나…… 우리, 바둑 한 판 둬보세. 바둑 둘 줄 알지?"
"군대에서 고참들이 두는 걸 어깨너머로 보기는 했습니다만, 둬본 적은 없습니다. 둘 줄도 모르구유."
"그래도 둬봐, 한 아홉 점 깔게."
그가 둬본 적도 없다는 건 거짓말이었다. 바둑 좋아하는 고참이 있었는데, 그 고참은 졸병들끼리 강제로 바둑을 두게 했고, 이긴 사람이 이긴 집 수만큼 진 사람을 구타하도록 하는 악취미를 가지고 있었다. 바둑이라 하면 그때 어쩔 수 없이 두고 어쩔 수 없이 때리거나 맞던 기억이 나서, 그는 바둑을 싫어했다.
그는 윤씨에게 만방으로 졌다.
"나는 바둑으로 사람을 보지. 자네는 인내도 끈기도 열의도 없고만. 그래가지고 무슨 장사를 하겠나. 이발소도 장사인데. 나는 자네 같은 사람에겐 투자할 수 없네. 가보게."

"바둑이 뭐라고, 바둑 따위로 사람을 평가하십니까? 저는 잘 할 수 있습니다."

"난 바둑으로 관상을 봐. 가라고, 가. 더이상 말하고 싶지 않아."

그는 윤씨가 도와주기 싫으니까 앰한 바둑 따위를 가지고 사람을 내친 거라고 생각했다. 바둑 따위를 가지고!

그는 할 일을 찾기 위해 읍내를 쏘다니던 중 기원 간판을 보게 되었다. 말로만 듣던 기원이 이런 촌구석에도 생기다니. 그런데 일할 사람을 구한다는 종이가 붙어 있었다. 기원 사장은 시큰둥했다.

"난 어린애가 필요한 거외다. 사환으로 막 부릴. 당신 같은 헌헌장부는 필요 없지."

"밥만 주시면 되유. 저는 분해서 꼭 바둑을 배워야겠습니다."

그는 일 년 동안 기원에서 먹고 자며, 거의 한 푼도 받지 않고 일했다. 사장은 그에게 미안하기도 하고 갸륵하기도 했던지 바둑을 꽤 열심히 가르쳐주었다.

"솔직히 말하면 자넨 타고난 머리가 별로 없군. 내가 아무리 잘 가르치고 자네가 아무리 열심히 배운대도 동네 고수밖에는 못 되겠어. 대관절 무슨 원한이 깊어 바둑을 배우려고 하는지 모르겠지만, 하여튼 노력은 가상하이."

다시 찾아간 윤씨는 그냥 두려고 하지 않았다.

"내가 이 나이 먹고 바둑을 그냥 두겠나? 나는 내기 아니면 안 돼."

"제가 이기면 이발소를 차려주십시오."

"어주구리(漁走九里)? 어디서 바둑을 좀 배우셨나? 그럼 자네는 뭘 걸 건가?"

"전 걸 게 없습니다. 하지만 제가 지면 무보수로 사장님 밑에서 일하겠습니다. 평생유."

"평생? 그거 재밌군. 평생까지야 뭣하겠나. 일 년만 일하지. 아홉 점 깔고?"

"아닙니다. 맞두겠습니다."

윤씨가 만방으로 이겼다. 이상원은 있는 대로 머리를 쥐어짰지만, 깝죽거려보지도 못했다. 실력 차이가 원체 컸다. 그는 약속대로 한 해를 정미소에서 죽도록 일했다. 윤씨는 정말이지 보수를 한 푼도 주지 않았다. 밥이나 주는 게 다행이라면 다행이었다. 그는 낮에는 일하고 밤에는 바둑 공부를 했다. 기원 사장에게 월급 대신 받았던 바둑 책을 외우고 또 외웠다. 일주일에 하루는 그 피곤한 몸뚱이를 이끌고 자전거 페달을 밟았다. 두 시간 거리인 읍내 기원으로 나가 지도를 받기 위해서였다.

그런데 윤씨의 외동딸이 그를 대하는 표정이 유난하게 쌀쌀했다. 그의 짧은 꿈에 만옥이란 이름을 가진 그 처녀가 나타나는 날이 잦았다.

다음해 설, 그는 또 윤씨에게 도전장을 냈다. 또다시 그는 만방으로 졌다.

"이거 참, 자넨 또 일 년을 내 집에서 새경도 없이 일해야겠 군. 미안해서 어쩌나?"

그는 다시 일 년을 죽도록 일하고 죽도록 바둑을 공부했다. 하루는 만옥이가 불쑥 쏘았다.

"오라버니는 머저리유? 오라버니가 무슨 「봄봄」 주인공이 유?"

"「봄봄」 주인공이라니?"

"김유정 소설 「봄봄」도 안 읽어봤어요? 중학교도 나왔다는 사람이?"

그와 윤씨의 네번째 대결은 이뤄지지 않았다. 윤씨가 다른 사업에 손을 댔다가 파산했기 때문이다. 정미소까지 날리게 된 윤씨는 충격을 견디지 못하고 앓아누웠고, 오늘내일하게 되었다. 윤씨는 그를 불러 앉히고 파산 이후 첨으로 웃었다.

"바둑을 두다보면 화무십일홍을 느낄 때가 많지. 한순간에 모든 영화가 작살이 나는 거야. 내 인생이 대단했달 건 없지만, 그래도 이렇게 하루아침에 망해버릴 줄을 몰랐어, 하하하. 그래도 바둑을 두고 싶은 만큼 두어보았다는 게 위안이라면 위안이야. 난 바둑을 정말 좋아했다네. 많은 고수들과 겨뤄보았지. 고 조남철 국수님께도 한 수 가르침을 받아본 적이 있지. 그러고 보니 내 인생에 가장 기쁜 순간이었어. 조국수님과 바둑 두던 그때. ……여보게, 난 자네처럼 하는 만큼 늘지 않는 사람은 첨 보았네. 바둑이란 게 어느 정도까지는 하는 만큼 느는 것인데, 자네는 노력하는 것만큼의 십분지 일밖에 늘지 않네그려, 하하하. 하지만 그런 인내와 끈기와 열의라면 무슨 일을 해도 먹고는 살겠지. 바둑만 빼고 말이야, 하하하!"

"억지로 웃지 마십시오. 몸에 해롭습니다."

"죽어가는 사람한테, 몸에 해롭다니, 하하하…… 우리 집은 쫄딱 망했네. 내 딸 만옥이 신세가 참 걱정이야. 자네에게 부탁을 해도 될까? 이때까지 새경 값으로 우리 만옥이를 줄 테니, 받아달라고."

"사실은 제가 다음 대국에서는 이발소 대신 만옥씨를 걸려고 했습니다. 제가 이기면 만옥씨를 달라고."

"장터 옆에 자투리땅이 한 조각 있네. 내게 남은 유일한 부동산이네. 빚잔치를 벌이면 그 자투리땅에 천막이라도 얽고 바리깡 한 두어 개 살 돈이 될 거야. 우리 만옥이를 부탁하네. 그리고 혹시 우리 푸른벌면에 바둑 천재가 나거든—이발소처럼 바둑 신동을 빨리 알아볼 수 있는 데도 드물지—꼭 도와주게. 우리 푸른벌면도 프로 기사 하나 정도는 배출해야지. 하하하!"

윤씨의 장례가 끝나고 한 달 후, 그는 윤씨가 이른 대로 시장 옆 자투리땅에 나무판자때기로 건물 두 채를 세웠다. 좁은 것은 살림집이었고, 넓은 것은 꿈에도 소원하던 이발소였다. 그때, 그러니까 '푸른벌이발관'이라는 간판을 내건 그해가, 지금으로부터 정확히 삼십구 년 전이다.

삼십구 년 동안 그의 이발관은 항상 그 자리였다. 주위의 땅을 사서 조금씩 넓히기는 했다. 나무판자때기로 시작했던 건물은, 외향이 오 년 단위로 크게 바뀌어, 90년대 초에 가장 근사한 면모를 갖추었고, 그 이후에는 변화 없이 현재에 이르렀다.

평계를 대자면 투자를 한다고 해서 더이상 발전할 수 있는 시대적 상황이 아니었다. 이제 아이들은 이발소에 오지 않았다. 미장원으로 갔다. 젊은 사람이 드물기도 했지만, 그나마 있는 젊은 이들도 차를 타고 시내(그사이 읍은 시로 승격했다)로 나가 서비스가 좋은 현대식 이발관으로 갔다.

하지만 그가 죽을 때까지 문 닫는 일은 없을 거였다. 아직도 그의 이발관이 아니면 머리를 못 깎는 늙은 단골들이 어림잡아도 오백 명이 넘었으니까.

그의 이발관이 성업을 누리던 사반세기 동안, 만옥은 딸을 여섯 낳고, 마지막으로 아들을 하나 낳았다. 아들은 물론 딸 여섯 모두 대학 공부를 시켰다. 장인의 말대로 먹고살았으며, 자식들을 가르칠 만큼 가르치기도 한 것이다.

그러나 장인의 마지막 유언을 지키지는 못했다. 끝내 푸른벌면에 바둑 천재는 출현하지 않았다. 천재 비슷한 애가 하나 있기는 했었다. 석두라고.

첨엔 석두가 프로 기사가 될 것을 의심하지 않았다. 그러나 전국학생대회에서 밥 먹듯이 상을 타오던 석두는 한국기원 연구생의 관문을 뚫지는 못했다. 지금도 석두는, 푸른벌면을 넘어 호구시 전체에서 바둑 하면 항상 열 손가락 안에 꼽히지만, 호구시 고수일 뿐이었다.

　정말이지 바둑은 이발관과 떼려야 뗄 수 없는 것이었다. 단골들은 바둑을 두면서 차례를 기다렸다. 바둑 수가 짧은 이들도 훈수에는 밝아 시간 때우는 데에는 지장이 없었다.

　시간이 남아도는 이들은—취중 유지급들이 그러했는데—이발하기 위해서가 아니라 소일 삼아 들러 으레 바둑판을 잡았다. 이발관은 푸른벌면 유지들의 사랑방과도 같았던 거다. 또 각 리의 고수들은 자신들의 실력을 뽐내기 위해 이발관에 상주하다시피 했다.

　즉 푸른벌면의 주요 대국은 모두 이발관에서 이루어졌다. 내기도 만발했고, 그때까지 푸른벌면 최고수의 영예를 누리던 이가, 다른 이에게 그 영예를 넘겨주는 일대 사건도 이발관에서 일어났다. 항상 대국자가 있었고 구경꾼이 있었다.

　이발사 이상원, 그의 실력도 꾸준히 발전해서 90년대 들어서면서부터는 푸른벌면의 주요 강자의 반열에 올랐다. 장인의 말처럼 발전 속도가 남들의 십분지 일만큼밖에 안 되어서 그런지 참으로 느려터지기는 했지만, 고수들의 바둑을 계속 대하는 한편, 끝없는 실전을 병행하니, 발전을 안 하려야 안 할 수가 없었다. 그는 이발사이기도 했지만, 바둑 두어주는 사람이기도 했던 거다.

　반추해보니, 자신이 내세울 만한 명분은 '이발관 개관 사십 주년'(몇 달 있으면 사십 년이다!)과 '바둑'에 있다는 것을 알았다.

그는 사십 년 동안 푸른벌면의 이발을 독점해왔다. 엄밀히 말하자면, 그의 독점이 깨진 적이 딱 한 번 있기는 했었다. 김영삼 씨가 대통령 되던 해에 정류소 옆에 이발소를 내었던 그 사내는 결국 오 년 만에 손을 들었다. 그와의 경쟁에서 밀렸다기보다는 이발관을 더이상 필요로 하지 않는 시대 탓이었다. 그 사내는 그보다 바둑도 못 두었다.

그리고 사십 년 동안 푸른벌면의 기원 노릇을 했다. 이건 개인적으로뿐만 아니라 면 차원으로도 기릴 만한 일이 아닌가. 잔치를 열 만한, 이보다 더 훌륭한 명분이 어디 있겠는가?

사십 년 동안 자신의 이발관을 이용해준 면민에게 감사하는 자리를, 동시에 사십 년 동안 푸른벌면의 이발을 도맡아온 자신의 노고를 치하하는 자리를, 그냥 만들면 좀 쑥스러우니, '푸른벌이발관 사십 주년 기념 면민바둑대회'로써 마련하자는 것이다. 옳거니, 바로 이거다. 그는 무릎을 탁 때렸다. 아무리 더 생각해도 이보다 더 좋은 생각은 나지 않을 듯했다.

그는 일주일을 두고 여론을 살폈다.

시의원 방정현(68세): 부모의 탄광 사업을 물려받았지만 석탄 합리화 정책 이후 찍어놓은 연탄이나 팔아먹을까 낙 없이 지내던 인물이다. 풀뿌리민주주의 시대의 도래가 그를 구원해주었다. 말 그대로 정치꾼이 된 것이다. 설치는 것에 비해 지지도가 안 따라줘서 무려 일곱 번이나 미역국을 먹었다. 꿈은 커서 단체

장 아니면 도의원에만 출마하다가, 지난번 시의원 보궐선거에는 아주 하향 조정하여 출마한 끝에 간신히 당선했다. 바둑은 오 급 정도.

"바둑대회? 그거 참 좋은 생각이구만. 그 생각 상원이 자네 머리서 나왔는감? 아직도 젊은 사람들 못지않게 쌩쌩 돌아가는구만. 강력히 추진해보게. 내가 물심양면으로 도와줌세. 축사 한 자리는 물론 줄 것이지? 찬조금? 아, 물론 돈도 내야지, 한 오십만 원이면 고맙겠어?"

택시기사 장석두(36세): 푸른벌면이 배출한 최고의 바둑 기재, 바로 그 인물이다. 현재는 택시를 운전한다. 하지만 한자리에 붙어 있지를 못하고 한 가지 일에 전념을 못하는 위인이라, 몇 달이나 택시를 몰지 몰랐다. 통상 '날건달'로 불렸다.

"바둑대회를 열면 어떻겠냐구유? 별 생각을 다 하고 사시네유. 참가해야만 한다구유? 싫어유. 쪽팔리게 하수들하고 안 둬유. 난 내기 바둑 아니면 안 둔다구유. 상금도 걸 거라구유? 얼마나유? 상금이 있다면, 헤헤, 참가해야쥬. 그거 무조건 내 거잖유. 얼마나 거실 건데유? 알았슈, 꼭 참가할게유. 돈 준다는데 왜 않겠슈."

축산업자 겸 농사꾼 김성종(46세): 푸른벌면 최대 재력가 중의 한 사람이다. 한우를 오백 마리 이상 키웠고, 논을 백 마지기 이상 소유하고 있었다. 삼동네 기계 없는 노인네들의 이앙과 탈곡도 도맡고 있었다. 작년에는 푸른벌중학교 동창회장에 선임되어 정치력도 발휘하기 시작했다. 그게 생각보다 큰 자리였다. 푸른벌면에 하나밖에 없는 중학교였으니 젊은 사람들은 전부 다 그 중학교를 나왔다. 푸른벌중학교 동창회는 젊은 사람들의 중추 기관 노릇을 했던 것이다. 안타깝게도 그는 바둑을 못 두었다.

"뭐, 재미있겠네유. 근디 나 같은 사람은 바둑을 몰러서. 그러니까 뭐, 바둑 못 두는 사람들도 불러모을 좋은 생각이 없겠냐구유? 그거야 간단하쥬. 여러 가지를 함께 하는 거쥬. 바둑만 아니라, 노래자랑도 하구, 팔씨름도 하구 이것저것 한꺼번에 다 하면서 바둑을 메인으로 삼으면 되는 거쥬. 머리 돌아가는 게 역시 동창회장이라구유? 수상하신듀, 막 띄워주시는 게? 그러면 그렇지. 좋아유. 지가 소는 어렵고 돼지 한 마리 내놓겠슈. 감투 쓰더니 통이 커졌다구유? 아니 뭐, 벌 만큼 벌었으니, 쓸 데는 써야쥬."

아내 윤만옥(60세): "회갑연 못 얻어먹더니 어떻게 되신 거 아녀유? 장사 안 되니께 별 생각을 다 하네. 정신 사납게 그딴 걸 왜 혀? 애들 대학 보내느라고 돈이 삼태기로 들어가는디, 지금 대체 뭔 소리를 하구 자빠진 겨? 돈이 안 들어유? 워칙히 안 들어? 그딴 생각 할 시간 있으면 이발 사업을 업그레이드해볼 생각을 좀 하라구. 업그레이드도 몰러? 그러니께 시대에 뒤떨어졌다는 소리를 듣지."

아내한테는 물어본 게 바보였다.

지서장 경사 양경채(43세): "되게 심심혔나뷰? 뭐, 촌사람들이야 놀고먹는 일이라면 그게 뭐라도 성황을 이루겄쥬. 저 사기꾼 놈들 장사 잘되는 것 좀 보라구유. 거, 뻔에 뻔 자 약장사인디두 그 쇼 보겄다고 마을회관이 날마다 미어터지잖유. 술 있고 놀거리 있으면 무조건 성공한다니께유. 치안은 지가 확보할 테니까 걱정 붙들어매시구유. 그런디 치안 담당자도 출전이 가능한가유? 거, 갑조만 있는 거 아니쥬? 을병조 다 만들 거쥬? 나 같은 하수도 끼일 수 있게. 스폰서유? 요새 공권력이 스폰서 하는 것 봤어유? 큰일 날 소리 하시네. 개인적으로 하라구유? 내가 무슨 돈이 있슈?"

노름꾼 서기수(55세): 젊었을 때부터 지금까지 노름으로만 살아온 인물이었다. 노름으로도 사람이 먹고산다는 것을 보여주려고 사는 인생인 듯. 서기수는 바둑을 마흔 넘어서 배웠는데, 첫 판부터 돈을 걸고 두었다. 불과 일 년 사이에 푸른벌면에서는 더이상 그와 내기 바둑을 두려는 사람이 없을 정도로 바둑 실력이 높아졌다. 이상원도 그에게 만 원짜리 내기를 서른 판 이상 졌다. 요새는 신식 노름에 취해서 강원도 카지노에 수시로 출장을 다닌다. 석두를 혹시 이길 수도 있다고 생각되는 유일한 대항마다. 그러니까 꼭 출전시켜야 한다.

 사실 장석두와 서기수가 한 차례 붙은 적이 있었다. 십 년 전쯤인데 푸른벌면 바둑 역사에 있어 가장 중요한 대국 중의 하나였다. 서기수는 스무 살가량이나 어린 사람한테도 돈 거는 걸 아무렇지 않게 생각했고, 석두 녀석도 어린 게 돈내기 아니면 두지를 않으려고 해서, 자연스럽게 돈내기였다. 석두가 세 판을 내리 만방으로 이겨 육만 원을 땄다.

 서기수의 제의로 십만 원으로 판돈을 올리고 네번째 판을 두었다. 세 판 두는 동안 또 실력이 는 서기수의 검은 돌들이, 기고만장하여 긴장이 풀어진 석두의 백돌들을 매섭게 조였다. 구경꾼 중 계가 전문가를 자처하는 누군가가 반집 아니면 한 집이 왔다갔다한다고 분석했을 때 사단이 일어났다.

 이상원의 코흘리개 아들이 뛰어들어오면서 외쳤던 것이다. "아빠, 김일성이 죽었대요!" 사람들이 어리벙벙해서 아이를 바라보았고, 아이는 터진 길로 쑤시고 들어와 바둑판에 두 손을 올려놓은 것도 모자라 꽝꽝 쳤다. "거짓말 아녀유. 진짜로 죽었대유!" 검은 돌 흰 돌이 그리던 모양은 엉망으로 헝클어졌다.

 "내가 그때 생각만 하면 형님 아들을 그냥 놔둔 것이 기적 같다고요. 내가 분명 이기고 있었다구요. 석두가 참가한다고 했단 말이지요. 좋시다, 나도 참가하지. 만인이 보는 앞에서 누가 최강인지 정말 한번 보여주리다. 석두 녀석, 각오하라고 하시오."

그외 스무 명 정도가 "그런 기특한 생각을 하시다니 대단하시다, 뭐라도 놀 자리가 있으면 좋은 것 아니냐, 꼭 추진해라, 물심양면 돕겠다"는 요지로 지지와 협조를 약속했다. 반대한 사람은 오로지 아내뿐이었던 거다.

이상원이 여남은 사람에게 전화를 걸어 '바둑대회 준비위원회' 모임을 통고하자, 장난인 줄 알았던 듯, 사람들은 어이없다는 반응을 보였다. 하지만 약속한 날 백 퍼센트 참석률을 보였다. 겨울날 심심하던 차에 놀 건수가 생겨서 유쾌하다는 얼굴들이었다.

장난으로 시작한 일이라도, 진행되는 과정에서 심각해지고 진지해지는 법이다. 이상원이 자신의 진정을 담아 '발의사'를 토로하자, 분위기는 단박에 엄숙해졌다. 시의원 방정현과 동창회장 김성종이 '지지사' 뿐만 아니라 '스폰서 의사'를 밝힌 것도 모자라 스폰서 대금까지 구체적으로 제시하자, 분위기는 거국적으로 달아올랐다. 장난이 아니라, 푸른벌면 전체 차원의 놀고 마시고 먹는 대회를 준비하는, 중차대한 책임을 떠맡았음을 각인한 자세들이었다.

여기에 푸른벌초등학교 교사로 있는 이가 대학 때 바둑대회를 주관한 적이 있다면서, '스위스 리그'가 요새는 대세라는 둥 해 가면서 구체적인 대회 방식까지 언급하자 대회 개최는 기정사실이 돼버렸고, 다투어 책임 한 가지씩을 떠맡으려는 풍경이 정말이지 무계획적으로 연출되었다.

이상원이 만장일치로 준비위원장에 선출되었고, 실무를 담당할 사무국장에는 그 초등학교 교사, 나머지는 준비위원 명찰을 달게 되었다. 일주일에 한 번씩 준비 회의를 갖기로 했고, 다음 회의 때까지 해결할 임무를 하나씩 (거의 스스로) 부여받고는, 바둑대회 성공을 축수하는 뒤풀이 술자리를 자정 넘어까지 이어 갔다. 즐거운 놀이에 빠져든 꼬마들 같았다.

뒤풀이 때, 푸른벌면 부녀자협의회 회장 정순녀(45세)를 불러냈다. 먹고 노는 일에 있어 부녀자들의 도움은 절대적이다. 요리 경연대회를 열고, 거기 나온 요리로 잔치를 하면 일석이조가 아니겠느냐는 의견이 나왔고, 모두가 그 의견에 찬탄했고, 어찌 다음날을 기다리겠는가, 당장 부녀회장을 불러내 준비위원 감투를 씌워주고는, "우리 여성이 집에서 만날 하는 일이 요리인데, 각자 하던 요리를 모아서 한 번 하는 일이 뭐 어렵겠슈, 재료만 있다면야. 늙기 전에 한 번이라도 더 놀아야죠"라는 전면적인 협조 약속을 받아냈던 것이다.

이후 실제적인 진행도 신속하여, 마침내 열흘 뒤에는 이런 공고를 내게 되었다.

푸른벌이발관 사십 주년 기념 면민바둑대회

대회 일시: 2006년 2월 12일 정월 대보름 하루 종일.
대회 장소: 푸른벌이발관 및 장터.

대회 방식: 갑을병조의 스위스 리그전.

참가 자격: 면민 누구나. 나이 상관없고, 현 거주지 상관없음.

참가 신청 마감: 2006년 1월 31일(설날 다음 다음날)까지.

기타: 바둑 참가자 이외 모든 면민을 초청합니다.

　　　장터에 하루 종일 잔칫상 마련!

　　　부디 참석하시어 재미있게 놀아주십시오!

주최: 푸른별이발관 사십 주년 기념 면민바둑대회 준비위원회

　　　(준비위원장 – 푸른별이발관 사장 이상원)

부대 행사: 면민노래자랑(푸른별면 자율방범협의회 주관)

　　　면민팔씨름대회(푸른별면 이장협의회 주관)

　　　부녀자 요리 경연대회(푸른별면 부녀자협의회 주관)

정월 대보름, 대망의 그날이 되었다. 시 상권의 발달로 소멸된 거나 마찬가지였던 면 상권의 상징 장터는 거의 이십 년 만에 대성황을 이루었다.

한때는 이 장터도 잘나가던 때가 있었다. 시로의 상권 집중이 덜 돼 오 일에 한 번씩 서는 면 단위 장터도 흥청망청한다는 소리 듣던, 면내 열세 개 리 사십오 개 동네에서 장삼이사가 지고 이고 끌고 오던, 광부들의 아낙들이 돈을 팍팍 써대던, 떠돌이 장사꾼들이 진기재화를 펼쳐놓고 왜자기던, 약장사는 당연하고 심지어 곡마단이나 마술요술단도 오던, 바로 옆에 있는 초등학교 운동회 때보다 더 시끄럽던 바로 그때.

그때는 정말이지 한순간에 사라져버렸다. 탄광이 문을 닫자, 광부들이 떠나버렸다. 광부들 덕분에 먹고살던 사람들도 떠나버렸다. 일자리가 없으니 농사지을 사람 약간만 빼놓고는 다 떠나버렸다고 봐도 좋았다. 그때 평균 천여 명이던 초등학교 학생 수가 현재는 백여 명 정도를 간신히 유지하고 있으니, 인구의 격감이 얼마나 자심했는지 더 말할 필요 없을 것이다.

그 잘나가던 시절 이후, 그러니까 탄광들이 문 닫은 이후, 이 장터의 야단법석은 오늘이 생짜 처음이었다. 그때처럼, 장터가 천막과 차일로 뒤덮였다. 천막과 차일 안마다 돗자리가 깔렸고 석유난로가 열기를 피워올렸다.

오전 10시, 가장 중앙이 되는 천막채(대회 본부석)에서 개회가 선언되었다.

면장이 축사를 했다. "……예, 여러분들이 이냥 일찍부터 이냥 입추의 여지가 없는 걸 보니께, 역시 놀고먹는 거에만 관심이 깊으시다는 걸 알겠습니다만서도, 우리 면사무소 주최 행사에도 이냥 입추의 여지가 없었으면 얼마나 좋겠냐는 생각이 듭니다. 거, 겨울 내내 농업기술 전수 교실을 열었습니다만 출석률이 형편없었다 이겁니다. 왜 농사짓는 기술 가르쳐준다는 데는 안 오시고 이렇게 놀고먹는 데만 들입다 모이시냐 이겁니다. (야유!) 이런 말 하면 제 지지도가 하락하는 걸 저도 알겠습니다만 명색이 면장인데 할 말은 해야겠고……"

시의원 방정현도 축사를 했다. "……흠흠, 이런 말을 하면 저랑 면장님이 사이가 안 좋은 걸로 오해하시는 분도 계실 거 같아 거시기하지만 그래도 하자면, 이 사람이 면장이 하는 일을 꼼꼼 감시하고 조언해야 하는 시의회 의원이다보니 이런 말을 드리지 않을 수 없는데, 우리 농사꾼들이라고 만날 일만 해야 하냐는 겁니다. 쌀농사 지어보았자, 국가에서 쌀 개방해서 남는 돈 한푼 없는 처지에, 어떤 분들처럼 여의도 쳐들어가서 데모는 못할 망정 놀고먹기라도 해야 하지 않겠느냐는 겁니다. 여러분, 오늘 마음껏 놀고먹읍시다. 일할 때는 일하고 놀 때는 놉시다. 그리고 저 시의원 방정현, 그동안 임기 동안 한 일 많습니다만, 아직 더 할 일이 많은 것 같습니다. 이거 사전 선거 운동 아니냐고 따질 분도 계시겠지만, 오늘은 그런 거 따지지 마시고 실컷 노십시오. 그리고 얼마 남지 않은 선거 때 이 자리 마련하는 데 저 방정현이 일조를 했다는 것을 꼭 기억해주십시오⋯⋯"

원래는 축산업자 겸 농사꾼 김성종, 지서장 양경채, 부녀자협의회 회장 정순녀의 축사 혹은 인사말도 준비되어 있었으나, 면장 시의원 두 사람의 말에 질려버린 사람들이, "그만해라!" "빨리 놀고먹자!" "빨리 안 하면 집에 가버린다!" "말은 선거 때나 해라!" 등등의 야유를 퍼부어댄 관계로 일단 생략되었다.

그러나 '개최의 변'만큼은 빼놓을 수 없는 것, 푸른벌이발관 사장 이상원은 단상에 올라 감격적인 개최사를 읊었다. "⋯⋯이 사람, 어언 사십 년간 여러분의 머리를 매만졌던 것입니다. 여러분뿐입니까? 여러분의 증조할아버지, 할아버지, 아들, 손자, 심지어는 증손자의 머리까지 다 제 손을 거쳤습니다. 여러분이 그렇게 자자손손 머리를 제 손에 맡긴 덕분에 이 사람, 딸 여섯 아들 하나 보란 듯이 길러냈고 배곯지 않고 살 수 있었습니다. 그러니 이 사람이 어찌 여러분들께 감사하지 않을 수 있겠습니까? 결초보은해야 마땅할 것입니다. 그러나 결초보은이란 게 말처럼 쉬운 게 아니어서, 다만 이런 보잘것없는 자리라도 마련하여, 여러분들이 하루 종일 실컷 놀고먹을 수 있는 자리를 마련하여, 여러분의 은혜에 백분지 일이라도 보답하고자 함인 것입니다. 물론 물심양면으로 도와주신 분들이 많은데 저만 혼자 생색내는 것도 같지만, 오늘만큼은 어여쁘게 봐주시고, 저와 함께 실컷 놀고먹읍시다……"

 본격적인 대회가 시작되었다. 공고에는 없던 대회도 하나 추가되었는데 부락별 윷놀이 대회였다. 각 부락이 4인(20대 이하에서 한 명, 20~40대에서 한 명, 40~60대에서 한 명, 60대 이상에서 한 명)으로 구성된 남자부 여자부 두 팀을 만들어, 최고의 윷놀이 부락을 가리는 것이다. 사실은 이 윷놀이 대회가 사람들을 모으는 데 결정적인 역할을 했다. 바둑, 팔씨름, 노래 이것들은 아무래도 자타가 인정하는 사람만 참가할 수 있는 것이지만, 윷놀이는 누구나 참가가 가능하였던 것이다.
 부녀자들은 지지고 끓이고 볶기 시작했고, 윷놀이 예선과 바둑대회 예선도 시작되었다.

바둑대회 참가 예정자는 총 서른여섯 명이었다. 어떻게 서른여섯 명으로 딱 떨어졌느냐, 사실은 곡절이 있었다. 의외로 바둑대회에 참가하겠다는 사람이 적었다. 이상원이 발 벗고 수소문하여 참가 약속을 받아낸 사람이 불과 열아홉 명밖에 안 되었다.

평소에 바둑 좀 둔다는 사람들은 "거, 두나 마나 서기수 아니면 장석두가 일등 할 텐디 내가 왜 나가." "참가에 의의가 있다는 말은 개소리여, 참가에 무슨 의의가 있어, 상을 타야 의의가 있지. 상 못 타면 의의가 없고, 시간만 낭비한 거라고." "내가 실은 실력이 개 같어유. 대회 나갔다 실력 뽀록나면 어떡해유!" 같은 소리나 해대며, 발뺌했다. 그래서 사람들이 안 올까봐 윷놀이대회라는 비책을 마련한 것이기도 했다.

아무래도 열아홉 명으로는 면대회 명색이 나지 않을 것 같던 차에, 좋은 수가 났다. 푸른벌중학교 바둑장기반 애들 열 명(열 명이 전부였다. 푸른벌중학교는 전교생이 백여 명이었으니, 바둑장기반이 있는 것부터가 감사하고 열 명이나 들어 있다는 것은 더 감사할 만한 일이었다)을 끌어온 거였다. 애들은 싫어하는 눈치였는데 참가만 해도 도서상품권 오천 원짜리 한 장을 준다고 하자 의향이 바뀌었다.

거기에 시내의 호구고등학교 바둑반에도 연락, 정예 멤버 일곱 명의 출전 약속을 따낸 거였다.

이래서 참가 예정자가 총 서른여섯 명이었는데, 아니나다를까, 막상 대회를 시작하려고 보니, 중학생 놈들이 여섯 빠지고

(중학생들을 믿은 게 잘못이다. 도서상품권을 만 원짜리로 할걸 그랬나. 오천 원 아끼려다가…… 그러나 고등학교 애들은 전원 출석이다. 고등학교 바둑반은 중학교 장기바둑반처럼 그냥 대충 만들어놓은 클럽활동 반이 아니다. 고등학교 녀석들은 전국 고교생 바둑대회에도 출전하는 실력이 제법 쟁쟁한 놈들이어서 상을 노릴 만했다) 어른들도 둘이 빠져서 스물여덟 명이 집합을 했다.

원래는 스위스 리그전을 계획했는데, 참가자들의 지원 분포도 때문에 대회 방식을 달리하게 되었다. 오히려 대회 진행하기에는 딱 좋게 되었다.

(참가하기로 하고 안 온 놈들은 빼고 말하자면) 우선 가장 못 둔다는 사람들이 모인 병조는 중학생 네 명 전부와 어른 네 명 해서 여덟 명이었고, 중간쯤 둔다는 사람들이 모인 을조는 고등학생 네 명 어른 여섯 명 해서 열 명이었고, 자천 타천 좀 둔다는 사람들이 모인 갑조는 고등학생 세 명 어른 일곱 명 해서 역시 열 명이었다.

때문에 아주 쉽게, 갑을병조 공통, A그룹 B그룹으로 나뉘어 리그전을 치른 뒤 각 그룹 1, 2위 4강 토너먼트로 우승자를 가리기로 했다. 그러니까 누구라도 최소한 세 판(병조), 네 판(갑을조)은 둘 수 있었다.

갑조만 놓고보자. 추첨에 의해 A그룹에는 서기수, 이상원, 푸른벌 유일 중국 음식점 사장 김무현, 고교생1, 고교생2 등이 묶었다. B그룹에는 장석두, 푸른벌 면사무소 공무원 중 최고수로 군림하고 있는 박근해, 대학생 조남준, 김팽이, 고교생3 등이 묶였다.

여기서 잠깐 특별히 언급해야 할 인물이 있다. 김팽이라는 서른여섯 살짜리 청년이다. 설 쇠고 다음 다음날이었다. 열 손가락 깨물어 안 아픈 손가락이 있냐고 하지만 특별히 더 아픈 손가락이 있는 법, 이발사 이상원이 딸 여섯 중에 가장 아끼는 딸이 셋째 다인이인데, 짜리몽땅하고 못생기고 뭘 해서 먹고사는지 요량이 있어 뵈지를 않는 놈팽이 하나가 찾아와서는, 이발을 하겠다는 게 아니고 다인이와 교제중이며, 결혼을 허락받기 위해 왔다고 세배를 하는 거였다.

아니, 우리 이쁜 다인이가 사람 보는 눈이 이렇게 없나. 이따위로 생긴 놈하고 사귀다니. "뭐해서 먹고사는디?" "예, 조그만 출판사에서 기획 일을 하고 있습니다." "부모는 뭐하시고?" "농사지으십니다." "집은 있나?" "당장은 십오 평짜리 전세입니다만 삼 년 안에 이십 평짜리 자가 자신 있습니다." "주식 하나?" "예? 주식 안 하는데요." "그럼 뭘로 삼 년 안에 돈을 벌려고?" "그냥 열심히 일해서……." "조그만 출판사 월급으로? 잘도 벌겠네."

이 말 저 말 붙여보았지만 듣는 족족 마음에 안 들었다. 이상원은 아주 솔직히 말해버렸다.

"여보게, 내 생각엔 말일세, 요샌 뭐, 부모가 뭐라 한다고 해서 한 번 붙은 애들이 갈라서는 일이 없다지만, 우리 다인이하고 자넨 안 맞는 것 같네. 어렵더라도 갈라섰으면 좋겠네. 우선 나이 차이도 상당하고, 옛날 같지 않아서 요새 여섯 살 차이면 어마어마한 차이지. 여러모로 배필이 아닌 듯하이."

다인이는 어떻게 아버지로서 그런 말을 할 수 있냐는 듯 불이라도 난 것 같은 눈으로 노려보고, 녀석은 낙담하여 부들부들 떨었다. 녀석은 무릎을 털썩 꿇더니, "아버님, 오해십니다. 저는 다인이를 평생 행복하게 해줄 수 있습니다. 제 목숨을 걸고 맹세하겠습니다. 저를 믿어주십시오!"라고 했다. "믿을 걸 믿지, 자넬 뭐 보고 믿나?" "제가 대체 어디가 못마땅하신 겁니까?" "아이, 물러. 하나도 맘에 안 들어."

이상원은 가장 아끼던 딸이 웬 허릅숭이에게 달라붙어 있는 꼴을 보니, 실연이라도 당한 것처럼 부아가 나서 입에서 나오는 대로 말해버렸던 거다.

한동안 냉랭한 분위기가 이어졌는데, 다인이가 언뜻 이런 말을 하는 거였다. "아빠, 이 사람 바둑 잘 둬요." "웬 뚱딴지냐?" "아빠는 바둑으로 사람을 본다면서요." "내가 언제 그랬어? 네 외할아버지가 그랬지." "어쨌거나 아빠는 바둑 두다가 엄마를 얻었잖아요. 그러니까 팽이 오빠랑 바둑 둬보세요. 오빠, 바둑 자신 있지?"

녀석도 다인이의 말이 느닷없었던 모양이다. 멍하게 있다가 한다는 말이 "자신 없는데……"였다. 참말 마음에 안 들었다.

뭐든 무조건 자신 있다고 해도 안 될 판인데. "왜 자신이 없어? 허구한 날 바둑만 두면서." "인터넷으로 겨우 삼 단 하는 바둑을 가지고……"

이상원은 이때를 놓치지 않고 낚시를 던졌다. "삼 단이면 훌륭하네." "인터넷 급수는 사, 오 급 빼야 제 급수라는 거 아시잖습니까?" "설마 그렇겠나. 인터넷 세상인데 인터넷이 제대로겠지. 자, 어떤가. 우리 바둑을 두어서, 자네가 이기면 우리 딸애랑 결혼하고, 내가 이기면 헤어지는 거 어떤가. 나도 바둑 별로 못 둬. 동네 바둑이 별거겠어. 좋지?" 인터넷 삼 단이면 기원 급수로 이 급도 어림없다. 이상원은 두나 마나 이길 자신이 있었다.

녀석도 비슷한 생각인가보았다. 녀석은 싫다고 하고픈 모양인데, 다인이가 나서서 "좋아요, 아빠. 약속했어요. 두말하기 없어요. 오빠는 삼 단, 아빠는 일 급, 오빠가 무조건 이기는 거잖아. 오빠, 아빠가 그냥 허락하기 싫으니까 딴청 부리시는 거라니까!"라고 했다. "다인아, 그게 아니라니까." 다인이는 신이 났고, 녀석은 절망했던 거다.

녀석은 망설이더니 시간을 좀 달라고 했다. "제가 지금은 너무 컨디션이 안 좋고 해서……" "좋아, 그럼 자네도 내가 주최하는 바둑대회에 참가하게. 자네가 일 등을 못 해도 좋아. 성적이 나은 사람이 이기는 거야. 만약 우리가 대진 운이 닿아서 맞붙게 되면 그 판에서 이기는 사람이 이기는 거고." 대회 참가자도 하나 늘리고, 시답잖은 녀석 딸애에게서 떼어내고, 이런 게 일석이조였던가.

결국 이상원의 말대로 되어, 김팽이란 녀석도 대회에 참가하게 된 것이다. 일단 이상원과 녀석은 조가 달랐다. A그룹의 이상원은 서기수한테는 어렵겠지만 나머지는 모두가 만만해 보여서 3승은 문제없겠다 싶었다. 장담하기에 B그룹의 녀석은 인터넷 바둑 삼 단이라니 1승도 어려울 터였다.

대회 참가자들은 점심때까지 일 인당 두 판씩을 두었다. 제대로 하자면 예컨대 '제한 시간 각 십 분, 초읽기 육십 초 삼 회' 같은 규정이 있어야겠지만, 이런 주먹구구식 동네 대회에서 그런 것까지 요구하는 것은 누가 봐도 무리일 터, 대충 한 시간에 한 대국씩 소화하는 걸로 했고, 대략 그렇게 된 거였다.

갑조 A그룹에서는 대이변이 일어났다. 고교생1이 푸른벌면 최강 쌍두마차의 한 축인 서기수를 격침시킨 거였다. 사실 서기수는 억울했다. 백 수쯤 두었을 때 고교생1의 대마 두 마리를 잡아서 약 백 집을 확보했다. 세력을 감안하면 이백 집까지 불어날 가능성이 있었다. 고교생1이 발악해볼 데도 없었다. 그런데 녀석이 끝내 안 던지고 계속 두는 거였다.

"얌마, 너 왜 그렇게 수담 예의가 읎어? 빨랑 안 던지면 잠지를 고추장에 찍어 먹는다?" "끝까지 최선을 다하라고 배웠슈." "야, 인마, 너 진짜 짜증나게 할래? 내가 연습으로 한 판 더 둬줄 테니까 제발 던져라, 응?" "제 걱정 마시고 바둑판에 집중하셔유. 그러다가 덜컥수라도 두시면 어쩌시려고요. 빈대를 잡을 때도 최선을 다해야 한다는 속담도 안 배우셨대유? 빈대가 아니라 토낀가?" 서기수가 협박을 해봐도 녀석은 유들유들 잘도 대꾸하면서 부득부득 두는 거였다.

고교생1의 예언은 적중했다. 협박하기에도 지쳐 아무렇게나 둬가던 서기수는 한순간 뒤로 넘어가 뒤통수가 깨질 뻔했다. 한 집씩밖에 없었던 녀석의 두 대마가 연결돼 있는 거였다. 정신을 차리고 대강 계가해보니 오히려 삼십 집을 지고 있는 게 아닌가? "이게 어떻게 된 거냐?" "그것 보셔유. 지가 최선을 다하시라고 말씀드렸잖유." 서기수는 초절정 감각의 끝내기로 화려한 추격전을 폈지만, 끝내 반집이 모자랐다.

단단히 열 받은 서기수는 두번째 판에서도 역시 고교생을 만났다. 역시 백 수가 되기 전에 고교생2의 대마를 잡았다. 이번엔 정신 차리고 녀석의 바둑돌을 모조리 잡아버려야지, 고교생1 녀석에게 당한 분풀이를 해야지, 단단히 작정했으나 맥 풀리게도, 고교생2는 고교생1과 딴판으로 즉각 돌을 던져버리는 거였다. "얌마, 끝까지 최선을 다해야지? 빨리 둬." "던질 때 던지는 것도 미덕이라고 배웠습니다. 연습 바둑이나 한 판 둬주세요." "아니, 너희들은 같은 학교 다니면서 왜 다르게 배웠냐?"

이발사 이상원은 중국 음식점 사장 김무현을 불계로, 고교생1을 구십구 집 반 차이로 이기고 무난히 2승을 거두었다. 이상원 역시 고교생1의 끈질김 때문에 어지간히 고생했으나, 서기수와 같이 어처구니없는 일을 당하지는 않았다. "네가 참 스타일이 중국적이다, 니." "지가 스타일 때문에 대회 나가면 성적이 안 좋아유. 제한 시간이 냉정한 대회들에서는유." "어련하겠냐." 이상원은 생각지도 않게 오전엔 단독 선두가 된 거였다.

B그룹에서도 이변이 일어났다. 장석두가 대학생 조남준에게 두 집 반을 졌다. 이 동네 출신으로 서울 소재 대학에 다니는 조남준은, 당연히 푸른벌면 바둑계에 안 알려진 인물이었다. 그러나 최강 쌍두마차 중의 한 축인 장석두를, 그것도 상대의 실수에 편승해서가 아니라 완벽한 실력으로 격침시킴으로써, 일약 다크호스로 부상했다.

이상원의 사위 자리를 노리는 김팽이는 공무원 박근해에게 불계로 지고, 고교생3에게 불계로 이겼다. 다인이는 팽이가 공무원과 둘 때는 멀찍이 떨어져 있더니, 고교생과 두자 팽이 옆에 바싹 붙어 앉아 뭐가 뭔지도 모르면서 남자 친구를 응원했다.

고교생3은 신경질을 냈다. "이쁜 누나 얼굴이 눈앞에서 방방 뛰니까 바둑이 안 되잖아요. 이거 반칙 아녀요? 미인계 아니냐구요?" 이에 팽이는 이렇게 대답했다. "후배님만 정신없는 게 아니랍니다. 나도 정신없어요." 이걸 저쪽에서 본 이상원도 신경이 자꾸 쓰였지만, 고교생1에게 구십구 집의 리드를 지키느라 애써 외면했다. 아무튼 팽이는 미인 덕을 보았는지 쩔쩔매기는 했지만 고교생을 이긴 거였다.

당연하겠지만, 바둑대회장 천막에 관객이 가장 적었다. 바둑의 특성상, 입 다물고 조용히 구경해야 하는데, 바둑도 모르면서 그걸 구경하고 있을 사람이 어디 있겠나, 윷놀이판에 죄 모여 온 시장판이 떠나가도록 떠들어들댔다. 바둑을 둘 줄 아는 사람들도 예선전을 무슨 재미로 보냐고 잠깐만 보고 나가고는 했다. 하지만 바둑은 원래 그런 것, 대국자들은 외려 다행으로 알고 수담에 열중했다.

대대적인 점심 식사가 시작되었다. 요리 경연대회를 겸하느라, 각 마을 부녀회에서 만들어낸 전통적인 음식, 기발한 음식 등을 무작위로 잔뜩 늘어놓았다. 사람들은 푸른벌중학교 동창회가 준비한 식판에 먹고픈 음식들을 담아 삼삼오오 모여 먹었다. 그러니까 뷔페식이었다. 사람들이 가장 맛있었던 음식의 번호를 적어 투표함에 넣고, 나중에 개표하여 가장 많은 번호를 얻은 마을이 우승을 하게 되는 거였다. 뭐, 꼭 우승 팀을 가리려고 한다기보다는 금강산도 식후경하자는 거였다.

꼭 붙어앉아서 먹는 다인이와 김팽이의 모습이, 이상원을 또 화나게 했다. "내가 허락하지 않았는데 이게 뭐하는 짓거리여?" 참지 못하고 이상원이 호통을 쳤다. 김팽이의 대꾸인즉, "아버님께서 저를 이기면, 헤어지기로 했잖습니까? 아버님께서는 저를 아직 이기지 않으셨는데요?"였다. 역시 더 알미운 건 딸년이었다. "아빠, 밥 먹을 때는 강아지도 안 건드린다고 했어요. 밥 먹는 사람한테 그렇게 큰소리치시면 어떡해요? 기죽여놓고 이기시려는 거지요?"

오후 대국이 시작되었다. 다섯 사람이 한 그룹이라 한 사람은 쉬고 있어야 하는데, 이상원이 먼저 쉬었다. 시장이 찾아온 거였다. 시장은 "이렇게 좋은 행사에 이 고을의 최고 심부름꾼이 안 와본대서야 말이 되겠습니까?" 하고서는 시장판에 모인 모든 사람들, 심지어 투표권이 없는 고교생들과도, 일일이 악수를 나누었다.

이상원이 지켜보노라니, 시장도 아무나 하는 게 아니라는 생각이 들었다. 저 많은 악수를 하고 다니다니, 무쇠 팔이여 무쇠 팔! 시장은 선거 얘기를 한마디도 안 했지만, 이렇게 악수를 하고 떠나가면 그 누구나 현 시장이 재선에 도전할 의지가 확고함을 알 수 있을 테다.

A그룹에서 더이상의 이변은 없었다. 서기수는 나머지 판을 모두 승리하여 3승 1패를 기록했다. 고교생2는 1승 3패를 기록, 최하위가 되었다. 고교생2가 거둔 1승은 이상원에게 거둔 거였다. 이상원은 근거 없이 상대를 얕보다가 초반에 큰 손해를 입고 만회를 못 했다. 이렇게 해서 김무현, 이상원, 고교생1 셋이 모두 2승 2패가 되었다. 어떻게 2위를 가리나? 셋이서 두 판씩 더 두어야 하나?

초반에 대마 사망시키고 끝까지 두는 게 대국 스타일인 고교생1이 웃으며, "제가 빠지께유. 제가 말도 안 되는 바둑으로 어르신들을 괴롭혔네유. 잘 배웠구면유. 두 분이서 한 번 더 두세유!" 했다. 서기수가 칭찬했다. "그래도 예의가 전혀 없지는 않구먼."

중국 음식점 사장 김무현도 재대국을 원하지 않았다. "원칙으로 정하지는 않았었지만, 승자 승하지유. 글구 어르신이 주최자인디 4강은 가셔야쥬." "그려, 고맙네. 자네가 참 싹수가 있어. 내가 일주일에 한 번은 탕수육에 양장피 꼭 시켜 먹겠네." 이렇게 해서 이상원은 4강행에 성공했다.

B그룹에서는 이변이 아니라, 설사가 일어났다.

다크호스로 떠오른 대학생 조남준이 나머지 두 판도 모두 이겨 4승 전승으로 1위, 고교생3이 4전패로 꼴찌가 되었다. 이로써 고등학생 셋은 모두 4강 진입에 실패, 소문과는 달리 약한 면모를 보였다. 아카데믹한 학생 바둑이 마구잡이식 동네 바둑에 대응을 못 한 것인지도 몰랐다.

B그룹의 마지막 판은 장석두와 김팽이의 대결이었다. 장석두가 이기면 장석두가 3승 1패로 2위가 된다. 그러나 김팽이가 이기면 장석두, 김팽이, 공무원이 나란히 2승 2패 동률을 이뤄 A그룹과 똑같은 상황이 된다. 하지만 김팽이의 실력이 별게 아니라는 게 드러났으므로 모두들 장석두의 승리를 믿어 의심치 않았다.

일요일임에도 불구하고 면사무소에서 긴급 호출이 와 안절부절못하던 공무원은, 장석두의 승리를 확신하며 하나도 안 서운하게, 급히 면사무소로 뛰어갔다. 그럴 리는 없겠지만 혹시 김팽이가 이길지도 모르는 경우를 대비해, "아무나 이긴 사람이 이

등 먹으쇼!"라는 말을 남기기는 했다.

　예선 마지막 판, 장석두와 김팽이의 대결, 여기서 설사가 세 번이나 발생했다. 오십 수까지 두었을 때, 장석두의 화려한 세력 포석에 김팽이는 실리도 변변히 못 챙기며 지지부진하고 있었다. 이때 장석두가 벌떡 일어나더니 굉장한 속도로 달려갔다. 첫번째 설사였다. 아무래도 점심때 지나치게 많이 먹은 모양이었다.

　두번째 설사는 백 수쯤 두었을 때로, 팽이가 할 수 없이 망망대해 같은 상대의 세력권에 침투, 그 돌이 살 가능성은 "이창호가 와도 어렵겠구만!"이라는 평가를 받았을 무렵이었다.

　설사하고 오느라 까먹은 시간만도 이십여 분, 주위에서 실격이라니 뭐라니 말이 많은데 본인은 얼마나 갑갑했겠나, 갑갑함은 헛수를 연발케 했다. 하여 팽이의 대마가 "혹시 이세돌이라면 살릴 수도 있지 않을까?"라는 평가를 받을 즈음, 장석두는 세 번째 설사를 하러 뛰어갔고, 돌아오지 않았다. 장석두는 화장실에 당도하기는 했는데 차례를 기다리다가 바지에 싸버렸고, 차마 대국장으로 돌아올 수는 없었던 것이다.

　이렇게 하여, 천우신조로, 정말 소설에서나 일어날 것 같은 어처구니없는 행운을 입어, 김팽이가 4강 막차를 타게 되었다.

　김팽이는 기실, 두는 내내 얼른 던져버리고 싶었지만, 다인을 실망시키지 않기 위해서 꾹 참아냈고, 원하는 바대로 행운을 쟁취하기는 했지만 대단히 창피했다. 하지만 뭘 모르는 다인은 연인이 4강에 올랐다는 사실에 흥분, 손뼉을 백 번도 넘게 쳤다.

4강 대결이 펼쳐졌다. 서기수 대 김팽이. 서기수는 아까 지켜본 장석두와 팽이의 대국을 통해, 팽이가 자기보다 한참 하수라는 걸 알았다. 그게 문제가 되었다. 만만히 보고 포석을 하다가, 대마 하나가 죽게 될 처지에 놓인 거였다.

김팽이도 뜻밖에 잡은 대마 때문에, 내가 결승에 올라가다니, 이거 하늘과 땅이 놀랄 일이구나, 경이로워하고 있었다. 그러나 서기수의 흔들기 몇 수에 대마는 빅으로 살아버렸고, 이후로는 볼 것 없었다. 더이상 둔다는 건 바둑에 대한 모욕이라고 생각하면서 팽이는 돌을 거두었다. 예비 장인의 패배를 고대하며.

조남준 대 이상원. 다크호스 대학생의 바둑은 무척 강했다. 이상원의 동네 바둑은 사정없이 판을 뒤흔들었지만, 대학생은 유연하게, 견고하게 받아냈다. "혹시 바둑대회에 나가본 적 있어?" "최고로 간 게 전국 삼 등까지 가본 적 있습니다." "그려, 그렇구만. 내가 장석두 이후로 우리 동네에서 이렇게 잘 두는 젊은이는 첨 보는구만." 이상원은 아주 기분 좋게 돌을 던졌다.

이렇게 해서 전통의 강호 서기수와 혜성처럼 나타난 조남준이 우승을 다투게 되었다. 그리고 이상원과 김팽이는, 누가 이 얘기를 들으면 일부러 그렇게 만나게 하려고 짜맞추기를 했다고 오해하기 딱 좋을 만한 과정을 거쳐 3, 4위 결정전을 갖게 되었다. 결론부터 말하자면 우승은 조남준이 했고 3, 4위는 가리지 못했다.

이상원은 이상하게도 포석이 제대로 되지 않았다. 밖에서 떠들썩한 윷놀이 4강 대결 소리가 들려오는데, 그 소리가 자신이 주최한 푸른벌면이발관 사십 주년을 기념하여 온갖 축포를 쏘아대는 소리처럼 들려, 하도 좋아 정신이 붕붕 떠다니는 듯해서였을까? 이제 윷놀이 결승, 노래자랑으로 저녁 어둠을 휘황하게 밝히게 될 거였다. 조용히 앉아서 나누는 바둑일랑 그만 접고, 어서 그 축제 속으로 달려가 어깨춤을 덩실거리고 싶은 주체 못할 가슴 뜀 때문이었을까? 해놓은 말이 있으니 사윗감 녀석을 이길 수도 없고, 그렇다고 체면상 질 수도 없는 알쏭달쏭한 처지 때문이었을까?

김팽이 녀석의 실력과 상태도 산만해서 바둑은 내내 그러했는데 "결승도 벌써 끝났는디 삼, 사 등짜리들이 뭐하는 거래요. 글구 대회 주최자가 윷놀이 결승 '시윷'하기로 혔잖어요!" 하는 성화에 못 이기는 척, 대국자 합의에 의해 무승부로 처리한 거였다. 물론 둘만의 재대결을 약속해놓은 것은 당연한 바였다.

이렇게 주 행사인 바둑대회는 막을 내렸으나, 부대 행사로 채워진 잔칫날은 이제부터가 본격적으로 절정일 터였다.

우라질 양귀비

"아줌씨는 뭘로 들어왔서?"
"이 아줌마는 죄 없다. 그냥 양귀비가 잘못 날아와서……"
말끝을 흐렸더니, 다짜고짜 욕을 하는 것이었다.
"미친년, 죄 없는 년이 여기 왜 와."

세상을 까뒤집을 것 같은 어마어마한 소리가 들려왔고, 천지 사방이 뒤흔들렸다. 돌연 휘몰아치는 광폭한 바람에 고음순(1971년생)은 휘청휘청 어어, 하다가 민물고기 든 수조 유리벽에 뒤통수를 찧고 말았다. 고기들도 놀랐는지, 내내 시르죽어 있더니만 헤엄질이 갑작스레 요란했다. 헬리콥터였다. 헬리콥터 배때기가, 십삼 년 전 비참하게 굶주리며 갇혀 있던 연세대 종합관 삼층 복도에서 망연히 바라보던 것만큼이나 거대하고 위압적이었다.
  안채에서 시어머니 서창자(1940년생)와 애들(1998년생 딸, 2002년생 딸)이, 슈퍼에서 남편 최명청(1965년생)이, 식당채 부엌에서 서편댁(1956년생)과 동편댁(1952년생)이, 그리고 민박채에서 모꼬지 왔다가 밤새 술 처마시고 해 뜰 때 마지못해 잠들었던 대학생들이, 모두가 뛰쳐나와 놈의 시끌벅적한 비행을 입 딱 벌리고 구경했다. 놈은 한나가든 상공을 병아리 찾는 솔개, 아니, 한우 찾는 붕처럼 선회했다. 서창자가 멀어져가는 놈의 뒤꽁무니에 물음표를 달았다. "저 물건이 미쳤는가비다, 여께 뭐 줘 먹을 게 있다구, 생지랄을 하고 간다냐?"

십오 분 후, 경찰차가 짠 하고 나타났다. 박형사(1975년생)였다. 명청은 당연히 점심 먹으러 온 줄 알았다. "아이구, 이게 누구여? 후배님 아닌감? 자주자주 들르라니께 이제야 왔구먼. 잘 왔어! 근디 전화두 읎이 오면 어쩐대. 잉어가 션찮은디. 윤태공(1936년생)한테 전화 넣어봐야겄네. 뭣 좀 잡았을 겨. 혼자 자실 건 아니겠지? 다른 형사님들은 얼마나 있다 오실라나?"

꽃샘추위 짱짱하던 때 형사과 사람들이 계절 행사처럼 단체 회식을 왔었다. 명청은 으레 그렇듯 주제넘게 끼어들어 술 축내다가, 시숙 보는 얼굴 초짜 형사가 고등학교 십 년 후배임을 알게 되었다. "우리 똥통 고등학교서 형사가 나왔다니, 개천서 용 났구먼. 자랑스러워 미쳐버리겄어! 형사과장님, 오늘 회식비 지가 쏩니다. 우리 후배님 좀 잘 좀 부탁드리겄슈!" 어차피 안 받으려던 밥값 술값에 훌륭한 핑계를 갖다붙이는 한편, 생면부지의 후배에게 넘치는 선배의 정을 표했었다. 후배는 고향에 차고 넘치는 선배들 때문에 시답잖은 로비가 하도 많이 들어와 형사 해먹기 겁나게 어려운 판인데, 귀찮게 오늘 하나 또 만났네, 하는 투로 내내 싱거운 대거리를 했지만 말이다.

두어 달 만에 보는 똥통 고등학교 후배 형사님, 첫마디부터 쌀쌀했다. "최사장님, 매운탕 먹으러 온 게 아닙니다." "사무적인 말투 꽤 괜찮은디. 그럼 로비 먹으러 왔나?" "로비요? 사장님, 지금 농담하신 겁니까? 지금 그런 농담할 상황이 아니십니다." "왜 이르케 딱딱햐, 초면에 소맥 폭탄으로 맺어진 선후배지간에." "저는 후배가 아니라, 공무 수행중인 형사입니다. 함께 가시죠." 그래, 시발놈아, 너 형산 건 안다, 좆나게 출세했구나, 라는 말은 꿀꺽 삼키고 "어디를?"이라고 물어보기만 했다.

후배는, 아니 형사는 앞장섰다. 수돗가를 돌아 수조를 지나 개집을 지나 안채를 돌아 뒤란으로 향하는 것이었다. 형사놈이 주인집을 아무렇게나 관통하고 있건만, 진도에서 사와 성심으로 기르기는 했는데 아무리 봐도 순종 같지 않은 진돗개 다섯 마리는 끽소리도 못 하고 있었다. 개새끼들도 형사 거시기한 건 안다니께. 명청은 속으로 꿍얼대면서 형사의 뒤를 쭈뼛쭈뼛 쫓았다.

뒤란은 울타리 없는 드넓은 화초밭이라고 할 수 있었다. 한나가든의 창업자 서창자가 극진히 보살피는 잡다한 화초들이 제법 볼 만해서 손님들이 일부러 구경하고 가기도 했다. 범죄자 잡기도 바쁘신 분께서 무슨 춘심이 발동해서 기화요초 구경을 다 왔나 객쩍어한 것이 무색하게도, 형사는 화초 따위에는 시선 한 번 안 주고 쭉 가로질러가더니, 한참 더 가 배추, 무, 상추 심어놓은 텃밭 한가운데 돌배나무 밑에서 딱 멈췄다.

형사가 흡족한 미소를 지으며 물었다. "사장님, 이게 무슨 꽃인지 아십니까?" 눈앞에 무슨 꽃들이 있기는 했다. "글쎄, 내가 당최 꽃에는 무식해서, 이게 대체 무슨 꽃일라나, 잘 못 보던 것인디, 혹시 이거 양귀비 아닌가?" "빙고, 정답입니다!" "아, 그려, 이게 그 유명한 양귀비구먼. 내가 학교 다닐 때부터 찍어 맞추는 건 잘했다니께." 형사는 양귀비 대와 꽃송이 숫자를 꼼꼼히 헤아리고는 수첩에 기록했다. 카메라를 꺼내 눌러댔다. 동영상까지 찍었다.

명청은 작년 늦가을 배추 수확하고 나서는 텃밭에 와본 적이 없었기에 양귀비가 있었는지도 몰랐다. 양귀비가 한 포기도 아니고 열한 포기나 새싹이 돋았을 때, 음순은 법 무서우니 뽑아버리자고 했지만, 시어머니는 한사코 반대했다. 씨앗 몰래 얻어다가도 심는 귀한 꽃이 스스로 찾아와 이토록 힘차게 싹수머리를 내밀었는데 어찌 그럴 수 있느냐, 너랑 나랑만 알고 다니는 이 텃밭에 누가 와서 보겠느냐, 본다 한들 또 어떠냐, 그냥 놓아두고 예쁜 모습에 때때로 감탄이나 하자꾸나, 게다가 이게 신경통에 좀 뛰어난 생물이냐, 네 시어미 신경통 달고 사는 거 모르느냐, 상추쌈 싸 먹듯이 양귀비 잎사귀에다 밥 싸 먹으면 그렇게 좋다, 너도 먹어보면 좋아서 환장해버릴 거다, 잘 모르겠지만 정력에도 좋지 않겠냐, 이 말 저 말로 며느리를 달래며 끈덕지게 수호한 끝에, 마침내 꽃송이를 피우기에 이른 것이었다.

그렇지만 시어머니에게 책임을 돌릴 수는 없는 일이고, 그렇다고 남편이 마누라 대신 누명을 써줄 배포가 있는 것도 아니어서, 음순 홀로, 양귀비꽃이 여덟 송이나 만개하도록 방치한 덤터기를 쓰고 경찰서로 가야만 했다. 박형사는 시종일관 사무적 고압적이었다. 음순이 한나가든으로 시집온 지 어언간 열두 해째, 경찰을 무수히 만나보았지만 이토록 고지식한 자는 처음이었다. 다른 경찰 같았으면 "견물생심하면 곤란하지요. 아무리 탐나도 보는 즉시 뽑아버려야 한당께요. 뽑아버리기 싫으면 들키지를 말든가!" 하고 말았을 일 아니냔 말이다. 음순은 마치 사극에서 압송되는 죄수 같은 기분이었고, 뿌리째 뽑혀 함께 압송된 양귀비 여덟이 친자매처럼 여겨졌다.

박형사가 무슨 조회인가를 해보고 깜짝 놀랐다는 듯 물었다. "어허, 아주머니, 경력이 있네요. 두 번씩이나. 88년도 노동쟁의법 위반? 96년도 집시법 위반? 데모했다는 얘기입니까?" "과거가 기억나지 않습니다. 양귀비 얘기만 물으세요." 기억나지 않기는, 바로 기억이 났다.

70년대에는 흔한 일이었지만 80년대에는 드문 일이라고 볼 수밖에 없겠는데, 남들 다 가는 고등학교를 끝내 못 가고 공장으로 직행했다. 잘 다니다가 공순이 이 년차 때 처음이자 마지막으로 파업에 참여했다가 경찰서로 끌려갔다. 열여덟 살이 감당하기엔 꽤 고달팠던 갈굼을 당했다. 계속 공순이로 살다가, 이렇게 무의미하게 살아서는 안 돼, 인생을 획기적으로 바꿔보겠다고 일 년 결사 공부해서, 검정고시 패스하고 지방 변두리 대학에 간신히 기어들어갔는데, 지독하게 무더웠던 여름, 서울까지 올라가 처음이자 마지막으로 데모에 참여했다. 당시 정권은 무슨 꿍꿍이 때문인지 과민 반응을 보였다. 하필이면 연세대 종합관에 갇힌 학생들 중 일 인이 되어 배고픈 일주일을 견뎌야만 했다. 결국엔 개처럼 체포되어 또다시 경찰서 구경을 했고, 스물여섯 살이 감당하기엔 퍽이나 굴욕적인 수모를 겪었다.

유치장에서 '1박 2일'까지 했던 옛날의 그 두 번에 비한다면, 요번은 유람 온 것 같았고, 조서 꾸미는 것도 중학교 때 무단결석 일주일 하고 반성문 쓰던 것보다도 수월한 신선놀음 같았으나, 하여간 죄인 취급을 받고 있으니 복장 터질 만큼 분했다. 혹시 짜장 감옥살이를 해야 하는 거 아닌가, 감옥살이는 않더라도 수백만 원짜리 벌금을 얻어맞는 거 아닌가, 간이 송편 크기로 오그라들 만큼 노심초사했다.

가슴에 두 손을 얹고 말하건대 '하늘을 우러러 한 점 부끄럼 없이' 살았을 뿐이고, 죄라고는 시어미의 웃기지도 않는 양귀비 예쁜이 타령에 동조한 거밖에 없다. 딱 한 번 해본 간음? 그건 죄 아니라고 자부한다! 그런데 왜, 콘돔 씌울 줄이나 알까 싶은, 왕따 친구 원조 교제 시켜 돈 뜯어먹고 살다가 그 왕따 친구가 만 원짜리 한 장 삥땅쳤다고 집단 구타해서 반 죽여놓고 들어온 무서운 고삐리 다섯 명 옆에서, 취조를 당해야 하냔 말이다.

요새는 예쁜 것들이 더 무섭다더니만, 고삐리년들 중에서 꼭 양귀비처럼 제일 예쁜 년이, 형사 지들끼리 무슨 잡담인가를 나누는 사이에 불쑥 물었다. "아줌씨는 뭘로 들어왔셔?" "이 아줌마는 죄 없다. 그냥 양귀비가 잘못 날아와서……" 말끝을 흐렸더니, 다짜고짜 욕을 하는 것이었다. "미친년, 죄 없는 년이 여기 왜 와."

 저수지 근방에서는 '조폭 마누라'로 불리기도 할 만큼 살벌한 입심과 드센 기운을 자랑하는 음순이지만, 상업고 간 중학교 동창들처럼 스물 넘자마자 결혼했다면 딸뻘일 계집에겐 욕 한 방에 깨갱, 찍소리 못 하고 말았다. 음순의 인생에 있어 최대의 굴욕이었다. 하지만 요즘 청소년이 좀 무서운가? 죽는 게 뭔지 사는 게 뭔지 그따위 거 모르기에 아무 때나 아주 사소한 일에나 아무렇게나 목숨 걸고 달려들 수 있는 아이들이다. 그저 더러워서 피하는 똥 덩어리다, 못 들은 척 못 본 척하는 게 올바른 처신이다.

 박형사가 조서 끝내고 민원실 앞 쉼터로 이끌고 가더니, 자판기 커피를 뽑아주었다. "뭐, 걱정하실 거 하나도 없습니다. 불구속 입건예요. 불구속 입건 두 번이나 당해보셨으니까 별거 아닌 거 아시죠?" "형사님, 아무것도 아닌 걸 가지고, 사람 쪽팔리게 경찰서까지 끌고 올 필요가 있는 거예요? 우리 가든서 서장님까지 식사하고 가셨는데." "서장님 거기서 진지 드신 거하고 양귀비 키운 거하고 뭔 상관입니까? 별거 아니더라도 죄는 죄입니다." "형사님, 신삥이라 그러신가 참 유도리가 없으시다!"

 "선배님, 우리 한총련이 꿈꾸었던 게, 유도리가 판치지 않는 세상 아니었습니까? 권력자들, 강부자, 고소영! 이런 것들의 유도리가 우리 서민을 얼마나 피폐하게 만듭니까? 물론 우리 힘없는 서민들의 유도리는 그들 가진 자들의 유도리에 비하면 조족지혈입니다. 하지만 우리 서민부터가 유도리를 철저히 경계하는, 상식적인 삶에 철저해야, 가진 자들에게 유도리 없는 삶을 요구할 수 있는 거 아닙니까?"

이 무슨 감당하기 애매한 말씀이랴. 노동조합에서 만났던 학식 높은 선배님들, 또 대학 동아리에서 만났던 고학년 선배님들이 이따위 얼굴로 이따위 소리를 했었지. "근데요, 사람 놀라게 된 선배님이래요?" "저도 한총련이었습니다. 그때 저도 연세대에 있었습니다. 선배님은 갇혀 있었지만, 저는 밖에서 포위하고 있었지요. 군대를 갔는데 재수 없게도 데모 진압하는 전경이 됐던 겁니다. 덕분에 경찰되기 쉬웠지만요."

남편 최명청이 "노래방 수리하는 새끼들이 들이닥치질 않나, 보트가 고장나갖구 방갈로 불륜 커플이 생난리를 치질 않나, 대학생 새끼 하나가 지갑 잃어버렸다구 질질 짜지를 않나, 나쁜 일은 따따블 세트로 온다는 말이 하나도 틀리지를 않는다니께. 공사다망한 거 싹 처리하고 오느라고 이냥 늦어버렸네, 고생 많었지, 어찌되얐어? 시발놈의 새끼들, 암것도 아닌 걸 가지고 잡어가, 개새끼들, 우리 음순이 눈에 눈물 한 방울만 맺혀 있어도 다 죽여버릴 겨!" 하며 나타나지 않았다면, 한총련 출신 형사 입에서 무슨 얘기가 더 나왔을는지 모른다.

음순은 한총련인지 뭔지도 모르면서 그런 일에 휩쓸리자, 꿈꾸었던 대학 생활이 고작 이것이었나 만정이 떨어져 곧장 자퇴, 한 학기 만에 파란만장한 대학 생활을 마감해버렸다. 한총련 출신은커녕 데모 한 번 안 하고 졸업한 대학생 비위 맞춰줄 만한 말밑천도 딸렸던 것이다.

 좋은 일이든 나쁜 일이든, 나아가 아무 의미 없는 일마저도 대단한 말 안주거리가 되는 세상이고 보니, 음순의 경찰서 나들이는, 음순이 한나가든으로 귀환하고 노을이 떨어지기도 전에, 이 고장만 국한다면 인터넷 포털사이트 실시간 검색 일 순위에 오를 만큼 널리 회자되었다.
 이내 무렵, 저녁 먹으러 들른 조붕언(1954년생)이 이미 소문 듣고 제 딴에는 갖가지 생각도 해본 모양으로 쏘삭였다. "근데 어떤 후레아들놈이 우리 음전한 음순씨를 해코지했을까나." 내 수면사업자 조붕언, 호칭은 멋있는데, 하는 일은 강 개천 저수지 계곡을 들쑤셔 잡아낸 민물고기를 식당에 납품하는 생노가다라, 바짓가랑이에 흙물 마를 날 드문 이였다. 이 밤에는 저수지 아래 한나천 고기들이 조붕언의 전기질에 둥둥 뜨리라.
 "성님, 그게 무슨 말이랴?" "무슨 말이라니? 양귀비를 신고한 새끼가 어떤 후레자식놈이냔 말이여!" "신고라니유? 헬리콥터한테 걸렸다니께유. 헬리콥터가 요 마빡 위에서 살살이 훑어보더라니께." "쪼다 같은. 마빡 위에 떠? 헬기가 파리냐? 모기냐? 고것이 아무리 낮게 떴다 해도 돌배나무 밑에 있는 것을 어찌

본단 말이여." 명청이 멍하게 있자, 서창자가 끼어들었다. "요새는 과학 기술이 발달혀서 안 뵈는 게 없다는디. 헬리꼽따에도 그 뭣이냐, 레이단가 하는 게 달렸을 거 아닌가베. 글고 양귀비꽃은 원체 붉어갖고 십 리 밖에서도 보인다고 허잖여!"

"에이, 그거 다 헛소리유. 좋아유, 그렇다고 쳐유. 그럼 헬기가 다른 디 다 놔두고 하필이면 한나가든 상공에서 정찰을 했대유? 세상이 얼마나 넓은디 하필이면 남의 집 위에서 그 지랄을 했겄냐구유. 어떤 새끼가 그 집 텃밭께에 양귀비가 있다고 일단 신고를 했을 거 아니냐구유. 참, 맞어, 진실을 확인할 방법이 있지. 헬기 색깔이 뭐였어?" "색깔유? 신경 안 써서 잘 기억이 안 나는디." "글씨, 그게 뭔 색깔이 있었나?" 모자가 생게망게해서 헛갈려하자, 잠자코 있던 음순이 뚝 부러지게 대답했다. "내가 똑똑히 봤어요, 빨간색이었어요."

"빨간색? 그럼 소방서 헬기구만. 한나가든 텃밭을 정찰하러 온 게 아니고 한나산에 불 났나 정찰 왔던 거란 말이여." "아니, 헬기에도 색깔이 있슈?" "당연허지, 방송국 헬기는 흰색, 군바리 헬기는 국방색, 짭새 헬기는 파란색, 소방서는 빨간색. 내 말은 그러니께, 양귀비하고 헬기는 아무 상관이 없단 말이여. 명백히 어떤 후레자식이 신고를 했다는 겨."

서창자가 두 손을 훼훼 저었다. "아녀, 자네가 오해한 겨. 신고한 사람이 있다면 우리께 사람일 텐데, 사람두 몇 없구, 있는 사람두 그럴 사람들이 아녀! 내남없이 착혀갖구 남 해코지할 사람이 읎어. 자네처럼 숭악한 인물이 여기는 읎다니께. 기냥 헬리꼽따에서 본 게 맞어. 소방서 헬리꼽따가 보고 경찰한테 연락해준 것일 껴. 그러니께 헬기 가자마자 형사가 온 거 아닌감." "그건 그냥 시간의 우연한 일치라니께유. 거, 대학생 놈들이 한 떼거리 왔었다면서유? 그 개새깽이들이 혹시……" "갸들이 보면 뭘 알어. 벼하고 피도 구별 못 한다는디. 산삼을 갖다줘도 도라지인 줄 알 애들, 양귀비를 봤다 한들 흑장미인 줄 알았겠지."

별안간 음순이 성난 고양이처럼 소리쳤다. "내 손에 붙잡히기만 해라, 모가지를 분질러버릴 겨!" 열여덟 살 때 경찰서로 끌려가기 전 구사대인지 깡패인지 하는 것들한테 죽도록 얻어맞다가 저도 모를 분기가 치솟아 발딱 일어섰을 때처럼, 두 주먹을 불끈 쥐고 부르르 떨며, 아예 포효를 했다. "불알을 떼서 짝짝 씹어 먹을 텨!"

서창자가 잔뜩 겁먹은 얼굴로 며느리를 덥석 껴안고 비는 소리를 했다. "그려, 내가 쥑일 년이다, 미안허다, 미안혀. 내가 경찰서 가야 되는디 왜 니가 갔다냐. 넌 경찰서에 있었지만, 난 가시방석에 있었다. 가시방석이 뭐여, 부엌칼을 껴안고 벌벌 떨었다. 며느리가 늙은 시어미 대신 고초를 당하다니, 조선시대도 아니고 이십일 세기에 말이 되는 소리냐. 내가 쥑일 년……" "어머니, 지금 그게 문제가 아니라고요. 어떤 개불알놈이 어머니랑 저를 신고한 거라니까요! 작정하고 신고한 거라고요, 우리 집 엿먹일라고요. 그 쥐새끼를 잡아서, 멱을 틀어야 한다니까요!"

우라질 양귀비

한나가든 뒤편 등성이에는, 한나면이 통째로 저수지 밑바닥으로 가라앉기 전, 한나면 최고의 가문이었던 한씨네 무덤 다섯 기가 저수지 푸른 물결을 바라보며 오종종 모여 있었다. 무덤에서 야산 쪽으로, 집인지 마귀 소굴인지 헛갈리는 싸리나무 지붕 집 한 채, 또 폐가나 진배없어 뵈지만 새마을운동 시대까지만 해도 남부끄럽지 않았을 기와집 한 채가 담벼락을 맞대고 있었다. 삼십여 년 전 수몰 당시만 해도, 가든 터부터 야산 꼭대기까지 한씨네 땅이었지만, 지금은 무덤 자리 빼고는 전부 서창자의 소유였다.

서창자는 한씨네 몸종이나 다름없었고 남편 최개동(1938년생)은 한씨네 머슴이나 다름없었는데, 살림을 차린 후에도 한씨네 몸종 머슴처럼 살던 부부는, 수몰 때 한씨네를 따라가지 않았다. 산지사방으로 흩어진 동네 사람들을 따라나서지도 않았다. 부부가 살던 움막을 함바로 개조해, 팔도에서 몰려온 뜨내기 인부들에게 밥을 팔고 술을 팔았다. 아내는 장사를 하고, 남편은 노가다를 해서 그럭저럭 먹고살 만했는데, 제방 공사가 끝나고 창대한 저수지 시대가 개막된 이후에는 참 힘들었다. 인부들이 떠났으니 함바는 접어야 했고, 공사 막바지에 돌덩이에 잘못 치여 허리 심하게 다친 남편은 억수로 앓다가 저승으로 가고 말았다.

산나물 약초 캐다 팔며 화전민처럼 살아가던 서창자는 어느 날 깨달았다. 낚시하러 오는 사람들이, 그것도 버스가 아니라 자가용 끌고 오는 사람들이 많아지고 있다는 것을. 밑져야 본전이라는 각오로 다시금 함바를 꾸렸고, 어떤 정신 나간 것들이 저수지 와서 밥 처먹는다고 저 지랄이냐, 오십대 나이에 미친 할망구 되었다는 소리를 들어가면서, 끈질기게 영업을 했다. 이 고장에 큰 대학이 하나 생겼는데 그 대학 것들이 사철 내내 모꼬지를 와주는 통해 그럴듯한 식당으로 탈바꿈했고, 자가용 시대와 '놀자 놀자 늙으면 못 노나니 젊어서 놀자 시대'가 도래하여 떼돈을 벌게 되었다. 차가 있다면, 복잡한 시내보다 이런 호젓한 저수지 가에서 밥 처먹고 술 마시겠다는 정신 나간 것들이 부지기수였던 거다.

도시 가서 몰락한 한씨네 자식들에게, 헐값으로 집터와 기와집은 당연하고 야산 꼭대기까지 인수를 했고, 안채를 따로 냈고, 식당채와 민박채를 구별했고, 주로 낚시꾼을 상대로 하는 슈퍼도 차렸고, 별실이라고 할 수 있는 오두막을 5호실까지 갖추게 되었고, 하여 '식당'이 수준에 맞지 않는 것 같아 시대의 대세에 맞춰 '가든'으로 바꿨고, 노래방 시대 즈음해서는 누구보다도 먼저 최대 삼백 명 수용 가능한 노래방채를 지었다.

저수지 가 사람들이 황새 쫓는 뱁새 모양으로, 민박집을 내고 낚싯가게 식당 가든을 차리고 하여 경쟁이 치열해지면서 한나가든의 급성장기도 막을 내렸다. 그래도 선구자로서 오랫동안 다진 입지 때문에 2002년 월드컵 때까지만 해도 저수지 가에서 최고 매출의 영광을 유지했으나, 통 큰 자들이 러브호텔이니 펜션이니 서양식 카페니 같은 것을 내고, 세상의 길이 더욱 빠르고 구석구석까지 안 닿는 곳이 없게 되어 차 가진 사람들이, 결정적으로 놀고먹는 대학생들이 더 멀고 더 폼 나는 곳을 선호하면서부터는, 다른 영업자들과 마찬가지로 고전을 면치 못 하게 되었다.

서창자가 하루에 백 번씩, "달랑 하나 있는 자식이, 대가리가 돌댕이인지 공부도 뒈지게 못하는 것이 소갈머리까지 더러운 것도 모자라 역마살까지 끼었으니, 아주 아들이 없는 셈 쳐야 나라도 살지, 허지만 자식이 웬수라고, 그 못난 것이 오늘은 어느 하늘 밑에서 밥술이나 떴으랴, 근심이구만, 근심이여!" 넋두리하게 만들었던 최명청이, 무슨 재주를 부렸는지 저보다 여섯 살이나 어리며 기절초풍하게도 대학물까지 먹은 아가씨까지 꿰차고 정착한 것은 아이엠에프 때부터였다.

그것이 아이엠에프 때문에 밥장사 술장사 잠자리 장사 낚시장사 다 망했다고 성질내는 다른 저수지 가 상인들과는 유다르게, 서창자가 아이엠에프에 감사하는 이유였다. 아이엠에프가 아니었다면 아들은 계속 도시에서의 삶을 갈구했을지도 모른다. 금지옥엽 며느리도 절대로 시골로 따라나서지 않았을 테다.

윤태공은, 저수지 관리인 윤완장(1963년생)의 아버지인 까닭에, 사시사철 낚시질로 한나저수지의 잉어 메기 붕어 들을 깡그리 건져올려도 저수지 사용료를 일 원짜리 한 개 안 내는 노인이었다. 낚시질에 귀신인데 왕년엔 계집질에도 귀신은 못 돼도 도깨비쯤은 되었던가보다. 심지어 며느리를 건드렸다는 소문이 있었는데, 그 소문을 한나가든의 고부는 굳게 믿어 의심하지 않았다. 하여간 언덕배기 기와집채를 그 노인네에게 세준 지 벌써 오 년이고, 상거래 인연은 그 세 배의 세월에 이르렀다.

윤태공은 잡고기들은 세 끼니 매운탕으로 끓여 먹고, 씨알 굵은 것들은 그 많은 매운탕 집을 놔두고 죄 한나가든에만 팔면서도, 늘 값을 야박하게 쳐준다고 동네방네 욕을 하고 다녔다. 한나가든 고부도 윤태공을 짐승 보듯 박대하면서도 그의 고기를 사지 않을 수 없는 것이 워낙 품질이 좋았다. 내수면사업자 조붕언이 최첨단 장비로 무장하고 날고뛰어도, 윤태공이 싸구려 낚싯대로 잡아올린 것에 도무지 상대가 되지 않았다. 하지만 윤태공을 의심하는 것은 상거래상의 앙앙불락 때문이 아니다.

한 달 전, 열한 뿌리였던 양귀비가 열 뿌리로 줄어 있었다. 어디서인가 스스로 날아와 스스로 자란 영물이었으나, 제 자식처럼 여기고 있던 양귀비인지라, 뿔이 단단히 난 서창자는 간단하게 범인을 잡을 수 있었다. 고기를 귀신처럼 잘 잡는 노인네 눈이라면 돌배나무 밑 양귀비가 소나무만큼 크게 보이지 않겠는가. 텃밭에서 쉰 걸음 떨어진 기와집채에 다짜고짜 들이닥치니, 마침 윤태공은 양귀비 잎사귀에 밥 한 숟갈 싸서 입에 넣기 직전이었다.

"할망구네 밭에 떨어졌다고 할망구네 건가, 본시 임자 없는 것은 보는 사람 뽑는 사람이 임자"라는 논리로 뻗대던 윤태공, 그러나 억센 사내들을 상대로 한 밥장사 술장사 경력 삼십 년에 남정네 다루기 내공 구 단인 여장부 서창자를 어찌 이기랴, 고기 값 흥정 때처럼 금방 꼬리를 내리고 "나가 무조건 잘못했구먼. 지발 긍휼히 여기셔. 나가 조석으로 부실하게 먹으면서 만날 깡술 처마시느라고 설사를 달구 사는 거 알잖남, 설사병에는 산삼보다 낫다는 양귀비가 보이는데 어찌 안 뽑고 버틸 수 있었겄남. 지발, 한 번만 봐주셔!" 애걸복걸을 했다.

어쩌랴, 서창자는 용서했다. 그런데 이 늙은이가 눈에 뵈는 게 없는지 나흘 뒤에 또다시 한 뿌리를 뽑아가버렸다. 이번엔 일절 대거리 없이 죽는소리를 하며 빌어대는데, 또 어쩌랴, 또 용서해주고 말았다. 그리고 열흘 뒤에 또 한 뿌리가 사라졌는데, 아무리 닦달을 해도 이번엔 죽어도 자기가 안 캐갔다고 오리발을 내밀었다. 싸리나뭇집 백수 청년(1983년생)도 있고, 컨테이너에 환쟁이(1960년생)도 있고, 맛나슈퍼 김화투(1943년생)도 있는데, 왜 자기만 의심하느냐는 거였다.

하도 우기니 짜장 이번엔 딴 놈인가 싶었다. 처음이나 두번째와는 달리 증거가 없었다. 이런 사연을 가지고 있으니, 윤태공 노인네가 억하심정에, 눈에 늘 보이지만 뽑을 수도 꽃을 딸 수도 없어 괴롭기만 한 그것을 공권력의 힘을 빌려 없애버릴 작정을 하고, 실행에 옮기고도 남음이 있지 않은가?

환쟁이는 지금은 컨테이너에 살지만, 십 년 전에는 백수 청년이 사글세 사는 싸리나무 집채를 홀로 짓고 '서편말'이라는 찻집을 운영했던 이다. 나고 자란 마을을 되새기는 마음으로 상호를 그렇게 지었다는 것이다. 환쟁이는 수몰된 한나면 서편말 출신이었다. 환쟁이가 나타나서 반죽 좋게도 "어머니, 성공하셨구먼유, 지는 어머니가 이르케 성공할 것을 믿어 의심치 않았당께유!" 설레발을 치면서 땅을 빌려달라고 했다. 어렴풋하지만 기억나는 얼굴이고 어머니, 어머니 하는데 까짓 거 노는 땅 한 뙈기 못 빌려줄 거 있나, 흔쾌히 빌려주었다.

도시에서는 꽤 잘나가는 화가라는, 근거 없이 떠도는 소문 때문에 환쟁이라고 불렸지만, 그림 그리는 모습은 한 번도 안 보여주었고, 일 년 동안 텐트 치고 살며 집 짓는 모습만 보여주다가, 겨우 두 달 영업하고 홀연 사라지고 말았다. 그가 사라진 다음날 여남은 깍두기 상통이 들이닥쳐서 찻집인지 도깨비 집인지를 뒤집어놓았다.

도깨비 집이라고 해도 과언이 아닐 만큼, 야살스럽게 지어진 집이었다. 지붕은 담벼락까지 완전히 덮은 싸리나무였고, 하나 있는 방은 가로 구 미터 세로 이 미터로 온돌식인데 천장 없이 바로 대들보였고, 마루엔 멍석이 깔려 있었고, 벽난로가 있었고, 서양식 창문이 세 개 나 있었다. 결정적으로 대문 앞에서 스무 발짝만 걸으면 바로 한씨네 무덤 다섯 기였다. 저런 데서 차 마시겠다는 인간이 있을까 싶었지만 곧잘 손님이 들어 〈세상에 이런 일이〉에 알려야 되는 게 아닐까 싶던 차에, 그리 싱겁게 찻집 시절을 마감하게 된 것이다.

그러지 않아도 무덤들 때문에 귀신 나올 것 같은 분위기인데 그 빈집까지 가세하자 아주 〈전설의 고향〉 세트장을 방불케 했다. 나중에 환쟁이가 돌아와 뭐라 하든 일단 포클레인 불러다 밀어버릴 작정을 하고 있는데, 그 싸리나뭇집이 꽤나 생명력이 있나보았다. 뜻밖에 그곳에서 살 수 없겠느냐는 이가 나타났던 거다. 한나가든 고속 성장 역사에 지대한 공헌을 한 그 대학교에 다니는 학생이었다. 이후로 싸리나뭇집은 자췻집이 되었다. 살겠다는 학생이나 졸업생이 끊이질 않았다. 길게는 이 년 짧게는 한 계절도 살았는데, 한나가든 식구들은 그 집을 거쳐 간 청년을 열댓 명이나 겪고도, 젊디젊은 것들이 저런 고독하고 을씨년스러운 데서 기꺼이 한때를 감내하는 이유를 알 수가 없었다.

까맣게 잊었던 환쟁이가 사라질 때만큼이나 홀연히 나타난 것은 작년 봄이었다. 환쟁이는 자기가 지은 집임을 내세우며 싸리나뭇집에 살고 있던 학생을 당장 쫓아내달라고 하더니만, 서창자가 눈알을 부라리며 "미친놈아, 학생들 아니었으면 저 집이 아직 남아 있겠냐? 감사하지 못할망정 쫓아내라고? 네놈이 썩 꺼져라!" 부아를 내자, 배시시 웃으며 또 땅 한 뙈기만 공짜로 빌려달라고 했다.

빌려달라는 땅이 또, 무덤들에서 겨우 서른 발짝 떨어진 성황당 밑자락이었다. 빌려줬더니, 어디선가 컨테이너뿐만 아니라 여자까지 끌고 와 살림을 차렸다. 여자는 두 달이 못 돼서 떠나버려, 홀아비가 된 환쟁이는 그림을 그리지는 않고, 아예 그림 그리는 도구도 없고, 낚시질을 하는 것도 아니고, 찾아오는 이도 없고, 차는 있지만 한 달에 한 번 정도 식료품을 왕창 사올 때 말고는 만날 썩히고, 대신 한밤중에 저수지 가를 싸돌아다니며 낚시꾼들 심장을 덜컥대게 하여 운전자들한테는 몽달귀로 소문이 났다.

음순은 환쟁이를 무고한 적이 있다. 지난겨울에 저수지 북쪽에 러브호텔을 빌딩처럼 세우고 골프 연습장까지 지은 졸부의 고등학생 딸이 실종된 일이 있었다. 실종된 날 한밤중에 음순은 오줌 누러 일어났다가 달빛에 끌리듯 저수지를 조망하러 갔고 분명히 보았던 것이다. 보트장 나루터 가로등 밑에 서 있는 환쟁이와 어린 여자를. 깨가 쏟아지게 놀고 있었다. 며칠 뒤 실종된 여고생 사진을 보았는데 영락없이 환쟁이랑 있던 그 여자 같은 거였다.

신고했다. 경찰서로 끌려간 환쟁이는 말할 수 없는 고초를 겪다가 그 실종 고삐리가 제주도에서 학원강사랑 잘 놀아나고 있다는 사실이 밝혀진 뒤에야 풀려났다. 그렇다면 한밤중에 환쟁이랑 놀아난 어린 여자는 대체 누구였단 말인가? 남편 최명청은 혹시 맛나슈퍼 집 손녀딸 낙미(1991년생)를 잘못 본 거 아니냐고 했는데, 공장에서 척 보고 불량품을 족집게처럼 골라내던 눈인데 잘못 볼 리도 없거니와, 낙미가 왜 한밤중에 거기 나와 있단 말인가. 혹시 몰라 확인해보니 그날 낙미는 저 다니는 고등학교 기숙사 친구 방에서 잤다고 했으니, 절대로 낙미는 아니다. 그렇다면 처녀 귀신이었나? 에그, 무서워라!

하여간 환쟁이를 무고했던 것이다. 형사들은 걱정하지 말라고 절대로 신고자의 신원을 알려주는 일은 없다고 했지만, 세상일을 누가 아는가, 환쟁이는 알고 있을지도 모른다. 알지는 못하더라도 의심은 하고 있을 테다. 음순은 환쟁이를 볼 때마다 오금이 저려서 견딜 수가 없었다. 몽달귀 같은 환쟁이가 양귀비 자라고 있다는 걸 몰랐을까, 분명히 알고 있었을 테고, 복수심으로 음순을 골탕 먹이려 했었는지도 모른다.

맛나슈퍼 김화투는 십여 년 동안, 겨우 백 미터 사이를 두고, 한나저수지 상류 쪽 방갈로 패권을 다투어온 사이였다. 방갈로 사업을 처음 시작한 것은 김화투네였다. 역시 수몰민 출신인데, 남들처럼 보상금 다 말아먹고 패가망신한 게 아니라, 착실히 돈을 좀 모았는지 "수구초심이라잖유, 물속에 든 고향이라도 고향은 고향인께유!" 기어들어와서는, 땅 한귀퉁이를 사고 슈퍼를 냈다. 정말로 장사해서 돈 벌 생각이라면 이미 막강한 입지를 다진 한나가든 슈퍼에서 일 킬로는 떨어져서 하든가 말든가 해야 할 테다. 돈 벌 생각 한 오라기도 없는 심심풀이 땅콩 짓거리인가보다 했다.

그런데 저쪽 산기슭 밑에 방갈로를 다섯 호 띄워 낚시꾼들을 독점하기 시작한 거였다. 서창자는 머리 잘 썼다고 대견해하며 사업 번창을 진심으로 축하해주었으나, 돌아온 탕아 최명청은 생각이 달랐다. 식당 사업은 어차피 어머니의 것, 사내대장부가 슈퍼나 지키면서 빙충이로 썩어갈 수 있겠는가, 자신의 능력을 뭔가로 증명해야겠다는 결기와, 돈 욕심에 부풀어 어머니가 평생 모은 재산을 담보로 일단 보트장을 만들었고, 보트 대여 사업이 의외의 성공을 거두자 더욱 욕심을 내 방갈로 사업에도 뛰어든 것이다.

독점의 지위를 누리고 있던 김화투가 멍하니 당하고 있을 수 없는 일, 각기 방갈로가 스무 호에 이르러 이제 서로 간에 숫자를 늘리지 않기로 협약을 맺을 때까지 살벌한 무한 경쟁을 벌였다. 맑은 계절 날씨 쾌청한 주말에나 낚시꾼이 차고 넘칠까, 평소에는 하루에 열 팀이나 오면 많이 오는 건데 그 손님들 놓고, 과장하면 불알 한쪽씩 붙잡고 끌어당기는 식의 야비한 다툼질도 무수했다.

견원지간으로 으르렁대던 두 사내가 평화로운 연대를 맺은 것은 방갈로 사업 패망기에 접어들면서부터였다. 진짜 낚시꾼들은 넓은 차로 빠른 도로를 달려 멀리 소문난 데로 가고, 방갈로에서 낚시보다는 화투나 포커를 즐기던 이들은 경품이나 상금 걸린 썩은 사료 냄새 나는 낚시터로 가고, 역시 낚시보다는 연애하느라고 시끄럽던 이들은 곧장 러브호텔 같은 데로 가고, 여하간 똥파리를 날리는 수준이 아니라 똥파리를 보기도 힘든 수준에 이르렀다. 백수 신세가 된 두 방갈로 사업자가 어쩌다 눈이 맞았는지는 모르지만 나이 차이, 세대 차이를 뛰어넘어 좋은 화투 친구가 되었고, 이것이 음순이 김화투 노인네를 마구 미워하는 결정적인 이유가 되었다.

주로 맛나슈퍼 밖에 있는 탁자에서 판을 벌이는데, 남편 명칭이 매번 잃었기 때문이다. 맞고 칠 때는 물론이고, 맛나슈퍼 안주인 그러니까 김화투 마누라 애꾸댁(1947년생), 또 윤태공이나 그의 아들인 저수지 관리인 윤완장 등과 서넛이 칠 때도 혼자서 호구 노릇을 했다. 판돈이 끽해야 삼만 원도 안 된다지만, 일주일에 삼만 원씩 잃는다 치고, 일 년 계산해봐라. 백만 원 훨씬 넘는다. 치면 따야지 따지도 못하는 화투를 왜 치느냐고 바가지를 아무리 긁어도 웬숫덩어리 남편은 툭하면 슈퍼를 비우고 남의 슈퍼 앞에서 그 지랄을 해대니, 호구 하나 혹해서 지 마음대로 갖고 노는 김화투 노인네가 원망스러울 수밖에 없었다.

하지만 김화투를 의심하는 까닭은 다른 데에 있었다. 김화투 손녀딸 낙미 때문이다. 낙미가 과외 받는다고, 싸리나뭇집 백수 청년에게 밤낮으로 들락거리는 것이, 음순의 눈에는 아주 위태로워 보였다. 열일곱 어린 나이로 공장에 들어가자마자, 서른 노총각 작업반장의 꾐에 넘어가 사랑인지 불장난인지로 처녀성을 잃었던 음순은, 백수 청년이 부처님 가운데토막도 아니고, 낙미가 야무지고 똑똑하고 예쁘기로 삼동네에 소문 자자한 심청이 같은 애라지만 사랑인지 불장난인지 분간하기 어려운 나이, 뭔일이 났어도 벌써 났겠다 싶은 거였다.

딴은 낙미의 미래를 위하여 애꾸댁에게 그런 걱정을 귀띔했다. 그런데 애꾸댁이 어떻게 잘못 전달했는지는 모르겠지만, 김화투는 낙미가 원조교제라도 했다는 소리로 들었던 모양이다. 사람이 진정 화가 나면 저리 되는가, 거의 광분한 김화투가 쫓아와 멱살잡이를 했고, 음순은 하지도 않은 '원조 교제'라는 말을 했다고 할 수도 없거니와, 남정네랑 싸우는 일이라면 언제든 환영이라는 식으로 단련이 돼 있어서, 나이고 뭐고 다 집어치우고, 삿대질해가며 죽기 살기로 대들었다. 아직도 화해를 못 하고 있었다.

사실 노인네가 더 상처를 받았을 것이다. 잘못 들은 거지만 아무튼 손녀딸 원조 교제 했다는 소리를 들은 판에, 막내며느리뻘한테 막돼먹은 상소리 몹쓸 소리를 왕창 먹었으니. 아직도 분하실 겨, 양귀비 있는 거 알았다면, 나라도 신고했겠다.

백수 청년은 처음부터 마음에 안 들었다. 조실부모한 것도 서러운데, 신세대답지 않게 쉰세대적인 삶을 살아왔다고 자부하는 음순은, 청년이 희망도 꿈도 찾아볼 수 없는 자세로 시골구석에서도 공동묘지 옆 폐가 같은 곳에서 살면서 무위도식하는 꼬락서니가 역겨울 정도로 못마땅했다.

이태백 시대니 팔십팔만 원 세대니 시절이 대학교 졸업한 애들 미치고 환장하게 만드는 시절이란 걸 모르는 바 아니다. 하지만 시대 타령 세대 타령을 한다고 하늘에서 동아줄이 내려오나? 대학 졸업했으면 대도시로 올라가서 되든 안 되든 죽기 살기로 도전해봐야지, 부모도 부자가 아닌 것 같은데 웬 지지리 궁상이냔 말이다. 한두 달은 학원 강사질이라도 하는 것 같더니만, 의지박약하게 금방 때려치우고, 구렁이 소굴 같은 데서 대체 무얼 하는지. 백수 청년한테 마을 다니곤 하는 남편 말로는 뭘 쓴다고 하던데, 뭘 쓰는지는 모르겠지만 하여간 대책 없는 허릅숭이 같았다.

이래저래 백수 청년을 마음 상하게 만든 일이 여러 차례 있었다. 한번은 백수 청년이 소주 값이라며 만 원짜리를 들고 왔다. 찾아오는 것들은 있어 밤새 술 처마신 건 알았는데, 새벽에 술 떨어졌다고 자물쇠 고장 난 창고에서 지 마음대로 소주 가져다 마신 줄은 몰랐다. "손버릇 참 나쁘고만! 도둑괭이도 아니고 말이야." "저번에도 한 번 그랬는데요, 할머니께서는 술 떨어지면 또 그래도 된다고 그러셨어요. 돈만 제대로 가지고 오면 된다고요." "어머님이야 마음 넓으시니까 그리 말하셨겠지, 하지만 나는 아닙니다. 내가 보기엔 순 도둑질로 보여." 도둑놈으로 몰린 청년, 자존심을 제대로 다친 듯 막 울어버릴 것 같은 얼굴이었다.

또 한번은 청년이 제대로 사고를 쳤다. 학원강사질 할 때였는데 청년이 밤늦게 돌아와보니 냉골이었다. 뒤란 보일러에 가보니, 코드가 빠져 있었다. "우이씨. 누가 코드를 빼놨어? 귀신인가?" 청년은 코드를 힘껏 꽂고 흡족해져서는 돌아섰다. 뒷짐을 지고 몇 발짝 갔을까, 최루탄 터지는 소리가 들렸고, 섬쩍지근해서 뒤돌아보니, 보일러가 시커먼 연기로 뒤덮여 있었다. 도대체 무슨 일이 일어난 것인가, 아까는 보고도 본 체 만 체한 변압기가 유난히 선명하게 보였다.

음순은 한눈에 사태를 파악했다. "무식하기는. 변압기 안 보였어? 퓨즈만 나갔어야 할 텐데." "퓨즈만 나가지 않았으면 어떻게 되는 건데요?" "전공이 대체 뭐였어? 그런 바보 같은 질문을 하게. 정말 모르겠어? 모터가 타버렸겠지." "모터는 비싼가요?" "그걸 말이라고 해? 오십만 원만 받을게." "아줌마, 하지만 대체 누가 변압기에서 코드를 빼놓았을까요. 누군가 건드리지만 않았다면 아무 일도 안 일어났을 거 아닙니까?"

변압기를 건드린 사람은 남편이었다. 노래방 수리 공사를 하던 중, 전기를 끌어오기 위해서 용량 큰 변압기가 필요했는데 싸리나뭇집 보일러에 시설된 변압기가 안성맞춤이라 갖다 쓰고는 원래대로 해놓지 않았던 것이다. 남편은 제 잘못도 있어서 그런지 모터 수리비는 받을 생각도 않고, 청년에게 전기장판도 모자라 소형 히터까지 갖다주는 것이었다. 시어머니는 아예 민박채에서 자라고까지 하고 말이다. 그러나 음순은 청년이 공연히 얄미워서 볼 때마다 "잘못이 반씩 있는 거 아닌가. 모터 수리비 반은 내야지. 대학 나왔다는 사람이 변압기도 몰라보고, 그러니 취직도 못 하고 이런 데서 썩지" 하는 식으로 약을 올리고 자존심을 박박 긁었던 거다.

가장 최근엔 이런 일이 있었다. 청년이 빈 병 가득 담긴 종량제 대봉투를 세 개나 운반해왔다. 전에 살던 학생이 처마신 것에다 자기가 처마신 것까지 죄 가져온 모양이었다. 맥주병 소주병 각각 백 개씩 잡고, 맥주병이 '공병 오십 원 환불', 소주병이 '공병 삼십 원 환불'이니까, 얼추 팔천 원이라는 계산을 하고 온 모양인데, 음순은 병을 헤아려보지도 않았다. 빈 병 쌓아놓은 무더기에 봉투째 부려버렸다.

아무것도 안 주려고 하다가, 청년이 참혹한 얼굴로 따지지도 못하면서 부들부들 떨기만 하는 게 귀엽기도 하고 안쓰럽기도 해서, "우리 백수 청년, 고생했는데 뭐라도 줘야지. 뭐 줄까? 담배 줘?" 달랑 디스플러스 한 갑을 주었다. 청년이 도저히 못 참겠는지 눈을 부라려 떴다. "아줌마, 정말 너무한 거 아니세요?" "백수 청년 염치도 좋네. 모터 값이 얼마라고 그랬더라? 벌써 잊으셨나?"

약 올라서 기절이라도 할 줄 알았는데 청년이 별안간 씩 웃었다. 미쳤나? 미쳤군! 장난이 너무 심했나. 이때 청년이 이런 말을 했던 것이다. "누님, 저한테 관심 있으세요?" 음순은 정신이 번쩍 났다. 청년이 또 말했다. "원하신다면 언제든지 오세요. 저는 언제나 준비되어 있어요." "무슨 말을 하는 거야!" 음순은 새되게 소리 지르며, 청년의 뺨따귀를 후려갈겼다. 뺨까지 맞았으니, 양귀비를 보았다면 당연히 신고할 만하지 않겠나?

아침 설거지를 끝낸 음순은 슈퍼로 갔다. 밤새 전전반측하여 완성한 추리를 장장 한 시간에 걸쳐 남편에게 들려주었다. 추리소설계의 여황제라고 할 수 있는 애거서 크리스티의 떠돌던 혼이 한국 땅 불혹 가까운 아줌마의 몸에 깃든 거 아니냐는 찬탄까지는 기대하지 않았다. 조선 과학수사대 '별순검'에 나오는 여수사관 흉내는 내고 있다는 추켜세움 정도만 바랐다.

그러나 최명청은 콧방귀를 뀌었다. "완전히 의심병이네. 글케 따지면 의심 안 가는 사람이 어딨어? 글구 결정적으로다 용의자가 전부 불알 달린 것들이네. 왜 여자는 의심을 안 햐? 몇 명 되지도 않는데 왜 의심을 안 햐?" "우리 여자들은 쩨쩨하게 신고질 안 해!"

"웃기셔, 참 웃기셔! 나도 한번 추리를 해볼까? 서편댁, 동편댁 두 아줌마 음순이한테 불만 엄청 많아. 음순이가 그 아줌마들 언제 어른 대접해준 적이 있어? 철저히 식당 종업원으로 취급했잖아?" "당연한 거 아냐? 장사하는 사람들이 왜 나이를 따져? 업주 측하고 종업원하고 같아?" "아무리 장사라도 그렇지, 음순이 말버릇이 너무 걸단 말여. 하루에도 몇 번씩 기분 나쁠걸. 아줌마들도 충분히 양귀비 신고할 수 있다 이거야. 말 방정 구 단에 인정 차갑기가 십이월 지리산 계곡물 같은 주인집 며느리 골탕 먹으라구!" "내가 그렇게 말이 힘해? 인정머리도 드럽고?"

"좀 심혀. 또 맛나슈퍼 애꾸댁 아줌마랑 낙미는 왜 빼. 다 빼고 원조 교제 사건만 가지고 봐도, 아줌마랑 낙미가 화투 노인네만큼 안 분했겠어? 더 분했을걸. 충분히 신고할 만하지." "그래, 내가 나쁜 년이다." "글고 또 한 사람 있어! 우리 엄마도 의심스러워!" "어머님까지?" "의심하기로 들면 그럴 수 있다는 겨. 어머니라고. 막 기어올라서 가르치려고드는 며느리 골탕 한 번 먹일 생각 왜 못 햐?" "지금 내가 어머님한테도 싸가지 없이 굴었다는 얘길 하고 있는 거야?" "기잖아, 너 요새 우리 엄마한테 너무 막 하고 있다 이거야. 우리 엄마가 아들놈 하나 잘못 둬서 막 괄시받는다 이거야."

"당신, 나한테 그렇게 불만이 많았어? 태산처럼 쌓였던 모양인데? 대학물 한 학기나 먹은 내가, 여섯 살이나 더 먹은 시골 똥통 고등학교 출신 백수건달하고 결혼해준 것도 모자라서, 꼬박 십 년이나 살아줬는데, 애를 둘씩이나 낳아줬는데, 그런 말이 나와? 둘 다 딸이라서 그래? 그중에 한 년이 심장병 수술 두 번 하느라고 네 필생의 사업 보트장 대여 끝장나서 그래? 야, 보트장은 어차피 망하는 거였어. 요새 어떤 미친 연놈들이 저수지로 나룻배 타러 오냐? 야, 네가 신고했구나? 성질 더러운 마누라 엿 먹이려고! 이제야 알겠다. 마누라가 잡혀갔는데 따라나서지도 않고, 조서 다 받은 뒤에야 쫄래쫄래 나타난 이유를. 빙충아, 마누라가 아무리 미워도 그렇지, 짭새한테 꼰질러? 내가 짭새라면 아주 학을 뗀다고 만 번은 얘기했잖아. 너, 이혼하고 싶냐? 당장해줄 수 있어! 양복 입어! 당장 이혼이야."

명청은 사태 파악을 했다. 뭐가 어찌된 건지는 모르겠지만 주둥이가 제대로 무덤을 판 것 같았다. 명청은 얼른 무릎을 꿇고 두꺼비 같은 손으로 식당일에 찌든 아내의 두 손을 꽉 움켜쥐고, "음순아, 내가 잘못했다. 내가 죽일 놈이다. 살려줘라, 살려줘. 너 없으면 나 죽는다. 제발 살려줘라!" 이 말을 오십 번은 되풀이하며, 파리처럼 싹싹 비벼댔다.

음순은 남편이 비굴하다 못해 불쌍한 모습을 보이자, 화가 진정되는 게 아니라 더 솟구쳤다. 참을 수가 없어 타박을 했다. "그만 빌어, 당신이 틀린 말 한 것도 아닌데, 뭘 그리 잘못했다고 저자세야. 자존감도 없어?" 명청은 울상이던 얼굴을 한순간 함박웃음 가득하게 바꾸고는 "흐흐, 우리 음순이 화 풀렸다. 요번이는 되게 빨리 풀렸다, 고마워, 고마워!" 했다.

"어이구, 나 아니면 누가 데리고 살았을까!" 하고 슈퍼를 나오는데, 용의자 또 한 사람이 떠올랐다. 내수면사업자 조붕언도 양귀비를 알고 있지 않은가? 딱 한 번의 불륜 정사를 마치고 맥없이 누워 있을 때, 조붕언이 "음순씨는 양귀비 같애! 그러니께 내가 목숨 걸고 꼬셨지" 하기에, 맞장구를 쳐준다고 한 말이 "우리 집 텃밭에 진짜 양귀비 있는데, 혹시 그게 정력에도 좋은가? 좋다면 한 뿌리 줄 수도 있어요." 였던 거다.

남이 보기에 떳떳하지 못한 일들이 대개 그렇듯이, 간통이라는 것도 처음 한 번이 어렵지 그다음부터는 아무런 죄책감도 겁도 생각도 없이 줄기차게 되풀이하게 된다지만, 음순은 그게 마

지막이었다. 처음 저지를 땐 가정이 파탄날 때까지 갈 각오도
돼 있었는데, 막상 저지르고 나니 다 부질없는 짓이었다는 어떤
깨달음 같은 게 있었고, 더이상 남편 이외의 남자를 그리워하지
않게 되었다. 불륜 섹스에 대해 품고 있던 환상이 다 깨져버린
모양이었다.

그걸 알 리 없는 조붕언은 들를 때마다, 한 번 준 년이 왜 또
안 주냐는 듯 노골적인 추파를 던지는데, 그걸 싹 무시하고 아
닌보살 했으니, 그 쉰다섯짜리 총각 좆대가리가 단단히 약 올라
있을 테다. 잘못 날아온 돌멩이 하나에도 연못이 풍비박산 날
수도 있다고, 고요한 연못에 돌멩이 던지는 심정으로 양귀비를
고자질했을지도 모른다.

아하, 또 한 사내가 의심스럽다. 윤태공의 아들 저수지 관리인
윤완장, 그 사람이라고 왜 신고를 못 하겠는가? 어쨌거나 부자
지간인데, 윤태공이 한나가든네에서 박대받은 얘기를 시시콜콜
하소연했을 테고, 양귀비 때문에 당한 억하심사를 왜 전하지 않
았겠는가?

사흘 뒤, 한씨네 무덤 다섯 기 주위에 사는 사내들은 공짜 밥
먹으러 가건만, 경찰서에 조사받으러 가는 것처럼 찝찝한 게 발
걸음이 천근만근이었다. 최명청이 입이 가벼운 건지 사내끼리의
의리 때문인지 흘려준 얘기 덕에, 모두들 음순에게 의심받고 있
다는 것을 잘 알고 있었다. 삼동네에 성정 격하기로 소문난 음

순이 들이닥쳐, 탐정 흉내 낼 것을 이제나저제나 기다리고 있었는데, 죄지은 것도 없이 초조했는데, 남 복장을 태우려고 하는지 하루 이틀이 가도록 안 나타나다가, 뜬금없이 저녁 먹으러 오라는 전갈을 보내온 것이었다.

저수지가 훤히 내려다뵈는 오두막 5호실에 들어가보니, 한 상 떡 벌어지게 차려져 있었다. 스무 가지도 넘는 반찬에 소주 열 병 맥주 열 병도 놀랐는데, 메뉴가 잉어찜에 기절초풍하게도 자라탕이었다. 칠순을 넘게 산 윤태공도 아직 못 먹어본 제대로 된 자라탕이었다. 최명청이 기다리고 있다가 손님들이 무거운 엉덩이를 내려놓기가 무섭게 소주를 따라주며 식기 전에 어서 드시라고 자꾸 권했지만, 사내들은 선뜻 수저를 잡지 못했다. 또 한 사람이 등장했는데 조붕언이었다. 조붕언도 침울한 분위기에 압도당한 듯, 평소 입만 열면 나오던 농짓거리를 던질 염도 못 내고 고개 까딱 인사만 던지고는 조용히 앉아 부처님 폼을 잡았다.

"최사장, 우리가 밥 못 먹어 환장한 아귀나 걸귀는 아니니께, 먹으라는 얘기 좀 그만하게. 자네가 우리 입장이라면 산해진미가 목구멍을 넘어가겠나?" "그렇습니다, 제가 터무니없는 의심을 받고 있다는 걸 알면서 이걸 어떻게 먹습니까? 도대체 아주머니 저의가 뭡니까?" "독약이야 탔겠어요." "댁은 이 상황에서도 객소리가 나오슈?" "우리가 맨정신으로 바른말을 안 할 거다, 그러니 술 취하게 해서 맛 가게 해놓고 심문하겠다 이건가 본디, 젊은것이 뭐 그리 계산적이여. 네 마누라, 지금 당장 오라

우라질 양귀비 277

구 그래. 정정당당하게 빨리 결판내자구. 말이야, 나두 할 말 억수로 많거든. 내 이년이 찾아오면 누가 옳나 죽기 살기로 결판을 내볼 참이었는데, 이런 치사빤스 수작을 해."

밖에서 다 듣고 있었던 모양이다. 열려 있던 문 밖에, 음순이 음력 열사흘 달을 등지고 서 있었다. 사내들이 한순간에 구미호라도 본 듯 얼어붙어 오두막은 고요해졌다. "무슨 오해들이 많으신 것 같네요. 저는 그냥 동네분이 몇 분 계신 것도 아닌데 한 번도 대접을 못 해드린 것 같아서, 그간에 못 한 대접까지 한꺼번에 대접 한번 하는 거예요. 그간 이러저러한 일로 우리 한나가든 식구들한테 섭섭한 게 많으신 건 저도 아는데요, 오늘 실컷 드시고 싹 푸시는 겁니다. 그럼, 맛있게 드세요. 여보, 접대 잘해! 파이팅!" 이러고 휙 가버리려는 걸, 김화투 윤태공 백수 청년 세 사내가 동시에 비명처럼 내지른 한마디로 붙잡았다. "양귀비는?"

음순이 살짝 웃음기를 띤 채 설명했다. "아, 양귀비요, 양귀비는 이것 참 부끄러운 얘기인데, 제 딸년이 그걸 언제 봤는지 그림 숙제로 그려 갔던가봐요. 어린 게 그림을 너무 잘 그려갖구, 선생님이 딱 보고 그 꽃인 줄 알겠던가봐요. 그런 꽃은 집에서 기르면 안 된다고 큰일 난다고 약간 무섭게 말한 모양인데, 이년이 겁먹고 지 아빠 휴대폰에 찍힌 박형사 번호에 걸어갖고는, 할머니 엄마 아빠 용서해달라고 주접을 떨었다지 뭐예요. 대체 누굴 닮아서 그림을 그리 잘 그리나 모르겠네. 여보, 다 식었겠다. 가스 불 지펴!" "그르케 된 거라니께유, 그르케 된 거라구유. 헤이, 별것도 아닌 게 여러 사람 쪼잔하게 만들었다니께유. 우라질 양귀비!" 남편 최명청이 추임새를 넣었고, 음순은 어느새 가버리고 없었다.

 믿기 어려운 얘기지만, 믿기로 했다. 사내들은 소심했던 비굴했던 안타까웠던 분했던 미심쩍었던 복잡했던 불안했던 심사를 시나브로 저수지 달빛 길에 던져버리고, 비어버린 가슴을 잉어와 자라와 소맥으로 채웠다. 취해가던 한 사내가 문득 이런 소리를 했다. "아까 말입니다, 음순 아줌마 꼭 양귀비 같지 않았어요?" 나머지 사내들이 그렇게 심한 헛소리는 처음 들어본다는 듯 신나게 껄껄댔다. 한 사내가 웃다가 사레 들려서는 꺽꺽대는 소리를 했다. "글케 따지면 양귀비 아닌 여자가 읊지!" 박장대소가 또 한바탕 흐드러졌다. 좀 진정되었을 때, 한 사내가 불쑥 판깨는 소리를 했다. "그런디 참말로 우리 중에 신고한 놈 읎는겨?"

빵집이 사라졌네

그래도 이 이기분이가 농사꾼으로만 산 것은 아니었다,
반나절짜리지만 직장 생활 11년 경력이 있다,
사람들하고 부대끼며 상처도 많이 받았지만
사는 보람도 많이 맛보게 해준 직장이 있었다,
저 빵집이 바로 그곳이다, 라는 식으로
감상에 젖어 자랑스러워할 때도 많았다네.

기분은 남편에게 의논도 없이 직장을 구했었네. 남편이 광산을 그만둔 지 다섯 달쯤 되었을 때였지.

큰아들 녀석은 3월에 저기 경기도 어딘가에 있는 대학교에 입학했네. 4월 중순에 한 번 내려왔지. 대학 생활 얘기를 건정 들어보니, 다른 건 잘 모르겠고, 생활비가 많이 부족한 것 같았어. 왜 안 그렇겠어. 대학생인데. 하지만 기분은 남편이 아들에게 생활비를 얼마나 주었는지 몰랐어. 다시 상경할 때도 몰랐지. 남편은 자기가 번 돈 자기가 확실히 관리하는 사람이고, 돈 쓴 내역을 마누라한테 일절 밝히지 않았거든. 물어보면 간혹 가르쳐주기도 했지만, 대개는 소귀 가진 사람이라고 무시하는 건지 안 가르쳐줬어. 치사해서 안 물어본 지도 오래되었어. 한데 녀석이 올라간 지 보름도 안 돼서, 공중전화로 돈 벌써 다 썼다고 징징댔던 거야.

"느이 아버지가 얼마나 주었는디?" "많이 주셨어유." "그런디 왜?" "제가 씀씀이가 헤퍼서 그렇죠. 저, 엄마, 죄송한데 저 아버지한테 말 좀 해주시면 안 돼요? 제가 지금 대학 식당 식권 값도 아쉬워서……" "너도 못 하는 말을 이 엄마가 워칙히 허냐?" "그렇지유? 알았어유, 엄마. 죄송해요, 제가 못나서…… 그만 끊을게유." "밥은 워칙히 하고? 밥값도 없다면서?" "그냥 얻어먹죠, 뭐. 보름만 더 버티면 아버지가 돈 보내주실 테니까."

밥을 얻어먹겠다는, 거지도 아닌 대학생 아들을 둔 어미 처지가 어찌 편하겠어. 기분은 남편에게 말을 붙여보았네. "판돈이가 돈이 좀 필요한가보대유." "똥 쌀 놈! 이십만 원이나 줬어." 남편은 기가 막힌지 묻지도 않은 액수를 가르쳐주었지. "이? 그렇게 많이유?"

기분은 한 십만 원이나 주었나 했네. 그런데 이십만 원이라니. 새천년에도 여전히 큰돈인데 90년도 당시에는 얼마나 큰돈이었겠나. 아들놈의 씀씀이가 헤프기는 한 모양이었네. 괘씸했네. 그 많은 돈을 보름 만에 탕진해버리고는 뭘 잘났다고 지 엄마한테 아쉬운 소리를 하는가? 하지만 어쩔 것인가, 굶고 있다는데.

"엠틴가 뭔가를 가느라고 회비를 냈대유. 책도 되우 사구요. 그래서 돈이 떨어진 모양이던디……" "그놈이 당신한테 뭔 소리를 했는지 모르겠지만, 신경 쓰지 말어. 난 줄 만큼 줬어. 나머지는 놈이 알아서 사는 겨." "그려도……" "신경 끄라니께!" 남편이 버럭 소리를 질렀고, 기분은 더이상 말을 못 했네.

다음날 기분은 비자금 오만 원을 들고 우체국에 갔네. 밥할 때마다 쌀 한 종지씩 덜어내어 여축했다가 팔거나, 오일장에 채소 팔아서 생필품 사고 남은 우수리를 모아서 만든 돈이었지. 우편환으로 송금하고 나와서 정류소 가게에 들렀네. 삼동네에서 발이 제일 넓은 걸로 소문난 초등학교 동창이 정류소 가게 주인이었지. 이 얘기 저 얘기 하다가 기분은 언뜻 물었지. "요새 여자들도 일할 자리가 많이 생겼다는데 아는 자리 좀 없남?" "많지. 말만 해."

기분은 골머리를 앓다가 사흘째 되는 날, 이윽고 작심을 했지. 동창에게 연락해보니, 아줌마를 구하는 데는 의외로 많았어. 해수욕장의 횟집들, 시내 식당, 다방, 커피숍, 저수지 주변의 가든들. 돈 벌려면 장사를 해야 되고 장사는 밥장사, 물장사가 제일이라고, 말깨나 한다는 사람들이 이구동성이더니만 실행에 옮긴 이들이 그토록 많았던 게지. 뿐만 아니라 공장도 많다는 거였네. 농공단지가 생겼는데 장갑 공장, 김 만드는 공장, 나사 만드는 공장, 한과 공장 다양했어. 하지만 딱 이거다 싶은 데는 하나밖에 없었어.

동창이 말해준 데로 전화를 걸었네. 이미 사람을 구했으면 어쩌나, 걱정한 게 우습게도 당장 와보라고 했네. 마침 병원에도 가야 했기에 남편에게는 따로 핑계 댈 필요가 없었지. 오후에 나가서 면접을 보았어. 주인은 실망한 눈치였어. 왜 아니겠어. 기분은 말라깽이였지. 대체 힘을 쓸 것 같지 않았다네. 병원 다

넌 이력을 알았다면 더욱 맘에 안 들었겠지.

기분은 가슴을 좍 펴고 당당하게 읊었네. "지가 이래 뵈도 농사 경력이 이십 년여유. 안 해본 농사일이 없슈. 남정네만큼이야 힘을 못 쓰지만 웬만한 일은 진득하게 잘해내유. 청소일을 깐보는 건 아니지만 청소일이 농사일만 하겄슈? 맡겨주시면 후회는 안 하실규."

주인네는 마지못해 말했네. "일단 한 일주일 일해보고 결정하는 게 어때요? 아줌마도 일을 해봐야 할 수 있는 일인지 없는 일인지 알 테고, 나도 하시는 걸 봐야 함께하실 수 있는 분인지 없는 분인지 알 수 있지 않겠어요?"

나중에 알았지만 그건 주인네가 사람 쓰는 방식이었네. 주인네는 대략 열댓 명 정도를 썼는데, 기분과 밥하는 아줌마를 제외하고는 다 젊은 애들이었지. 주인네는 누가 됐든, 첫눈에 들건 안 들건, 꼭 일주일 정도 일을 시켜보고 최종 결정을 했지.

기분은 일자리를 생각보다 쉽게 구해서 한없이 기쁘기도 했지만, 눈앞이 깜깜하기도 했네. 남편에게 허락을 받아야 했지. 아니, 허락을 하든 말든 출근하고 말 거니까, 통고를 해야 했어. 과연 남편은 어떻게 반응할 것인가? 순순히 허락해줄까? 그러지 않아도 다른 집처럼 맞벌이를 해보자고 운을 뗄 참이었다며 쌍수를 들어 환영해줄까? 그 반대라면?

남편은 광부를 그만두고 싶어서 그만둔 게 아니었네. 나라에서 강제로 탄광들을 없애버렸어. 석탄 합리화 방안이라나, 탄 캘

만큼 캤고, 이미 캔 것도 처치 곤란하니, 탄광은 더이상 필요 없다는 거였지. 광부들이 무슨 힘이 있겠어. 나라에서 시키는 대로 해야지.

차라리 잘된 일이었네. 광산이 없어지지 않았다면, 남편은 십 년을 더 탄쟁이로 살아야 했을 거라네. 환갑 때까지는 악을 쓰고 캤을 거야. 다들 그랬거든. 어쩌면 다른 늙은이들이 그랬듯이, 나이를 속여서, 생떼를 써서, 요샛말로 하면 로비를 해서, 환갑 훨씬 넘어서까지도 갱에 들어갔을지도 모르지.

남편은 서른 살 때부터 탄을 캤네. 결혼한 해부터였지. 쉰 살 때까지, 이십 년을 캔 거야. 그 이십 년 동안, 갱도에 들어가본 적이 없는 기분의 마음도 새까맣게 탔다네.

남편의 귀가가 조금만 늦어져도 탄광들이 두더지굴처럼 들어앉은 성주산을 쳐다보며 발을 동동 굴렀네. 저 땅속 깊은 곳에서 헬멧에 달린 랜턴 불빛 하나에 의지하여, 콩인지 탄 부스러기인 줄 모르고, 찬밥 먹을 남편을 생각하며 눈물 흘린 날이 부지기수였어. 까치만 몇 마리 찾아와 울어대도, 그것을 반가운 손님 오리라는 징조로 여기지 못하고, 광산에서 무슨 사단이 일어날 징조인 것만 같아, 그 자리에 넙죽 엎드려 오서산 바위신령님께, 또 부처님께, 혼절할 때까지 비손하곤 했어. "신령님, 부처님, 제발, 애아버지한테 아무 일 없게 도와주시유, 제발, 도와주시유."

남편은 시커먼 작업복을 입고 시커먼 자전거를 타고 돌아와서는 지친 목소리로 "또 어디 아퍼? 왜 땅바닥에 엎어져 있디야?" 뜨악하게 쳐다보곤 했지만, 기분은 무사히 돌아와준 남편이 고마워서 또 눈물을 흘렸어. 정말이지 신령님, 부처님 아니었으면 못 살 세월이었지.

그러나 남편은 기분의 그 시커먼 세월을 알아주지 않았네. 기분이 한참 눈치를 살피다가 드디어, 출퇴근 일자리를 구했다고 통고하니까, 한다는 소리가 고작 이랬지. "내가 굶겨 죽일까봐?" "누가 굶어 죽을까봐 그런대유. 배곯지 않는 세상 된 게 언제인디." "그럼 뭐여? 내가 광산 안 다니니께, 허구한 날 하늘이라도 무너진 것맹키로 오만상을 쓰고 있더니, 뭐, 취직을 혔어? 취직을 혀보겠다도 아니고?" "당신하고 상의 안 한 건 미안해유. 허지만 말하면 당신이 화만 내고 들어주지를 않을 것이니께……" "아가리 닥쳐!" "큰애가 대학생이구, 작은애가 고등학생이구, 막내가 중 삼이여유. 야 둘도 곧 대학생이 될 거유. 뭘로 가르칠 거유? 농사져서 답 나와유?" "이 여편네가 진짜. 맞아볼 텨!" 남편이 손을 치켜들었지.

남편은 아내에게 마음이 틀리면 무서운 눈빛과 표정을 하고 종일 한마디도 하지 않았네. 쥐 잡아먹기 직전의 독사 같은 얼굴, 살무사 같은 눈매를 하고. 그 무서운 침묵이 보름은 기본이었고, 한 달도 가고, 두 달도 갔지. 기분은 쥐띠고, 남편은 뱀띠였다네.

기분은 남편의 그 납득할 수 없는 침묵이 견디기 힘들었네.

차라리 포악을 떨든가 패든가 하시라고 매달려도, 남편은 끝내 말 한마디를 않고 침묵의 날을 한 열흘 연장했을 뿐이었지. 남편이 그러는 동안, 기분은 뼈가 삭아들어가는 듯했고, 누가 머리를 바늘로 찍어대는 듯했고, 피톨들이 말라버리는 듯 했어.

남편은 애들에게 "느이 엄마 이냥저냥 살리는 데 쓴 병원 값 약값만 없었어도 논 다섯 마지기는 사고도 남았을 것인다"라고 하는 모양인데, 기분의 입장에선 자신의 몸을 곧잘 병원과 약에 내맡기도록 만든 게 바로 당신의 독사 같은 얼굴, 살무사 같은 눈빛, 능구렁이 같은 침묵일진대, 그런 누명 씌우는 말씀을 하시냐는 거였네.

하지만 남편은 아무리 화가 나도, 아내에게만큼은 폭력을 일절 사용하지 않는 위인이었네. 결혼 생활 이십 년 동안, 정말이지 단 한 대의 매도 맞아본 적이 없었다네. 애들은 좀 맞았지만 말이야.

그런데 그날은 남편이 참말로 때릴 기세였던 거네. 남편이 때릴 폼을 잡은 것 자체가 처음이었지. 기분은 작정을 하고 말한 거였어. 남편에게 맞을 각오도 없이 그런 일을 벌였겠어? 하지만 막상 남편의 손바닥이 머리 위에서 부르르 떠는 걸 보니, 자지러 무서웠네. 남편이 좀 힘이 센가? 백 킬로그램짜리 비석을 혼자 짊어지고 저 앞산 꼭대기까지 올라갔던 위인이네. 맞으면 그냥 가는 거지.

기분은 발악하듯 외쳤네. "맞벌이를 하겠다는 거유. 당신이 뭔 죄 있어서 혼자 번단 말여유. 나도 좀 벌어서 보태겠다는 거라구유." "아가리 닥치란 말이여." "패유, 패. 그려유, 차라리 맞고 말겠어유."

노기가 충천해서 곧 폭발할 것 같던 남편이 갑자기 오그라들 듯 했어. 손도 스르르 내려왔지. 남편은 토방에 주저앉더니 두 손으로 제 머리통을 마구 문질러서 짓이기듯 했어.

얼마의 시간이 흘렀을까. 남편이 처연한 어조로 말했어. "내가 말했잖여. 소를 키울 거라고. 지금처럼 한두 마리가 아니라 열 마리씩, 스무 마리씩 키울 거라고. 그럼 그걸로 애들 학비 나와. 등록금 반은 탄광에서 나오고, 아무 걱정이 없잖여. 소값만 좋으면, 부자가 될 수도 있어. 탄쟁이 월급으로는 꿈도 못 꿔볼 그런 부자 말이여. 당신은 그저 살림이나 하면 되야, 지금처럼. 알겠어?"

그저 살림이나 하면 된다고? 지금처럼? 기분은 기가 막혔네. 당신이 광산에 가고 나면 누가 집안일을 했나? 당신은 자기 마누라가 저기 성주산 밑 광부 사택 여인네들처럼 종일 아무 일 없는 사람인 줄 알았나? 당신 여편네는 농사꾼이었네. 논 일곱 마지기에 밭뙈기가 오백 평이네. 그래, 논일이야 당신이 밤에 광산 다녀오면 낮에 했고, 낮에 다녀오면 밤에 했다고 치자.

그러나 밭일은 오로지 당신 여편네의 몫이었잖은가. 당신이 밭에 해준 거라고는 일 년에 한 번 똥 퍼준 것밖에 없잖은가. 밭 갈고, 고랑 만들고, 씨 뿌리고, 서너 차례 김매주고, 수확하고 갈

무리 오일장에 리어카로 싣고 가, 입심 사나운 여편네들에게 팔아 푼돈이라도 번 것은 대체 누구였던가. 한 몇 년 수박 농사지을 때는 당신이 제법 도와주었지. 하지만 수박 농사 접은 뒤로는, 당신은 밭을 쳐다보지도 않았단 말이야. 밭일이 문제가 아니라, 애들 셋 키워 대학생, 중고등학생 만들어놓은 게 대체 누구냐고?

아내의 반감을 헤아릴 상태가 아닌 남편은, 한숨을 푹 내쉰 뒤에 또 말했네. "어디 나가서 일할 생각은 하지도 말란 말여. 나도 알어. 요새 여편네들이 돈 번다고 방방 뜬다는 거. 우리 동네에도 몇 있잖어. 거시기 마누라는 시내 개고기 집에 밥하러 다니고, 욕쟁이 며느리는 청라 저수지께 가든에 설거지 다니고, 꼭대기 노씨네 마누라하고 등성이 이씨네 마누라는 짚새끼 엮는 공장에 다니지. 그래서 당신도 허파에 바람이 든 모양인데, 생각을 혀봐. 몇 푼이나 벌겠냐고. 그래서 얼마나 벌겠다는 거냐구. 그 푼돈 벌자고 집안을 팽개쳐? 그러면 안 되는 겨. 밖에서 돈 버는 건 사내들이 할 일이란 말여. 그저 여편네는 집에서……"

기분은 시대에 한참 뒤떨어진 남편의 말을 더이상은 듣고 싶지 않았네. 남편의 말이 더욱 마음에 안 드는 점은, 자상하다는 거였어. 남편이 그토록 자상하게 말을 해준 것은 생짜 처음이었어. 더 듣고 있다가는 감격해서 울어버릴 것 같았지. 나아가 출근을 포기해버릴 것만 같았어. 어떻게 마음먹고, 어떻게 구한 일자리인데, 포기하다니.

남편의 입을 틀어막듯 냅다 질러버렸네. "내일부터 출근할규. 하늘이 무너져두!"

남편의 얼굴은 순식간에 독사 같은 얼굴로 돌아갔네. 살무사 눈빛이 되었네. 벌떡 일어선 남편은 버럭 소리를 질렀네. "이 여편네가 진짜! 내일 나가면 다리몽댕이 부러지는 줄 알어!"

다음날 기분은 6시에 혼자 밥을 먹었네. 원래보다 사십 분 일찍 먹은 거였지. 눈을 비비고 나온 딸애가 놀라서 물었지. "엄마, 어디 가? 새벽부터 꽃단장을 했네." "그려, 오늘부터 출근을 해. 네가 고생 좀 해야겄다. 아침밥 먹거든 상 정리해서 아버지 점심상 좀 봐놔라. 찌개만 뎁혀서 드실 수 있도록 말여. 밥이야 알아서 퍼 드실 테니께, 그냥 놔두고. 설거지는 안 해도 돼. 참, 도시락 싸놨으니께 가지구 가고. 작은오빠 것도 좀 챙겨주고. 부탁헌다." "엄마, 지금 뭐하자는 거야?"

기분은 축사로 갔네. 소똥 치우고 있는 남편한테 외쳤어. "다녀오께유." "어딜?" "출근한다고 혔잖아요!" "이 여편네가 진짜, 죽고 싶은 겨!" "댕겨오께유." 기분은 뒤돌아섰네. 걸었네. "거기 안 서!" 남편의 고함이 하늘에 메아리쳤네.

동네 삼거리 버스 서는 데까지는 오 분 거리였네. 그 길이 얼마나 멀게 느껴지던지. 등짝이 미칠 듯이 스멀거렸네. 남편이 날려보낸 살무사 백 마리가 혓바닥을 사정없이 휘두르고 있는 듯했네. 그러나 돌아서지 않았네. 돌아서서 집을 보면, 아마도 마당에서 노려보고 있을 남편을 보면, 굳어서 바위가 될 것 같았네.

자전거 한 대가 앞을 가로막았네. 작은아들이었지. "엄마, 집에 가유. 아버지가 엄마 안 들어오면, 다리를 분지른대유." "범이야, 엄마도 벌어야 돼. 안 그러냐?" "집에서 벌구 계시잖아유. 채소 키우잖아유." "버스 온다. 지각하지 말고 공부 잘혀야 뎌." "엄마, 아버지 정말로 화났다니께유." 기분은 6시 50분 버스에 올라탔네. 안 보려고 했지만 보고 말았네. 바깥마당에 허수아비처럼 서 있는 남편을.

그날로부터 석 달하고도 열하루 동안 남편은 기분에게 단 한 마디도 하지 않았네. 기분이 헐레벌떡 집에 돌아오면 2시쯤 되었지. 함께 논일도 하고 저녁도 먹었는데 한마디도 하지 않았어. 각방을 쓴 것도 아닌데, 단 한마디를 하지 않았어. 기분은 몇 마디 했지. "다녀오께유." "다녀왔슈!" "진지 드셔유."

길고 긴 침묵 끝에 남편이 한 말은 "어디를 댕기는 겨?"였네. "빵집에 댕겨유. 거, 왜, 터미널 옆 심성당이라고 있잖아유. 우리 고장에서 제일 큰 빵집." "뭔 일을 하기에 점심참에 와? 한밤중이 안 오구?" "점심때까지만 일하는규. 당신 점심 혼자 드는 것도 거시기한디 저녁은 챙겨드려야쥬."

"뭔 일을 하느냐구?" 기분은 딸아이와 작은아들에게는 말을 해놓았네. 그러니까 남편은 자식들에게조차 제 마누라가 무슨 일을 하는지 물어보지 않은 모양이었네. "그르케 궁금하면서 워칙히 참았대유? 지가 빵집에서 할 수 있는 일이 뭐가 있겠슈. 빵을 만들겄슈, 팔겄슈. 청소해유. 유리창도 닦구. 참, 제과점이라고 해야 되는디 자꾸만 빵집이라고 허네. 빵집이란 말이 입에 붙어서 떨어지질 않여!" "을마나 받는디?" "한 삼십만 원 받어유." "제기럴. 지우 그걸 벌자고 그 지랄여? 똥 쌀 여편네 같으니라고. 나는 또 돈 백만 원은 번다는 풍신인 줄 알았다."

세월은 후닥닥 흘러갔네. 기분이 빵집에 들어간 게 사십대 중반이었는데, 어느 결엔가 오십대 중반이 돼 있었네. 남편은 막 육십대에 들어섰지. 그 십 년 세월 동안, 남편은 속으로는 어떤지 모르겠지만 입 밖으로는 그만두라는 말을 한 적이 없었어. 잘 다닌다고 공치사해준 적도 없지만 말이야.

또 남편은 돈을 벌어서 어디다 쓰냐거나, 혹시 월급을 안 올려주더냐거나, 일이 힘들지 않냐거나, 주인네는 어떤 사람이냐거나, 같이 일하는 젊은 애들은 싸가지가 있는 애들이냐거나, 뭐 한 가지 물어본 적이 없었어. 무관심 그 자체였지. 기분이 빵집에서 보고 듣고 느낀 바를 미주알고주알 다 얘기해주어도 얘기 잘 들었다는 표시 한 번을 안 했어.

기분이 다 얘기해도 두 가지만큼은 얘기를 안 했지. 하나는 돈 벌어서 어디다 쓰는지였어. 그거야 말할 필요가 없는 거였으니까. 신혼 때부터 남편은 생활비를 주지 않았어. 쌀 있고 김치 있으니 먹는 데 무슨 돈이 필요하며, 서로 간에 총각 처녀 때 입었던 헌 옷이 있고 혼례 때 장만한 새 옷이 있으니 입는 데도 무슨 돈이 필요하냐는 심보였나봐. 대신 채소 팔아 번 돈은 상관을 안 했지. 기분이 오 일에 한 번 장사치 노릇을 해서 번 돈이 생활비였던 거야. 빵집에 다닌 이후로는, 기분의 월급이 고스란히 생활비로 쓰였지.

또 한 가지, 남편에게 절대로 안 한 이야기는 힘들다는 얘기였지. 아픈 티도 못 냈어. 뻣뻣이 서서 유리창 높은 데까지 닦아서 그런가, 원래 안 좋았던 다리가 단단히 상해가는 것 같았지만 표시도 낼 수가 없었어. 힘들다고 하면, 아픈 티를 내면, 기다렸다는 듯이 당장 때려치우라고 할까봐.

대관절 남편의 속내는 어떠했을까? 남편이 제 속을 다 보여주는 유일한 사람이 있었지. 애들 큰고모였어. 애들 고모가 한번은 그러더군. "동상, 자네 서방이 원체 남 듣기 좋은 말을 못 하는 사람 아닌가베. 자네한테 그래서 아무 말도 못 하는 것일 텐디, 나한테는 그러더라구. 자기가 못나서 여편네 고생시킨다구. 그만두라고 하고 싶어도 그만두라고 할 수가 없디야. 애들 용돈은 자네가 다 댄 거라구. 소를 스무 마리나 키우면서두 그르케 돈이 안 될 줄은 몰랐디야."

하지만 남편이 그만두라고 말할 수 있는 날은 오고야 말았네. 남편이 예순한번째 생일을 맞은 날이었지. 요새 누가 환갑잔치를 하나, 잔치랄 것은 없고, 동네 사람한테는 점심 대접하고, 일가친척한테는 저녁 대접하고, 늦도록 설거지를 한 다음 겨우 허리를 세웠을 때였지. 남편이 말했어. "고맙네. 나 생일 먹자구 당신이 너무 고생을 혀. 그런데 말여, 그만둘 때도 되지 않았나? 이제 안 다녀도 될 것 같은디."

기분은 남편이 혹시 그런 말을 할 때를 대비하여 오래전부터 준비해두었던 대답을 했지. "때가 되면 더 댕기라구 혀도 그만둘 거여유. 아직은 댕겨야듀. 당신은 환갑이지만, 내는 인제 쉰넷이라구유."

그것이 남편이 유일하게 꺼낸 그만두라는 말이었네. 그러나 겪어보니 걸림돌은 남편이 아니었어. 자식들이었지. 자식들이 제발 그 빵집 좀 그만두라고 닦달을 해대기 시작했네. 함께 사는 딸과 가까이 사는 큰아들은 하루가 멀다 하고 졸랐고, 수도권 사는 작은아들은 귀향할 때마다 통사정하다 못해 반 협박을 했네.

녀석들의 얘기를 정리하면 대강 이랬네. 원래도 어머니가 시난고난 앓으셨지만, 제과점 다닌 뒤로 더 심해지셨지 않느냐. 아닌 말로 어머니가 제과점에서 십 년 동안 번 돈의 십분의 일은 병원비와 약값으로 나가지 않았느냐. 우리도 이제 다 번듯한 직장은 아니지만 아무튼 밥벌이는 하고 있지 않느냐. 제 어머니 호강은 못 시켜드릴망정, 쉰 넘어서까지 빵집 청소나 하고 있게 그냥 놔두고 있으니, 쪽팔린 자식들의 처지도 헤아려주셔야 되는 것 아니냐. 또 아버지도 얼마나 안되었느냐. 아버지가 환갑이 넘으셨는데도 홀아비처럼 혼자 점심을 챙겨 드시고 있다, 아버지가 장년일 때는 그렇다 쳐도 늙어서까지 그러는 건 더이상 못 보겠다, 어머니가 아버지 생각을 해주면 안 되겠느냐?

녀석들, 입만 살아서. 용돈이나 주면서 그런 말을 해대면 귀엽기나 하겠네. 녀석들이 제 밥벌이는 하게 됐지만 제 애비 어미에게 용돈을 줄 만큼은 아니었지. 아니, 그럴 날이 오기는 하려나 싶을 만큼 개갈 안 나게 살아서.

가장 시원찮은 게 큰아들이야. 이 녀석은 대학 졸업한 지가 언제인데, 제대로 직장 생활 한 번 못 해보고 죽 백수로 살았지. 서울에 자취방 구할 때는, 지 어미가 틀니를 하려고 부어놓은 적금을 깨서 보증금을 마련해주었지. 한데 여섯 달 만에 보증금까지 날리고 카드 회사 사람한테 쫓겨다니고 있더군. 아이엠에프 때 낙향을 해서 집에 데리고 있었는데 참 한심하더군. 빵집을 안 다녔으면 어떡할 뻔했어. 지 애비가 뭐가 예쁘다고 용돈을 주었겠어. 녀석 담뱃값이니 책값이니, 다 지 어미가 댔지. 남편이 보다 못해 시내에다 방을 하나 잡아줬어. 좀 떨어져 있으니까 차라리 낫더군. 하지만 녀석 때문에 일거리가 늘었지. 빵집 출근할 때 김치며 반찬 갖다주고, 퇴근해서는 청소해주고, 빨랫감 걷어오고, 녀석의 파출부 노릇까지 한 거지. 그나마 학원 강사 노릇을 시작하고부터는 돈 냄새가 좀 나더군. 저번 설 때는 이십만 원을 내놓더라고. 녀석에게 처음 받아보는 돈이었지.

작은아들 녀석도 별볼일없지. 이 녀석도 지방대학을 나왔는데, 서울로 상경해서 하는 짓이, 취직해서 몇 달 다니다가 획 그만두는 거야. 녀석이 잠시라도 다녔다는 직장이 열 개도 넘어. 어디 다닌다는 걸 외울 만하면 또 옮겼다는 거야. 제약 회사, 건설 회사, 대형 서점, 의류 회사…… 다양하게 옮겨다니면서 사람을 관리하는 일을 한다는데, 무슨 일을 한다는 건지 당최 모르겠어. 큰아들 녀석이 지방대학 나온데다가 아이엠에프 시절이라서, 그렇게 취직을 못 하고, 설령 취직을 해도 월급을 안 주는 데로 들어갔나 했는데, 작은아들 녀석을 보면 그것도 아닌 것 같아. 그러면서 또 공무원 시험을 줄기차게 보나봐. 꿈이 수사관 되는 거래. 검찰청, 철도청, 국세청 같은 데로만 시험을 봐. 검찰청, 국세청에 수사하는 사람이 있다는 건 알겠는데, 철도청에도 있느냐고 했더니, 거, 지하철에서 성폭행하고 그런 사람들 잡으러 다니는 사람이 있다더군. 지 어미가 오서산 신령님과 부처님께 아무리 빌어도 계속 떨어져. 두 분께 빌어서 안 되는 게 별로 없었는데, 너무 큰 걸 빌어서 그런 걸까? 녀석은 그래도 꾸준히 돈을 버니까, 졸업한 뒤부터 명절 때 십만 원씩 꼬박꼬박 내놓았고 귀향할 때마다 선물이랍시고 들고 오곤 했지. 형만한 아우 없다더니, 애들은 그 반대야.

그나마 다달이 용돈을 주는 건 딸내미뿐이지. 딸이 부모 품을 떠나 있었던 건 딱 이태야. 대전에서 전문대학을 다녔지. 가정 관리학과를 나왔어. 대전에 가정 관리할 데가 없나 취직을 못 하고 내려왔는데, 〈벼룩시장〉이라든가 〈교차로〉라든가 하는 신문 비슷한 것을 보고 어디론가 전화를 걸더니 출근을 시작했지. 치과였어. 경리 비슷한 일을 하나봐. 가끔 간호사들이 바쁘면 치료 보조도 하고 그러는가보데. 딸이 치과 다니니까 좋은 점도 있더군. 어미 애비 모두 딸내미 다니는 치과에서 이빨을 만졌는데 싼값에 서비스가 끝내줬지. 딸은 첫 월급을 탔을 때부터 오만 원씩 내놓더군. 제 어미 애비 먹으라고 곧잘 사오는 술이며 안줏거리까지 계산하면 한 십만 원쯤 될 거야. 농사일 돕는 것도 합쳐줄까? 딸이 농사짓는 부모랑 붙어살다보니까 어쩌겠어. 반 농사꾼이지. 주말만 되면 농사일 돕느라 해 다가지. 그래서 연애를 못 하는 것 같아 걱정이야. 농사일 돕는 것까지 해서 딸내미 용돈을 한 이십만 원 내놓는다고 치자. 하지만 그건 하숙비라고 봐야지. 다 큰 처녀, 밥해주고 재워주고 빨래까지 해주고 있으니. 그래도 딸년이 제일 낫잖아. 딸애를 가졌을 때 삼동네 사람들이 사또(남편의 별명이야) 마누라 죽는다고 할 정도로 앓았어. 낳을 자신이 없어서 떼려고도 했었는데, 뗐으면 어쩔 뻔했어.

암튼 이런 것들이 지 엄마한테 일 그만두라고 협박할 수 있는 것이냐고. 쪽팔릴 것도 없는 것들이 말이야. 아닌 말로 겨우 그렇게 되라고 지 어미가 장대비가 오나, 큰 눈이 오나, 태풍이 부나, 버스가 파업을 하나, 굴신할 수 없을 정도로 아프나, 하루도 빠지지 않고 빵집을 다녔겠느냐고.

녀석들은 어쩌면 지 어미에게 무슨 돈이 더 필요하냐고 생각할지도 몰라. 그간에는 지 애비 몰래, 지들한테 용돈을 대주느라 돈이 필요했지만, 자기들이 제 밥벌이가 가능한 상태가 됐으니 지 어미는 돈이 없어도 된다고 쉽게 생각할지도 몰라.

하지만 그게 아니란 말이지. 녀석들은 중요한 걸 잊고 있어. 지 애비가 생활비를 한 푼도 안 내놓는다는 걸. 좋아, 빵집을 그만두면 지 애비가 생활비를 내놓는다고 하자.

그러나 들어놓은 보험과 저축이 몇 개인가? 저축이 무슨 필요 있느냐고? 지들 하는 꼬락서니를 보아라. 결혼할 때 잔치 비용을 지들이 댈 수 있을 것인가? 지 애비 어미 노인네 됐을 때 먹여살려줄 수 있을 것 같지도 않은데, 노후 대책도 마련해야 할 것 아닌가. 또 주말마다 빚쟁이처럼 찾아오는 경조사를 어떻게 챙길 것이며, 지 어미는 개인적으로 필요한 화장품, 기호품이 없겠는가. 뿐인가, 남편이 생활비를 얼마나 내놓을지 모르지만, 그 생활비로는 녀석들 왔을 때 별미라도 한 번 해줄 수 있겠느냐 말이야. 지들이 돈을 모아서 지금 받는 월급만큼 주지 않는 이상, 지 어미는 출퇴근을 그만둘 수가 없단 말이야.

이러한 생각으로, 자식들의 협박성 조름을 무시하고 이겨냈네. 근 일 년이나. 하지만 종내 그만두는 날이 오고야 말았지. 결정적인 이유는 주인네가 세대교체를 원했기 때문이야. 주인네는 기분보다 열 살이 어렸네. 주인네는 기분이 쉰다섯에 이르자 그간의 정을 뚝 끊어내듯 매정하게 나왔네.

실은 아이엠에프 때 기분이 먼저 그만두겠다는 말을 꺼낸 적이 있었네. "요새 다들 어렵다고 난리대유. 장사하는 분들, 한 사람이라도 줄이려고 애쓴다던데, 사장님도 어려우시면, 저는 이제 그만 댕겨두 돼유. 애들이 다 크고 그래서……" 위선만은 아니었네. 주인네가 하도 어려운 얼굴을 하고 있어서 겨우 유리창이나 닦으면서 계속 다닌다는 것이 좌불안석이었네. 주인네는 기분의 손을 덥석 그러잡고 애원조로 말했네.
"언니! 그러지 않아도 힘들어 죽겠는데 언니까지 왜 그래요. 아줌마는 나한테 친언니 같은 사람이에요. 의지가지라고요! 내가 언니 때문에 얼마나 좋은 줄 알아요? 생각해보세요. 지난 세월 우리가 얼마나 다정했어요. 내가 슬픈 거 힘든 거 언니한테 까발리면서 운 게 몇 번이에요. 언니가 없었으면 난 아마 미쳐버렸을지도 몰라요. 그리고 도대체 어디서 언니 같은 청소부를 구할 수 있겠어요? 밥하는 아줌마를 자를지언정, 언니를 그만두게 할 수는 없어요. 언니, 우리 함께 이겨내요. 아이엠에프, 까짓 얼마나 가겠어요. 독하게 마음먹자고요."

주인네는 기분을 대개는 아줌마라고 불렀지만 가끔은, 특히 자기 신세타령을 할 때는 언니라고 부르기도 했네. 그때는 언니라는 호칭을 열 번도 넘게 사용하며 그토록 다정스럽게 말했던 주인네가, 아이엠에프를 이겨내고보니 분위기를 쇄신하고 싶어졌나보네. 하긴 그래. 어리고 젊은 사람들이 들락대는 데에 칙칙한 몸뚱이가 버티고 있으니 무슨 분위기가 나겠어.

젊은 아줌마로 바꾸고 싶어서만은 아니었을 거야. 월급 때문이기도 할 거야. 주인네가 해마다 일, 이만 원씩 올려줘서 월급이 꽤 높아졌거든. 사람을 바꾸면 인건비를 확 줄일 수 있을 테지.

주인네가 사사건건 트집을 잡고 갈궈대는 거야. 한 번 사람을 안 좋게 보기 시작하면, 그 사람이 뭘 해도 안 좋게 보이잖아? 그런 거겠지. 갖은 구박에 홀로 자존심이 상해 미치고 환장할 것 같은 것도 하루이틀이지, 기분은 결국 퇴직을 선언할 수밖에 없었네.

기분은 딸을 붙잡아놓고, 십일 년 동안 일한 것에 대한 퇴직금을 정산해보았네. 기분은 퇴직금으로 해야 할 일들을 잔뜩 적어놓고 탄식했네. "돈이 참 값없어야. 쓸 게 없어." 한데 모녀가 정산한 퇴직금 액수와 주인네가 산정한 액수에는 상당한 차이가 있었네.

주인네는 말했지. "이 아줌마 보시게. 퇴직금 받는 걸 무슨 봉 잡는 걸로 생각하시네. 나처럼 좋은 사람 만나서 퇴직금까지 받는 것을 고마워해야 할 판에, 어디서 지 마음대로 그런 황당무계한 금액을 꿈꾼대. 암 보험 들어주고 다달이 넣어준 것은 왜 생각 안 해?" 주인네가 원래 화나면 나이 따위는 아랑곳 않고 아무한테나 반말 투가 되는 사람이었어.

주인네가 암 보험을 들어주었을 때 기분은 주인네의 덕성을 한 사나흘 동안 칭송했네. 주인네는 한 번도 거르지 않고 보험료를 꼬박꼬박 치러주었네. 보험료가 납입된 날에, 기분이 딸을 앉혀놓고 주인네의 덕성을 염불하듯 칭송하는 것이 월례 행사가 되었지. 아들들도 귀향할 때면 이 고마운 주인네의 덕성에 대해서 들어야 했어. 하지만 그 삼 년 동안의, 보험료 납입금의 총액은 칠십만 원이 조금 넘을 뿐이었어.

주인네는 또 말했네. "그리고 십 년 세월 동안 우리 집에서 가져간 빵만 해도 수백만 원어치는 될걸! 안 그래?"

공장에서 만들다 실패한 빵들과 부스러기 밀가루 반죽, 매장에서 여러 날이 되어 버리게 된 빵들이 일주일에 백 리터짜리 세 봉지는 나왔네. 기분은 그걸 맡아놓고 집으로 가져갔네. 버스 정류장까지만 이고 가든 끌고 가든 어떻게든 가져가면 버스가 실어다주니까. 그 빵들을 말려서 물에 섞어주면, 소와 개들은 허발을 하고 먹었지. 지난 십 년간 남편이 친 소와 개들은 사료 말고도 빵을 주식으로 했던 거야. 공장에서 만들다 실패한 빵 중에는 사람이 먹을 수 있는 것도 많았지. 모양에 있어 아주 약간의 흠집이 났을 뿐인데 매장에는 내놓을 수가 없으니까 버린다는 거지. 그런 빵은 남편과 자식들이 간식으로 먹었지. 조카 손자들도 갖다주면 잘 먹었어. 그 하자가 난 빵들이 주인네 말처럼 수백만 원어치씩이나 되는 걸까?

기분은 주인네 말에 수긍하고 말았네. 따져봐야 입만 아프고 얻을 게 있을 것 같지가 않았지. 막 지껄여대는 주인네의 서슬 푸름에 미리 겁먹기도 했지. 주인네가 산정한 퇴직금은 삼백오십만 원이었어. 그만해도 어딘가 싶기도 했고 말이야.

그런데 퇴직금을 퇴직하는 날 한갓지게 주면 얼마나 좋아. 이 주 후에 받아가라더군. 보름 만에 다시 찾은 빵집에서, 십일 년을 설날, 추석날만 빼고 다녔던 곳, 날마다 창이 없는 것처럼 투명하게 광을 냈던 유리창, 손님들이 사방에서 빛이 난다고 할 만큼 쓸고 닦았던 스무 평의 매장, 밥하는 아주머니가 그만두어서 비어 있을 때면 대신 밥을 해주던 주방, 그리고 매장 뒤편 공장에서 일하는 열댓 명의 청년들, 아 모든 빵집의 사물들과 빵집 사람들에게 얼마나 깊은 정이 들었었는지, 알았네.

주인네는 말했네. "아이고, 그러지 않아도 전화를 드리려고 했는데, 갑자기 가게 사정이 어려워져서 돈을 장만하지 못했어요. 한 보름 더 기다려주셔야 되겠어요. 글쎄, 기계 하나가 고장 나서 섰지 뭐요." "예, 기다려야지유. 헌데 제가 급해서 그러는데 조금이라도 먼저 안 될까요?" "아줌마, 한꺼번에 준다니까. 좋은 말로 할 때 좀 들어요." 기분이 미적대자 주인네는 선심 쓰듯 오십만 원을 주었지. "이거라도 가져가시든가."

기분은 보름 뒤에 또 찾아갔네. 주인네는 마침 얘기할 상대를 기다리고나 있었다는 듯이 반색을 했네. "언니, 나 죽을 뻔했어요. 며칠 안 된 따끈따끈한 얘긴데 말이지요, 어떤 불상놈들한테 납치를 당한 거예요. 거 있잖아요. 봉고차 끌고 다니는 새끼들. 보니까 이 새끼들이 빵집에 왔던 놈들이더라고요. 내가 돈이 아주 많아 보였던 모양이지요. 뭐, 빵집이나 하고 있으니까. 이 새끼들이 저녁 내 나를 쫓았던가봐요. 외진 데서 나를 납치해서는 차에다 싣고 저어기 천변 주차장 으슥한 데로 가더라고요. 이 새끼들이 나를 홀라당 벗겼어요. 까짓, 죽으면 썩어 문드러질 거시기가 문제인가요, 다 늙어서. 살고 봐야지요. 각오하고 있는데, 내 지갑에서 카드를 죄 뽑아 대면서 비밀번호를 대라고 지랄을 하더라고요. 순순히 댔지요. 녀석들은 제일 변두리 365현금인출기로 갔어요. 한 놈이 돈 뽑으러 가고, 세 놈이 차에 있었거든요. 놈들은 나한테 신경을 덜 쓰고 있었어요. 내가 하도 순순히 구는데다가 나를 완전히 벗겨놨으니까 방심했던 거죠. 나는 기회를 틈타서 봉고차 문을 열고 뛰어나갔어요. 물론 녀석들이 내 몸을 덮어두었던 담요와 잠바때기는 챙길 수가 없었지요. 그냥 홀딱 벗고 뛴 거예요. 아무 소리도 안 들리고 아무것도 안 보였어요. 어딘가로 뛰어들고보니 보건소더군요. 내가 사정을 말하고 도움을 구하는데, 의사 놈은 나를 미친년으로 알았던가봐요. 아무 말 않고 멍청하게 서 있기만 하더라고요. 한참 있다가 겨우 한다는 소리가, 파출소가 요 앞에 있다는 거였어요. 의사 놈은 끝내 옷가지 하나를 안 내밀었지요. 옷걸이에 가운이 걸려 있던데 그거라도 내주면 얼마나 좋아. 나는 보건소를 나왔어요. 놈들의 봉고차는 안 보이더라고요. 벌써 튀었겠지요. 삼십 미터쯤 되는 곳에 파출소가 보였어요. 밤거리의 사람들이 죄다 나를 쳐다보고 있었어요. 나는 파출소를 향해 죽어라고 뛰었지요. 완전 나체쇼였다니까요. 그래도 경찰이 사람답더군요. 옷가지부터 내밀더라고요. 그 새끼들 물론 잡았지요. 내가 인상을 정확히 기억했거든요. 몽타주가 정확해서 금방 잡혔지요. 그 날강도 새끼들도 죽일 놈이지만, 그 보건소 의사 놈도 죽일 놈이에요. 안 그래요? 팬티 한 장 안 걸치고 사타구니 훤히 내보인 채, 여자가 도와달라고 왔는데 어떻게 몸 가릴 수건 한 장을 안 내밀 수가 있지요?"

주인네는 지금도 몸서리쳐진다는 듯 몸을 부르르 떨었네. 기분은 진심으로 걱정해주었네. "아이구, 큰일날 뻔하셨네유. 어디 다친 데는 없으신 거쥬? 진짜로 세상이 워칙이 될라고 그런 놈들이 생겨날까유. 아이구, 부처님이 보호하사 천만다행이네유. 천만다행여유." 며칠 전에 그런 큰일 당한 사람한테 돈 얘기를 꺼내기는 쉽지 않았네. 하지만 주인네가 오라는 날 온 것이고, 장 보러 다니듯 돈 받으러 다닐 수도 없는 노릇이어서, 기분은 결국 퇴직금 얘기를 꺼내고 말았네.

주인네가 주먹으로 카운터를 부셔져라 내리쳤었네. "이 아줌마가 진짜 경우 없는 사람이네. 지금 불난 집에 휘발유 끼얹어? 좀 사정을 봐가면서 얘기를 해요! 지금 나한테 돈 내놓으라는 말이 나와?" "그럼 언제 올까유?"

"돈 생기면 전화할 테니까 제발 좀 찾아오지 말아요. 이건 뭐, 아침부터 와서 빚쟁이처럼 으르르 딱딱대는 것도 한두 번이지 정말 못 참겠구먼. 정말 이놈의 빵 장사 때려치우든가 해야지. 내가 입이 천사야. 안 줘도 그만인 퇴직금을 준다고 해서 이 고생이야."

"그게 무슨 말이세유. 퇴직금을 안 줘도 된다니유? 우리 아들이 법 공부혀유. 저도 알 건 안다구유." "촌 여자가 법은 무슨? 얼른 꺼져요. 노인네가 들어와서 악을 쓰고 있으니까 손님들이 안 들어오잖아."

언제 돈 받으러 오라는 말도 못 듣고 돌아와서, 오지도 않는 전화를 한 달 동안 기다렸지. 하루는 작심했는지 남편이 다그쳤어. "돈 받으러 안 갈 겨?" "무서워서 못 가겄슈. 사장이 막말을 해대는데 가슴이 벌렁벌렁하고 눈이 까뒤집어질 것 같더라니께유. 사장이 그리 독한 여잔 줄 몰랐어유. 꿈자리서 사장 얼굴이 자꾸 떠올라 잠두 못 자잖유."

"바보 같은 여편네야. 그럼 돈 떼이구 말 거여?" "언젠가는 주겄지유." "천치구만 천치여. 그년이 안 줄라고 작정을 한 것이여. 울지 않는 년을 쳐다나 볼 것 같여? 줄 때까지 악을 쓰고 달라는 수밖에 없는 겨." 그래도 기분이 돈 받으러 갈 엄두를 못 내자 남편이 옷을 차려입었지. "내가 받아올 테니께 그리 알아."

기분은 남편의 바짓가랑이를 붙잡고 말렸네. 남편이 늙어서 불같은 성정이 많이 사그라졌다고는 하지만, 세 살 버릇이 쉽게 없어지겠는가. 남편이 빵집에 갔다가는 빵집 박살나고 주인네 입원하고 남편 감옥 가고 난리가 날 것 같았지.

한 달 만에 본 사장은 그즈음에 장사가 잘됐는지 말씨도 부드러웠고, 오십만 원이나 주었네. 아직도 받아야 할 돈이 이백오십만 원이나 남았지만, 기분은 모처럼 얼굴이 펴졌네. 하지만 주인네는 나머지 돈을 언제 준다는 약속을 안 했지. 스무 날 뒤에 또 찾아갔더니, 주인네는 게거품을 물고 악다구니를 썼어.

"씨발년이, 째죽겠는데 툭하면 나타나서 돈 달라고 지랄이야. 씨발, 니 눈에는 쉬파리 날리는 건 안 보이냐?" 그 열흘 뒤에는 이렇게 말했지. "그놈의 돈 달라는 주둥이를 쫙 찢어버릴까보다. 어디서 날강도처럼 들이대. 참는 것도 한두 번이지, 이참에 인생 퇴직시켜줘?" 주인네의 막말을 기분만 들은 것은 아니었어. 기분 대신 들어온 청소 아줌마, 밥하는 아줌마, 젊은 일꾼들 그리고 때로는 학생 손님들이 함께 들었지.

여름이 그렇게 가고 가을도 가고 겨울이 깊어가는 동안에도 주인네는 끝내 돈을 안 주었지. 기분은 한 달에 한 번 꼴로 찾아가서 욕이란 욕은 다 얻어먹었지. 한데 갈 때마다 일하는 사람들이 바뀌는 것 같았어. 원래도 그 빵집은 사람이 자주 바뀌었어. 기분처럼 잘 참는 사람이나 견딜까, 아줌마고 젊은이고 오래 견디면 반년이었지. 한데 이젠 한 달도 못 견디고들 나가는 모양이었어. 한번은 주인네가 그걸 기분의 탓으로 돌리는 거였어. "이년아, 네가 만날 돈 내놓으라고 찾아다니니까 내가 돈 안 주는 줄 알고 다 나가버리잖아!" "그게 워디 지 때문이겠슈. 사장님 성정 각박한 것 생각 안 하슈." "이년이 인제 개기기까지 하네." "사장님, 내가 사장님보다 십 년을 더 살았슈. 욕을 해도 내가 해야 되는디 참 나, 돈 받을 사람이 죄진 사람이라고 그냥 내가 욕을 먹네유." 하도 욕을 얻어먹어 비위가 단련되었는지, 기분도 할 말은 하게끔 되었지.

크리스마스 다음날이었어. 남편이 또 성화를 댔어. "진짜로 포기할 겨?" "그럼 안 주는 걸 워칙이 해유. 법으로나 하면 모르까." "법 같은 소리 하네. 법, 그거 다 소용없어. 돈 줄 사람이 배 째라로 나오면, 설령 받을 수 있다 해도 몇 년 걸리고, 소송 건 사람만 심신 다 망가져. 그런 법을 우습게 아는 연놈들은 그

때그때 해결 보는 수밖에 없단 말여. 내가 가졌어. 크리스마스 때 돈 많이 벌었을 거 아녀? 지금만큼 돈 많은 때가 어디 있겄어. 내가 다녀올 거구만. 이년, 안 주면 모가지를 비틀어서 빵 만드는 기계다 밀어버리고 올 티여."

주인네는 과연 크리스마스 때 돈을 많이 벌었는지 돈을 만지고 있었네. 주인네는 백만 원씩 헤아리고 묶어서는 작은 비닐봉투에 담아서 은행에 입금하러 가곤 했지. 대개는 자기 집에서 밤에 하지만, 밤늦게까지 장사가 잘된 날은 어쩔 수 없이 다음 날 아침에 정산을 하고는 했네. 기분한테 돈 있는 현장을 딱 걸린 거였지. 기분은 인사도 없이 주인네의 맞은편에 앉았지.

주인네는 기분을 한참 노려보더니 불쑥 물었네. "넌 성탄절도 없냐?" "부처님을 믿어유. 근디 아기 예수님 태어난 날이 어쨌가니유?" "빚쟁이도 성탄절 같은 날은 돈 안 받으러 댕긴다고!" "성탄절은 어제였슈. 지났슈."

주인네는 돈뭉치 두 개를, 그러니까 이백만 원을 쥐더니 일어섰어. 그걸로 느닷없이 기분의 어깨와 머리통을 툭툭 내리치는 거야. "이게 돈이다, 쌍년아. 주고 만다, 주고 말아. 씨발년, 갖고 가. 갖고 가란 말이야!" 그러고는 돈뭉치를 획 집어던지는 거야. "지금 사람을 때렸슈?" "그래, 년아. 돈으로 맞아보니까 좋으냐?"

돈은 출입문에 맞고 떨어져 있었네. 빵집 사람들이 다 나와서 지켜보고 있었지. 밖에서 막 들어오려던 학생 대여섯도 재미나다는 듯이 쳐다보고 있었어. 기분은 입술을 꾹 깨물고 출입문께로 갔지. 돈뭉치 한 개는 돈이 얼마 비어져 나오지를 않았어. 하지만 다른 돈뭉치 한 개는 돈이 다 쏟아져 출입문께에 흩어져 있었지. 기분은 자신의 몸뚱이로 쏟아지는 화살같이 무수한 눈초리에 활활 타는 듯했어. 만 원짜리 한 장을 집을 때마다 눈물이 한 방울씩 떨어졌지. 다 줍고 나서 가장 먼저 든 생각은 아직도 오십만 원이 모자라다는 거였어.

기분은 주운 돈을 핸드백에 넣고 돌아서서, 주인네를 쳐다보았지. 기분은 주인네에게 이렇게 말했어. 그건 기분이 태어나서 처음으로 한 욕지거리였지. "개같이 사는 년!" 낮은 목소리였지만 하도 사위가 조용한 탓에 누구에게나 아주 잘 들렸을 거야. 거듭 되새겨봐도 그때 왜 '개 같은 년'이 아니고 '개같이 사는 년'이라고 했는지 모르겠어.

주인네가 고함을 질렀지. "네가 나 개같이 사는 거 봤어?" 기분은 돌아서서 출입문을 밀었지. 이제 이 빵집에 다시 올 일은 없는 거였지. 아직 오십만 원이 남았지만 그건 도저히 못 받을 것 같았어. 출입문이 닫히는데 마지막으로 듣는 주인네의 목소리가 새어나왔어. "그 돈 갖고 얼마나 잘사는지 보자!"

퇴직금을 거의 다 받아내는 동안, 딸은 지 어미와 동병상련을 했지. 서로 가엾게 여기며 울고 위로했어. 큰아들 녀석은 울가망한 얼굴로 "세상이 그런 걸 어쩌겠어요. 어머니가 참아야지요" 싱거운 말이나 해댔지. 역시 지 애비를 가장 닮은 작은아들 녀석이 화끈했어. 지 엄마가 돈으로 머리를 맞았다는 말을 여동생에게 듣자, 빵집을 때려부수러 가겠다고 나서더군. 녀석을 말리느라고 기력을 다 빼야 했지. "너, 사고 치면 너도 죽고 나도 죽는 거다, 니 제발 참아라, 참어. 약속을 해라. 절대로 안 가겠다고. 니가 이럴까봐 내가 너한티만은 비밀로 하고 싶었는디……" 작은아들은 제 성질을 못 이겨 한참 울먹대었지.

 시간이 흐르면 태산 같은 횃덩이도 녹는가보네. 기분은 자식들에게 이런 말도 하게 되었지. "그래도 그 사장이 악한 사람은 아니다. 남편도 없이 그렇게 큰 사업을 하고 애 가르치고 대단한 여인네지. 나한테도 잘해주었고, 좋을 때는 친자매처럼 지냈어. 내가 사장 인생 상담해준 걸 정리하면 테이프 열 개는 될 게다. 근디, 끝이 그렇게 돼버렸어. 사람이 참 끝이 중요하다고 하더니만 겪어보니 참 그렇다야…… 이게 다 그놈의 돈 때문이지. 돈이 뭐라고!"

 그래, 이날 이때까지도 끝내 받지 못한 오십만 원을 못 잊는 것은, 그 돈이 아쉽기 때문만은 아니라네. 그렇게 다정했던 사람 관계가 하루아침에 서로에게 깊은 상처를 주면서 결딴이 날 수 있다는 걸 뼈저리게 맛보았기 때문이라네.

 빵집을 그만두었다고 해서 다 끝난 게 아니었네. 퇴직을 달거리하듯 하는 작은아들 녀석 말마따나, 퇴직 후유증이란 게 찾아왔네. 아침부터 점심때까지, 그러니까 빵집에서 청소하고 유리창 닦던 시간 동안, 대체 아무 일을 할 수가 없었어. 호미 들고

밭에 나갔다가 정신 차려보면 벌써 점심때고 밭고랑은 하나도 안 매어져 있는 식이었어. 넋이 나가 있었던 게지. 한데 신기하지, 또 점심때가 지나면 괜찮아져. 그런 증상이 꽤 오래가더군. 그래서일까 출퇴근 일거리가 생기면 무조건 가고보았지. 한과 공장에 한 석 달 다녔고, 과수원에 한 계절 다녔고, 저수지 방축 만드는 데에 겨우내 노가다를 다녔지.

빵집을 퇴직하고 세 해가 흘렀네. 어느 날, 그 빵집이 안 보이는 거야. 건물은 그대로 있는데 속이 텅 비어 있었어. 기분은 가슴속에서 뭔가가 무너져내리는 듯했네.

세탁소에 들어가 물어보았네. "저번 주에도 장사하는 걸 봤는디, 워찍이 된 거래유?" "물러유. 엊그젠가 어떤 사람들이 싹 긁어가대유. 간판까지 떼갖구 가더라구유. 빵집 사람들은 하나도 보이들 않고. 아마 부도가 났을规. 그 독한 사장님이 돈 구하러 다니느라고 한참 애썼으니께."

이제 빵집은 기억으로만 남게 되었네. 보름에 이틀꼴로 병원 다니느라고, 시내에 자주 나왔었거든. 빵집 있는 터미널께를 지나칠 때가 많았어. 버스도 꼭 그 빵집 앞을 지나쳤고. 빵집을 볼 때마다, 그놈의 퇴직금 삼백오십만 원 때문에 열 살이나 어린 여자한테 별의별 욕을 다 들어먹은 것이 생각나 새삼스럽게 분노에 휩싸일 때도 있었지만, 그래도 이 이기분이가 농사꾼으로만 산 것이 아니었다, 반나절짜리지만 직장 생활 십일 년 경력이 있다, 사람들하고 부대끼며 상처도 많이 받았지만 사는 보람도 많이 맛보게 해준 직장이 있었다, 저 빵집이 바로 그곳이다, 라는 식으로 감상에 젖어 자랑스러워할 때도 많았다네.
 그 애틋한 곳이 사라진 거라네.

해설

절망의 강바닥에서 퍼올린, 이 싱싱한 낙관들

이선우(문학평론가)

1. 아파야 들여다보는 내 안의 역사, 아버지

간혹 작중인물과 작가를 혼동할 때가 있다. 작가의 실제 이력과 거의 일치하는 인물이 등장하거나 자전적 체험이 묻어 있는 소설을 읽을 때면 특히 그런 유혹에 빠지기 쉽다. 체험을 옮겨 썼다는 작가의 고백까지 접하고 나면 착각은 쉽게 확신이 된다. 하여 혹 이런 생각을 하지는 않으셨는지? 소설가 김종광 역시 그의 소설 속 인물들처럼 웃기고 좀 모자란 인물일 것이라는 생각 말이다. 한 번 그런 생각이 들면, 자기 소설의 네 가지 테마를 거창하게 밝히고 있는 작가의 말(『첫경험』, 열림원, 2008)도 왠지 심각하게 받아들여지지 않고 우습게만 여겨진다. 웬 돈키호테냐 싶은 거다. 그는 억울해하겠지만, 속는 것은 우리다. 말하자면 그는, 억압적인 권위와 제도뿐 아니라 순진한 독자까지도 무장해제시켜버리는 작가인 것이다. 그러니 매번 낄낄거리며 읽다가 얼얼하게 한 대씩 맞곤 하는 것 아니겠는가. 이런 의뭉과 능청으로 따지자면 『처음의 아해들』도 전형적인 김종광 소설이다.

그런데, 「내시경」은 좀 다르다. 우선 눈길을 끄는 것은 고백투의 구술체와 작품 전체를 감싸고도는 비애감이다. 그래서일까, 김종광 특유의 해학과 재담마저 이 소설에서는 빛을 잃는다. 간호사들의 막말은 웃음을 자아내기보다 소설의 현실성을 떨어뜨릴 뿐이다. 구성이 뛰어나지도, 기법이 특이하거나 주제의식이 남다르지도 않다. 내시경 검사를 받으러 올라온 아버지와 보호자 노릇을 하기 위해 내려온 아들이 병원에서 보내는 한나절에 대한 이야기이니, 내용이 신선한 것도 아니다. 말하자면 「내시경」은 『처음의 아해들』의 성공작은 아니다. 그런데 차례를 보니, 떡하니 소설집 한가운데 자리를 잡고 있다. 「내시경」을 기점으로 전후를 나누면 앞에는 「세족식」 「당장, 나가버려!」 「처음의 아해들」 「옷은 어디에?」가, 뒤에는 「시골사람 중국여행」 「면민 바둑대회」 「우라질 양귀비」 「빵집이 사라졌네」가 놓인다는 말이다. 그런데 이렇게 나누어놓으니, 묘하게도 제대로 나누었다는 생각이 든다. 소설을 읽은 사람이라면 어렵지 않게 이 둘을 나누는 몇 가지 기준을 제시할 수 있을 것이다.

우선 공간의 문제. 전자는, 대도시는 아닐지라도 학원, 대학, 세탁소, 술집 등의 도시적 공간이 소설의 주요 배경으로 등장하고 있으며 후자는 논밭, 시골 장터, 이발소, 저수지, 저수지 근처 식당, 읍내에 하나밖에 없는 빵집 등으로 농촌과 그 주변부가 소설의 주 공간이다. 공간의 차이는 등장인물의 차이와 연결된다. 교수나 세탁소 주인 같은 오십대 인물이 전혀 등장하지 않는 것은 아니지만 전자의 주요 인물들이 학생, 학원 강사, 작가, 주부 등의 이십대에서 삼십대의 청장년이라면, 농촌에 터를 잡은 후자의 인물들은 「우라질 양귀비」의 음순과 경찰, 「면민바둑대회」의 이다인과 김팽이, 고등학생 등을 제외하고 나면 평균 연령 오십대에서 육십대의 노년층이다.

공간과 인물이 다르니 이들이 겪는 사건과 갈등 역시 달라질 수밖에 없을 것이고, 그 갈등을 해결하는 자세와 방법 또한 차이날 수밖에 없을 것이다. 하여 전자는 대립과 갈등, 풍자와 비판의 세계를, 후자는 대화와 화해, 해학과 웃음의 세계를 드러내는 것이 아닐까 지레짐작할 수도 있다. 이런 짐작은 도시와 농촌, 청년층과 노년층에 대한 우리의 오랜 편견을 드러내는 것이거니와 김종광은 이런 단순한 이분법으로 현실을 나누고 평가하지 않는다. 모든 경계에는 접점이 있고, 늙은이와 젊은이만으로 세계가 이루어져 있는 것도 아니다. 시간은 흘러가는 것이고 공간은 이어지는 것이니 인간이 나누어놓은 경계라는 것 자체가 실은 폭력적인 것일는지도 모른다. 전자의 세계를 대표하는 '아들'과 후자의 세계를 대표하는 '아버지'의 대화라는 형식을 통해, 「내시경」은 근대의 이 폭력적인 위계와 소외의 구조를 다시 한번 환기시킨다. 「내시경」이 소설집 한가운데 놓여 있는 것은 그러므로 우연이 아니다. 「내시경」이야말로 이 두 세계를 구분 짓는 경계이자 두 세계가 만나는 접점이기 때문이다.

다양한 인물들이 우후죽순 등장하여 저마다의 이야기를 신명 나게 늘어놓는 여타의 작품들과 달리, 아들이 바라본 아버지 이야기로 서사가 집중되는 것도 이 만남과 대화의 형식에서 비롯한다. 인물들이야 익숙하다. 일찍 부모를 잃고 큰형 밑에서 자라 어릴 적부터 온갖 농사일에 잔뼈가 굵은 아버지, 아들을 낳은 후 광부가 되어 이십 년 세월을 꼬박 "두더지"로 보냈으며 그후에도 소 키우고 농사지으며 여전히 "자립경제를 유지하고"(170쪽) 있는 김종광의 이 아버지를 우리는 익히 알고 있다. 문예창작학과를 졸업하고 한동안 아버지의 농사일을 거들며 백수 노릇을 한 끝에 지금은 무명이나마 소설가로 살고 있는 삼십대 중반의 아들 역시 전작에 여러 차례 등장한 바 있다. 하지만 한국의 아버지와 아들이 대개 그렇듯이, 이 둘이 제대로 대화하는 모습을 본 적은 없다. 그렇다면 '짬뽕과 소주의 힘'도 없이, 「내시경」에서는 어쩐 일로 부자 간의 질문과 대답이 끊어지지 않는 것일까? 견디기 어려운 침묵 탓을 하고 있지만, 부자 간의 침묵이야 새삼스러운 것도 아니질 않은가. 달라진 것은 그들을 싸고도는 침묵이 아니라 그 침묵이 겨워진 그들이다.

침묵은 친밀성의 정도를 측정하는 바로미터다. 상대와의 거리가 아주 가깝거나 멀 경우 그들 사이의 침묵은 아무런 문제가 되지 않는다. 떨어져 앉을 수도 붙어 앉을 수도 없는 애매한 거리, 침묵이 문제가 되는 것은 바로 그때다. 여기에는 물론 그 거리를 인식하는 주체와, 주체를 그 거리로부터 벗어나지 못하도록 강요하는 어떤 조건과 상황이 함께 놓여 있어야 한다. 그런 의미에서 「내시경」에 등장하는 아들은 겉보기와 달리 아주 예민한 존재이다. 그는 아버지 얼굴에 떠오르던 미소가 재빨리 사라지는 것을 놓치지 않으며, 자신과 아버지 사이에 놓인 종이가방과, 종이 가방을 버린 뒤에도 좁혀지지 않는 그 "약간의 거리"를 (165쪽) 집요하게 의식한다. 그 약간의 거리가 실은 "아버지가 경험한 과거"와 "아들의 현대적인 감성"(163쪽) 사이에 놓인 한없이 먼 거리의 반영이기 때문이다. 그 거리를 조금이라도 좁혀보고자 아들은 자꾸 질문을 던지지만, 그는 아버지의 말을 알아듣지 못하거나 이해와 함께 언제나 오해를 동반한다.

아버지의 '봄 병'은 이 소통 불능으로부터 생겨난 것은 아닐까. 사회의 인정은커녕 아들에게조차 이해받지 못한 채 박물관에 처박혀버린 지난날에 대한 상실감은 어쩌면 아버지 스스로가 짐작하는 것보다 훨씬 깊을지도 모른다. 농사일 역시 마찬가지다. 자식들만은 흙 파먹고 살게 하고 싶지 않다는 그에게 여전히 흙 파먹고 살고 있는 자신의 삶은 대체 무엇일까.

작가인 아들 역시 현실의 이 타락한 구조로부터 자유롭지 못하다. 그가 믿음직한 보호자 노릇이나 효성스런 아들 노릇을 못하는 것은, 아버지는 금식중인데 혼자 밥을 먹으러 가거나 아버지를 대합실에 남겨둔 채 먼저 상행선 기차를 타러 가는 그의 요령부득 때문이 아니라 치료비 사만 원에도 아버지가 미안해할 정도로 그가 아직 궁핍한 작가이기 때문이다. 농부나 광부 외에는 길이 없었던 아버지와 달리 아들은 스스로의 선택으로 작가가 되었지만, 물질적인 부와는 동떨어진 삶을 살고 있다는 점에서 그들은 닮은꼴이다. 아버지에 대한 아들의 이해가 "기회를 가져보지 못한 사람에게, 왜 이렇게밖에 못 되었느냐고 따지는 것은 폭력일 것"(166쪽)이라는 반성과 연민에 그치고 마는 것도, "대상에 대한 무조건적인 긍정의 태도에서나 가능한 일종의 영탄조"(이경재) 문장이 소설 전체를 가득 채우고 있는 것도, 하여 다른 작품에서는 보기 드문 애잔한 정서가 「내시경」을 온통 지배하고 있는 것도 그 때문이다. 아버지의 근대적 실패를 이해하려는 아들의 노력에는 자신의 현대적 실패에 대한 자괴감이 깊게 깔려 있기 때문이다.

아들과 아버지가 새삼 이 거리를 인식하게 된 것은 병원이라는 공간과도 밀접한 관련이 있다. 현대사회에서 병원은 치료하는 곳일 뿐 아니라 죽음을 맞이하는 곳이다. 수술 후 경과를 보기 위한 내시경 검사일 뿐인데도 마치 아버지의 죽음을 준비하듯 아들이 아버지의 지난날을 자꾸 반추하는 것은 병원이 끊임없이 환기시키는 이 죽음에 대한 이미지 때문이다. 문제는 아들에게 아버지를 떠나보낼 마음이 아직 없다는 것이다. 그것은 아버지 역시 마찬가지다. 보호받는 아들과 보호하는 아버지의 역할이 이제 서로 바뀌어야 함에도 아들에게는 여전히 아버지의 아들로만 남고 싶은 유아적 심리가 있고, 아버지는 아직도 아들 걱정뿐이다. 그러나 현실은 이들의 욕망과는 상관없이 흘러간다. 병원은 죽음의 공간일 뿐 아니라 이러한 현실을 극명하게 드러내는 곳이기도 하다. 아들은 어린아이처럼 떼를 쓰는 서산 노인에 이어 "산수 공부하는 어린아이처럼 정확하게"(150쪽) 말하는 아버지의 모습을 포착한다. 능숙한 제 삶의 공간을 떠나 병원이라는 현대적 제도 속으로 들어오는 순간, 노인들은 더이상 연륜 있는 어른이 아니라 누군가의 보호를 받아야 하는 아이가 되어버리는 것이다. 인정하고 싶지 않지만 인정할 수밖에 없는 아버지와 아들의 이러한 위상 변화야말로 그들을 싸고도는 침묵을 견딜 수 없게 만드는 요인이다.

그러므로 아들이 "아버지에게서 달아나버리듯" 서둘러 대합실을 떠난 것은, "길고 긴 대화와 침묵"(172쪽)이 힘겨워서가 아니라 곧 닥쳐올 아버지의 죽음을, 그리하여 자신이 아버지가 되어야 하는 현실을 인정하고 싶지 않아서이다. 대화는 성공하지 못했고, 소통은 이루어지지 않는다. 그것이 아들과 아버지의 영원한 운명이다. 그러나 그는 이 현실로부터 결코 도망갈 수 없다. "망설이고 망설이는 아들을 향해, 아버지의 창자 같은 상행선 기차가 맹렬히 달려오고 있었네"(173쪽)라는 소설의 마지막 문장은 그것을 본능적으로 감지하고 있는 아들의 곤혹을 드러낸다. 그러므로 아들은 다시 아버지와의 대화를 시도할 수밖에 없을 것이다. 이 대화를 위해서는 아버지와 어머니의 삶뿐만 아니라 삼십대 중후반을 살아가고 있는 자신의 삶도 함께 들여다보아야 하는 것, 『처음의 아해들』이 그려내는 다양한 삶의 파노라마는 모두 아들의 이 곤혹으로부터 시작한다.

2. 그래도 긍정하든지 그러니까 모른 척하든지, 억척 어멈들의 생존 전략

「내시경」과 마찬가지로 자유간접화법과 구연체 종결어미의 묘미를 잘 살리고 있는 「빵집이 사라졌네」는 문체뿐 아니라 어머니의 전면적 등장이라는 점에서도 「내시경」과 짝패를 이루는 작품이다. 「빵집이 사라졌네」는 아들이나 딸이 아니라 오십대 중반의 이기분 여사가 직접 초점화자 노릇을 하고 있어 늙은 부모를 바라보는 자식의 시선이 필연적으로 품게 마련인 연민과 자책으로부터 자유로우며, 아들의 시선에 아내의 시선을 추가함으로써 '아버지 서사'에도 균형과 활력을 불어넣는다. 무엇보다 이 작품은 아버지 서사에 가려져 있던 어머니 서사를, 도시 남성들의 노동에 밀려나 있던 주변부 여성 노동의 서사를 실감나게 구축하고 있다는 점에서 주목할 만하다. 특별한 갈등 구조 없이 밋밋하게 전개되고 있는 「내시경」과 달리 「빵집이 사라졌네」가 몇 겹으로 얽힌 갈등과 투쟁의 양상을 보여주고 있는 것은 그 때문이다.

 석탄 합리화 방안으로 남편이 광산일을 그만두자 맞벌이를 선언한 농촌 아낙 이기분이 그후 십일 년간 매일같이 빵집에서 청소를 하다가 쉰다섯을 맞아 결국 일을 그만두기까지의 순탄치 않은 과정을 그리고 있는 「빵집이 사라졌네」는, 출근을 위해 가족의 반대와 협박을 물리치는 과정과 퇴직금을 받아내기 위해 열 살이나 어린 빵집 주인에게 온갖 수모를 겪는 과정이 서사의 두 축을 이루고 있다. 마흔이 넘은 나이에 기분이 새삼 돈을 벌러 다니게 된 것은 논농사 밭농사에 소를 스무 마리나 키워도 노후 대책은커녕 자식들에게 용돈도 제대로 줄 수 없는 농촌의 열악한 경제 사정 때문이지만, 여기에는 또한 자본의 논리에 소외당한 농촌이 결국 자본의 세력권 안으로 속수무책 흡수당하고 마는 현실이라든가 지방대학 출신 자녀들의 팍팍할 수밖에 없는 서울살이 등도 함께 맞물려 있다. 하지만 더 큰 문제는 제도와 구조의 모순을 가족과 개인이 다 떠안아야 한다는 것이고, 비판적 인식의 부재 때문이 아니라 단지 힘이 없기 때문에 그러한 부조리를 수락할 수밖에 없다는 사실이다. "소송 건 사람만 심신 다 망가"지는 '법'은 있으나 마나니 직접 나서서 문제를 해결해야 한다고 말하는 남편은 이러한 현실의 논리를 체화하고 있는 인물이다(308쪽).

 여전히 바깥일은 남자가 하고 여자는 집안일만 해야 한다는 생각에 사로잡혀 있는 전통적인 가부장인 그는, 그 집안일에 실제로는 밭일, 논일, 장사까지 다 포함되어 있다는 것을 모른 척하며 여성의 노동을 남성의 노동 아래로 위계화시키는 남성이다. 그러나 그를 무작정 미워할 수 없는 것은 그 역시 탄광일에 농사일에 풀 베고 소 먹이는 일까지 쉼 없는 노동에 시달려야 했던 사람이기 때문이며, 그럼에도 불구하고 자본의 위력 앞에 속수무책 아내를 앞세워야 하는 남편의 자책과 두려움이 그 강압적 태도의 이면을 구성하고 있기 때문이다. 그러므로 기분과 남편은 날카로운 대립각을 형성하지 않는다. "감격해서 울어버릴"(291쪽) 정도로 자상한 남편의 말에도 자신의 뜻을 굽히지 않는 기분의 결기 뒤에는 아내의 출근을 막지 못한 남편이 "바깥마당에 허수아비처럼 서 있는" 모습을 "안 보려고 했지만 보고" 마는 마음이 또한 놓여 있기 때문이다(293쪽). 농촌 경제의 붕괴와 함께 전근대적 남성의 권위 역시 추락하는 듯 보이지만, 부부의 오랜 신뢰와 연대는 무너지지 않고 오히려 더욱 공고해진다. 자본주의적 질서에 대한 옹호 때문이 아니라 함께 삶을 꾸려온 그들의 성실한 세월 때문일 것이다. 하지만 정직과 성실은 구시대의 미덕일 뿐 이제 중요한 것은 경쟁력이니, 남편의 반대와 자식들의 "협박성 조름"(300쪽)에 굴하지 않던 기분도 세대교체와 인건비 절감을 원하는 사장의 노골적인 핍박에는 결국 항복하고 만다.

    삼 년간 넣어준 보험료와 못쓰게 되어 소먹이로 가져간 빵값까지 따지고들며 기분의 퇴직금을 깎는 빵집 사장은 이러한 자본의 논리를 대변하는 사람이다. 안 주겠다는 속셈으로 사장이 지급일을 자꾸 미뤄도 약속한 날짜가 되면 꼭 돈을 받으러 갈 정도로 억척스럽고 순진한 기분은 교활하고 막돼먹은 사장과의 거듭되는 충돌로 인해 깊이 상처받는다. 그러나 막말을 해대는 주인도 무섭지만 남편과 아들의 불같은 성정이 불러일으킬 참변이 더욱 두려워 기분은 계속 퇴직금을 받으러 다니고, 급기야 돈뭉치에 맞는 모멸까지 당하고 만다. 놀라운 것은, 그럼에도 불구하고 기분의 긍정적인 세계관은 크게 훼손되지 않는다는 것이다. 하여 단지 시간이 흘렀을 뿐인데, 돈다발로 자신을 때리던 사장에 대한 연민까지도 그녀는 회복한다. 이 놀라운 치유력은 어디에서 생기는 것일까? 함께 울어준 가족? 그럴 수 있다. 한평생 농사를 짓던 사람이니 돈이나 자본주의적 가치보다는 인간과 생명의 소중함을 온몸으로 체득하고 있었기 때문이기도 할 것이다. 하지만 "직장 생활 11년 경력"(312쪽)에 대한 자부심이야말로 기분의 저 '긍정과 낙관의 세계'를 형성하는 핵심 동력이다.

이는 기분의 직장 생활이 단순한 생계 수단에 그치지 않고 경제적 자립과 자존을 위한 노동으로 확장된 것과도 관련이 있다. 애달파하며 자녀들에게 무한정 퍼주기만 하는 어머니에서, "쪽팔릴 것도 없는 것들"(299쪽)이라고 제 자식들을 적나라하게 까발리면서도 자녀나 남편에게 의존하지 않고 스스로의 노동을 통해 자신의 삶을 윤택하게 가꿀 줄 아는 여성으로 이동함으로써 기분은 주체성을 회복한다. 그 "애틋한" 노동의 터전이 사라졌으니 "가슴속에서 뭔가가 무너져내리는 듯"한 것은 당연하다(312쪽). 허나 그렇다면, 사장에 대한 그녀의 변호 또한 인간성에 대한 순수한 옹호가 아니라 자신의 십일 년 세월을 부정하지 않기 위한 일종의 최면이었던 것은 아닐까. "이게 다 그놈의 돈 때문"(311쪽)이라는 말에는 사장 역시 자본의 논리에 희생된 연약한 한 개인에 불과하다는 인식은 들어 있지만, 능동적 주체로서의 인간에 대한 반성과 성찰은 부족하다.

구조화된 권력과 맞짱뜰 수 없는 개인으로서는, 현실의 부조리 속에서도 삶의 희망과 가치를 발견해가는 이 긍정과 낙관의 정신이야말로 반드시 필요한 삶의 지혜라는 것을 모르는 게 아니다. 부정과 비판의 정신 옆에 긍정과 낙관의 힘을 함께 놓아둔 것은 분명 이 작품의 소중한 미덕이다. 하지만 누누이 지적받은 대로, 삶에 대한 긍정이 현실에 대한 추수라는 의도하지 않은 결과로 귀결될 수 있다는 것을 부인하기는 힘들 듯하다. 물론 더 위태로운 것은, 감상에 젖거나 낭만에 빠지지 않고는 직장 생활조차 자연스럽게 회고할 수 없는 우리의 현실이며, 그런데도 그 반나절짜리 빵집 청소 경력 십일 년이 한평생 농사꾼의 삶보다 사는 보람을 더 많이 맛보게 해주었다는 사실이다. 김종광 소설의 인물들은 대부분 이런 현실에 봉착해 있다. 이것이 그들의 긍정을 함부로 폄하할 수 없는 이유이기도 하다.

「옷은 어디에?」는 「빵집이 사라졌네」의 며느리 버전이라 할 정도로 인물과 사건, 갈등과 대립의 구조가 유사하다. 남편에 대한 한탄은 한탄대로 늘어놓으면서 정작 남편이 사건에 관여하는 것은 말리는 쾌순, 능력은 없으면서 큰소리나 치는 판돈, 남편 없이 자식 키우며 자수성가하느라 "닳고 닳은" 아담세탁소 주인은 그대로 기분과 남편, 빵집 사장이다. 버전이 다른 만큼 사건은 사소해지고 인물들의 관계는 수직에서 수평으로 기울었으나 기분의 퇴직금 투쟁만큼이나 쾌순의 옷 찾아오기도 눈물겹다. 하지만 십일 년 직장 생활의 퇴직금이 아니라 십 년 된 낡은 외투와 싸구려 면바지를 되찾는 소동이니, 「옷은 어디에?」는 사건 그 자체로도 희극적이지만 단순하고 어수룩한데다 가난하고 염치없기로도 타의 추종을 불허하는 우스꽝스런 작가 남편의 등장으로 한층 더 코믹해진다. 가볍고 경쾌하게 치닫는 짧은 문장들과 직접화법으로 이어지는 등장인물들의 실랑이질 역시 소설의 이러한 성격에 일조한다. 읽고 있으면 분명 울화통 터지는 이야기인데 자꾸만 웃음이 터지고 그 웃음 끝에 다시 또 페이소스가 묻어나니, 여지없는 김종광 소설이다.

사건은 아담세탁소가 광활세탁소에 위탁한 고가의 양복이 분실되면서 발생한다. 서로에게 책임을 전가하던 두 세탁소 사이의 분쟁은, 밀린 세탁 대금을 요구하며 광활세탁소 측이 아담세탁소의 옷 수십 벌을 볼모로 가져가버림으로써 새로운 국면에 접어들게 된다. 싸구려 면바지와 낡은 외투를 맡긴 판돈과 쾌순 같은 이들까지 이 분쟁에 휘말리게 되었기 때문이다. 모처럼 공짜 술을 먹으러 서울 나들이를 계획했던 판돈은 옷 때문에 아내와 싸우다가 결국 집에 눌러앉게 되고, 오 년 만의 출근길에 외투도 없이 나갔던 쾌순은 지독한 감기에 걸려 출근 하루 만에 회사를 작파하고 만다. 세탁소 옷 분실이라는 이 사소한 사건이 가난한 부부의 일상에 일으키는 균열은 예상 외로 크다. 그러나 두 달이 지나도록 판돈과 쾌순은 옷을 되찾지 못한다. 처음에는 미안하다던 아담세탁소 주인은 자기가 더 불쌍한 사람이라며 '배째라'로 일관하고 광활세탁소 직원들은 옷을 찾으러 간 쾌순에게 멸시의 눈초리를 날릴 뿐이다. 이제 문제는 옷이 아니라 자존심이 된다.

하지만 대립이 가장 격한 양상을 보여야 할 순간, 갈등은 허무하게 종결된다. 김종광 소설은 늘 이런 식이다. 「처음의 아해들」「내시경」「시골사람 중국여행」「면민바둑대회」처럼 이렇다 할 갈등 자체가 없는 작품들도 있지만 「세족식」「우라질 양귀비」처럼 제대로 된 대결을 보여줄 것 같던 작품들도 어느 순간 갈등이 사라져버리고 만다. 왜인가. 무엇보다 김종광의 인물들은 투사가 아니라 소시민이기 때문이다. 그들에게 중요한 것은 생활이며, 생활의 동력은 자존심이 아니라 실리다. 그렇다고 철저하게 이기적인 것만도 아니어서, 결정적인 순간에 이들은 동정심도 발휘할 줄 안다. 아담세탁소 주인에 대한 적개심이 극에 달하자 판돈과 쾌순은 고소까지 생각하지만 복잡한 절차에 바로 발목을 잡히고 막상 얻을 게 없다는 충고에 주저앉아버리며 세탁소 주인의 딱한 형편에 완전히 마음을 접어버린다. 그러자 기다렸다는 듯이 세탁소 주인은 일부나마 옷값 변상을 약속하고, 뒤이어 옷을 찾아 돌려주기까지 한다.

　세탁소들은 화해를 했고 쾌순과 판돈도 옷을 찾았으니 해피엔딩인가. 물론 아니다. 갈등은 해소된 것이 아니라 봉합된 것일 뿐이기 때문이다. 사라진 양복은 여전히 오리무중이고, 판돈과 쾌순이 받은 고통과 상처 또한 돌이킬 수 없는 것이다. 그러나 삶은 계속되어야 하니 사건은 종결되고, 쾌순 역시 광활세탁소 직원들에게 사과받아야겠다는 생각을 접을 수밖에 없다. 하지만 바로 그 때문에, 어떤 불합리한 일을 당해도 결국에는 참고 넘어갈 수밖에 없는 이들은 바로 돈 없고 힘없는 서민들이 될 수밖에 없다. 현실은 결코 바뀌지 않는다는 이들의 비극적 인식은 세계가 아니라 자아의 변화를 요청한다. 기분의 '낙관과 긍정의 힘'이나, 쾌순의 '타협과 포기의 지혜'는 여기에서 생겨난 것이다. 그러나 변하지 않는 현실에 더이상 상처 입지 않기 위한 일종의 자기방어라는 점에서, 둘은 동전의 양면일 뿐이다.

3. 극한 갈등도 극적인 결말도 없는, 이 흐지부지한 소설의 미학

　"못 들은 척 못 본 척하는 게 올바른 처신"(253쪽)이라는 생각은 「우라질 양귀비」와 「세족식」의 인물들에게서도 들을 수 있다. 하지만 말과 달리 온갖 일에 간섭하기 좋아하는 농촌 사람들이나 어수룩하고 단순해서 자기 감정을 쉽사리 드러내고 마는 강쇠와 음순은 도시의 이 세련된 처세술을 결코 체화하지 못 하는 인물들이다. 바람결에 날아와 씨를 틔운 양귀비를 뽑아버리지 않았을 뿐이니 「우라질 양귀비」의 사건도 시작은 단순하다. 그런데 어떻게 알았는지 박형사가 찾아와 음순은 경찰서로 끌려가게 되고 취조 과정에서 그녀의 노동쟁의법과 집시법 위반 경력도 드러난다. 재수가 없어 경찰서까지 끌려가 모진 고초와 수모를 겪긴 했으나 딱 한 번 참여한 파업과 데모였을 뿐 대단한 의식이 있었던 것은 아니어서, 박형사가 "우리 한총련" 운운하며 '유도리'를 비판하자 음순은 "이 무슨 감당하기 애매한 말씀이랴"(254쪽) 피하기 바쁘다. 그러나 정작 한총련이었다는 박형사는 음순이 연세대에 갇혀 있을 때 그곳을 포위하고 있던 전경이었으며 덕분에 경찰 되기도 쉬웠다니 그의 경직성은 이중으로 웃음거리가 되고 있는 셈이다. 경찰로 대변되는 국가권력에 대한 풍자와 비판은 김종광 소설의 단골 메뉴거니와 절로 싹 틔운 양귀비 하나에 온 마을이 분쟁에 휘말리는 「우라질 양귀비」 역시 감시와 통제만 일삼는 국가권력에 대한 노골적인 야유다.

물론 희화화되는 것은 박형사뿐 아니다. 서창자, 최명청, 고음순, 조붕언, 김화투 같은 적나라한 이름에서 드러나듯이 「우라질 양귀비」에 등장하는 인물들은 하나같이 단순하고 우스꽝스런 인물들이다. 음순의 귀환이 사건의 종결이 아니라 본격적인 시작을 알리게 되는 것도 그 때문이니, 소문을 듣고 찾아온 조붕언의

"쏘삭임"에 넘어가 음순이 누군가 자기들을 신고했다고 의심하게 되면서 온 동네 사람들은 바짝 긴장하게 된다. 그런데 어찌 된 일일까. "그 쥐새끼를 잡아서, 멱을 틀어야 한다"(257쪽)며 노발대발하던 음순은 정작 마을 사람들과 말싸움 한 번 벌이지 않는다. "삼동네에 성정 격하기로 소문난"(276쪽) 음순이 실은 행동보다 생각이 먼저인 사람이었기 때문일까. 그보다는, 막상 생각해보니 의심 가는 사람들이 너무 많았고, 하여 누가 진짜 범인인지 알 수 없었기 때문이다. 양귀비가 잘못 날아왔을 뿐 자신들에게는 아무 죄도 없다고 생각했건만, 돌이켜보니 이웃에게 원성 살 만한 일이 한두 가지가 아니었던 것. 이렇게 「우라질 양귀비」는 범인을 찾아내기 위한 추리가 도리어 자신들의 잘못을 고백하는 아이러니한 구조를 띠게 된다. 그러므로 이제 누가 범인인가는 중요한 것이 아니다. 딸의 자수였다는 실토는 마을 사람들과 화해하기 위한 음순의 '유도리'였는지도 모른다.

다소 맥빠지는 결말이지만 이렇게 갈등을 종결짓는 방식에는 작가의 세계관이 그대로 녹아 있다. 때로는 타협이 되기도 하고 어쩌면 현실 추수가 될 수도 있지만, 그래도 포기할 수 없는 가치. 그것은 바로 함께 살아가는 이 못난 사람들에 대한 지독한 사랑이다. 딱히 누구를 주인공이라 꼽을 수 없는, 김종광 소설의 저 많은 인물들 역시 그렇게 태어난 것이 아니겠는가. 사소한 일에서 비롯되는 일파만파는 그 자체로도 재미있지만, 이를 통해 드러나는 다양한 인물들의 면면과 그들이 엮어가는 구성진 삶의 가락이야말로 김종광 소설의 매력이 되는 것도 그 때문이다. 어수선한 대로 이 교향곡에 심취하다보면 현실의 윤곽도 얼추 잡히고 그들과 별다를 바 없는 우리 삶의 좌표까지도 점치게 되니, '김종광식 리얼리즘'이라 명명할 만도 하다. 굳이 '김종광식'이라 말하는 것은, 그의 이 소설 작법에서 사건이나 상황은 그저 다양한 인물들을 한자리에 불러모으는 방편이 될 뿐이고 중요한 것은 그렇게 모인 인물들의 '희로애락의 파노라마'이기 때문이다. 다양한 인물들이 한자리에 모였으니 온갖 사건 사고가 끊이지 않는 것이 당연하겠지만, 김종광의 이 파노라마 소설들에서는 애초에 사건 자체가 중요치 않았으니 소설에 심각한 갈등이 없거나 있어도 흐지부지 사라지고 마는 결말은 비단 인물들의 소시민적인 성격 때문만이 아닌 것이다.

「시골사람 중국여행」은 김종광식 '가로되' 소설의 변형으로, 아예 인터뷰어의 질문은 생략되고 열한 명 인터뷰이의 대답만 있는 일종의 인터뷰 소설이다. 그런데 없는 것은 인터뷰어만이 아니다. 제목에 떡하니 '중국여행'이라고 적혀 있건만 정작 중국여행 이야기는 별로 없다. '암기적'씨의 입을 빌려 "늙은 촌닭들 친목 도모하고 개나 소나 다 하는 중국 유람한 얘기를 써서 뭘 할라고?"(181쪽) 자문하더니 스스로도 회의가 생겼던 것일까? 그보다는, 이들에게 중요한 것은 중국여행을 '다녀왔다'는 사실이지 '중국여행' 그 자체가 아니라는 것을 작가—인터뷰어도 알고 있었기 때문일 것이고 또한 애초부터 '중국여행'이란 이

늙은 시골사람들을 한자리에 불러모을 구실에 지나지 않았기 때문일 것이다. 아버지의 창자처럼 낡고 헐어, 종유석이 자라고 있을 늙은 사람들의 창자 속을 떠올리는 아들의(168쪽) 시선 속에는 비단 육친뿐 아니라 아버지 세대 전체에게로 확장되는 연민과 감사가 담겨 있거니와, 다양한 인물 군상을 통해 71년생 90학번의 삶을 조명해온 김종광은 이제 여기 48년생 55학번(대학이 아니라 국민학교 입학년도로) 아버지 어머니들을 한자리에 불러모아 그들의 "말라비틀어진 개뼈다귀 인생을 소설로"(182쪽) 쓰기 시작한다.

  육성이 제대로 살아 있는 열두 명의 이야기는 시난고난했던 그들의 삶을 왁자하게 펼쳐보이면서 한편으로는 겹쳐지고 한편으로는 어긋나는 그들의 과거와 현재를 파노라마처럼 그려놓는다. 부잣집 딸로 태어나 여전히 부자로 살고 있는 '귀부인'도 있고, 그 시절에 고등학교까지 나와 시청 복지과장을 하고 있는 '공무원'도 있지만, 대개는 가난한 시골에서 나고 자라 제대로 먹지도 배우지도 못했으니 그 팍팍한 삶이야 다시 말해 무엇하랴. 국가와 제도는 예나 지금이나 눈물 나는 삶을 더욱 침통하게 만들 뿐이다. 그러나 그렇게 고생하며 살았음에도 불구하고 모두들 먼저 죽은 '똑똑이'를 애석해하니, 이들이 그 모진 세월을 이겨낸 것은 비단 부양해야 하는 자식들 때문만이 아니라 거역할 수 없는 생의 의지 때문이었던 모양이다. 지루한 공항 대합실을 왁자한 잔치판으로 만드는 농촌 아낙들의 거침없는 활력 역시 여기에서 나오는 것. 자꾸 딴 데로 샜다가 다시 돌아오곤 하는 구술체의 묘미도 서사를 풍요롭게 만들며 원칙에 얽매이지 않는 생동감을 보여준다.

하지만 여행사 기획실장이 오금을 박고 있듯이, "완전 바른생활 교과서에서 튀어나온 사람들"(206쪽) 같은 이런 "시골사람" 이야기는 김종광의 입담으로도 다소 지루하다. 단지 인물들이 식상하거나 소설 전체를 끌고 가는 갈등이나 사건이 없어서, 혹은 작가의 작의가 너무 뻔해서가 아니다. 「우라질 양귀비」와 달리 「시골사람 중국여행」에는 소설적 긴장이 없기 때문이다. 긴장의 부재는 대화의 부재에서 나온다. 인물들은 모두 보이지 않는 인터뷰이에게만 대답하고 있을 뿐, 독자와도 등장인물 서로와도 아무런 말을 주고받지 않는다. 이는 인터뷰어의 대답만 나열하는 형식이 갖는 필연적 결과처럼 보이기도 하지만 그것은 결코 아니다. 맞대면하고 말해야만 대화가 성립되는 것은 아니기 때문이다. 문제는 닮음과 다름의 긴장관계가 없다는 것이다. 공감과 동조만 있을 뿐 긴장을 형성할 만한 다름이 없을 때 소설적 대화는 이루어지지 않는다. 「시골사람 중국여행」의 지루함은 여기서 비롯하는 것이 아닐까.

반면 그야말로 잔치판이 벌어져 그 어느 작품보다 많은 인물들이 등장하는 「면민바둑대회」는 "사연과 사연이 맞부딪치면서 흥미를 유발하고, 사건과 사건들이 충돌해 흥건한 이야기의 진창을 만들어내는 마당놀이식 서사"(오창은, 『비평의 모험』, 실천

문학, 2005, 365쪽)의 진수를 보여준다. 이 많은 사람들을 한자리에 불러모을 건수가 있어야 하니, 제일 먼저 등장하는 인물은 환갑 칠순 잔치 대신 아예 면민바둑대회를 개최하겠다는 배포 큰 이발사 이상원이다. 이발병 출신으로 읍내 이발소에서 일했으나 얼마 뒤 백수건달이 되어버린 이상원은 이발소 개업을 도와주겠다고 한 푸른벌면 정미소 사장 윤씨의 말을 기억해내고 그를 찾아간다. 하지만 이상원이 진짜 찾아올 줄 몰랐던 윤씨는 이상원의 형편없는 바둑실력을 핑계로 그를 내치고, 절치부심 바둑을 배운 이상원은 일 년 뒤 다시 윤씨를 찾아간다. 그가 내건 조건은 윤씨의 정미소에서 평생 무보수로 일한다는 것. 뭔가 대단한 실력을 쌓은 모양이군, 독자들은 팽팽한 대결을 기대하게 되지만 바로 이어지는 문장은 거두절미하고 "윤씨가 만방으로 이겼다"(214쪽)는 것이다. 김종광 소설 특유의 빠른 전개가 빛을 발하는 부분이다. 하지만 이상원은 굴하지 않고 다음해 다시 윤씨에게 도전장을 낸다. 결과는 물론 또다시 만방으로 져 한 해 더 새경도 없이 일하는 것이니, 이쯤 되면 만옥이 아니라 누구라도 「봄봄」의 주인공을 떠올릴 만하다.

그러나 「봄봄」의 장인과 달리 「면민바둑대회」의 윤씨는 이듬해 파산해 앓아눕게 되고, 죽기 직전 "그런 인내와 끈기와 열의라면 무슨 일을 해도 먹고는 살"(216쪽) 거라며 이상원에게 마지막 남은 부동산을 물려주며 딸 만옥을 부탁한다. 이것이 이상원이 만옥과 결혼하고 푸른벌면에 이발소를 차릴 수 있게 된 내력이다. 이후 삼십구 년간 이상원의 이발소는 푸른벌면의 이발을 독점하다시피 하며 푸른벌면 유지들의 사랑방이자 푸른벌면의 주요 대국이 모두 이루어진 기원 노릇까지 한다. 하여 그는 잔치의 명분으로 '푸른벌이발관 사십 주년 기념 면민바둑대회'를 계획하게 된 것이다. "자신만의 잔치"라더니 너무 거창한 일을 벌이는 거 아닌가 싶지만, 여론을 살피는 과정에서 대부분의 사람들이 지지와 협조를 약속하면서 일은 일사천리로 진행된다. 겨울날 심심하던 차에 놀 건수가 생겨서 유쾌하다는 것이었고, 여러 사람들의 후원까지 받아 자기 잔치에 정작 자기 돈을 쓰지 않아도 되게 되었으니 이상원으로서는 그야말로 손 안 대고 코 풀기인 셈이다.

그리하여 마침내 면민바둑대회가 열리는 날이 되자, 몰락의 길을 걸어온 장터는 근 이십 년 만에 대성황을 이루게 된다. 축사를 하러 나온 자리에서 면장은 면사무소 주최 행사에는 왜 많이 안 오냐고 불만을 늘어놓고 시의원은 농사꾼도 놀 때는 놀아야 한다며 인기몰이식 발언을 하지만, 감투 쓴 사람들의 그런 형식적인 축사에 면민들이 노골적인 야유를 퍼부으면서 면민바둑대회는 유쾌하게 시작된다. 초대도 안 했는데 나타나 면민들과 일일이 악수를 나누는 시장 때문에 잠시 흥이 깨지기도 하지만, 노래자랑, 팔씨름대회, 부녀자 요리 경연대회, 부락별 윷놀이대회 같은 부대행사가 여기저기서 사람들을 끌어모으는 가운데 본격적으로 바둑대회가 펼쳐진다. 하지만 이 '대충' '대략'의 면민바둑대회에서는 이변이 속출하고 설사가 판을 뒤엎으며 예의가 승부욕을 앞지르니 엉뚱하게도 이상원과 김팽이가 4강 대결까지 올라간다.

하지만 본래가 한바탕 놀고먹자고 연 잔치였으니 승패는 처음부터 중요한 일이 아니었거니와, 함께 잔치에 참여한 순간 김팽이 역시 공동체의 일원이 된 셈이니 이 화합과 축제의 장에서 이상원이 어찌 자식의 사랑을 갈라놓는 아비 노릇을 할 수 있겠는가. 결국 다인과의 결혼을 걸고 펼쳐진 이상원과 김팽이의 3, 4위전은 지지부진하다가 무승부로 끝나고 주 행사인 바둑대회의 막이 내리면서 소설도 끝을 고하지만, "부대 행사로 채워진 잔칫날은 이제부터가 본격적으로 절정일 터"(243쪽)라니 소설이 끝나도 신명은 사라지지 않는다. 서로 간의 유대를 쌓아야 한다고 노장 축이 젊은 축을 억지로 붙잡고서야 겨우 윷놀이 판이 벌어졌던 「윷을 던져라」(『모내기 블루스』, 창비, 2002)와 달리 서로의 신명이 절로 어우러져 흥에 겨운 「면민바둑대회」는 읽는 내내 독자들까지도 이 신명나는 잔치에 함께 참여하고 있는 듯한 느낌을 준다. 의심이 드는 것은 그래서이다. 이 축제의 세계가 진짜 우리의 현실인가 하는 의심 말이다. 돈과 권력은 이 작은 마을 잔치에도 어김없이 손길을 뻗치지만, 그러거나 말거나 그저 제 흥에 겨워 장바닥이 차고 넘치도록 모인 온 동네 사람들의 신명나는 잔치라니, 꿈이 아니길 바라지만 왠지 '시골 사람식 판타지 소설'이라는 생각이 떨쳐지지 않는다.

5. 현실은 힘이 세다. 하지만 진심은 더 힘이 세다.

「세족식」「당장, 나가버려!」「처음의 아해들」은 이런 판타지의 세계로부터 가장 멀리 떨어져 있는 작품들이다. 배우고 가르치는 교육의 장이 가장 첨예한 현실의 격전장이 되어버렸기 때문이다. 인문계 고등학교가 한두 개밖에 없는 지방 소도시라고 예외는 아니다. 중학생들이 그 고등학교 하나를 두고 모두 치열한 경쟁을 해야 하니, 중학생 대상의 입시 학원은 오히려 더 창궐한다. 고등학교에 들어가면 대학에 가기 위해 학교에 하루 종일 갇혀 있어야 하고, 기껏 대학에 들어가봤자 취업은 하늘의 별따기. 오히려 엄청난 등록금 때문에 다시 학원에 짱박혀야 하는 것이 현실이다. 물론 이번에는 학생이 아니라 새끼강사가 되어서 말이다.

이런 판국에 교육당국은 진단평가를 부활시켜 학교뿐 아니라 입시 학원들까지 서열 세우고, 대학은 이미지 마케팅에만 신경 쓸 뿐 대학 본연의 역할에는 무관심하다. 더욱 아이러니한 것은 사교육 기관인 학원이 대표적인 공교육 기관이라 할 수 있는 대학의 이미지 광고를 모방해 불황 타개 이벤트를 마련한다는 것이다. 예수가 제자들의 발을 닦아주었던 세족례가 민중의 환심을 사기 위한 권력층에 의해 종교 의례로 굳어지고, 이 종교 의례가 대학이나 군대 등에 의해 다시 세속화되다가 마침내 사교육 기관의 이벤트성 행사로 자리잡는 과정은 우리 사회의 타락을 압축적으로 보여준다. 빛나라학원의 학원장과 강사들이 세족식을 놓고 벌이는 해프닝을 해학적으로 풍자하고 있는 「세족식」은, 그러므로 철저히 타락하고 세속화된 우리 시대의 종교와 학문, 그리고 거기에 편승해 살아가고 있는 우리 모두에 대한 김종광식 똥침이다.

단순하고 솔직해서 언제나 쉽게 마음을 들키고 마는 국어 강사 강쇠, 찬반의 선명한 이분법만을 강요하면서 모든 것을 자기 식대로 해석하고 결정해버리는 권위적인 원장 혈녀. 세족식을 놓고 벌이는 이들의 부조리극 같은 대화는 단선적 인물로 등장하는 희화화된 다른 강사들에 의해 더욱 극대화된다. 여기에 추가된 예수녀의 세족식 계획안은 「세족식」이 보여주는 풍자의 극치다. 양말을 벗기는 과정이나 학생의 발에 물을 묻히는 순서까지 온갖 것을 다 세밀히 문서화하고 있는가 하면, 학생들을 안아줄 때 음흉한 생각을 하면 안 된다는 등 강제할 수 없는 생각이나 내면의 욕망까지도 제한하고 규정하려드는 이 우스꽝스러운 계획안을 두고 혈녀는 물론이고 다른 강사들까지도 "발 닦는 데도 이런 훌륭한 과정이 있다"며 칭찬한다(34쪽).

문제를 제기한 것은 국어 강사 꾸부정과 독서광뿐, 독서광에 앞서 세족식을 반대했던 강쇠마저 "어차피 다시 입대했다 각오하고 시작한 학원 강사 생활, 그만둘 때까지 박으라면 박고 까라면 까야지 어쩌겠어"(24쪽) 하며 결국 빛나라학원 세족식의 '홍보 및 기자 섭외'까지 담당하고 만다. 독서광 말마따나 비겁

하기 그지없는 강쇠의 이런 변모는 "목구멍이 포도청"이라는 엄혹한 현실 때문이기도 하지만, "위선도 선은 선"(40쪽)이라며 모든 것을 좋게 해석하려는 강쇠의 순진하고 단순한 사고방식 때문이기도 하다. 그런 점에서 강쇠는 '이기분'의 아들이라 아니할 수 없다. 그러나 그의 이런 순진함에는 위선을 진짜 선으로 바꾸는 진심이 담겨 있다. 강쇠가 허둥지둥 꽃금이의 발을 씻어주는 장면이 웃기면서도 진한 감동을 자아내는 것은 그 때문이다.

강쇠의 이 좌충우돌 세족식은 또한, 모든 것을 매뉴얼로 통제하고 구속하려드는 현대사회에 대한 노골적인 풍자이기도 하다. 시작부터 양말이 아니라 팬티스타킹이라는, 계획안에는 없는 비상 상황이 발생했던 것. 물론 조금만 생각하면 충분히 대응 가능한 일이지만, 매뉴얼대로만 움직이는 기계처럼 강쇠는 매우 당황한다. 꽃금이의 즉흥적인 대처로 겨우 다음 단계로 넘어가지만, 예상치 못했던 상황과 습관적 행동에 따른 실수로 이후로도 그는 자꾸만 매뉴얼에서 벗어난다. 매뉴얼을 숙지하지 못했기 때문이 아니라 인간은 원래 매뉴얼대로 움직일 수 없는 존재이기 때문이다. 결코 매뉴얼화할 수 없는 것은 사람의 마음이다. 예수녀의 계획안에는 학생에 대해 "음흉한 마음"을 품으면 안 된다고 되어 있지만, 아무리 제자와 스승이라도, 사랑까지 고백했던 젊은 청춘 남녀가 살을 맞대었으니 가슴이 뛰지 않을 수 없다. 하지만 그 사랑의 힘이, 매뉴얼의 틀을 벗어나 꽃금이의 발을 새 물로 헹궈줄 수 있게 만든다. "뭐, 닦아줄 만하네. 그래,

까짓것, 닦아주는 거야"(43쪽)라는 강쇠의 마지막 말에는 역시나 현실 추수의 가능성이 다분하지만 여기에는 또한, 진심마저 왜곡되거나 이용될 수밖에 없는 이 타락한 현실에도 불구하고 결코 그 진심만은 포기하지 않겠다는 작가의 한결같은 의지가 엿보인다. 마치 그것만이 이 세계와 싸울 수 있는 우리의 유일한 무기라는 듯이.

'문학과 인생'이라는 교양 강의 시간의 진풍경을 통해 오늘날의 대학 풍속도를 적나라하게 그리고 있는 「당장, 나가버려!」는 이러한 '진심'이 사라진 세계에 대해 이야기하고 있는 듯하다. 교수와 학생은 처음부터 소통 불능이다. 원고지 스무 장 분량의 글을 에이포지에 써서 제출하라는 교수의 말을 학생들은 알아듣지 못한다. 교수에게는 문서 편집기의 기능들이 너무나 익숙하지만 한글프로그램이 뭔지도 모르는 학생들도 있기 때문이다. 과제 한 번 내려다가 교수는 속이 터지고, 교수의 문법에 익숙지 못한 학생들은 혼란스럽다. 읽는 우리는 배꼽을 잡는다. 이렇게 첫 주 오리엔테이션에서부터 삐걱대던 수업은 겨우 사 주차에 이르러 파국을 맞고 만다. 한 강의실에 이백여 명의 학생을 몰아넣고 늙은 교수가 진행하는 시대착오적인 강의를, 고등학교를 갓 탈출한 대학 신입생들이 견뎌낼 턱이 없었던 것. 잠을 자거나 딴짓을 하지 않는 학생들은 주말 연예프로그램이나 스포츠, 섹스, 정치, 취업, 미팅 혹은 사소한 일상의 고충들을 화제로 끊임없이 떠들어대고, 교수는 자신의 등장에도 아랑곳하지 않고

"주둥아리를 닥치지 않"(62쪽)는 학생들을 이해하지 못한다. 강의실은 배우고 가르치는 곳이 아니라 침묵시위를 벌이는 교수와 그에 맞서 떠드는 학생들의 결투장이 된다. 그러나 교수의 침묵시위도, 협박과 훈계, 돼지 먹따는 고함 소리마저도 학생들을 조용히 시키지 못한다. 학생들을 조용히 시키는 데 마침내 성공했다 싶은 순간, 강의실은 번번이 난장판으로 돌아갈 뿐이다.

현실이 잘못되었다는 것을 인정하면서도 상황 논리를 강요하면서 "현재에 충실"(69쪽) 해야 한다고 말하는 교수는 전형적인 기성세대다(그런 그가 비판과 개혁의 상징인 연암의 글을 가르친다는 것은 그 자체가 하나의 풍자다. 이제는 연암의 글마저 화석화된 경전으로 전락해버렸다는 작가의 일침일까). 병원비 백만 원을 대가로 "저 교수 같은 중늙은이에게"(77쪽) 밤새 몸을 시달린 김효리 같은 학생들에게 그가 말하는 실천윤리가 설득력을 얻지 못하는 것은 당연하다. 그에게 학생들이 "틈만 나면 웃어대려고 하는 깡통 대가리 대뻬리들!"(67쪽)인 것과 마찬가지로 학생들에게 그는 학점 위협이나 하는 "교수 새끼"거나 재수 없는 "꼰대", 밥맛없는 "늙은탱이"에 불과하기 때문이다. 기성세대에 대한 학생들의 불신과 신세대 학생들에 대한 교수의 편견, 여기에 이백 명이 함께 듣는 강의라는 부조리한 현실이 맞물리면서 이들의 갈등은 점점 극으로 치닫는다. "앞으로 또 떠들 사람은 지금 당장 나가버려!"(75쪽)라는 교수의 말에 안동근이 진짜로 가방을 싸들고 나가버린 것. 기다렸다는 듯 다른 학생들도 일어서고 결국에는 우후죽순 학생들 대부분이 강의실을 박차고 나가자 충격을 받은 교수는 "괴력난신"의 눈물을 흘리고 만다. 허무하리만큼 갈등이 쉽게 봉합되는 다른 소설들과 달리 「당장, 나가버려!」는 이렇게 소통 불능의 극한 대립과 그 파국만을 보여주면서 끝난다.

"떠들어대는 다른 학생들도 싫었지만, 침묵과 훈계로 학생들과 승강이를 하는 교수도 싫었다"(75쪽)는 안동근의 말처럼 소설은 학생과 교수, 양자를 모두 비판과 풍자의 대상으로 삼으며 출구 없는 현실의 암담함을 드러낸다. 따져보면 이들 모두 제도의 희생양이지만, 교수는 스스로 변화할 줄은 모르면서 학생들만 통제하려들고 학생들은 교수에게 혼나고 강의실을 뛰쳐나가는 것 따위를 혁명이라고 떠들어대면서 현실을 변화시킬 동력을 상실하고 만다. 그러므로 이 싸움에는 이긴 사람은 없이 진 사람만 존재한다. 희망이 전혀 없는 것은 아니다. 기성세대에 대한 불신이 가장 극에 달해 있을 법한 김효리는 눈물을 흘리는 교수를 보고 일곱 살 때 죽은 아버지를 떠올린다. 아버지에 대한 그리움과 연민이 바로 인간 일반에 대한 이해로 확장될 수 있을지는 의문이지만, 작가는 어쩌면 여기서 소통의 가능성을 찾고 있는지도 모르겠다.

그러나 현실은 훨씬 더 공고하다. 김종광의 해학이 빛을 발하는 것도, 그 빛이 쓸쓸한 여운을 남기며 사라지는 것도 모두 그 때문이다. "자신만의 문제를 생각하는 데도 지쳐" 이제 "전체를 생각하기에는 너무 이기적"(152쪽)이 되어버린 전교조 세대들과 "아직도 전교조 열성 회원"이고 "참교육을 이념으로" 삼고 있지만 "예전처럼 아이들에게 먼저 다가서지"(100쪽)는 못하는 '영원한 문제 스승(영문승)'의 모습은 이러한 현실을 반영한다. 고향에 남아 있는 이 열한 명의 제자와 이들의 오랜 스승 영문승의 '마지막 만찬'을 그리고 있는 표제작 「처음의 아해들」은, 그러므로 언젠가는 기성세대가 되어버릴 수밖에 없는 우리들의 쓸쓸한 자화상이다.

  소설의 시작은 전교조 선생을 위해 촛불을 들었던 1987년에 대한 회상과 광우병 파동으로 서울광장이 온통 촛불로 뒤덮인 2008년의 현실이 교차되면서 진행된다. 고향에 살고 있는 친구들이 오늘 만나기로 한 사람이 바로, 87년 전교조 활동을 하다가 경찰서 유치장에 잡혀들어갔던 그들의 선생이기 때문이다. 하지만 1987년 6월 항쟁과 이십여 년이 흐른 뒤의 이 촛불집회는 소설의 배면에만 깔려 있을 뿐, 결국에는 각자 먹고사는 이야기가 소설의 주 내용이다. 워낙 불경기인 데다가, 대부분 돈의 미혹으로부터 자유롭지 못한 형편들이기 때문이다. 서해안 개발사업으로 하루아침에 수십억 부자가 된 펠레 역시 돈에서 자유롭지 못하기는 그들과 마찬가지이며, 모든 것을 너무 잘 알고 있어서 선생과의 소통 자체를 거부하는 '요즘의 아이들' 역시 이러한 현실의 노예일 뿐이다. 그러므로 영문승을 존경한다는 '처음의 아해들'도 "참교육 담임을 안 만나고 개백정같이 잡아주는 담임을 만났으면, 똥통 2년제가 아니라 적어도 지방 삼류대라도 4년제는 갈 수 있지 않았을까"(99쪽) 뒤늦게 아쉬워하는 것이고, 되바라진 '요즘의 아이들'도 "미국 쇠고기 안 먹고 최상급 한우 먹는 삶"을 살기 위해서는 "눈귀 딱 감고 닫고 죽어라고 공부해야"(100쪽) 한다고 다짐하는 것이다.

　속물이 되어버린 '처음의 아해들'과 벌써부터 속물을 꿈꾸고 있는 요즘의 아이들, 그리고 참교육의 이념에 회의를 느끼고 있는 영문승. 이들을 통해 작가는 또, 이제는 아무도 꿈을 꾸지 않으며 꿈을 꿀 수도 없다는 비극적인 세계관을 드러내고 있는 것일까. 그래서 낙후된 지방 소도시라는 소설적 공간은 중심에 대한 열망을 극대화하거나 밀려난 자의 자괴감을 심화시키는 소외된 공간으로 그려질 뿐이고, 촛불집회를 하는 사람들은, 불과 반년 전에 "그런 대통령을 뽑아놓고" "불과 두 달 전에는 그런 광우병 같은 자들을 과반수로 뽑아"놓고 이제 와서 난리들인 답답한 어른들이거나 "대통령 일당이 던진 미끼에 걸려 좌우 분간 못 하고 휩쓸리고 있는"(83쪽) 사람들로 평가되는 것일까. 단란주점에서 민중가요를, 그것도 여자를 끼고 부르고 있는 제자들에게 "끝까지 가자"며 영문승이 한다는 소리가 기껏해야 삼차나 다짐받는 것이니, 과연 모든 것이 자본의 치마폭 안으로 들어가 버린 현실을 자조하지 않을 수 없다. '촛불잔치를 벌여보자'를 '좆불잔치를 뺄여보지'라고 바꿔 부르게 만든 것은, 언어의 규범에 저항하고 사회의 엄숙주의에 야유를 던지던 그 당시 청년들의 자유로운 정신이었을 것이다. 그 정신은 사라지고 관성화된

말만 남은 것이 오늘날의 참담한 현실이다.

그러나 「처음의 아해들」이 타락한 현실과 속물화된 인간들만을 이렇게 그리고 있는 것은 그것이 세태의 적나라한 반영이기 때문이지 김종광의 세계관이 비극적이기 때문만은 아니다. 동년배인 전교조 세대든 존경하는 전교조 스승이든 그 누구도 신화화하지 않는다는 점에서 그는 철저한 리얼리스트이다. 현실의 비참함을 비참함으로 인식하는 것, 시작은 여기에서부터다. 싸울 것인가 포기할 것인가 혹은 타협할 것인가를 결정하는 것은 그다음 순서다. 물론 그의 비극적 세계관이 결코 절망으로 연결되지 않는다는 것은 우리 모두 알고 있다. 그에게는 절망의 강바닥에서도 펄떡펄떡 날아다니는 낙관의 힘이 있기 때문이다. 장삼이사들의 저 끈질긴 생명력, 우리는 때로 그것을 타협이라 부르고 혹은 현실 추수라고 매도하기도 하지만 그들에게 그것은 단지 진심이었을 뿐인지도 모른다.

현실은 힘이 세다. 하지만 진심은 더 힘이 세다.

너무 상투적이고 우스울 정도로 순진한 말이지만, 어쩌면 이것이 이 타락한 '처음의 아해들'이 아비 어미에게 배운 유일한 삶의 전략이며, 절망에 찬 '요즘의 아이들'에게 알려주고 싶은 희망의 마지막 보루가 아닐까.

작가의 말

운이 좋았던 세월이 죽죽 지나갔다. 직업 소설가 생활 십이 년차째인 지금, 불혹이 아니라 미혹의 아가리에 선 듯하고, 아직도 소설 쓰기의 당위성을 찾지 못했지만, 그래서 더 성실하게 쓰고 싶은가보다.

좋은 소설은 불가능하더라도, 튼실하고 풍부한 기록은 가능하지 않을까, 합리화해보는 것이다.

낙서(樂書)는 종언을 고했지만, 패설(稗說)은 장삼이사가 구체적으로 살아가는 한, 더불어 구체적으로 살아 숨 쉴 수밖에 없다고 믿으며! (나는 소설이 아닌 그 무엇을 쓰고 싶은 걸까?)

단편소설집으로는 네번째다. 2006년에서 2009년 동안 쓴 아홉 편 모두, 시골을 주 무대로 한, 장삼이사들의 잔졸한 잡설이다.

격려사를 주신 김정환 선생님, 소설 벗 백가흠, 해설의 노고를 베풀어준 이신우 평론가, 내내 애를 써준 민쟁 시인과 문학동네 분들, 이 책의 주연 조연을 맡아주신 어르신들과 벗님들 그리고 이 책을 읽어주신 독자님들, 강녕하소서!

                        2010년 3월, 수원 백설마을에서
                                        김종광

| 수록작품 발표지면 |

「세족식」 …… 『내일을 여는 작가』, 2008년 여름

「당장, 나가버려!」 …… 『문학사상』, 2008년 3월

「처음의 아해들」 …… 『현대문학』, 2008년 8월

「옷은 어디에?」 …… 『작가마당』, 2007년 상반기

「내시경」 …… 『현대문학』, 2007년 1월

「시골사람 중국여행」 …… 『문학마당』, 2009년 겨울

「면민바둑대회」 …… 『월간 바둑』, 2006년 1~4월

「우라질 양귀비」 …… 『작가마당』, 2009년 하반기

「빵집이 사라졌네」 …… 『실천문학』, 2007년 봄호

문학동네 소설집
처음의 아해들
ⓒ 김종광 2010

초판 인쇄 | 2010년 4월 1일
초판 발행 | 2010년 4월 15일

지은이 김종광
펴낸이 강병선
책임편집 염현숙 김민정 정세랑 | 디자인 엄혜리 유현아
마케팅 장으뜸 이귀애 서유경 정소영 | 온라인 마케팅 이상혁 한민아
제작 안정숙 서동관 김애진 | 제작처 (주)상지사P&B

펴낸곳 (주)문학동네
출판등록 1993년 10월 22일 제406-2003-000045호
주소 413-756 경기도 파주시 교하읍 문발리 파주출판도시 513-8
전자우편 editor@munhak.com | 대표전화 031)955-8888 | 팩스 031)955-8855
문의전화 031) 955-8890(마케팅) 031) 955-2656(편집)
문학동네카페 http://cafe.naver.com/mhdn

ISBN 978-89-546-0959-3 03810

* 이 책의 판권은 지은이와 문학동네에 있습니다.
  이 책 내용의 전부 또는 일부를 재사용하려면 반드시 양측의 서면 동의를 받아야 합니다.
* 이 책은 서울문화재단 2009년 문학창작활성화 지원금을 받았습니다.
* 이 도서의 국립중앙도서관 출판시도서목록(CIP)은 e-CIP 홈페이지(http://www.nl.go.kr/ecip)에서
  이용하실 수 있습니다.(CIP제어번호: CIP2010001023)

www.munhak.com